ORGULLO Y PREJUICIO

Austral Singular

Biografía

Jane Austen (Steventon, 1775 – Winchester, 1817) es la primera gran mujer de la literatura inglesa. Sin embargo, su talento no siempre recibió una aceptación unánime y, aunque alcanzó la fama en vida, tardó en conseguir la posición canónica que ocupa hoy. Jane, sexta y última hija del reverendo de Steventon, vivió siempre con sus padres, hermanos y sobrinos en Hampshire y Bath. Educada en casa y con una vasta biblioteca a su disposición, escribió relatos desde muy joven, que se recogen en su *Juvenilia*. Antes de los veintiún años, empezó la elaboración de *Orgullo y prejuicio*. Después, le seguirían *Mansfield Park*, *Sentido y sensibilidad*, *Emma*, *Persuasión*, *Los Watson* y *La abadía de Northanger*, obras que reescribiría a lo largo de su vida. Poco antes de los cuarenta y un años, empieza a escribir *Sanditon*, que dejaría inacabada al fallecer prematuramente. A pesar de empezar publicando sus novelas de forma anónima, murió con casi toda su obra publicada y cierto reconocimiento en Inglaterra. La ironía y el retrato de la sociedad de su tiempo hacen de su obra un punto de referencia ineludible en la historia de la literatura universal.

JANE AUSTEN
ORGULLO Y PREJUICIO

Traducción

José C. Vales

ESPASA

AUSTRAL

Obra editada en colaboración con Espasa Libros S.L.U. - España

Título original: *Pride and Prejudice*

Jane Austen
© 2012, Traducción: José C. Vales
© 2012, Espasa Libros, S.L.U. – Barcelona, España

Derechos reservados

© 2016, Editorial Planeta Mexicana, S.A. de C.V.
Bajo el sello editorial AUSTRAL M.R.
Avenida Presidente Masarik núm. 111, Piso 2
Polanco V Sección, Miguel Hidalgo
C.P. 11560, Ciudad de México.
www.planetadelibros.com.mx

Diseño de la colección: Austral / Área Editorial Grupo Planeta
Ilustración de la portada: Shutterstock

Primera edición impresa en España en Austral: noviembre de 2012
Primera edición impresa en España en esta presentación: octubre
de 2015
ISBN: 978-84-670-4564-2

Primera edición impresa en México en Austral: marzo 2016
Vigésima segunda reimpresión en México en Austral: febrero de 2024
ISBN: 978-607-07-3272-0

No se permite la reproducción total o parcial de este libro ni su incorporación a un sistema informático, ni su transmisión en cualquier forma o por cualquier medio, sea este electrónico, mecánico, por fotocopia, por grabación u otros métodos, sin el permiso previo y por escrito de los titulares del *copyright*.

La infracción de los derechos mencionados puede ser constitutiva de delito contra la propiedad intelectual (Arts. 229 y siguientes de la Ley Federal de Derechos de Autor y Arts. 424 y siguientes del Código Penal).

Si necesita fotocopiar o escanear algún fragmento de esta obra diríjase al CeMPro (Centro Mexicano de Protección y Fomento de los Derechos de Autor, http://www.cempro.org.mx).

Impreso en los talleres de Impregráfica Digital, S.A. de C.V.
Av. Coyoacán 100-D, Valle Norte, Benito Juárez
Ciudad de México, C.P. 03103
Impreso en México – *Printed in Mexico*

Sobre Jane Austen
y *Orgullo y prejuicio*

Orgullo y prejuicio (Pride and Prejudice, 1813), de Jane Austen, es uno de los clásicos imprescindibles de la novelística británica y una de las obras fundamentales de la literatura universal.

Considerada como la campeona de la «comedia romántica», y alabada y apadrinada por el gran romántico de la época, Walter Scott, Jane Austen es seguramente la novelista menos *romántica* de esas décadas de convulsiones ideológicas y estéticas que se resolvieron en el romanticismo decimonónico; seguramente es la más astuta y maliciosa, y, frente a las Brontë o a Mary Wollstonecratf, también la más crítica con algunos rasgos histriónicos del nuevo movimiento que empezaba a adueñarse del panorama literario europeo. Desde el punto de vista de los recursos literarios, Austen es sin duda la más moderna y la más ingeniosa de su generación. La imagen de sensiblería, frivolidad o vacuo sentimentalismo que a veces se intenta achacar a la obra de Jane Austen se debe como mínimo a una lectura apresurada y no excesivamente informada, o tal vez a las recreaciones que se han hecho de sus obras y que con frecuencia se alejan del espíritu de las mismas.

Jane Austen (1775-1817) nació en la rectoría de Steventon, en Hampshire, y buena parte de su educación correrá a cargo de su padre, que había sido profesor en Oxford. Desde luego, por las manos de Jane pasan los Shakespeare, Pope, Gray, Addison, Johnson o Goldsmith, pero también el imprescindible Samuel Richardson o la inefable señora Radcliffe y sus misterios góticos. También, desde luego, leyó el polémico manifiesto *Vindicación de los derechos de la mujer*, de Mary Wollstonecraft (madre de la autora del *Frankenstein*), pero aquellas fórmulas revolucionarias solo las utilizó en beneficio de las historias que narraba. Puesto que pertenecía a esa clase acomodada de los caballeros ingleses de provincias, Jane visitará Bath y Londres con frecuencia, y conocerá de primera mano a todos los personajes que luego retratará con maliciosa y divertida prosa en sus novelas. Cuando los reveses de la vida sugirieron la posibilidad de que Jane se casara con cierto caballero llamado Harris Bigg-Wither, el enlace finalmente se frustró y nuestra autora se convirtió en una triste *spinster* dedicada a escribir novelas anónimas. El retrato que habitualmente se publica de Jane Austen es una acuarela que pintó su hermana Cassandra y que, al parecer, no le hace justicia. Jane Austen era una joven agraciada, pero probablemente demasiado aguda, irónica e incisiva (como Elizabeth Bennet, tal vez) para que un caballero anticuado de provincias pudiera tolerarla con paciencia.

Jane Austen redactó la primera versión de *Orgullo y prejuicio* cuando apenas contaba veintiún años, en torno a 1796. En aquel entonces pensaba titularla *First Impressions* o *False Impressions*. Los documentos parecen confirmar que tardó diez meses en completarla, pero la novela finalmente quedó «dormida» y decidió publicar antes las peripecias amorosas de las hermanas Elinor y Marianne Dashwood, *Sentido y sensibilidad,* firmadas por «una dama». La autora retomó las aventuras de Elizabeth Bennet y Darcy muchos años después, y la reescribió totalmente entre 1811 y 1812, aportando ya su título definitivo, *Pride and Prejudice*. La novela la publicó Egerton en 1813, en tres volúmenes, tal y como era habitual en la época. (La traducción que aquí se presenta conserva la organización textual original, obviamente relevante, teniendo en cuenta el aire «teatral» de la obra). El texto fue corregido y modificado varias veces a lo largo del siglo XIX, hasta que Robert William Chapman, profesor en Oxford, publicó una edición de *Orgullo y prejuicio* en 1823; una década después, el propio Chapman editó otra versión basada en los manuscritos de la Bodleian Library. La novela se acompaña en muchas ocasiones con las famosas ilustraciones que Hugh Thomson hizo para la edición de Chiswick Press en 1894.

La Military Library del señor Egerton sacó a la calle 1 500 ejemplares, a 18 chelines el volumen, y le entregó a la autora un anticipo de 110 libras, una cifra más bien modesta. Es probable que la reacción religiosa contra las novelas que se dio en aquella época y la convulsa situación política, con la Revolución Francesa incendiando Europa, no favoreciera especialmente la publicación de romances provincianos. Pero lo cierto es que la historia se convirtió en un esquema insuperable de la comedia romántica, repetido mil veces (hasta en *Bridget Jones* y *Notting Hill*); que los personajes se convirtieron en paradigmas modernos (sobre todo Elizabeth Bennet, cuya malicia, sentido del humor y honradez no han perdido frescura en estos dos siglos), y que las decisiones literarias (novela psicológica, racional, crítica, humorística) desvinculan la obra definitivamente del mundo dieciochesco para adentrarse de lleno en el siglo XIX y en la novelística contemporánea. La historia de las hermanas Bennet, con el padre indolente y la madre histérica e irresponsable, con la presencia elegante y varonil de Fitzwilliam Darcy, y con un plantel de secundarios absolutamente deliciosos, causa de inmediato un tremendo revuelo en los cenáculos literarios de Londres, donde se valora muy positivamente la novela. En definitiva, *Orgullo y prejuicio* se convirtió en «un clásico».

Elizabeth Bennet ya no es la damisela inválida de Richardson (Pamela Andrews y Clarissa Harlowe causaron furor en toda Europa con sus debilidades sentimentales y su moralidad pétrea). Lizzy es una mujer inteligente, independiente, crítica, maliciosa, divertida, sensata, aventurera y sincera. Se divierte con las tonterías a las que se ven abocados sus coetáneos por las imposiciones sociales, no le importa demasiado quedarse soltera, se burla del amor a primera vista, aprende de sus errores, es implacable con las cadenas sociales que atenazan a sus congéneres y asume desde el principio que ella es la dueña de su vida. Hoy parece poca cosa, pero hace doscientos años todas las muchachas de Inglaterra aprendieron, con Elizabeth Bennet, a decir que «no» y que se tomara como un «no», a no sentirse arrastradas por una madre absurda, a no sentirse intimidadas por el poder, la clase o el dinero, a respetarse a sí mismas y a presentarse ante el mundo sin nada de lo que avergonzarse. En una de las muchas escenas memorables de esta novela, una gran señora acaba insultándola y diciéndole que es una cría obstinada y cabezota, a lo que ella le contesta que nadie tiene «ningún derecho» a inmiscuirse en su vida (III, XIV).

En muchas ocasiones, la literatura ha presentado las grandes cuestiones humanas con los ropajes de la comedia y el humor, desde el *Ars Amandi* al *Quijote*, y desde el *Lazarillo* a *El barón rampante*. Jane Austen pertenece a esta noble estirpe de escritores irónicos, sarcásticos, burlones y divertidos. Los estudios filológicos pueden y deben abordar desde luego las múltiples facetas que presenta la obra de Austen —la bibliografía es abundante y sigue llenando estanterías en las universidades y bibliotecas del mundo—, pero lo esencial para el lector común es comprender que se halla ante una de las piezas más elegantes, divertidas y emocionantes de la literatura universal, ante una obra que transformó para siempre el modo de narrar las aventuras sentimentales y ante una novela que sigue maravillosamente viva y deslumbrante doscientos años después.

JOSÉ C. VALES

LIBRO PRIMERO

Capítulo I

Es una verdad universalmente aceptada que un hombre soltero en posesión de una notable fortuna necesita una esposa.

Por muy poco que se conozcan los sentimientos o los puntos de vista de un hombre como el que se ha descrito, esta verdad está tan grabada en las mentes de las familias que lo rodean que se le considerará como la legítima propiedad de una u otra de sus hijas.

—Mi querido señor Bennet —le dijo su mujer un día—, ¿te has enterado de que por fin se ha arrendado Netherfield Park?

El señor Bennet contestó que no.

—Pues sí —replicó ella—, porque la señora Long acaba de estar aquí y me lo ha contado todo.

El señor Bennet no contestó nada.

—¿No quieres saber quién lo ha cogido? —exclamó su mujer con impaciencia.

—*Tú* quieres decírmelo, y no tengo ningún inconveniente en escucharlo.

Aquello fue una invitación suficiente.

—Pues bien, querido mío, debes saber que la señora Long dice que Netherfield ha sido arrendado por un joven con una enorme fortuna, procedente del norte de Inglaterra; dice que pasó por aquí el lunes en un carruaje de cuatro caballos para ver el lugar y quedó tan encantado que ha llegado a un acuerdo inmediatamente con el señor Morris; y que se va a instalar antes de San Miguel, y que algunos de sus criados ya estarán en la casa para finales de la próxima semana.

—¿Cómo se llama?

—Bingley.

—¿Está casado o soltero?

—¡Oh!, soltero, querido mío, ¡desde luego! Un soltero con una gran fortuna; cuatro o cinco mil al año. ¡Es una cosa estupendísima para nuestras niñas!

—¿Y eso por qué? ¿En qué les afecta a ellas?

—Mi querido señor Bennet —contestó su esposa—, ¿cómo puedes ser tan mostrenco? Has de saber que estoy pensando en que se case con una de ellas.

—¿Es ese su plan al venir a vivir aquí?

—¡Plan! Qué tontería, ¿cómo puedes decir eso? Pero es muy probable que *pueda* enamorarse de una de ellas, y por tanto debes ir a visitarlo en cuanto venga.

—Yo no veo ninguna necesidad de hacer eso. Podéis ir tú y las niñas, o puedes dejar que vayan solas, lo cual tal vez sería todavía mejor, porque dado que tú eres tan hermosa como cualquiera de ellas, el señor Bingley podría preferirte a cualquiera de ellas.

—Querido mío, me halagas. Desde luego yo *he* gozado en su día de alguna belleza, pero no creo que ahora sea nada extraordinario. Cuando una mujer tiene cinco hijas crecidas debe prescindir de pensar en su propia belleza.

—En esos casos, una mujer no tiene mucha belleza en la que pensar.

—En fin, querido mío, que debes ir a ver al señor Bingley cuando venga al vecindario.

—Eso es más de lo que puedo prometer, ya te lo digo.

—¡Pero piensa en tus hijas! Piensa simplemente en lo que significaría un compromiso para una de ellas. Sir William y lady Lucas están decididos a ir, y únicamente con esa idea, porque ya sabes que en general nunca visitan a los nuevos vecinos. En fin, que debes ir, porque *nosotras* no podemos ir a visitarlo, si no vas tú antes.

—Desde luego tienes demasiados escrúpulos. Me atrevo a decir que el señor Bingley estará encantado de veros; y yo le enviaré unas letras por vosotras, para asegurarle que daré mi consentimiento de todo corazón a su matrimonio con cualquiera de las niñas que elija; aunque añadiré alguna nota favorable acerca de mi pequeña Lizzy.

—Confío en que no hagas semejante cosa. Lizzy no es en nada mejor que las otras; y, la verdad, no es ni la mitad de guapa que Jane, ni la mitad de simpática que Lydia. Pero tú siempre la has considerado tu favorita.

—Ninguna de ellas tiene mucho de lo que se pueda presumir —contestó el señor Bennet—; son igual de tontas e ignorantes que el resto de las muchachas de su edad; pero Lizzy tiene un algo más de inteligencia que sus hermanas.

—Señor Bennet, ¿cómo puedes insultar de ese modo a tus propias hijas? Parece que te complaces en humillarme. No tienes compasión de mis pobres nervios...

—Me interpretas mal, querida. Tengo en una elevadísima consideración a tus nervios. Son viejos amigos míos. Llevo veinte años oyéndote hablar de ellos.

—¡Ah, no sabes lo que sufro!

—Sin embargo, confío en que lo superarás y vivas para ver cómo llegan al vecindario un montón de caballeros jóvenes con una renta de cuatro mil al año.

—De nada nos serviría que vinieran veinte de ese tipo, puesto que no irías a visitarlos.

—Puedes estar segura, querida mía, que cuando haya veinte, los visitaré a todos.

El señor Bennet era una mezcla tan rara de vivo ingenio, humor sarcástico, espíritu taciturno y volubilidad que veintitrés años habían sido insuficientes para que su mujer lograra llegar a comprender su carácter. La mente de la señora Bennet era menos difícil de descifrar. Era una mujer de entendimiento escaso, poca educación y de temperamento variable. Cuando estaba disgustada, fingía sufrir de los nervios. El objetivo de su vida era casar a sus hijas; su entretenimiento, andar de visitas y cotillear.

Capítulo II

El señor Bennet estuvo entre los primeros que fueron a presentar sus respetos al señor Bingley. Siempre había tenido la intención de visitarlo, aunque hasta el final le estuvo asegurando a su mujer que no iría; y ella no se enteró de ello hasta la tarde posterior a que efectivamente se llevara a cabo dicha visita. Entonces se reveló todo de la siguiente manera. Viendo que su hija segunda se encontraba ocupada poniéndole una cinta a un sombrero, el señor Bennet se dirigió repentinamente a ella con un «Espero que le guste al señor Bingley, Lizzy».

—No estamos en disposición de saber lo que le gusta al señor Bingley —dijo su madre con resentimiento—, porque no vamos a ir a visitarlo.

—Pero olvidas, mamá —dijo Elizabeth—, que nos lo encontraremos en las reuniones y que la señora Long ha prometido presentarlo.

—No creo que la señora Long haga nada semejante. Tiene dos sobrinas. Es una mujer egoísta e hipócrita, y no tengo ninguna buena opinión de ella.

—Ni yo tampoco —dijo el señor Bennet—, y me alegra mucho saber que no dependéis de lo que esa señora pueda hacer por vosotras.

La señora Bennet no se dignó responder nada; pero, incapaz de contenerse, comenzó a reprender a una de sus hijas.

—¡Deja de toser de esa manera, Kitty, por el amor de Dios! Ten un poco de compasión de mis nervios. Me los estás destrozando.

—Kitty no tiene discreción ninguna con sus toses —dijo su padre—. Siempre elige un mal momento.

—No toso por divertirme —replicó Kitty, de mal humor.

—¿Cuándo va a ser tu próximo baile, Lizzy?

—De mañana en quince días.

—Sí, así es —exclamó su madre—, y la señora Long no regresa hasta el día anterior; así que le será imposible presentárselo a nadie, porque ni siquiera ella lo conocerá.

—Entonces, querida, puede que tengas alguna ventaja respecto a tu amiga y puedas presentárselo tú a ella.

—Imposible, señor Bennet, imposible, porque yo tampoco lo conozco; ¿cómo puedes ser tan burlón?

—Celebro tu circunspección. Quince días es ciertamente muy poco para una amistad. Uno no puede saber realmente cómo es un caballero solo en quince días. Pero si nosotros no nos arriesgamos, otros lo harán; y, después de todo, la señora Long y sus sobrinas deben esperar también su oportunidad; y por tanto, como ella lo considerará un acto de cortesía, si tú te niegas a presentárselo, yo mismo me ocuparé de ello.

Las chicas miraron atónitas a su padre. La señora Bennet solo decía: «¡Tonterías, tonterías!».

—¿Qué significa esa enfática exclamación? —exclamó su marido—. ¿Acaso consideras las formalidades de la presentación y la importancia que residen en ellas como una tontería? No puedo estar en absoluto de acuerdo contigo en ese punto. ¿Qué dices tú, Mary? Yo sé que eres una joven de profundas reflexiones, y que lees grandes libros y copias algunos párrafos.

Mary quiso decir algo muy sensato, pero no supo qué.

—Mientras Mary va aclarando sus ideas —añadió—, volvamos al señor Bingley.

—Estoy harta del señor Bingley —exclamó su esposa.

—Lamento mucho oír eso; ¿por qué no me lo dijiste antes? Si lo hubiera sabido esta mañana, desde luego no habría ido a visitarlo. Qué mala suerte; pero como ya he cumplimentado la visita, no podemos evitar tener relación con él.

El asombro de las señoritas era precisamente lo que pretendía; el de la señora Bennet quizá sobrepasaba el de las demás; aunque cuando se acalló el primer alboroto de alegría, empezó a decir que eso era lo que había esperado desde el primer momento.

—¡Qué bueno eres, mi señor Bennet querido! Pero yo sabía que te convencería al final. Estaba segura de que querías demasiado bien a tus niñas como para negarles una relación como esa. Bueno, bueno, ¡qué contenta estoy!, y qué buena broma ha sido esa también: haber ido esta mañana y no haber dicho ni una palabra hasta ahora.

—Ahora, Kitty, puedes toser todo lo que quieras —dijo el señor Bennet; y, mientras se lo decía, abandonó la estancia, cansado de los arrebatos de gozo de su mujer.

—¡Qué padre tan excelente tenéis, niñas! —dijo la mujer cuando se cerró la puerta—. No sé como podréis agradecerle jamás su bondad; ni yo, para decirlo todo. A estas alturas de nuestra vida, os lo puedo asegurar, ya no es muy agradable estar haciendo nuevas amistades todos los días; pero por vosotras haríamos lo que fuera. Lydia, mi amor, aunque tú eres la más joven, me atrevería a decir que el señor Bingley bailará contigo en el próximo baile.

—¡Oh! —exclamó Lydia con resolución—. No me preocupa; porque aunque soy la más joven, soy la más alta.

El resto de la velada se pasó en elucubrar cuándo devolvería el señor Bingley la visita del señor Bennet, y decidiendo cuándo le pedirían que viniera a cenar.

CAPÍTULO III

Por mucho que la señora Bennet, con la ayuda de sus cinco hijas, quiso sonsacarle a su marido una descripción satisfactoria del señor Bingley y, por mucho que indagaron sobre el asunto, no sirvió de nada. Lo acosaron de distintos modos; con preguntas directas, con ingeniosas suposiciones y conjeturas indirectas; pero él consiguió eludir las argucias de todas; y al final se vieron obligadas a contentarse con la información de segunda mano de su vecina, lady Lucas. Su informe resultó especialmente favorable. Sir William había quedado encantado con él. Era bastante joven, extraordinariamente guapo, extremadamente agradable y, para colmo de virtudes, tenía pensado acudir a la próxima fiesta con un numeroso grupo de amigos. ¡No podía haber una noticia mejor! Ser aficionado al baile ya era en cierto sentido un paso hacia el enamoramiento; y de ahí que se abrigaran muy vivas esperanzas respecto a la posibilidad de acceder al corazón del señor Bingley.

—Solo con que pudiera ver a una de mis hijas felizmente instalada en Netherfield —dijo la señora Bennet a su marido—, y todas las demás igual de bien casadas, ya no pediría nada más.

Pocos días después, el señor Bingley le devolvió la visita al señor Bennet y estuvo alrededor de diez minutos con él en la biblioteca. Había abrigado esperanzas de que le permitieran ver a las jóvenes señoritas, de cuya belleza había oído hablar mucho, pero solo vio a su padre. Las señoritas fueron un tanto más afortunadas, porque tuvieron la ventaja de comprobar desde una ventana de arriba que el caballero llevaba una levita azul y montaba un caballo negro.

Poco después se le envió una invitación para que fuera a cenar, y la señora Bennet ya había elegido los platos que iban a demostrar su buen hacer como ama de casa, cuando llegó una respuesta que lo aplazó todo. El señor Bingley se veía precisado a ir a la ciudad al día siguiente y, en consecuencia, no le era posible aceptar su amable invitación, etcétera. La señora Bennet se quedó completamente desconcertada. No podía imaginar qué asuntos podía tener en la ciudad tan pronto, después de haberse trasladado a Hertfordshire; y comenzó a temerse que pudiera estar siempre yendo de un lugar a otro y que nunca acabara estableciéndose en Netherfield, que era lo que debía hacer. Lady Lucas calmó un poco sus temores sugiriendo que tal vez podría haber ido a Londres solo para recoger a sus numerosos amigos para acudir al baile, y muy pronto llegó la información de que el señor Bingley iba a traer con él a doce señoritas y a siete caballeros a la fiesta. Las niñas lo que temieron fue el número tan elevado de señoritas; pero el día antes del baile experimentaron cierto alivio al saber que, en vez de doce, solo vendría con seis desde Londres, sus cinco hermanas y una prima. Y, al final, cuando el grupo entró en el salón de baile, solo eran cinco: el señor Bingley, sus dos hermanas, el marido de la mayor, y otro joven.

El señor Bingley era apuesto y de aspecto distinguido; tenía un rostro agradable y unos modales naturales, nada afectados. Sus hermanas eran mujeres hermosas y con un aire de indudable elegancia. Su cuñado, el señor Hurst, no tenía más que la apariencia de caballero; pero su amigo, el señor Darcy, no tardó en atraer la atención de toda la sala por su figura, apuesta, alta, de hermosos rasgos, porte aristocrático; y el rumor que se puso en circulación general a los cinco minutos de su aparición aseguraba que contaba con diez mil anuales. Los caballeros admitieron que, como hombre, tenía un porte elegante, las damas declararon que era mucho más guapo que el señor Bingley, y se le observó con admiración durante aproximadamente la mitad de la velada, hasta que sus modales provocaron un disgusto general que cambió las tornas de su popularidad; porque resultó ser un orgulloso, y se comportaba como si estuviera por encima de los demás y por encima de la obligación de mostrarse cortés; y ni todas sus enormes posesiones en Derbyshire pudieron entonces evitar que se le viera como el caballero más detestable y desagradable, e indigno de ser comparado con su amigo.

El señor Bingley pronto se hizo amigo de las personas principales del salón; era muy alegre y extrovertido, bailaba todos los bailes, se indignó porque el baile se acabara tan pronto y habló de dar uno él mismo en Netherfield. Cualidades tan encantadoras deben hablar por sí mismas. ¡Qué contraste entre él y su amigo! El señor Darcy bailó solo una vez con la señora Hurst y otra vez con la señorita Bingley, se negó a que le presentaran a cualquier otra dama, y pasó el resto de la velada dando vueltas por el salón, hablando de vez en cuando con alguno de sus amigos. Su personalidad quedó sentenciada: era el hombre más orgulloso y desagradable del mundo, y todo el mundo confiaba en que nunca volviera por allí. Entre los más violentos contra él estaba la señora Bennet, cuyo disgusto ante su comportamiento general fue afeado con particular inquina por haber menospreciado a una de sus hijas.

Elizabeth Bennet se había visto obligada, dada la escasez de caballeros, a sentarse durante dos bailes, y durante parte de este tiempo el señor Darcy había permanecido de pie lo suficientemente cerca de ella para que Elizabeth pudiera escuchar una conversación entre él y el señor Bingley, que acababa de bailar hacía unos minutos, y ordenarle que se quedara con él.

—Vamos, Darcy —dijo Bingley—, tengo que conseguir que bailes. Odio verte ahí de pie, plantado y solo, con esa actitud tan estúpida. Harías mucho mejor en bailar.

—Desde luego, no lo voy a hacer. Sabes cómo lo detesto, a menos que conozca muy especialmente a mi pareja. En una fiesta como esta, sería insoportable. Tus hermanas están comprometidas, y no hay otra mujer en la sala con quien bailar no me resultara una desgracia.

—¡Yo no sería tan quisquilloso como tú por nada del mundo! —exclamó Bingley—. Por mi honor te aseguro que jamás he conocido tantas jovencitas agradables en mi vida como esta noche, y algunas de ellas, como comprobarás, son especialmente hermosas.

—Tú estás bailando con la única muchacha bonita del salón —dijo el señor Darcy, mirando a la mayor de las señoritas Bennet.

—¡Oh!, es la criatura más hermosa que he visto en mi vida. Pero hay una de sus hermanas, sentada justo detrás de ti, que es muy bonita, y me atrevería a decir, muy agradable. Permíteme que le diga a mi amiga que te la presente.

—¿A quién te refieres? —y dándose la vuelta, miró durante un instante a Elizabeth, hasta que, tropezándose con su mirada, desvió la suya y dijo con frialdad—: Es aceptable; pero no lo suficientemente hermosa como para tentarme; y en este momento no estoy de humor para darle importancia a jóvenes damas que ya han sido rechazadas por otros hombres. Harías bien en volver con tu acompañante y disfrutar de sus sonrisas, porque estás perdiendo el tiempo conmigo.

El señor Bingley siguió su consejo. El señor Darcy se apartó y Elizabeth se quedó allí con unos sentimientos no muy cordiales hacia él. Sin embargo, le contó la historia a sus amigos con gran regocijo, porque tenía un carácter muy divertido y alegre, y disfrutaba con todo lo que pudiera resultar ridículo.

La velada, en general, transcurrió muy agradablemente para toda la familia. La señora Bennet había visto cómo su hija mayor causaba admiración en el grupo de Netherfield. El señor Bingley había bailado con Jane dos veces y las hermanas del caballero se habían mostrado especialmente amables con ella. Jane estaba tan encantada como su madre, aunque de un modo más tranquilo. Elizabeth se alegraba del éxito de Jane. Mary se había enterado de que le habían dicho a la señorita Bingley que era la muchacha más instruida del vecindario; y Catherine y Lydia habían sido lo suficientemente afortunadas como para no estar en ningún momento sin acompañantes, lo cual era todo lo que les importaba de momento en un baile. Así pues, todas regresaron de muy buen humor a Longbourn, la aldea en la que vivían, y de la cual eran los principales habitantes. Se encontraron al señor Bennet todavía levantado. Con un libro, perdía la noción del tiempo; y en esta ocasión precisa sentía una notable curiosidad respecto a los acontecimientos de una velada que había levantado tan espléndidas expectativas. En general esperaba que todas las opiniones de su mujer respecto a los forasteros fueran negativas; pero no tardó en descubrir que tendría que escuchar una historia muy diferente.

—¡Oh!, mi querido señor Bennet —exclamó mientras entraba en la estancia—, hemos pasado una velada deliciosísima, un baile maravilloso. Ojalá hubieras estado allí. Jane ha sido la admiración, que no se ha visto cosa igual. Todo el mundo decía lo guapísima que estaba; y el señor Bingley la ha encontrado absolutamente preciosa y ha bailado con ella dos veces. Tú nada más piensa eso, querido: ¡bailó con ella dos veces...! Y fue la única niña del salón a la que le pidió un segundo baile. Primero se lo pidió a la señorita Lucas. Yo estaba indignadísima al verlo allí con ella; pero, de todos modos, no la admiraba en absoluto: es lo que digo yo, ¿quién va a admirarla?, ya sabes, y pareció absolutamente conmocionado cuando Jane salió a bailar. Así que preguntó quién era y se la presentaron, y le pidió los dos siguientes. Luego, los dos terceros los bailó con la señorita King, y los dos cuartos con Maria Lucas, y los dos quintos con Jane otra vez, y los dos sextos con Lizzy, y el *boulanger*...[1]

—¡Si hubiera tenido alguna compasión de mí —exclamó su esposo con impaciencia—, no habría bailado ni la mitad! ¡Por el amor de Dios, deja de hablar de las parejas de ese hombre! ¡Oh, y que no se haya torcido el tobillo en el primer baile...!

—¡Oh, querido...! —continuó la señora Bennet—. Estoy absolutamente encantada con él. ¡Es tan extraordinariamente guapo!, y sus hermanas son unas mujeres encantadoras. En mi vida he visto nada más elegante que sus vestidos. Me atrevería a decir que el encaje que llevaba en el vestido la señora Hurst...

En este punto fue interrumpida otra vez. El señor Bennet se negó a escuchar cualquier descripción del vestuario. De modo que su esposa se vio obligada a buscar otra vertiente del asunto, y narró, con más acidez e inquina, y alguna exageración, la escandalosa vulgaridad del señor Darcy.

—Pero puedo asegurarte —añadió— que Lizzy no pierde mucho si a él no le hace mucha gracia; porque es un hombre de lo más desagradable y detestable, y no vale la pena en absoluto intentar gustarle. ¡Es tan engreído y tan pagado de sí mismo que no se puede soportar! ¡Iba andando por aquí, se iba andando para allá, pavoneándose y creyéndose la gran cosa! ¡No es ni lo suficientemente guapo como para bailar con él! Ojalá hubieras estado allí, querido, para haberle bajado los humos con alguno de esos comentarios tuyos. Detesto absolutamente a ese hombre.

---

[1]   Las damas anotaban en sus cuadernos las peticiones de baile. Los bailes se escenificaban de dos en dos, de ahí que Jane Austen hable de «los dos terceros», «los dos cuartos» o «los dos quintos». Si Lizzy bailó con Bingley «los dos sextos» quiere decirse que bailó el undécimo y el duodécimo bailes. El *boulanger* es una danza de origen francés, en corro, que solía bailarse al final de las fiestas. *(Todas las notas son del traductor)*.

CAPÍTULO IV

Cuando Jane y Elizabeth se quedaron solas, la primera, que había sido muy cautelosa anteriormente a la hora de elogiar al señor Bingley, le contó a su hermana cuántísimo lo admiraba.

—Es sencillamente lo que un joven debería ser —dijo—, sensato, alegre, divertido; ¡y jamás he visto unos modales tan desenfadados... tan naturales, con esa educación tan exquisita!

—Además es guapo —contestó Elizabeth—, lo cual debería ser una obligación en cualquier joven que se preciara. Su personalidad, por tanto, es perfecta.

—Me sentí muy halagada cuando me pidió bailar con él una segunda vez. No esperaba semejante cumplido.

—¿Ah, no? Pues yo sí. Pero esa es la gran diferencia entre tú y yo. Los cumplidos que te hacen a ti siempre te sorprenden, y a mí nunca. ¿Qué podía ser más natural que te volviera a pedir bailar con él? No podía evitar comprobar que tú eras cinco veces más bonita que cualquier otra mujer del salón. No se lo agradezcas a su galantería. Bueno, desde luego es muy amable, y te doy permiso para que te guste. Te han gustado muchas personas más estúpidas.

—¡Lizzy!

—¡Oh!, eres lo suficientemente lista como para saber que, en general, te gusta la gente. Nunca ves ningún defecto en nadie. Todo el mundo es bueno y encantador a tus ojos. Nunca te he oído hablar mal de ningún ser humano, en toda mi vida.

—No me gustaría ser imprudente a la hora de censurar a nadie, pero siempre digo lo que pienso.

—Ya lo sé; y *eso* es lo que me asombra. Con lo sensata que eres, ¡y estar tan ciega a las locuras y las tonterías de los demás! Fingir ser ingenuo es muy habitual... lo vemos por todas partes. Pero ser ingenua sin ostentación ni premeditación... coger lo bueno del carácter de cada persona, y hacerlo mejor incluso, y no decir nada de lo malo que tenga... eso es exclusivamente tuyo. Así que también te gustarán las hermanas de ese hombre, ¿no? Sus modales no son como los de él.

—Claro que no... a primera vista. Pero son unas mujeres muy agradables cuando una conversa con ellas. La señorita Bingley va a venir a vivir con su hermano y se ocupará de la casa; y mucho me equivoco o encontraremos en su vecindad a una joven encantadora.

Elizabeth la escuchaba en silencio, pero no estaba convencida; el comportamiento de las dos señoritas Bingley en la fiesta no había sido el más adecuado para agradar a los demás; y con más capacidad de observación y con un temperamento menos complaciente que su hermana y con un juicio completamente libre de cualquier atisbo de intereses personales, la segunda de las Bennet estaba poco predispuesta a concederles su aprobación. En realidad eran unas señoritas muy distinguidas; no les faltaba simpatía cuando estaban contentas, ni talento para ser agradables si les apetecía; pero eran orgullosas y engreídas. Eran bastante guapas; habían sido educadas en uno de los mejores colegios privados de la ciudad, contaban con una fortuna de veinte mil libras, tenían la costumbre de gastar más de lo que debían y de relacionarse con gente de importancia; y por lo tanto estaban en todos los sentidos autorizadas a pensar bien de sí mismas y mal de los demás. Procedían de una respetable familia del norte de Inglaterra: una circunstancia más profundamente grabada en sus mentes que el hecho de que la fortuna de su hermano y de ellas mismas tuviera su origen en el comercio.[2]

El señor Bingley heredó de su padre en propiedad una suma que ascendía prácticamente a cien mil libras, que había intentado adquirir mansión, pero no vivió lo suficiente. El joven señor Bingley intentó lo mismo y en alguna ocasión estuvo tentado a comprar algo en su condado; pero como ahora contaba con una buena casa y las posibilidades de utilizar libremente sus tierras, muchos de aquellos que mejor conocían su carácter acomodaticio dudaron si no decidiría pasar el resto de sus días en Netherfield y dejar a la siguiente generación la adquisición de propiedades.

Sus hermanas estaban deseosas en extremo de que tuviera una gran propiedad; pero aunque en aquel momento solo estaba asentado como arrendatario, la señorita Bingley de ningún modo re-

---

[2] Este es uno de los temas recurrentes de la novelística británica de la época: la pequeña nobleza del campo (y la alta nobleza, por supuesto) tardaron décadas en admitir la honrada naturaleza del dinero procedente de la industria y el comercio; durante mucho tiempo estas familias se consideraron en un peldaño inferior.

nunciaba a presidir su mesa, ni la señora Hurst, que se había casado con un hombre más pretencioso que rico, estaba menos dispuesta a considerar la casa de Bingley como si fuera la suya propia cuando le conviniera. Aún no habían pasado dos años desde que el señor Bingley alcanzara la mayoría de edad[3] cuando, por una recomendación ocasional, se vio tentado a echarle un vistazo a Netherfield House. La estuvo viendo y la visitó durante media hora, quedó encantado con la situación y con las salitas principales, satisfecho con lo que el propietario dijo en alabanza de la mansión, y la alquiló inmediatamente.

Entre él y Darcy había una muy firme amistad, a pesar de la gran diferencia de caracteres. Bingley se había ganado la simpatía de Darcy por su naturalidad, por su franqueza, por la amabilidad de su temperamento, aunque ninguna disposición podía ofrecer un mayor contraste con el suyo y nunca pareciera descontento con el temperamento de su amigo. Bingley tenía la más firme confianza en la inamovible fidelidad de Darcy y una elevada opinión de su buen juicio. En cuanto a inteligencia, Darcy era superior. De ningún modo Bingley era un estúpido, pero Darcy era muy listo. Al mismo tiempo era arrogante, taciturno y quisquilloso, y sus modales, aunque educados, no resultaban atractivos. En ese aspecto, su amigo le llevaba mucha ventaja. Bingley estaba seguro de resultar simpático allí donde apareciera. Darcy continuamente estaba causando enojos.

El modo en que conversaron a propósito de la fiesta de Meryton fue muy típico de ambos. Bingley nunca se había topado con gente más agradable ni con jóvenes tan bonitas en su vida; todo el mundo había sido amabilísimo y atento con él, no había habido exceso de formalidad, ni envaramiento, y enseguida sintió que se había hecho amigo de todos los asistentes; y respecto a la señorita Bennet, no podía concebir que hubiera un ángel más hermoso. Darcy, por el contrario, había visto una colección de personas en las que había poca belleza y ninguna elegancia, pues por ninguno de ellos había sentido el más mínimo interés y de ninguno de ellos había recibido ninguna atención ni amabilidad.

---

[3] La mayoría de edad se alcanzaba entonces a los 21 años. Es decir, Bingley aún no tenía 23 años.

Respecto a la señorita Bennet, reconocía que era bonita, pero sonreía demasiado.

La señora Hurst y su hermana admitieron que así era... pero de todos modos la admiraban y les gustaba, y afirmaron que era una niña muy dulce y que no pondrían reparos a conocerla un poco mejor. Así pues, la señorita Bennet quedó catalogada como una niña muy dulce, y su hermano se sintió autorizado por tal declaración para pensar en ella cuando le apeteciera.

CAPÍTULO V

A una pequeña caminata desde Longbourn vivía una familia con la que los Bennet mantenían una amistad particularmente estrecha. Sir William Lucas se había dedicado antes al comercio en Meryton, donde había amasado una considerable fortuna y había alcanzado el título de caballero tras un discurso dirigido al rey, durante el tiempo que ejerció como alcalde. La distinción tal vez se le había subido un tanto a la cabeza. Aquello le provocó una repulsión hacia sus negocios y hacia su propia residencia, en una pequeña ciudad de mercado; y, desprendiéndose de ambas cosas, se había trasladado con su familia a una casa solariega situada aproximadamente a una milla de Meryton, llamada desde entonces Lucas Lodge, donde el hombre podía dedicarse a pensar con placer en su propia importancia y, liberado de los negocios, a ocuparse únicamente en ser cortés con todo el mundo. Porque, aunque orgulloso de su nuevo rango, aquello no lo volvió engreído; bien al contrario, era todo atenciones con todos. Por naturaleza inofensivo, amigable y servicial, su discurso en St James lo había convertido en un hombre de la corte.[4]

Lady Lucas era un tipo de mujer muy buena, no lo suficientemente inteligente como para que a la señora Bennet le resultara interesante. Los Lucas tenían varios vástagos. Una joven juiciosa

---

[4]   St James era la residencia oficial de los reyes de Inglaterra. Los títulos de caballero se dispensaban casi por cualquier nonada en aquella época; lo que se deduce del texto de Jane Austen es que el alcalde acudió a palacio por alguna razón desconocida y dirigió un elogioso discurso al monarca, motivo por el cual recibió el título nobiliario.

e inteligente era la mayor; tenía unos veintisiete años, y era íntima amiga de Elizabeth.

Que las señoritas Lucas y las señoritas Bennet se reunieran para comentar el baile era absolutamente imprescindible; y, a la mañana siguiente de la fiesta, las primeras se acercaron a Longbourn para oír y decir.

—Tú empezaste la velada muy bien, Charlotte —dijo la señora Bennet, con educada contención, a la señorita Lucas—. Fuiste la primera elección del señor Bingley.

—Sí... pero parece que le gustó más la segunda.

—¡Oh...! Te refieres a Jane, supongo... porque bailó con ella *dos* veces. Desde luego... sí que pareció como si le gustara... de hecho, estoy por creer que efectivamente así era... me pareció entender algo al respecto... pero no sé exactamente qué... algo sobre el señor Robinson.

—Tal vez se refiera usted a lo que oí por casualidad entre el señor Bingley y el señor Robinson; ¿no se lo dije a usted? El señor Robinson le preguntó al señor Bingley si le gustaban nuestras fiestas en Meryton, y si no creía que había una fantástica cantidad de mujeres hermosas en el salón, y cuál creía él que era la más guapa. Y el señor Bingley contestó rápidamente la última pregunta: «¡Oh!, la mayor de las hermanas Bennet, sin ninguna duda, no puede haber dos opiniones distintas sobre ese asunto».

—¡Válgame Dios...! Bueno, esa fue una declaración rotunda, ya lo creo... y parece como si... pero, en fin, todo puede acabar en nada, ya sabes.

—Lo que oí yo por casualidad fue más interesante que lo que oíste tú, Eliza —dijo Charlotte—. Lo que dijo el señor Darcy no vale la pena repetirlo, ¿verdad...? ¡Pobre Eliza...! ¡Decir que Elizabeth era solo «aceptable»...!

—Te ruego que no le hagas creer a Lizzy que debe sentirse humillada por ese comportamiento tan deplorable; porque es un hombre tan desagradable que sería una absoluta desgracia que le gustara. La señora Long me dijo la otra noche que ese Darcy se sentó a su lado durante media hora y no abrió el pico ni una sola vez.

—¿Estás completamente segura, mamá...? ¿No habrá un pequeño error? —dijo Jane—. Desde luego, yo vi al señor Darcy hablando con ella.

—Sí... porque al final ella le preguntó si le gustaba Netherfield, y él no pudo evitar contestarle... pero ella me dijo que parecía muy enfadado por tener que hablar.

—La señorita Bingley me dijo —apostilló Jane— que el señor Darcy nunca habla mucho, a menos que se encuentre entre sus amistades más íntimas. Y que con ellos es increíblemente encantador.

—No me creo ni una palabra de todo eso, querida. Si fuera tan agradable, habría hablado con la señora Long. Pero puedo imaginarme lo que le pasa: todo el mundo dice que está reconcomido por el orgullo, y me atrevo a decir que se había enterado de algún modo de que la señora Long no puede mantener un carruaje, y que había ido al baile en uno de alquiler.

—A mí no me importa que no hablara con la señora Long —dijo la señorita Lucas—, pero ojalá hubiera bailado con Eliza.

—La próxima vez, Lizzy —dijo su madre—, yo no bailaría con él, si estuviera en tu lugar.

—Creo, mamá, que puedo prometerte, sin lugar a dudas, que *jamás* tendrás que bailar con él.

—Su orgullo —dijo la señorita Lucas— no me ofende tanto como me disgusta ese defecto en otras ocasiones, porque en este caso tiene una excusa. Una no puede extrañarse de que un hombre joven, tan apuesto, de buena familia, con fortuna y con todo a su favor, tenga una elevada opinión de sí mismo. Y si se me permite decirlo así... tiene un cierto *derecho* a ser orgulloso.

—Eso es muy cierto —replicó Elizabeth—, y podría fácilmente perdonar *su* orgullo, si no hubiera dejado maltrecho el *mío*.

—El orgullo —observó Mary, que se vanagloriaba de la solidez de sus ideas— es un defecto muy común, en mi opinión. Por lo que yo he leído, estoy convencida de que es francamente muy común, que la naturaleza humana es particularmente proclive a ello y que hay muy pocos de nosotros que no alberguen un sentimiento de autocomplacencia con motivo de tal o cual cualidad, real o imaginaria. La vanidad y el orgullo son cosas diferentes, aunque las palabras con frecuencia se utilizan como sinónimos. Una persona puede ser orgullosa sin ser vanidosa. El orgullo guarda más relación con la opinión que tenemos de nosotros mismos; la vanidad, con lo que deseamos que los otros piensen de nosotros.

—Si yo fuera tan rico como el señor Darcy —exclamó un joven Lucas que había venido con sus hermanas—, me traería sin cuidado ser orgulloso o no. Tendría una jauría de sabuesos zorreros y me bebería una botella de vino todos los días.

—En ese caso beberías muchísimo más de lo que deberías —dijo la señora Bennet— y, si yo te viera, te quitaría la botella inmediatamente.

El muchacho protestó que la señora Bennet no lo haría; ella siguió diciendo que sí que lo haría y la discusión solo se dio por concluida cuando terminó la visita.

CAPÍTULO VI

Las señoritas de Longbourn no tardaron en visitar a las de Netherfield. La visita se devolvió tal y como se esperaba. Los encantadores modales de la señorita Bennet no hicieron sino acrecentar la estima que la señora Hurst y la señorita Bingley tenían hacia ella; y aunque la madre les pareció insoportable y de las hermanas menores no se podía decir nada que valiera la pena, a las dos mayores les dijeron que les encantaría conocerse mejor. Jane recibió aquella cortesía con el mayor placer; pero Elizabeth aún percibía demasiado engreimiento en el trato que aquellas mujeres dispensaban a todo el mundo, que apenas si excluía a la propia Jane, y le resultaba imposible sentir ningún aprecio por ellas; la amabilidad hacia Jane, tal y como era, se debía muy probablemente a la influencia de la devoción que su hermano le dispensaba a la señorita Bennet. Resultaba de todo punto evidente, cada vez que se encontraban, que el señor Bingley sentía devoción por Jane; y, en opinión de Elizabeth, resultaba igualmente evidente que Jane estaba cediendo a la predilección que había sentido desde el principio por él, y que estaba en camino de enamorarse perdidamente; pero Elizabeth se alegraba de que la gente en general no se diera cuenta de aquello, porque Jane podía albergar al mismo tiempo unos sentimientos intensos, una actitud sosegada y unos modales siempre alegres que la mantendrían a salvo de las sospechas de los impertinentes. Así se lo dijo a su amiga, la señorita Lucas.

—Puede que tal vez resulte agradable ocultarle a la gente tus sentimientos, como en este caso —contestó Charlotte—; pero a veces es un inconveniente mantenerlos tan en secreto. Si una mujer oculta sus afectos al hombre que quiere, puede perder la oportunidad de conseguirlo; y en ese caso sería un triste consuelo pensar que el resto del mundo también lo ignora. Hay tanto de gratitud y de vanidad en casi todas las relaciones que no es muy prudente dejarlas avanzar sin hacer nada. Todas podemos *empezar* con la mayor libertad... una ligera predilección es perfectamente normal; pero muy pocas de nosotras tenemos suficiente corazón como para enamorarnos realmente si no nos incitan a ello. En nueve de cada diez casos, la mujer ha dejado entrever *más* afecto del que realmente siente. Sin duda a Bingley le gusta tu hermana; pero puede que él no pase de ahí, si ella no le ayuda un poco.

—Pero ella sí que lo ayuda, todo lo que le permite su carácter. Si yo puedo percibir el interés de Jane por él, tiene que ser un verdadero simplón para no verlo él también.

—Recuerda, Eliza, que él no conoce el carácter de Jane como lo conoces tú.

—Pero si una mujer está interesada en un hombre, y no procura ocultarlo, él tiene que descubrirlo.

—Tal vez, si se ven lo suficiente. Pero aunque Bingley y Jane se encuentren bastante a menudo, nunca estarán juntos durante muchas horas; y como siempre se ven en grandes fiestas con muchas personas, es imposible que empleen cada instante en conversar. Así que Jane debería aprovechar al máximo cada rato que pueda contar con su atención. Cuando esté segura de haberlo conquistado, tendrá todo el tiempo que quiera para enamorarse todo lo que le plazca.

—Tu plan es bueno —contestó Elizabeth— para los casos en que no se pretende nada salvo el deseo de casarse bien; y si yo tuviera intención de conseguir un marido rico, o un marido cualquiera, me atrevo a decir que adoptaría tu estrategia. Pero Jane no piensa así; ella no actúa con argucias premeditadas. Hasta ahora, ni siquiera está segura de la intensidad de sus propios sentimientos, ni de su conveniencia. Lo ha conocido hace solo quince días. Bailó cuatro piezas con él en Meryton; lo vio una mañana en su casa y desde entonces ha cenado con él cuatro veces, pero con más personas. Eso no es en absoluto suficiente para que ella entienda su carácter.

—No tal y como tú lo pintas. Si simplemente hubiera *cenado* con él, Jane podría haber averiguado solo si Bingley tiene buen apetito; pero debes recordar que han pasado cuatro veladas juntos... y cuatro noches pueden significar mucho.

—Sí, esas cuatro veladas les han permitido confirmar que a ambos les gusta más el *vingt-et-un* que el *commerce*;[5] pero respecto a otras características relevantes, no creo que hayan averiguado mucho.

—Bueno —replicó Charlotte—, deseo de todo corazón que Jane tenga éxito; y si se casara con Bingley mañana mismo, yo pensaría que tendría muchas posibilidades de ser feliz, igual que si hubiera estado estudiando su carácter durante un año. La felicidad en el matrimonio es absolutamente una cuestión de suerte. Que ambas partes conozcan bien sus caracteres respectivos o que sepan que son parecidos de antemano no garantiza necesariamente su felicidad al final. Seguirán siendo lo suficientemente distintos en lo sucesivo como para que no se soporten el uno al otro; y es mejor saber lo menos posible de los defectos de la persona con la que una va a pasar el resto de su vida.

—Me haces reír, Charlotte, pero eso no es razonable. Tú sabes que no es razonable, y que tú misma no actuarías jamás de ese modo.

Ocupada en observar las atenciones que el señor Bingley dispensaba a su hermana, Elizabeth estaba lejos de sospechar que ella misma iba a convertirse en sujeto de interés a ojos de su amigo. El señor Darcy al principio apenas había admitido que fuera guapa; la había mirado sin ningún interés durante el baile y, cuando se encontraron la siguiente vez, solo la miró para criticarla. Pero apenas quedó claro para él y para sus amigos que no se podía decir que Elizabeth tuviera un rostro bonito, Darcy comenzó a entrever que tenía unos rasgos singularmente inteligentes gracias a la bella expresión de sus ojos oscuros. A este descubrimiento sucedieron algunos otros igualmente enojosos. Aunque había detectado con mirada suspicaz más de un error de simetrías perfectas en su figura, se vio obligado a reconocer que tenía un cuerpo ligero y agradable;

---

[5] «Las veintiuna» y «el comercio» (o treinta y una) son dos juegos de cartas basados en las apuestas; también se citan en esta obra el cuatrillo *(quadrille)*, el *loo* (o *lanterloo*), el *piquet*, el *backgammon* y el *whist*.

y a pesar de la declaración según la cual sus modales no eran los propios de la sociedad elegante, quedó prendado de su naturalidad y su alegría. De todo esto Elizabeth era perfectamente inconsciente: para ella, él era solo el hombre que resultaba desagradable en todas partes y que no la había considerado lo suficientemente guapa como para bailar con ella.

Él comenzó a desear saber algo más de ella, y como un paso previo para decidirse a conversar con ella, se fijaba en la conversación que Elizabeth mantenía con otros. Su comportamiento llegó a oídos de Elizabeth. Ocurrió en casa de sir William Lucas, donde se había reunido un numeroso grupo de personas.

—¿Qué pretende el señor Darcy curioseando en mi conversación con el coronel Forster? —le dijo a Charlotte.

—Esa es una pregunta que solo el señor Darcy puede contestar.

—Pues si lo vuelve a hacer desde luego le haré saber que me doy cuenta de lo que está haciendo. Es un hombre muy sarcástico y, si no me muestro firme con él, pronto empezará a darme miedo.

Poco después, cuando volvió a acercarse a ellas, aunque al parecer sin ninguna intención de hablar, la señorita Lucas incitó a su amiga para que le mencionara la cuestión al señor Darcy, lo cual inmediatamente provocó que Elizabeth lo hiciera y, volviéndose hacia él, le dijo:

—¿No cree usted, señor Darcy, que he sido muy convincente hace un instante, cuando le estaba rogando al coronel Forster que nos ofreciera un baile en Meryton?

—Con mucha energía... pero esos son asuntos que siempre consiguen que una dama se muestre enérgica.

—Es usted muy severo con nosotras.

—Pronto será ella la que reciba los ruegos de los demás —dijo la señorita Lucas—. Voy a abrir el piano, Eliza, y ya sabes lo que viene después.

—¡Para ser mi amiga, te comportas de un modo muy extraño...! ¡Siempre me estás pidiendo que toque y cante delante de todo el mundo! Si mi vanidad me hubiera llevado por el camino de la música, me habrías resultado de un valor incalculable, pero, tal y como están las cosas, verdaderamente no debería sentarme al piano delante de personas que deben tener la costumbre de escuchar a los mejores músicos. —Ante la insistencia de la señorita Lucas, en todo caso, añadió—: Muy bien, si no queda más remedio... —y mirando con gesto serio al señor Darcy—: Hay un viejo dicho muy interesante que todo el mundo conoce por aquí: «Guárdate el aire de los pulmones para enfriar tus gachas»...[6] Así que yo me reservaré el mío para la canción.

Su actuación fue muy agradable, aunque de ningún modo extraordinaria. Después de un par de canciones, y antes de que pudiera satisfacer las peticiones de varias personas para que cantara de nuevo, fue sustituida al piano con cierta impaciencia por su hermana Mary, la cual, como resultaba ser la más vulgar de la familia, se esforzaba en acumular conocimientos y habilidades, y estaba siempre impaciente por demostrarlos.

Mary no tenía ni talento ni gusto; y aunque la vanidad la había hecho tenaz, también le había proporcionado un aire pedante y unos modales afectados que habrían menoscabado cualquier grado de excelencia que hubiera podido alcanzar. A Elizabeth, sencilla y natural, la habían estado escuchando con mucho más gusto, aunque no tocaba ni la mitad de bien que su hermana; y Mary, al final de un larguísimo concierto, tuvo que conformarse con recoger los elogios y los agradecimientos por la interpretación de ciertas danzas escocesas e irlandesas, que había tocado a petición de sus hermanas pequeñas, que con algunas de las Lucas y dos o tres oficiales se empeñaron en bailar en un extremo del salón.

El señor Darcy permaneció cerca de ellos, en silencio, indignado ante aquel modo de pasar la velada, en el que se despreciaba cualquier conversación, y estaba demasiado absorto en sus pensamientos para darse cuenta de que sir William Lucas estaba a su lado, hasta que sir William se dirigió a él.

—¡Qué entretenimiento tan encantador para la gente joven, señor Darcy! Después de todo, no hay nada como bailar. Yo creo que es uno de los grandes refinamientos de las sociedades civilizadas.

—Desde luego, señor... y además tiene la ventaja de estar de moda entre las sociedades menos civilizadas del mundo. Cualquier salvaje puede bailar.

---

[6] El refrán original es «*Keep your breath to cool your porridge*», y es una reconvención a los muy habladores y criticones con la que se les invita a callarse y ocuparse de sus asuntos.

Sir William solo sonrió.

—Su amigo baila maravillosamente... —añadió, tras una pausa, al ver a Bingley unirse al grupo— y no me cabe ninguna duda de que usted es un experto en esta ciencia, señor Darcy.

—Me vio usted bailar en Meryton, creo, señor.

—Sí, desde luego, y no me disgustó en absoluto verlo. ¿Baila usted a menudo en St James?

—Nunca, señor.

—¿No cree usted que sería una actividad muy propia para ese lugar?

—Es una actividad a la que no me entrego en ningún lugar, si puedo evitarlo.

—Tiene usted casa en Londres, supongo.

El señor Darcy asintió.

—Yo tuve antaño intención de fijar mi residencia en la ciudad, porque me encanta la alta sociedad; pero no estaba seguro de que el aire de Londres le sentara bien a lady Lucas.

Se detuvo con la esperanza de que Darcy le contestara; pero su compañero no parecía muy dispuesto a decir nada, y al ver que Elizabeth en aquel momento se dirigía hacia ellos, se le ocurrió la idea de agasajarla con alguna galantería, y se dirigió a ella diciéndole:

—Mi querida señorita Eliza, ¿por qué no baila usted...? Señor Darcy, permítame presentarle a esta joven dama como una compañera de baile estupenda. No puede usted negarse a bailar, estoy seguro, teniendo delante a semejante belleza.

Y cogiendo la mano de Elizabeth, se la quiso entregar al señor Darcy, el cual, aunque extraordinariamente sorprendido, no estaba pensando en negarse... cuando ella, de repente, retiró la mano y le dijo con alguna destemplanza a sir William:

—En realidad, señor, no tengo ni la menor intención de bailar. Le ruego que no suponga que me he acercado con la idea de buscar un compañero de baile.

El señor Darcy, con severa cortesía, solicitó que se le permitiera el honor de tomar la mano de Elizabeth, pero en vano. Elizabeth estaba decidida; ni siquiera sir William pudo con toda su persuasión quebrar en absoluto la resolución de la joven.

—Baila usted tan maravillosamente, señorita Eliza, que es cruel negarme la felicidad de verla; y aunque a ese caballero le disgusta la diversión en general, puede que no tenga ninguna objeción, estoy seguro, a concedernos media hora.

—El señor Darcy es todo cortesía —dijo Elizabeth, sonriendo.

—Desde luego que sí... pero considerando el aliciente que tiene delante, mi querida señorita Eliza, no nos puede sorprender su amabilidad... ¿pues quién podría poner objeciones a semejante compañera de baile?

Elizabeth los miró con picardía y se fue. Su negativa no la perjudicó a ojos del caballero y él estaba pensando en ella con alguna complacencia cuando se le acercó la señorita Bingley.

—Creo que puedo averiguar en qué está pensando.

—Yo diría que no.

—Está usted pensando en lo insoportable que sería pasar muchas veladas de este modo... en compañía de esta gente; y, desde luego, yo soy de su opinión absolutamente. ¡Nunca me he aburrido tanto! ¡Cuánta vulgaridad y cuánto alboroto! ¡Cuánta insignificancia y cuánta vanidad en toda esta gente! ¡Lo que daría por oír lo que piensa de ellos!

—Sus suposiciones son totalmente erróneas, se lo aseguro. Estaba pensando en cosas más agradables. He estado meditando en el enorme placer que pueden proporcionar un par de deliciosos ojos en el rostro de una mujer hermosa.

La señorita Bingley inmediatamente clavó sus ojos en los del señor Darcy y le pidió que le dijera qué dama tenía el honor de inspirar semejantes reflexiones. El señor Darcy contestó con gran decisión.

—La señorita Elizabeth Bennet.

—¡La señorita Elizabeth Bennet! —repitió la señorita Bingley—. Estoy completamente asombrada. ¿Desde cuándo es su favorita? Y, dígame, ¿cuándo voy a tener que darle la enhorabuena?

—Esa es precisamente la cuestión que esperaba que me preguntara. La imaginación de una dama es muy rápida; salta de la admiración al amor y del amor al matrimonio en un instante. Sabía que estaría deseando darme la enhorabuena.

—En fin, si se pone usted tan serio con esto, consideraré el caso como un asunto absolutamente resuelto. Va a tener usted una suegra encantadora, ya lo creo, y por supuesto estará con usted *siempre* en Pemberley.

El señor Darcy la escuchó con total indiferencia, mientras ella seguía divirtiéndose de aquel modo, y como el gesto amable del caballero la convenció de que no había ningún peligro, dio rienda suelta a su ingenio.

CAPÍTULO VII

La propiedad del señor Bennet consistía casi enteramente en una finca de dos mil libras al año, la cual, desafortunadamente para sus hijas, estaba comprometida con un familiar lejano, al no contar con un heredero varón; y la fortuna de su madre, aunque considerable teniendo en cuenta su posición en la vida, a duras penas podía cubrir la escasez de la de su marido. El padre de la señora Bennet había sido abogado en Meryton y le había dejado cuatro mil libras. Tenía una hermana casada con un tal señor Philips, que había sido pasante con su padre y que heredó el negocio, y un hermano colocado en Londres, dueño de un respetable establecimiento comercial.

La aldea de Longbourn se encontraba solo a una milla de Meryton; una distancia muy cómoda para las jóvenes señoritas, que habitualmente se veían tentadas a acudir allí tres o cuatro veces por semana para rendir pleitesía a su tía y a la tienda de sombreros y mercería que precisamente había de camino. Las dos más jóvenes de la familia, Catherine y Lydia, eran particularmente devotas de estas actividades; estaban más desocupadas que sus hermanas y, cuando no se ofrecía nada mejor, un paseo hasta Meryton se hacía indispensable para entretener sus horas matutinas y proporcionar conversación para las vespertinas; y poco importaba lo vacuas que pudieran ser las noticias del campo, ellas siempre se las arreglaban para sonsacarle algo a su tía. En aquel momento, ciertamente, iban bien surtidas tanto por las novedades como por la felicidad que les proporcionaba la inminente llegada de un regimiento militar a la vecindad; iban a quedarse todo el invierno y Meryton iba a convertirse en el cuartel general.

Sus visitas a la señora Philips eran ahora más productivas y les proporcionaban las noticias más interesantes. Cada día añadía algo relevante a sus conocimientos sobre los nombres de los oficiales y sus relaciones. Los alojamientos no fueron un secreto durante mucho tiempo y al final comenzaron a conocer a los propios oficiales. El señor Philips los visitó a todos y aquello representó para sus sobrinas una fuente de alegrías desconocida hasta entonces. No podían hablar de nada que no fueran los soldados; y la notable fortuna del señor Bingley, la mención de la cual tanto animaba a su madre, apenas tenía ningún valor a sus ojos cuando se comparaba con los galones de un oficial.

Después de escuchar una mañana todos sus entusiasmos sobre aquel asunto, el señor Bennet observó con frialdad:

—De todo lo que he podido colegir por vuestro modo de hablar, entiendo que debéis de ser dos de las niñas más tontas del condado. Ya sospechaba algo, pero ahora estoy convencido.

Catherine se quedó desconcertada y no contestó nada; pero Lydia, con perfecta indiferencia, siguió expresando su admiración por el capitán Carter y su deseo de verlo en algún momento a lo largo de aquel mismo día, porque a la mañana siguiente se iba a Londres.

—Estoy asombrada, querido —dijo la señora Bennet—, de lo dispuesto que estás siempre a pensar que tus hijas son tontas. Si quisiera pensar despectivamente de los hijos de alguien, desde luego no sería de los míos.

—Si mis hijas son tontas, confío en que nunca se me pase por alto.

—Sí... pero da la casualidad de que todas ellas son muy listas.

—Ese es el único punto, me temo, en el que no estamos de acuerdo. Confiaba en que nuestros pareceres coincidieran en este particular, pero llegados a este punto debo disentir de ti, pues pienso que nuestras dos hijas menores son sorprendemente idiotas.

—Mi querido señor Bennet, no debes esperar que unas niñas así tengan el juicio de su padre y de su madre. Cuando tengan nuestra edad, me atrevería a decir que no pensarán en oficiales más que nosotros. Me acuerdo de cuando una casaca roja me volvía loca a mí también... y, en realidad, todavía me encanta en el fondo...; y si un elegante y joven coronel, con cinco o seis mil libras anuales, se prendara de una de mis hijas, no le diría que no; y creo que el coronel Forster, la otra noche en casa de sir William, tenía un aspecto fabuloso con su uniforme.

—Mamá —exclamó Lydia—, la tía dice que el coronel Forster y el capitán Carter ya no van tanto a ver a la señorita Watson como al principio; ahora los ve muy a menudo delante de la biblioteca ambulante del señor Clarke.

La entrada del lacayo con una nota para la señorita Bennet impidió que la señora Bennet pudiera contestar; la nota venía de Netherfield y el criado esperaba respuesta. Los ojos de la señora Bennet centellearon de placer y, mientras su hija leía, empezó a apremiarla diciendo:

—Bueno, Jane, ¿de quién es? ¿De qué trata? ¿Qué dice? Bueno, Jane, date prisa y cuéntanos; date prisa, cariño...

—Es de la señorita Bingley —dijo Jane, y luego la leyó en voz alta.

> MI QUERIDA AMIGA.— Si no se compadece de Louisa y de mí, y se niega a cenar hoy con nosotras, correremos el riesgo de odiarnos mutuamente durante el resto de nuestras vidas, porque dos mujeres juntas no pueden soportar pasar un día entero sin discutir. Venga en cuanto pueda después de recibir esta nota. Mi hermano y los caballeros van a cenar con los oficiales.
>
> Siempre tuya, CAROLINE BINGLEY

—¡Con los oficiales! —exclamó Lydia—. Me asombra que la tía no nos contara *eso*.

—Cenan fuera... —dijo la señora Bennet—, qué mala suerte.

—¿Puedo utilizar la calesa? —preguntó Jane.

—No, querida, lo mejor será que vayas a caballo, porque parece que va a llover; así te podrás quedar allí a pasar la noche.

—Eso sería un buen plan —dijo Elizabeth—, si estuvieras segura de que no se ofrecerán a traerla a casa.

—Oh, no: los caballeros se habrán llevado el carruaje del señor Bingley para ir a Meryton; y los Hurst no tienen caballos propios.

—Preferiría ir en la calesa.

—Pero, querida mía, tu padre no puede prescindir de los caballos de tiro, estoy segura. Se necesitan aquí en la granja, ¿verdad que sí, señor Bennet?

—Se necesitan en la granja tan a menudo que ni yo mismo puedo utilizarlos.

—Pero si se quedan aquí hoy —dijo Elizabeth—, Jane tendrá que hacer lo que dice mamá.

Al final Elizabeth solo consiguió que su padre reconociera que los caballos de tiro estaban comprometidos y ocupados. Así que Jane se vio obligada a ir a caballo, y su madre la acompañó hasta la puerta con abundantes y halagüeños pronósticos de un día con un tiempo espantoso. Sus deseos se vieron confirmados; no hacía mucho que Jane había partido cuando comenzó a llover torrencialmente. Sus hermanas estaban preocupadas por ella, pero su madre estaba encantada. La lluvia continuó cayendo durante toda la tarde sin interrupción; Jane, con seguridad, no podría regresar.

—¡Qué buena idea la mía, ya lo creo! —dijo la señora Bennet en más de una ocasión, como si el mérito de que lloviera fuera todo suyo. Hasta la mañana siguiente, en todo caso, no fue consciente de que su estratagema había salido a las mil maravillas. Apenas se había levantado la mesa del desayuno cuando un criado de Netherfield trajo la siguiente nota para Elizabeth:

MI QUERIDÍSIMA LIZZY.— Me encuentro muy indispuesta esta mañana, lo cual, supongo, debe achacarse a que me empapé ayer por el camino. Mis queridas amigas no quieren oír hablar de mi regreso a casa hasta que me ponga buena. Insisten también en llamar al señor Jones —así que no os asustéis si os enteráis de que ha venido a verme—, porque aparte de un dolor de garganta y una jaqueca, no me pasa nada más. Tuya, etc.

—Bien, querida —dijo el señor Bennet cuando Elizabeth acabó de leer la nota en voz alta—, si tu hija enfermara gravemente, si se muriera, sería un consuelo saber que todo fue por conseguir al señor Bingley, y que todo se hizo porque así lo quisiste tú.

—¡Oh!, no tengo ningún miedo en absoluto de que se muera. La gente no se muere por unos pequeños resfriados de nada. La cuidarán bien. Cuanto más tiempo se quede allí, mejor. Yo misma iría a verla, si pudiera contar con la calesa.

Elizabeth, verdaderamente preocupada, estaba decidida a ir a verla, aunque no pudiera contarse con el carruaje; y como no sabía montar, la única alternativa era ir andando. Expresó en voz alta su decisión.

—¿Cómo puedes ser tan tonta como para pensar en nada semejante? —exclamó su madre— ¡Con todo el barro que hay! Cuando llegues allí, no se te podrá ni mirar.

—Estaré perfectamente para ver a Jane... que es lo único que quiero.

—¿Acaso me estás sugiriendo, Lizzy —dijo su padre—, que mande traer los caballos de tiro?

—No, claro que no. No pretendo ahorrarme la caminata. La distancia no es ninguna dificultad cuando una tiene una razón para caminar. Solo son tres millas. Estaré de regreso a la hora de la cena.

—Me admira la virulencia de tu generosidad —observó Mary—, pero todos los impulsos de los sentimientos deberían estar guiados por la razón; y, en mi opinión, el esfuerzo siempre debería ser proporcional a lo que se persigue.

—Nosotras iremos hasta Meryton contigo —dijeron Catherine y Lydia. Elizabeth aceptó su compañía y las tres jóvenes señoritas partieron juntas.

—Si nos damos prisa —dijo Lydia, mientras iban caminando—, a lo mejor podemos ver un poco al capitán Carter antes de que se vaya.

En Meryton se separaron; las dos jóvenes se quedaron en las dependencias de una de las patronas de los oficiales y Elizabeth continuó su camino sola, cruzando campo tras campo a buen paso, saltando los cercados por los pasos escalonados y salvando charcos enfangados con decidido ímpetu, y encontrándose al final delante de la casa, con los tobillos doloridos, las medias embarradas y el rostro encendido por el calor del ejercicio.

Se le hizo pasar al saloncito de desayunos, donde estaban todos reunidos, salvo Jane, y su aparición causó una notable sorpresa. Que hubiera caminado tres millas a tan temprana hora del día, con aquel tiempo tan espantoso, y ella sola, les resultó a la señora Hurst y a la señorita Bingley una hazaña prácticamente increíble; y Elizabeth estaba convencida de que la despreciaban por ello. De todos modos, la recibieron muy educadamente; y en los gestos de su hermano había algo más que educación; había buen humor y amabilidad. El señor Darcy apenas dijo nada y el señor Hurst, nada en absoluto. El primero estaba dividido entre la admiración por el brillo que el ejercicio le había proporcionado en la piel a

Elizabeth y la duda de que la ocasión justificara que hubiera hecho todo el camino sola. El segundo solo estaba pensando en su desayuno.

Las preguntas que hizo Elizabeth sobre su hermana no recibieron unas respuestas muy halagüeñas. La señorita Bennet había dormido mal y, aunque se había levantado, tenía mucha fiebre y no se encontraba lo suficientemente bien como para abandonar su habitación. Elizabeth se alegró de que la condujeran inmediatamente a su alcoba; y Jane, que solo por el temor a alarmar a su familia o preocuparlos se había guardado de expresar en su nota cuánto deseaba que fueran a visitarla, se alegró muchísimo cuando vio entrar a su hermana. De todos modos, no tenía ánimo para mucha conversación y, cuando la señorita Bingley las dejó allí juntas, apenas pudo expresar otra cosa que gratitud por la extraordinaria amabilidad con la que la estaban tratando.

Cuando concluyó el desayuno, las hermanas Bingley se reunieron con ellas, y a Elizabeth empezaron a resultarle más simpáticas cuando vio cuánto cariño y solicitud mostraban hacia Jane. Vino el boticario y, habiendo examinado a la paciente, dijo, como se podía suponer, que había cogido un fuerte resfriado, y que todos los demás debían procurar que se recuperara pronto; le recomendó que se volviera a la cama y le prometió algunas medicinas. El consejo se siguió de inmediato, pues los síntomas de la fiebre se hicieron notar y le empezaba a doler la cabeza bastante. Elizabeth no abandonó la habitación en ningún momento, ni las otras señoritas se ausentaron mucho; estando fuera los caballeros, la verdad es que no tenían nada que hacer en ningún otro lado.

Cuando el reloj dio las tres, Elizabeth pensó que ya era hora de irse; y aunque muy a regañadientes, así lo hizo saber. La señorita Bingley le ofreció un carruaje, y ella solo precisó una leve insistencia para aceptarlo; entonces Jane expresó su vehemente deseo de marcharse con su hermana, de tal modo que la señorita Bingley se vio obligada a convertir la oferta del carruaje en una invitación para que Elizabeth se quedara en Netherfield de momento. Elizabeth aceptó muy agradecida, y se despachó a un criado para que comunicara a la familia que se quedaba y que regresara con alguna ropa.

Capítulo VIII

A las cinco las dos damas se retiraron para vestirse, y a las seis y media se avisó a Elizabeth para que bajara a cenar. A la lluvia torrencial de corteses preguntas que entonces le hicieron, y entre las cuales tuvo el placer de distinguir la ferviente amabilidad del señor Bingley, no pudo ofrecer respuestas muy favorables. Jane no estaba mejor, en absoluto. Las hermanas Bingley, al oír aquello, repitieron tres o cuatro veces cuantísimo lo lamentaban, y la gran conmoción que suponía coger un mal resfriado, y lo mucho que les desagradaba ponerse enfermas; y luego ya se olvidaron del asunto y su indiferencia hacia Jane cuando no estaba delante de ellas consiguió que el agrado volviera a convertirse en la antigua antipatía.

Su hermano, efectivamente, era el único del grupo a quien Elizabeth podía contemplar con cierta simpatía. Su preocupación por Jane era evidente y las atenciones que le dispensaba a ella, muy amables; y precisamente fueron estas atenciones las que impidieron que se sintiera en buena parte como una intrusa, tal y como estaba segura que la considerarían los demás. Apenas nadie le dirigió la palabra, salvo él. La señorita Bingley estaba dedicada en cuerpo y alma al señor Darcy, y su hermana, poco menos; y respecto al señor Hurst, junto a quien estaba sentada Elizabeth, era un hombre indolente, que vivía solo para comer, beber y jugar a las cartas, y que cuando se enteró de que Elizabeth prefería un plato sencillo a un *ragout*, ya no tuvo nada que decirle.

Cuando concluyó la cena, Elizabeth regresó enseguida con Jane y la señorita Bingley comenzó a hablar mal de ella en cuanto salió del salón. Se decidió que tenía unos modales espantosos, desde luego, una mezcla de orgullo e impertinencia; no tenía conversación ninguna, ni estilo, ni gusto, ni belleza. La señora Hurst pensaba lo mismo y añadió:

—En resumen, no tiene nada por lo que pueda destacar, salvo que ha resultado ser una excelente caminante. Jamás se me olvidará su aparición esta mañana. De verdad que parecía casi una salvaje.

—Ya lo creo que sí, Louisa. Apenas pude contener la risa. ¡Qué idea tan ridícula, venir así...! ¿Cuál era la razón para que viniera corriendo por los sembrados? ¿Solo porque su hermana tenía un resfriado? ¡Y con el pelo suelto y tan alborotado!

—Sí, y sus enaguas; supongo que visteis sus enaguas: una cuarta de barro traían, estoy absolutamente segura; y el vestido, que había estirado para ocultarlo, no cumplía con su cometido...

—Tal vez tu retrato sea exacto, Louisa —dijo Bingley—, pero no me fijé en nada de eso. Pensé que la señorita Elizabeth Bennet tenía un magnífico aspecto cuando entró en el salón esta mañana. No me percaté en absoluto de que sus enaguas estuvieran embarradas.

—¿A que *usted* sí se dio cuenta, señor Darcy?, estoy segura —dijo la señorita Bingley—, y estoy inclinada a pensar que no le gustaría que *su hermana* diera un espectáculo semejante...

—Desde luego que no.

—Caminar tres millas, o cuatro millas, o cinco millas, o lo que sea, con barro hasta los tobillos, y sola, ¡completamente sola! ¿Qué pretendía haciendo eso? Me parece que ha demostrado una espantosa especie de presuntuosa independencia y un desprecio al decoro muy típico de estos sitios de provincias.

—Lo que demuestra es un cariño por su hermana que resulta encomiable —dijo Bingley.

—Me temo, señor Darcy —observó la señorita Bingley, en una suerte de medio susurro—, que esta aventura habrá empañado más bien la admiración que sentía usted por esos bonitos ojos.

—En absoluto —contestó—; estaban muy brillantes por el ejercicio.

Se produjo una especie de silencio tras aquella afirmación y la señora Hurst comenzó de nuevo.

—Le tengo un grandísimo aprecio a Jane Bennet, es una niña muy dulce, de verdad, y deseo de todo corazón que consiga casarse bien. Pero con ese padre y esa madre, y esa parentela de baja estofa, me temo que no tendrá muchas posibilidades.

—Creo haberte oído decir que su tío es abogado en Meryton.

—Sí; y tienen otro, que vive en Londres, en algún sitio cerca de Cheapside.

—¡Genial! —añadió su hermana, y ambas empezaron a reírse a carcajadas.[7]

---

[7]   Cheapside es un barrio de Londres que antaño se dedicaba sobre todo al comercio. La broma consiste en que Cheapside ['*cheap side*'] puede traducirse como 'la zona barata', lo cual sirve para ridiculizar a la parentela de los Bennet.

—Aunque tuvieran tíos suficientes para llenar todo Cheapside —exclamó Bingley—, eso no las convertiría en unas jóvenes menos agradables, en absoluto.

—Pero efectivamente se reducirán muy mucho sus posibilidades de casarse con hombres de alguna consideración en el mundo —replicó Darcy.

Bingley no replicó a aquella afirmación; pero sus hermanas le dieron su aprobación más entusiasta y estuvieron divirtiéndose un buen rato a costa de la vulgar parentela de su querida amiga.

Con renovada ternura, sin embargo, regresaron a la habitación de Jane cuando abandonaron el salón, y se sentaron con ella hasta que llamaron para tomar el café. Estaba todavía muy mal, y Elizabeth no quiso separarse de ella en absoluto hasta muy adelantada la noche, cuando tuvo el alivio de verla dormida y consideró que debía bajar al salón, más porque le resultaba adecuado que porque lo considerara agradable. Al entrar en el salón comprobó que todos estaban jugando al *loo,* y la invitaron enseguida a unirse a ellos; pero sospechando que las apuestas serían muy altas, declinó la invitación y, aprovechando la excusa de su hermana, dijo que durante los escasos instantes que permanecería allí abajo se entretendría con un libro. El señor Hurst la miró asombrado.

—¿Prefiere usted leer a jugar a las cartas? —le dijo—. Desde luego es una cosa estrafalaria.

—La señorita Eliza Bennet —dijo la señorita Bingley— desprecia las cartas. Es una gran lectora y no encuentra ningún placer en nada más.

—No merezco ni semejante alabanza ni semejante censura —protestó Elizabeth—. No soy una gran lectora y encuentro placer en muchas cosas.

—Estoy seguro de que encuentra placer en cuidar a su hermana —dijo Bingley—, y confío en que pronto ese placer sea mucho mayor cuando la vea plenamente restablecida.

Elizabeth le dio las gracias de todo corazón y luego se dirigió hacia una mesa donde había unos cuantos libros. Bingley inmediatamente se ofreció a proporcionarle otros; todos los que hubiera en su biblioteca.

—Y ojalá mi colección de libros fuera mayor, para que usted pudiera aprovecharla y para abonar mi prestigio personal; pero soy un tipo perezoso y, aunque no tengo muchos libros, tengo más de los que jamás leeré.

Elizabeth le aseguró que le bastarían perfectamente con los que había en el salón.

—Estoy asombrada —dijo la señorita Bingley— de que mi padre nos haya dejado una colección tan escasa de libros. ¡Qué biblioteca tan maravillosa tiene usted en Pemberley, señor Darcy!

—Debería de ser buena —contestó—, ha sido la labor de muchas generaciones.

—Y luego usted ha añadido muchos más por su cuenta, está usted siempre comprando libros.

—No puedo comprender que se descuide la biblioteca familiar en nuestros días.

—¡Descuidar! Estoy segura de que usted no descuida nada que pueda añadirse a las bellezas de ese nobilísimo lugar. Charles, cuando construyas *tu* casa, espero que sea la mitad de hermosa que Pemberley.

—Yo también lo espero.

—Pero yo desde luego te aconsejaría que hicieras tu adquisición por allí cerca, y que utilizaras Pemberley como una suerte de modelo. No hay un condado en Inglaterra más agradable que Derbyshire.

—Lo haría de todo corazón; y compraría la mismísima Pemberley si Darcy la vendiera.

—Estoy hablando de cosas posibles, Charles.

—Francamente, Caroline, yo diría que es más factible comprar Pemberley que imitarla.

Elizabeth estaba demasiado interesada en lo que pasaba como para continuar prestándole la más mínima atención a su libro; y dejándolo a un lado enseguida, se acercó a la mesa de juego y se colocó entre el señor Bingley y su hermana mayor para observar el juego.

—¿Ha crecido mucho la señorita Darcy desde la primavera? —dijo la señorita Bingley—. ¿Está tan alta como yo?

—Creo que sí. Ahora será de la altura de la señorita Elizabeth Bennet, o un poco más alta.

—¡Cuánto me apetece volver a verla! Jamás he conocido a nadie que me agrade tanto. ¡Esa carita, esos modales! ¡Y tan extraordinariamente educada, para su edad! Su manera de tocar el pianoforte es exquisita.

—Me asombra —dijo Bingley— que las señoritas, tan jóvenes, puedan tener paciencia para recibir tanta educación como reciben.

—¿Todas las jovenes tan educadas? Mi querido Charles, ¿qué quieres decir?

—Sí, todas, creo. Todas pintan mesas, tapizan biombos y tejen bolsos. Apenas conozco a ninguna que no sepa hacer todas esas cosas, y estoy seguro de que nunca me han hablado por primera vez de una joven señorita sin que se me informe pormenorizadamente de lo muy educada que está y de todo lo que sabe hacer.

—Tu lista de las habilidades comunes de las mujeres tiene mucho de verdad —dijo Darcy—. La palabra educación se aplica a muchas mujeres que no la merecen sino porque saben tejer un bolso o tapizar un biombo. Pero estoy muy lejos de coincidir contigo en tu valoración de las señoritas en general. Entre todas mis conocidas, no creo que pueda citar a más de media docena que estén realmente bien educadas.

—Ni yo, estoy segura —dijo la señorita Bingley.

—Entonces... —observó Elizabeth—, debe usted incluir una gran cantidad de habilidades en su idea de una mujer educada.

—Sí; efectivamente incluyo una gran cantidad de habilidades en mi idea de una mujer educada.

—¡Ah, desde luego! —exclamó su fiel escudera—, nadie puede considerarse realmente culta si no supera con mucho lo que una se encuentra habitualmente por ahí. Una mujer debe tener profundos conocimientos musicales, de canto, de dibujo, de danza y de lenguas modernas para merecer la consideración de persona «educada»; y aparte de todo eso, debe poseer un algo especial en su manera de moverse y en su modo de andar, en el tono de su voz, en su modo de dirigirse a los demás y en sus gestos, o solo merecerá ese nombre a medias.

—Debe poseer todo eso —añadió Darcy—, y a todo eso aún debe añadir algo más sustancial en el desarrollo de su intelecto mediante abundantes lecturas.

—Ahora ya no me sorprende que usted solo conozca a *seis* mujeres cultas. Verdaderamente ahora me maravilla que pueda conocer *alguna*.

—¿Tan severa es con su propio sexo como para dudar de la posibilidad de que una mujer tenga todo eso?

—Yo nunca he visto una mujer semejante. Nunca jamás he visto esa capacidad, ese gusto, esa dedicación y elegancia, tal y como ustedes las describen, en una sola persona.

La señora Hurst y la señorita Bingley clamaron contra la injusticia que implicaba la duda que planteaba Elizabeth, y estaban ambas protestando que conocían muchas mujeres que respondían a semejante descripción cuando el señor Hurst las llamó al orden, con unas reconvenciones tan severas por su falta de atención ante lo que tenían delante. Como la conversación pareció haber llegado a su fin, Elizabeth no tardó en abandonar la sala poco después.

—Eliza Bennet —dijo la señorita Bingley, cuando la puerta se cerró tras ella— es una de esas jóvenes señoritas que pretenden quedar bien delante del sexo opuesto mediante la estrategia de menospreciar el suyo propio; y con muchos hombres, me atrevo a decirlo, ese truco tiene éxito. Pero en mi opinión, es una estratagema miserable, una artimaña despreciable.

—Sin duda ninguna —contestó Darcy, a quien iba dirigida principalmente aquella observación—, hay una despreciable mezquindad en *todas* las artimañas que las damas en ocasiones se avienen a emplear para cautivar a un hombre. Todo lo que esconda argucias es despreciable.

La señorita Bingley no quedó lo suficientemente satisfecha con aquella contestación como para seguir con el tema.

Elizabeth solo volvió a reunirse con ellos para decirles que su hermana estaba peor y que no iba a dejarla. Bingley ordenó que se fuera a buscar al señor Jones inmediatamente; mientras sus hermanas, convencidas de que ningún tratamiento médico en el campo serviría de nada, aconsejaron que se enviara a buscar a uno de los médicos más eminentes de la ciudad. Elizabeth no quiso oír hablar de aquello, pero no fue tan reacia a asumir la propuesta de su hermano; y se decidió que se iría a buscar al señor Jones a primera hora de la mañana, si la señorita Bennet no estaba decididamente mejor. Bingley estaba bastante preocupado; sus hermanas declararon que estaban muy angustiadas. Sin embargo, ellas consolaron sus amarguras con unos duetos después de la cena, mientras que él no encontró mejor alivio a sus sentimientos que dando órdenes a su ama de llaves para que se ocupara de todo lo que necesitaran la dama enferma y su hermana.

Capítulo IX

Elizabeth pasó la mayor parte de la noche en la habitación de su hermana y por la mañana tuvo el placer de estar en disposición de enviar una respuesta más o menos tranquilizadora a las preguntas que había recibido muy temprano por parte del señor Bingley, por medio de una criada, y un poco después por medio de las dos damas elegantes que ayudaban a sus hermanas. A pesar de aquella mejoría, sin embargo, solicitó poder enviar una nota a Longbourn, rogándole a su madre que fuera a visitar a Jane y se formara una idea personal de cuál era su estado. La nota se despachó inmediatamente y sus peticiones se atendieron con toda celeridad. La señora Bennet, acompañada por las dos hijas menores, llegó a Netherfield poco después de que la familia hubiera desayunado.

Si se hubiera encontrado con que Jane corría algún peligro, la señora Bennet se habría sentido muy desgraciada; pero como se quedó tranquila al ver que su enfermedad no era alarmante, se dijo que ojalá no se recuperara demasiado pronto, pues la restauración de su salud probablemente implicaría el abandono de Netherfield. Así pues, no hizo caso de la propuesta de su hija de que la trasladaran en coche a casa; y tampoco el boticario, que llegó aproximadamente a la misma hora, lo consideró aconsejable. Después de permanecer un ratito con Jane, se presentó allí la señorita Bingley y las invitó a pasar al salón de desayunos; la madre y las tres hijas la siguieron. Bingley se reunió con ellas expresando su esperanza de que la señora Bennet no hubiera encontrado a la señorita Bennet peor de lo que esperaba.

—En realidad, sí, señor —fue su respuesta—. Está demasiado enferma como para trasladarla. El señor Jones dice que ni hablar de moverla. Creo que debemos abusar un poco más de su generosidad...

—¡Trasladarla! —exclamó Bingley—. ¡Ni pensarlo! Mi hermana, estoy seguro, no querrá ni oír hablar de trasladarla.

—Puede usted estar segura, señora —dijo la señorita Bingley, con gélida cortesía—, de que la señorita Bennet recibirá toda la atención que precise mientras permanezca con nosotros.

La señora Bennet fue profusa en sus demostraciones de agradecimiento.

—Estoy segura de ello —añadió—; si no hubiera sido por estos amigos tan buenos, no sé qué habría sido de ella, porque verdaderamente está muy enferma y sufre de un modo horrible, aunque con la mayor paciencia del mundo, que por cierto ha sido su modo de conducirse habitualmente, porque tiene el carácter más dulce que he visto en mi vida. A menudo les digo a mis otras hijas que, comparadas con *ella*, no valen nada de nada. Tiene usted un saloncito precioso aquí, señor Bingley, y qué vista tan encantadora sobre ese paseo de gravilla. No conozco un sitio en los alrededores que se parezca siquiera a Netherfield. Confío en que no esté pensando en marcharse precipitadamente, aunque lo ha alquilado usted por un tiempo muy escaso.

—Todo lo que hago lo hago precipitadamente —contestó Bingley—, así que si decidiera irme de Netherfield, probablemente lo haría en cinco minutos. Sin embargo, de momento, creo que me encuentro magníficamente instalado aquí.

—Eso es exactamente lo que me esperaba de usted —dijo Elizabeth.

—Empieza usted a comprenderme, ¿verdad? —exclamó él, volviéndose hacia ella.

—¡Oh, sí...! Le comprendo perfectamente.

—Ojalá pudiera considerarlo un cumplido; pero me temo que ser tan claro y transparente resulta lamentable.

—Depende como actúe. No necesariamente se sigue que una personalidad profunda y retorcida tenga que ser más o menos apreciable que una como la suya.

—¡Lizzy! —exclamó su madre—. Recuerda dónde estás y no te conduzcas de un modo tan insolente como el que tenemos que aguantarte en casa.

—No sabía que fuera usted una estudiosa de las personalidades ajenas —continuó Bingley inmediatamente—. Debe de ser una disciplina muy interesante.

—Sí, pero los caracteres retorcidos son los *más* interesantes. Al menos tienen esa ventaja.

—La vida en el campo —dijo Darcy— por lo general no proporciona mucha materia para estudios semejantes. En la vecindad del campo uno convive en un grupo social cerrado y muy poco variado.

—Pero las personas cambian tanto que siempre hay algo nuevo que observar en ellas.

—Sí, ya lo creo... —exclamó la señora Bennet, ofendida por el modo en que se había referido Darcy al vecindario del campo—. Le aseguro que *eso* ocurre tanto en el campo como en la ciudad.

Todo el mundo se quedó sorprendido y Darcy, después de mirarla durante un instante, se volvió y se apartó en silencio. La señora Bennet, que se imaginaba que había obtenido una absoluta victoria sobre él, siguió hablando con aire triunfal.

—Por mi parte, soy incapaz de ver que Londres tenga ninguna ventaja notable sobre el campo, excepto las tiendas y los lugares públicos. El campo es muchísimo más agradable, ¿a que sí, señor Bingley?

—Cuando estoy en el campo —contestó—, nunca quiero irme; y cuando estoy en la ciudad me ocurre prácticamente lo mismo. Cada sitio tiene sus ventajas, y yo puedo ser igual de feliz en ambos.

—Sí... eso es porque tiene usted un carácter fantástico. Pero *ese* caballero... —dijo, mirando a Darcy— parece pensar que el campo no vale nada en absoluto.

—Desde luego, mamá, estás equivocada... —dijo Elizabeth, ruborizándose por su madre—. Has malinterpretado al señor Darcy totalmente. Solo pretendía decir que no hay tanta gente distinta en el campo como en la ciudad, lo cual tienes que reconocer que es cierto.

—Claro, querida, nadie dice que no lo sea; pero respecto a que no hay mucha gente en este vecindario, creo que hay pocos vecindarios más grandes. Nosotros cenamos con veinticuatro familias.

Nada salvo el respeto que le merecía Elizabeth pudo conseguir que Bingley mantuviera la compostura. Su hermana fue menos discreta y dirigió su mirada hacia el señor Darcy con una sonrisa muy expresiva. Elizabeth, solo por decir algo que hiciera cambiar de tema de conversación a su madre, le preguntó si Charlotte Lucas había estado en Longbourn desde que *ella* había partido.

—Sí, pasó ayer con su padre. Qué hombre tan agradable es sir William, señor Bingley... ¿no le parece? ¡Y es un hombre muy a la moda! ¡Tan gentil y tan sencillo...! Siempre tiene algo que decirle a todo el mundo. *Eso* es lo que yo entiendo por buena educación; y esas personas que se creen muy importantes y nunca abren el pico, se equivocan de medio a medio.

—¿Se quedó Charlotte a cenar con vosotros?

—No, se volvió a casa. Creo que la necesitaban para hacer los pastelillos de fruta. Por mi parte, señor Bingley, *yo* siempre me ocupo de que los criados sepan hacer el trabajo que les corresponde; *mis* hijas se han educado de un modo muy diferente a la señorita Charlotte Lucas. Pero cada cual actúa como mejor le conviene, y las señoritas Lucas son unas muchachas estupendas, se lo aseguro. ¡Es una lástima que no sean muy agraciadas! Y no es que *yo* crea que Charlotte es *muy* vulgar... pero, en fin, es muy amiga nuestra.

—Parece una joven muy agradable —dijo Bingley.

—Oh, cielos, sí... pero debe de reconocerme que es muy normalita. La propia lady Lucas lo ha dicho muchas veces y envidia la belleza de mi Jane. No me gusta presumir de mis propias hijas, pero, a decir verdad, Jane... una no ve muy a menudo a muchachas más agraciadas. Eso es lo que dice todo el mundo. No lo digo porque sea su madre. Cuando tenía solo quince años hubo un caballero que estaba en casa de mi hermano Gardiner, en Londres, que se enamoró tanto de ella que mi cuñada estaba segura de que le haría una oferta antes de que nos marcháramos. Sin embargo, no la hizo. A lo mejor pensó que era demasiado joven. En todo caso, le escribió unos versos, y eran bien bonitos.

—Y así acabó su amor —dijo Elizabeth con impaciencia—. Supongo que ha habido muchos más que lo han superado de ese modo. Me pregunto quién descubriría por vez primera la eficacia de la poesía para olvidarse del amor.

—Yo siempre he considerado que la poesía es el *alimento* del amor —dijo Darcy.

—De un amor dulce, firme y saludable, puede ser. Cualquier cosa alimenta a lo que ya es fuerte. Pero si solo es una especie de afecto leve y frívolo, estoy convencida de que un buen soneto conseguirá matarlo de inanición.

Darcy solo sonrió; y el silencio general que se produjo hizo temer a Elizabeth que su madre empezara de nuevo a hablar. Estaba deseando hablar, pero no se le ocurrió nada que decir; y después de

un corto silencio, la señora Bennet comenzó a repetir los agradecimientos al señor Bingley por su amabilidad con Jane, con una disculpa por las molestias que también le había causado Lizzy. El señor Bingley fue sinceramente educado en su respuesta, y obligó a
su hermana menor a ser también educada y a decir lo que requería
la ocasión. Caroline Bingley representó su parte ciertamente sin
mucha gracia, pero la señora Bennet quedó satisfecha y poco después ordenó que prepararan su carruaje. A esta señal, la más joven
de las hijas dio un paso adelante. Las dos muchachas habían estado
cuchicheando durante toda la visita, y la consecuencia de aquellas
murmuraciones fue que la más joven le recordó al señor Bingley
que, cuando llegó por primera vez al vecindario, había prometido
dar un baile en Netherfield.

Lydia era una niña robusta y ya crecida de quince años, con un
cutis muy fino y un carácter muy alegre; era la favorita de su madre, cuya pasión por ella se había resuelto en la decisión de presentarla en sociedad a muy temprana edad. Tenía una vitalidad desbo-
cada y una especie de vanidad innata que se había convertido en
confianza en sí misma gracias a las galanterías de los soldados, a
quienes les gustaban en la misma medida las buenas cenas de su tío
y los modales desenvueltos de la niña. Así pues, ella era la más
apropiada para dirigirse al señor Bingley para comentarle el asunto
del baile y recordarle con todo el descaro su promesa; añadiendo,
además, que sería lo más vergonzoso del mundo que no la cumpliera. La respuesta a aquel repentino ataque fue música celestial
para su madre.

—Les aseguro que estoy completamente dispuesto a cumplir mi
compromiso; y cuando su hermana esté recuperada, podrán ustedes
fijar cuando gusten el mismísimo día para el baile. Pero supongo
que no desearán bailar mientras ella está enferma.

Lydia se declaró perfectamente satisfecha con la respuesta.

—¡Oh, sí...! Será mucho mejor esperar hasta que Jane esté bien,
y para entonces seguramente el capitán Carter ya habrá regresado
de nuevo a Meryton. Y cuando *usted* haya dado su baile —añadió—, insistiré en que ellos den el suyo. Le diré al coronel Forster
que sería una espantosa vergüenza que no lo hiciera.

Luego, la señora Bennet y sus hijas partieron, y Elizabeth regresó de inmediato con Jane, dejando el comportamiento de su

madre y de sus hermanas a merced de las observaciones de las dos damas y del señor Darcy; a este último, sin embargo, no pudieron convencerlo para que se uniera a las censuras contra Elizabeth, a pesar de todas las malicias de la señorita Bingley sobre los *ojos hermosos*.

CAPÍTULO X

El día transcurrió igual que el día anterior. La señora Hurst y la señorita Bingley habían pasado algunas horas de la mañana con la enferma, que continuaba recuperándose, aunque lentamente; y por la tarde Elizabeth se unió a ellos en el salón. Sin embargo, no se formó la mesa de juego. El señor Darcy estaba escribiendo y la señorita Bingley, sentada a su lado, estaba observando lo que escribía, y reiteradamente lo interrumpía y le daba mensajes para que se los transmitiera a su hermana. El señor Hurst y el señor Bingley jugaban al *piquet*, y la señora Hurst estaba observando la partida.

Elizabeth cogió su labor y tenía suficiente diversión observando lo que ocurría entre Darcy y su acompañante. Los constantes elogios de la dama tanto sobre su caligrafía como sobre la rectitud de las líneas o sobre la longitud de la carta, y la absoluta indiferencia con la que sus halagos se recibían, formaban un curioso diálogo, y estaba exactamente en consonancia con lo que Elizabeth pensaba de cada uno de ellos.

—¡La señorita Darcy estará encantada de recibir una carta como esta!

Él no contestó.

—Escribe usted increíblemente rápido.

—Se equivoca usted. Escribo bastante lento.

—¡Cuántas cartas tendrá usted ocasión de escribir a lo largo del año! ¡Y cartas de negocios también! ¡Yo acabaría odiándolas!

—Entonces tiene usted mucha suerte de que me toque a mí escribirlas, y no a usted.

—Por favor, dígale a su hermana que estoy deseando verla.

—Ya se lo he dicho una vez, a petición suya.

—Me temo que no le gusta a usted esa pluma. Permítame que se la afile. Yo afilo las plumas maravillosamente.

—Gracias... pero yo afilo mis propias plumas.

—¿Cómo puede usted escribir de ese modo tan uniforme?

Él permaneció en silencio.

—Dígale a su hermana que me encanta saber que ha progresado mucho con el arpa y, por favor, hágale saber que estoy absolutamente entusiasmada con aquel pequeño diseño que hizo de una mesa, y que creo que es infinitamente superior al de la señorita Grantley.

—¿Le importaría si dejo sus entusiasmos para la carta siguiente? En esta ya no tengo sitio para expresarlos con toda justicia.

—Oh, da igual. La voy a ver en enero. ¿Pero usted siempre le escribe estas cartas tan largas y encantadoras, señor Darcy?

—Generalmente son largas; pero si son siempre encantadoras... eso no es una cosa que me corresponda decir a mí.

—Yo tengo para mí que una persona que escribe cartas largas, y con tanta facilidad, no puede escribir mal.

—Eso no sirve como cumplido para Darcy, Caroline —exclamó su hermano—, porque él no escribe con ninguna facilidad. Busca concienzudamente palabras de cuatro sílabas. ¿A que sí, Darcy?

—Mi estilo de escritura es muy diferente del tuyo.

—Oh —exclamó la señorita Bingley—, Charles escribe del modo más descuidado que pueda imaginarse. Se come la mitad de las palabras y el resto son borrones.

—Mis ideas fluyen tan rápidamente que no tengo tiempo para expresarlas... por esa razón mis cartas a veces no le dicen nada a las personas a las que se las envío.

—Su humildad, señor Bingley —dijo Elizabeth—, seguramente desarma cualquier reproche que pudiera hacérsele.

—Nada más engañoso que la apariencia de humildad —dijo Darcy—. A menudo solo es una carencia de opinión y, en otras ocasiones, una vanidad oculta.

—¿Y cuál de esos dos defectos atribuyes a mi pequeño acto de modestia respecto a las cartas?

—A una vanidad oculta: porque realmente estás orgulloso de tus defectos a la hora de escribir, pues los consideras como el resultado de una agilidad de pensamiento y un descuido únicamente en su ejecución, lo cual consideras, si no muy estimable, al menos muy atractivo. La capacidad para hacer algo con rapidez siempre es muy apreciada por quien la posee, y a menudo no se presta atención ninguna a la imperfección de la ejecución. Cuando esta mañana le dijiste a la señora Bennet que, si en algún momento decidías abandonar Netherfield, te irías de aquí en cinco minutos, solo pretendías hacer un panegírico de ti mismo y regalarte cumplidos a ti mismo... y, sin embargo, ¿qué hay de loable en la precipitación que solo consigue dejar atrás muchos asuntos importantes sin resolver, y que no puede ser beneficiosa ni para ti ni para nadie?

—Bah... —exclamó Bingley—, esto es excesivo: recordar por la noche todas las bobadas que se dicen por la mañana. Y, sin embargo, por mi honor, estaba convencido de lo que decía de mí mismo, y lo creo en este momento. Al menos, de todos modos, no fingí tener un carácter de innecesaria precipitación solo para presumir delante de las damas.

—Me atrevo a decir que estabas convencido de ello; pero, por mi parte, de ningún modo estoy convencido de que te irías con tanta celeridad. Tu conducta dependería tan absolutamente de las circunstancias como la de cualquier hombre que yo conozca; y si, cuando estuvieras ya montado en el caballo, un amigo fuera y te dijera: «Bingley, te tienes que quedar hasta la semana que viene», probablemente lo harías, probablemente no te irías... y, en otras palabras, puede que te quedaras un mes.

—Con eso solo ha probado —apuntó Elizabeth— que el señor Bingley no es enteramente justo con su propio temperamento. Usted lo ha presentado de un modo mucho más generoso de lo que él ha hecho consigo mismo.

—Le estoy extraordinariamente agradecido —dijo Bingley— por convertir lo que dice mi amigo en un cumplido sobre la afabilidad de mi carácter. Pero me temo que está usted interpretando mal lo que ese caballero pretendía decir, porque estoy seguro de que él tendría mucha mejor opinión de mí si, en las circunstancias dichas, yo me negara en redondo a quedarme y me largara al galope tan rápidamente como pudiera.

—Entonces, ¿el señor Darcy consideraría que la precipitación de su decisión primera quedaría reparada con la obstinación de mantenerla a toda costa?

—Le aseguro por mi honor que yo no estoy en condiciones de explicar claramente el asunto: que lo explique el propio Darcy.

—Supongo, señorita Bennet, que usted espera que dé explicaciones por opiniones que usted ha decidido que sean mías, pero que yo en ningún caso he reconocido como tales. De todos modos, volviendo al caso, para ajustarme a su interpretación, debe usted recordar, señorita Bennet, que el amigo que se supone que desea que se quede en casa, y que difiera su plan, simplemente lo desea, y se lo pide sin ofrecer ningún argumento que explique semejante petición.

—Ceder rápida... sencillamente... a la *persuasión* de un amigo no tiene ningún mérito para usted.

—Ceder sin convicción no es ningún cumplido para la inteligencia de nadie.

—Me parece, señor Darcy, que usted no valora mucho la influencia de la amistad o del cariño. El respeto por la persona que nos solicita algo puede a menudo conseguir que uno ceda fácilmente a una petición, sin que sean necesarias explicaciones para razonarla. No estoy hablando concretamente del caso que usted ha planteado al señor Bingley. De todos modos, quizá podamos esperar hasta que se dé la situación, antes de discutir la discreción de su comportamiento. Pero en general, y en los casos habituales entre amigos, donde uno de ellos desea que el otro cambie de decisión, siempre que no sea de gran importancia, ¿censuraría usted a la persona que complace ese ruego, sin necesidad de que se le den razones y argumentos?

—¿No sería aconsejable, antes de seguir con el tema, acordar con más precisión la importancia que tiene dicha petición así como el grado de amistad entre ambas partes?

—Desde luego —exclamó Bingley—: sepamos todos los detalles, sin olvidar una estadística comparativa de la altura y la envergadura de los implicados, porque eso tendrá más peso en la argumentación de lo que a usted le parece, señorita Bennet. Le aseguro que si Darcy no fuera tan alto, comparado conmigo, no le tendría ni la mitad de respeto que le tengo. Declaro solemnemente que no conozco una cosa más espantosa que Darcy, en determinadas ocasiones y en determinados sitios; en su casa, sobre todo, y los domingos por la tarde, cuando no tiene nada que hacer.

El señor Darcy sonrió; pero Elizabeth se dio cuenta de que estaba bastante ofendido y, por tanto, contuvo la risa. La señorita Bingley protestó airadamente contra las ofensas que se le habían hecho al señor Darcy, con una recriminación a su hermano por decir semejantes tonterías.

—Ya veo dónde quieres ir a parar, Bingley —dijo su amigo—. Te disgustan las discusiones y quieres acabar con esta.

—Tal vez. Las discusiones se parecen demasiado a las disputas. Si tú y la señorita Bennet podéis aplazar vuestros razonamientos hasta que yo me vaya del salón, os estaría enormemente agradecido; y luego os doy permiso para que digáis lo que queráis de mí.

—Lo que pide no representa ningún sacrificio por mi parte —dijo Elizabeth—; y el señor Darcy haría muy bien en concluir su carta.

El señor Darcy siguió su consejo y concluyó su carta.

Cuando esa tarea finalizó, solicitó a la señorita Bingley y a Elizabeth que tuvieran la amabilidad de tocar algo de música. La señorita Bingley se adelantó rápidamente hasta el piano y, tras una educada petición para que iniciara la velada Elizabeth, que la señorita Bennet declinó con vehemencia, se sentó al piano.

La señora Hurst empezó a cantar con su hermana y, mientras ellas estaban absortas en su tarea, Elizabeth no pudo dejar de observar, curioseando unas partituras que había sobre el piano, cuán frecuentemente la mirada del señor Darcy se clavaba en ella. Apenas podía imaginarse que pudiera ser objeto de admiración de un hombre tan importante; y, sin embargo, que la mirara porque le resultara desagradable era aún más extraño. Al final solo pudo pensar que llamaba su atención porque había algo en ella mucho más desagradable o reprensible, de acuerdo con sus ideas de la rectitud, que en cualquier otra persona de las presentes. Aquella suposición no le molestó. El señor Darcy no le interesaba lo suficiente como para que le importara su aprobación.

Después de tocar algunas canciones italianas, la señorita Bingley varió el repertorio y entonó una animada danza escocesa; y poco después el señor Darcy, acercándose a Elizabeth, le dijo:

—¿No le apetece, señorita Bennet, aprovechar esta excelente oportunidad para bailar un *reel*?[8]

---

[8] *Reel:* se trata de una danza muy popular originaria de Irlanda y Escocia; la malicia de Darcy consiste en que dicha danza se consideraba muy vulgar y de mal gusto en los salones ingleses.

Ella sonrió, pero no contestó. Él repitió la pregunta, con alguna sorpresa por su silencio.

—¡Oh! —dijo Elizabeth—. Le he oído antes. Pero no puedo decidir inmediatamente qué debo contestar. Yo sé que usted desea que diga «sí» para que así pueda usted darse el placer de despreciar mi mal gusto, pero resulta que a mí me encanta echar por tierra esa clase de trampas y burlarme de las personas cuyo único interés es despreciar a los demás. Por tanto he decidido decirle a usted que no tengo ganas de bailar un *reel* en absoluto... y ahora puede despreciarme usted, si se atreve.

—Desde luego, no me atrevo.

Elizabeth, que esperaba más bien haberlo ofendido, se quedó asombrada ante su galantería. Había una mezcla de dulzura e ironía en los gestos de la señorita Bennet que impedían que le resultara fácil ofender a nadie, y Darcy nunca había estado tan fascinado por ninguna mujer como por ella. Sinceramente creía que, si no fuera por la inferioridad de su familia, podría correr serio peligro.

La señorita Bingley vio o sospechó lo suficiente como para estar celosa y su gran interés en la recuperación de su querida amiga Jane se vio notablemente incrementada por su deseo imperioso de librarse de Elizabeth.

Intentó varias veces provocar a Darcy para que rechazara a su invitada, hablándole de su supuesto matrimonio y burlándose de la felicidad de Darcy ante semejante alianza.

—Supongo que tendrás que darle a tu suegra algunos consejillos, cuando ese fausto acontecimiento tenga lugar —le dijo al día siguiente, cuando paseaban juntos por el jardín—, sobre las ventajas de tener cerrado el pico; y si puedes conseguirlo, procura que las más jóvenes no anden zascandileando tras los soldados. Y, si se me permite mencionar un asunto delicado, procura refrenar ese aire, que bordea el engreimiento y la impertinencia, que posee tu dama.

—¿Tienes algo más que proponerme para que sea completa mi felicidad doméstica?

—¡Oh, sí! Haz que coloquen los retratos de su tío y de su tía Philips en la galería de Pemberley. Ponlos junto a tu tío abuelo, el juez. Son de la misma profesión, ya sabes, aunque de estamentos diferentes. Y respecto al retrato de tu Elizabeth, no se te ocurra encargarlo, porque... ¿qué pintor podría hacer justicia a esos hermosos ojos?

—Desde luego no sería fácil captar su expresión, pero su color y su forma, y las pestañas, tan notablemente delicadas, sí que podrían copiarse.

En aquel momento se encontraron con la señora Hurst y con la propia Elizabeth, que venían por otro camino.

—No sabía que hubiérais salido a pasear... —dijo la señorita Bingley, un tanto apurada, temerosa de que la hubieran oído.

—Te has comportado espantosamente mal con nosotras —contestó la señora Hurst—, al huir sin decirnos que ibais a salir.

Entonces, cogiendo el brazo libre del señor Darcy, dejó a Elizabeth andando sola. La anchura del camino no daba para más de tres personas. El señor Darcy se dio cuenta de la descortesía e inmediatamente dijo:

—Este sendero no es lo suficientemente ancho para los cuatro. Será mejor ir por la avenida.

Pero Elizabeth, que no tenía el menor deseo de quedarse con ellos, contestó entre risas:

—No, no... quédense donde están. Forman ustedes un grupo encantador y es imposible mejorarlo. Una escena tan pintoresca se arruinaría si admitieran a una cuarta persona. Adiós.

Luego se alejó alegremente, sonriendo mientras caminaba y acariciando la esperanza de regresar a casa en un par de días. Jane ya estaba lo suficientemente recuperada como para intentar salir de la habitación durante un par de horas aquella tarde.

CAPÍTULO XI

Cuando las damas salieron, después de comer, Elizabeth subió corriendo con su hermana, y viendo que estaba bien abrigada, la acompañó hasta el salón, donde fue recibida por sus dos amigas con abundantes muestras de complacencia; y Elizabeth nunca las había visto tan amables como durante la hora que transcurrió antes de que aparecieran los caballeros. Las habilidades de las hermanas Bingley en la conversación eran muy notables. Podían describir un espectáculo con gran precisión, relatar una anécdota con mucho sentido del humor y reírse de sus conocidos con ingenio.

Pero cuando entraron los caballeros, Jane dejó de ser el centro de atención. La mirada de la señorita Bingley se volvió instantáneamente hacia el señor Darcy y tuvo que decirle algo antes de que hubiera dado tres pasos en el salón. Él se dirigió directamente a la señorita Bennet y la felicitó con mucha amabilidad por su restablecimiento; el señor Hurst también le hizo una leve reverencia y dijo que estaba «muy contento»; pero la efusión y el entusiasmo quedaron para las bienaventuranzas del señor Bingley. Estaba exultante de alegría y dispuesto a dispensarle todas las atenciones a Jane. La primera media hora se empleó en avivar el fuego, para que la dama no sufriera con el cambio de estancia; y, a instancias suyas, Jane se trasladó al otro lado de la chimenea, porque así estaría más alejada de la puerta. Luego Bingley se sentó a su lado y apenas habló con nadie más. Elizabeth, con la labor en la esquina contraria, lo observaba todo con enorme satisfacción.

Cuando concluyó el té, el señor Hurst le recordó a su cuñada que había una mesa de cartas... pero fue en vano. Ella se había percatado de que al señor Darcy no le gustaban las cartas y el señor Hurst no tardó en recibir una negativa drástica cuando propuso abiertamente jugar una partida. La señorita Bingley le aseguró que a nadie le apetecía jugar y el silencio de todos al respecto pareció darle la razón. El señor Hurst, por consiguiente, no tenía nada que hacer, salvo tumbarse en uno de los sofás y ponerse a dormir. Darcy cogió un libro, la señorita Bingley hizo lo mismo, y la señora Hurst, ocupada sobre todo en juguetear con sus pulseras y sus anillos, se entrometía de vez en cuando en la conversación de su hermano con la señorita Bennet.

La atención de la señorita Bingley estaba tan concentrada en la observación de la lectura del señor Darcy como en la lectura del libro que ella tenía entre manos, y continuamente estaba planteando preguntas o mirando la página por la que iba leyendo el caballero. Sin embargo, no pudo conseguir que Darcy se involucrara en ninguna conversación; él simplemente respondía a sus preguntas y seguía leyendo. Al final, absolutamente agotada de intentar entretenerse con su propio libro, que había escogido únicamente porque era el segundo volumen del que había cogido Darcy, lanzó un gran bostezo y dijo:

—¡Qué agradable es pasar la tarde así! ¡Puedo asegurar que no hay cosa más divertida que leer! ¡Una se cansa de cualquier cosa antes que de un libro...! Cuando tenga mi propia casa, seré muy desgraciada si no puedo contar con una excelente biblioteca...

Nadie le contestó. Entonces volvió a bostezar, tiró a un lado el libro y recorrió con la mirada la sala buscando algo en que entretenerse; cuando oyó a su hermano que le mencionaba a la señorita Bennet algo sobre un baile, se volvió repentinamente hacia él y le dijo:

—Por cierto, Charles, ¿de verdad estás pensando organizar un baile en Netherfield? Te aconsejaría, antes de que decidas algo al respecto, que consultes a los que estamos aquí; o mucho me equivoco, o hay entre nosotros alguien para quien un baile sería más un castigo que un placer.

—Si te refieres a Darcy —exclamó su hermano—, si quiere, puede irse a la cama antes de que empiece... pero por lo que respecta al baile, es cosa absolutamente decidida; y en cuanto Nicholls haya preparado suficiente sopa blanca,[9] enviaré las invitaciones.

—Los bailes me gustarían infinitamente más —contestó la señorita Bingley— si se organizaran de un modo diferente, pero hay algo insufriblemente tedioso en la manera habitual en que se celebran esas fiestas. Sería mucho más civilizado y racional si la conversación tuviera preeminencia sobre el baile.

—Mucho más racional, mi querida Caroline, me atrevería a decir, pero entonces no sería un baile.

La señorita Bingley no contestó; y poco después se levantó y empezó a pasear por toda la estancia. Tenía una figura elegante, y caminaba bien... pero Darcy, a quien iban dirigidos todos sus gestos, seguía inflexiblemente enfrascado en su libro. Desesperada absolutamente, decidió llevar a cabo un último intento y, volviéndose hacia Elizabeth, le dijo:

—Señorita Eliza Bennet, permítame convencerla para que siga mi ejemplo y demos juntas un paseo por el salón. Le aseguro que

---

[9] *White soup:* la sopa blanca o sopa de la reina se confeccionaba con almendras, limón, hierbas y miga de pan; se adornaba con pistachos y granadas.

resultan muy revitalizantes después de estar sentada durante mucho rato en una única postura.

Elizabeth estaba sorprendida, pero accedió inmediatamente. La señorita Bingley consiguió de este modo el verdadero objetivo de su amable ofrecimiento: el señor Darcy levantó la mirada. Estaba tan sorprendido por la amabilidad de Caroline como lo pudiera estar la propia Elizabeth e inconscientemente cerró el libro. Fue directamente invitado a unirse a ellas, pero declinó la invitación, apuntando que solo se le ocurrían dos motivos por los que quisiera caminar de un lado a otro por la estancia con ellas, y en ambos casos, si se uniera, acabaría molestando. «¿Qué querrá decir con eso?»: Caroline se moría por saber qué habría querido decir... y le preguntó a Elizabeth si ella lo había entendido.

—En absoluto —fue su respuesta—, pero con toda seguridad tiene la intención de criticarnos, y la mejor manera que tenemos de frustrar sus intenciones es no preguntarle nada.

La señorita Bingley, sin embargo, era incapaz de frustrar ninguna intención del señor Darcy en absoluto, y por tanto insistió en exigir una explicación de los dos motivos.

—No tengo el menor inconveniente en explicarlos —dijo, en cuanto ella le permitió hablar—. Ustedes dos han elegido esa forma de pasar la velada bien porque tienen confidencias que hacerse y tendrán asuntos secretos sobre los que conversar, bien porque son conscientes de que sus figuras lucen mucho más hermosas cuando van caminando... Si es por lo primero, yo sería un completo estorbo... y si es por lo segundo, puedo admirarlas a ustedes mucho mejor desde aquí, sentado junto a la chimenea.

—¡Oh! ¡Qué horror! —exclamó la señorita Bingley—. Jamás he oído nada tan espantoso. ¿Cómo lo castigaremos por semejante manera de hablar?

—Nada más sencillo, dado que tiene usted ese capricho —dijo Elizabeth—. Todos estamos en condiciones de molestarnos y ofendernos los unos a los otros. Búrlese de él... ríase de él. Dado que son ustedes amigos íntimos, seguro que sabe cómo hacerlo.

—Le juro por mi honor que no. Le puedo asegurar que a pesar de mi íntima amistad con él, aún no he conseguido averiguar cómo se hace eso. ¿Burlarse de esa firmeza de carácter y de esa presencia de ánimo? No, no... Tengo la impresión de que saldríamos chasqueadas del intento. Y respecto a la risa, si le parece, será mejor que no nos pongamos en evidencia intentando reírnos sin ningún motivo. El señor Darcy puede mofarse a nuestra costa.

—¡Vaya! ¡Así que del señor Darcy nadie se puede reír! —exclamó Elizabeth—. Un privilegio muy especial, y confío en que siga siendo muy especial, porque para mí sería una gran desgracia tener muchos conocidos así. De verdad que me encanta reírme.

—La señorita Bingley me atribuye más virtudes de las que en realidad poseo —dijo él—. El mejor y más sabio de los hombres... no, el más sabio y el mejor de sus actos puede ser ridiculizado por una persona cuyo primer objetivo en la vida sean las bromas.

—Seguro que existe gente así —contestó Elizabeth—, pero yo confío en no ser uno de ellos. Confío que jamás me burlaré de lo que es inteligente o bueno. Las locuras y los sinsentidos, las ocurrencias, el ingenio y los absurdos, efectivamente, me divierten, debo reconocerlo, y me río con todo eso siempre que puedo. Pero supongo que eso a usted no le afecta.

—Tal vez nadie pueda presumir de no caer en algún defecto de esos. Pero todo el interés de mi vida ha consistido en evitar esas debilidades que consiguen que un notable intelecto acabe haciendo el ridículo.

—Como la vanidad y el orgullo.

—Sí, la vanidad es efectivamente una debilidad. Pero el orgullo... donde en realidad hay una verdadera superioridad intelectual, el orgullo puede mantenerse siempre en sus cauces.

Elizabeth se volvió para ocultar una sonrisa.

—Supongo que el examen al señor Darcy ya ha concluido —dijo la señorita Bingley—; dígame, por favor, ¿cuál es el veredicto?

—Estoy absolutamente convencida de que el señor Darcy no tiene ningún defecto —contestó Elizabeth—. Él mismo lo reconoce sin ambages.

—No —replicó Darcy—, no he querido dar a entender esa presunción. Tengo muchos defectos, pero confío en que no sean de entendimiento. De mi temperamento no me atrevo a decir lo mismo. Es, creo yo, muy poco flexible... desde luego, demasiado poco flexible para la sociedad actual. No puedo perdonar las locuras y los vicios de los demás tan pronto como me gustaría, ni sus ofensas. Mis sentimientos no se desvanecen por cualquier nimiedad. Mi temperamento tal vez podría calificarse como rencoroso. Una vez que alguien ha perdido mi estima, la ha perdido para siempre.

—¡*Eso* sí que es un defecto! —exclamó Elizabeth—. El resentimiento implacable es un borrón en el carácter de una persona. Pero ha elegido usted muy bien su defecto. De verdad, no puedo *reírme* de él. Por lo que a mí respecta, está a salvo.

—Creo que en todas las personalidades hay una tendencia a un mal en particular, un defecto natural, que ni siquiera la mejor educación logra vencer.

—Y su defecto es la propensión a odiar a todo el mundo.

—Y el suyo —contestó Darcy con una sonrisa— es malinterpretar intencionadamente a todo el mundo.

—¿Qué tal un poco de música? —exclamó la señorita Bingley, cansada de una conversación en la que ella no tenía parte alguna—. Louisa, ¿te importa si despierto al señor Hurst?

Su hermana no puso el menor reparo y se abrió el piano, y Darcy, después de unos instantes de reflexión, no lo lamentó. Comenzaba a notar el peligro de prestarle demasiada atención a Elizabeth.

CAPÍTULO XII

Como consecuencia del acuerdo al que llegaron las dos hermanas Bennet, Elizabeth escribió a la mañana siguiente a su madre para rogarle que les enviara el carruaje a lo largo del día, si era posible. Pero la señora Bennet, que había calculado por su cuenta que las hermanas se quedarían en Netherfield hasta el martes siguiente, con lo cual Jane cumpliría toda una semana allí, no podía consentir de ningún modo que se presentaran antes en casa. Así pues, su respuesta no fue propicia, al menos no para los deseos de Elizabeth, que estaba impaciente por regresar a casa. La señora Bennet les envió una nota diciéndoles que probablemente no podrían contar con el carruaje antes del martes; y en la posdata añadió que si el señor Bingley y su hermana insistían para que se quedaran más tiempo, en Longbourn podría prescindirse de ellas perfectamente. En cualquier caso, Elizabeth estaba firmemente decidida a no quedarse más tiempo... ni esperaba que nadie se lo pidiera; y temerosa, por el contrario, de que las consideraran unas intrusas importunas por quedarse allí sin ninguna necesidad, apremió a Jane para que le pidiera prestado el carruaje al señor Bingley; al final decidieron que comunicarían su deseo de abandonar Netherfield aquella misma mañana y rogarían que les prestaran el carruaje.

La noticia suscitó abundantes manifestaciones de preocupación; y tanto se les insistió para que se quedaran al menos hasta el día siguiente que las protestas hicieron mella en Jane; y la partida quedó aplazada hasta el día siguiente. La señorita Bingley lamentó luego haber propuesto el aplazamiento, pues los celos y el disgusto que le provocaba una hermana superaba con mucho el cariño que le tenía a la otra.

El señor de la casa supo, con auténtica lástima, que se iban a ir tan pronto, y repetidamente intentó persuadir a la señorita Bennet de que eso podría resultar peligroso... porque no estaba lo suficientemente recuperada; pero Jane era implacable cuando sentía que actuaba correctamente.

Para el señor Darcy era una estupenda noticia: Elizabeth había estado en Netherfield demasiado tiempo. Le gustaba más de lo que habría deseado... y la señorita Bingley se estaba portando muy poco educadamente con ella y era más impertinente de lo habitual con él. Con buen criterio, decidió ser particularmente precavido para no dejar entrever ningún indicio de admiración hacia Elizabeth en esos momentos, nada que pudiera hacerle concebir esperanzas de compartir su felicidad futura, consciente de que si, por casualidad, se había sugerido una idea de ese tipo a lo largo de la semana anterior, su comportamiento durante el último día debería aportar información suficiente para confirmarla o desmentirla. Firme en su propósito, apenas le dijo diez palabras a lo largo de todo el sábado, y aunque ocurrió que se quedaron solos durante media hora, él se aferró conscientemente a su libro y ni siquiera levantó la mirada.

El domingo, después de los oficios religiosos matutinos, tuvo lugar la despedida, muy agradable para casi todos. La cortesía de la señorita Bingley aumentó repentinamente al final, así como su afecto hacia Jane; y cuando las dos hermanas partieron, después de asegurar a la mayor que le encantaría volver a verla en Longbourn o en Netherfield y abrazarla del modo más cariñoso, incluso llegó a darle la mano a Elizabeth, que se despidió de todos con gran alegría.

Su madre no las recibió con mucha cordialidad. La señora Bennet se sorprendió de mala manera ante su llegada y las reprendió muy severamente por dar tantos quebraderos de cabeza, y estaba segura de que Jane había vuelto a coger frío. Pero su padre, aunque de un modo muy lacónico en sus expresiones de placer, estaba realmente encantado de verlas; había notado su ausencia en el círculo familiar. Las conversaciones de las veladas, cuando se reunían todos por la noche, habían perdido buena parte de su animación, y casi todo su sentido, con la ausencia de Jane y Elizabeth.

Encontraron a Mary, como siempre, enfrascada en el estudio de las debilidades y la naturaleza humanas, y tuvieron que admirar algunos nuevos extractos y algunas nuevas observaciones de trillada moralidad. Catherine y Lydia tenían para ellas una información de una naturaleza bien distinta. Mucho se había hecho y mucho se había dicho en el regimiento desde el miércoles anterior; algunos oficiales habían ido a cenar últimamente con su tío, un soldado había sido azotado y se había dado a entender que el coronel Forster iba a casarse.

Capítulo XIII

—Espero, querida —le dijo el señor Bennet a su esposa a la mañana siguiente, mientras desayunaban— que hayas preparado una buena cena para esta noche, porque tengo razones para creer que vamos a tener compañía.

—¿A qué te refieres, querido? Estoy segura de que no va a venir nadie, a menos que a Charlotte Lucas se le ocurra venir, y confío en que mis comidas sean lo suficientemente buenas para ella. No creo que vea comidas así en su propia casa.

—La persona de la que estoy hablando es un caballero, y es forastero.

Los ojos de la señora Bennet centellearon.

—¡Un caballero, y es forastero! Es el señor Bingley, estoy segura. Vaya, Jane: no has soltado ni una palabra de esto; ¡serás taimada...! Bueno, puedo decir que me alegraré muchísimo de ver al señor Bingley. Pero... ¡ay, Dios mío! ¡Qué mala suerte! Hoy no se puede conseguir ni una raspa de pescado. Lydia, cariño, haz sonar la campana. Tengo que hablar con Hill, de inmediato.

—*No es* el señor Bingley —dijo su marido—. Es una persona a la que no he visto en toda mi vida.

Aquella afirmación levantó un murmullo de asombro generalizado, y el señor Bennet tuvo el placer de ser vivamente interrogado por su mujer y por sus hijas a la vez.

Después de divertirse un rato a costa de su curiosidad, por fin se explicó:

—Hace alrededor de un mes recibí esta carta, y hace unos quince días la contesté, porque pensé que era un asunto un tanto delicado, y que requería una atención inmediata. Es de mi primo, el señor Collins, quien, cuando yo muera, puede expulsaros de esta casa en cuanto le plazca.

—¡Oh, Dios mío...! —exclamó su esposa—. No puedo soportar que se hable de eso. Por favor te lo pido que no hables de ese hombre odioso. De verdad creo que es lo más cruel del mundo que tus propiedades se le puedan arrebatar a tus propias hijas, y te aseguro que si yo estuviera en tu lugar, hace mucho tiempo que habría intentado hacer alguna cosa al respecto.

Jane y Elizabeth intentaron explicarle a su madre cuál era la naturaleza de un dominio vinculante.[10] Lo habían intentado a menudo con anterioridad, pero era un asunto sobre el cual la señora Bennet estaba incapacitada para razonar; y por tanto continuó quejándose amargamente contra la crueldad de arrebatarle una propiedad a una familia de cinco hijas, en favor de un hombre a quien nadie le importaba un bledo.

—Desde luego, es un asunto de lo más injusto —dijo el señor Bennet—, y nada podrá librar jamás al señor Collins de la culpa de heredar Longbourn. Pero si escucharas su carta, puede que su manera de expresarse te tranquilice un poco.

---

[10] Se trata de una fórmula hereditaria especial, por la cual una propiedad se mantiene íntegra, sin posibilidad de reparto, y pasa a un solo propietario de la rama principal de la familia, generalmente un varón. Estos dominios vinculantes se remontan a la Edad Media, y su función era impedir que las propiedades se repartieran entre los distintos hijos o herederos.

—No, ya te digo que no voy a escucharla; y creo que es de lo más impertinente por su parte escribirte nada, y muy hipócrita. Odio ese tipo de falsos amigos. ¿Por qué no puede seguir pleiteando contigo, como hizo su padre antes que él?

—Porque, en fin, parece haber tenido algunos escrúpulos filiales en su mollera, como verás:

Hunsford, cerca de Westerham, Kent,
15 de octubre

Estimado señor:

El persistente desacuerdo entre usted y mi difunto y honrado padre siempre me causó una enorme desazón, y puesto que he tenido la desgracia de perderlo, con frecuencia he deseado zanjar el asunto; pero durante algún tiempo me retuvieron mis propias dudas, temiendo que se me pudiera considerar irrespetuoso a su memoria al ponerme a bien con una persona con la que él tuvo siempre el placer de estar enemistado...

—Ahora viene, señora Bennet.

Sin embargo, he tomado una determinación sobre el asunto, pues tras haber sido ordenado en Semana Santa, he tenido la fortuna de ser distinguido con el patrocinio de la muy honorable lady Catherine de Bourgh, viuda de sir Lewis de Bourgh, cuya bondad y benevolencia me han concedido la notabilísima rectoría de esa parroquia, donde mi objetivo más ardiente consistirá en entregarme con agradecido respeto al servicio de Su Señoría, y estar siempre dispuesto a llevar a cabo aquellos ritos y ceremonias que fueron instituidos por la Iglesia de Inglaterra. Como representante eclesiástico, además, creo que es mi deber promover y establecer la bendición de la paz entre todas las familias que se hallen en el ámbito de mi influencia; y con estos fundamentos, me congratulo de que mis presentes ofrecimientos de buenos deseos sean bien recibidos, y de que se prescinda amablemente de la circunstancia de ser yo el siguiente en la herencia vinculante de la propiedad de Longbourn, y no le conduzca a usted a rechazar esta rama de olivo que le ofrezco. Por otro lado, no puedo sino estar sumamente preocupado por ser el instrumento que se emplea para perjudicar a sus encantadoras hijas, y le ruego que me permita disculparme por ello, así como del mismo modo le aseguro mi disposición a desagraviarlas en todo lo posible... pero de esto ya se hablará más adelante. Si no tuviera usted ningún inconveniente en recibirme en su casa, me propongo tener el placer de visitarle a usted y a su familia el lunes, 18 de noviembre, a las cuatro en punto, y probablemente abusaré de su hospitalidad hasta el sábado de la semana siguiente, lo cual puedo permitirme con toda la tranquilidad del mundo, pues lady Catherine no tiene ningún inconveniente en que me ausente algún domingo, siempre que algún otro pastor se comprometa a cumplir con los oficios del día. Queda, señor, con mis respetuosos saludos a su señora y a sus hijas, y con mis mejores deseos, su amigo,

WILLIAM COLLINS

—Así pues, podemos suponer que a las cuatro se presentará este caballero tan conciliador —dijo el señor Bennet, mientras doblaba de nuevo la carta—. Parece que es un joven muy formal y muy educado, a fe mía; y no tengo la menor duda de que se convertirá en una amistad muy valiosa, sobre todo si lady Catherine es tan benevolente con él como para dejarle venir a visitarnos.

—Alguna cosa juiciosa hay en lo que dice sobre las niñas, es cierto; y si está dispuesto a desagraviarlas en algún sentido, no seré yo quien le diga que no.

—Aunque es difícil suponer de qué modo tiene pensado hacernos la justicia que él piensa que nos corresponde —apuntó Jane—, el deseo de cumplirlo desde luego es encomiable.

Elizabeth estaba principalmente sorprendida por la extraordinaria deferencia que mostraba hacia lady Catherine, y su amable intención de bautizar, casar y enterrar a sus parroquianos allí donde fueran requeridos sus servicios.

—Debe de ser un poco rarito, me parece a mí —dijo—. No lo entiendo. Hay algo muy pomposo en su estilo. ¿Y qué pretende disculpándose por ser el beneficiario de la herencia? Supongo que no renunciaría a ella, aunque pudiera. ¿Será un hombre sensato, padre?

—No, querida, creo que no. Mucho me temo que será todo lo contrario. Hay una mezcla de servilismo y vanidad en su carta que resulta muy evidente. Estoy impaciente por conocerlo.

—Respecto a la redacción de la carta —dijo Mary—, no tiene defectos. La idea de la ramita de olivo tal vez no sea totalmente novedosa, sin embargo creo que está bien expresada.

Para Catherine y Lydia ni la carta ni su escritor tenían ninguna importancia en absoluto. Era prácticamente imposible que su primo apareciera vistiendo una casaca roja, y habían transcurrido ya varias semanas desde que consideraron agradable, por última vez, mantener relaciones con cualquier hombre que vistiera de otro color. Respecto a su madre, la carta del señor Collins había disipado en buena medida la inquina que le tenía, y se disponía a conocerlo con un grado de compostura que asombró a su marido y a sus hijas.

El señor Collins llegó puntual, a su hora, y fue recibido con gran amabilidad por toda la familia. El señor Bennet en realidad dijo poca cosa; pero las damas estuvieron muy proclives a la conversación y el señor Collins no pareció necesitar que se le animara mucho, ni parecía inclinado a permanecer callado. Era un joven alto y robusto, de veinticinco años. Tenía un aire grave y sobrio, y sus modales eran muy formales. No llevaba mucho tiempo sentado cuando felicitó sinceramente a la señora Bennet por tener unas hijas tan bonitas; dijo que había oído grandes elogios de la belleza de las hermanas, pero que, en el caso, la fama se había quedado muy corta respecto a la verdad, y añadió que no tenía ninguna duda de que las vería a todas maravillosamente casadas.

Aquella galantería no fue muy del gusto de algunas de sus oyentes, pero la señora Bennet, que no despreciaba cumplido alguno, le contestó rápidamente:

—Es usted muy amable, señor, de verdad, y ojalá todo salga como dice usted, pues de no ser así, se quedarán completamente en la miseria. Así de mal están dispuestas las cosas.

—Seguramente se está usted refiriendo a la herencia vinculante de esta propiedad...

—¡Ah!, señor, desde luego que sí. Es un penosísimo castigo para mis pobres niñas, debe admitirlo usted. No es que quiera yo acusarle a usted de nada, porque ya sé yo que estas cosas son cuestión de suerte en este mundo. No hay manera de saber a dónde irán a parar las propiedades cuando se vinculan a la línea de herederos varones.

—Soy muy consciente, señora, de las dificultades que se le plantean a mis bonitas primas, y podría hablar largo y tendido sobre el asunto, pero debo tener la cautela de no adelantarme o precipitarme. Aunque puedo asegurar a estas jóvenes señoritas que vengo dispuesto a ser su seguro servidor. De momento, no digo más, pero quizá cuando nos conozcamos mejor...

Fue interrumpido por las llamadas que los reclamaban para cenar y las muchachas se sonrieron unas a otras. Ellas no eran los únicos objetos que excitaban la admiración del señor Collins. El vestíbulo, el salón y todo el mobiliario estaba siendo examinado y evaluado, y sus alabanzas de todo lo que veía habrían emocionado a la señora Bennet, salvo por la mortificante sospecha de que el invitado lo estaba mirando todo en calidad de futuro propietario. También recibió grandes elogios la cena y el señor Collins rogó que se le dijera cuál de sus bonitas primas era la responsable de aquella excelente manera de cocinar. Pero en ese punto fue corregido por la señora Bennet, que le aseguró con alguna aspereza que afortunadamente aún podían permitirse el lujo de mantener a una buena cocinera y que sus hijas no pintaban nada en la cocina. Él pidió humildemente perdón por haberla molestado. En un tono más suave, la señora declaró que no se había ofendido en absoluto, pero él continuó pidiendo disculpas durante un cuarto de hora aproximadamente.

Capítulo XIV

Durante la cena, el señor Bennet apenas habló nada; pero cuando se retiraron los criados pensó que había llegado el momento de mantener una conversación con su invitado, y por tanto sacó a colación un asunto con el cual esperaba agradarlo y apuntó que daba la impresión de que había tenido mucha suerte con su benefactora. La prontitud con la que lady Catherine de Bourgh atendía sus deseos y la preocupación por su bienestar parecían ciertamente llamativos. El señor Bennet no podía haber escogido mejor asunto. El señor Collins fue prolijo en sus alabanzas. El asunto agudizó la habitual solemnidad de sus modales y con un aire de gran pompa aseguró que jamás en la vida había sido testigo de semejante comportamiento en una persona de su rango... tal afabilidad y condescendencia, como había experimentado él mismo por parte de lady Catherine. Había dado graciosamente su aprobación a dos sermones que había tenido el honor de predicar con ella delante. También le había pedido en dos ocasiones que fuera a cenar a Rosings, y precisamente el sábado anterior había enviado a buscarle para completar una partida nocturna de cuatrillo. Mucha gente que conocía acusaba a lady Catherine de ser orgullosa, pero *él* no había visto en ella más que amabilidad. Siempre se había dirigido a él como lo haría con cualquier otro caballero; no ponía la menor objeción a que se uniera a la sociedad del vecindario, ni a que abandonara de vez en cuando la parroquia durante una semana o dos para visitar a sus familiares. Incluso había condescendido a aconsejarle que se casara cuanto antes, siempre que eligiera con discreción; y en una ocasión lo había visitado en su humilde rectoría, donde había aprobado totalmente todas los cambios que él había estado haciendo, e incluso se había dignado sugerirle algunos de su propia cosecha, como algunas estanterías en los armarios de la planta de arriba.

—Todo es muy propio y cortés, desde luego —dijo el señor Bennet—, y me atrevería a decir que es una mujer muy amable. Es una lástima que las grandes damas en general no se parezcan a ella. ¿Vive cerca de usted, señor?

—El jardín en el que se encuentra mi humilde morada está separado solo por un camino del parque de Rosings la residencia de Su Señoría.

—Creo que ha dicho usted que era viuda, ¿verdad? ¿Tiene familia?

—Solo tiene una hija, la heredera de Rosings y de unas enormes propiedades.

—¡Ah! —exclamó el señor Bennet, asintiendo con la cabeza—, entonces está en una situación mejor que muchas otras muchachas. ¿Y qué clase de joven es? ¿Es hermosa?

—Desde luego, es una señorita encantadora. La propia lady Catherine dice que, por lo que a verdadera belleza respecta, la señorita De Bourgh es con mucho superior a la más hermosa de su sexo, porque hay un algo en sus rasgos que señala la elevada cuna de la joven. Por desgracia tiene una constitución enfermiza que le ha impedido avanzar en las muchas y variadas habilidades que la adornan, y en las que, si hubiera tenido alguna salud, no habría fracasado, tal y como me informó la señora que supervisó su educación y que aún reside con ellas. Pero es una señorita absolutamente encantadora, y a menudo tiene la bondad de acercarse a mi humilde morada con su faetón y sus ponis.

—¿Ya se ha presentado en sociedad? No recuerdo haber oído su nombre en la lista de las damas de la corte.[11]

—Su delicado estado de salud desafortunadamente impide que pueda estar en la ciudad; lo cual, como le dije yo mismo a lady Catherine un día, ha privado a la corte británica de su ornamento más refulgente. Su Señoría pareció complacida con esta idea, y ya puede usted imaginarse lo feliz que me siento cada vez que puedo ofrecer esos pequeños y delicados cumplidos que son siempre bien recibidos por las damas. En más de una ocasión le he apuntado a lady Catherine que su encantadora hija parece haber nacido para ser duquesa, y que el rango más elevado, en vez de elevarla a ella en importancia, quedaría honrado por su presencia en el escalafón. Este es el tipo de cosillas que complacen a Su Señoría y es una clase de cortesías para las que me siento especialmente dotado.

—Lo ha entendido usted muy bien —dijo el señor Bennet—, y es una suerte que posea usted el talento de halagar con tanta elegancia. ¿Puedo preguntarle si esas atenciones tan amables proceden del impulso del momento o son el resultado del estudio previo?

—Me salen principalmente al socaire de lo que pasa en el momento, y aunque algunas veces me entretengo pensando y preparando esos pequeños cumplidos corteses para que puedan adaptarse a las situaciones cotidianas, siempre procuro dotarlos de un aire tan espontáneo como me sea posible.

Las sospechas del señor Bennet quedaron totalmente confirmadas. Su primo era tan ridículo como había imaginado y le estuvo escuchando con divertido placer, manteniendo al mismo tiempo la compostura más sobria en el gesto, y excepto alguna mirada ocasional a Elizabeth, se bastó solo para disfrutarlo.

En todo caso, para la hora del té la dosis de señor Collins ya había sido suficiente, y el señor Bennet se alegró de acompañar a su invitado de nuevo al salón, y cuando concluyó el té, tuvo la consideración de invitarlo a leer algo en voz alta a las damas. El señor Collins aceptó inmediatamente y le ofrecieron un libro;

---

[11] La presentación en sociedad de las damas se celebraba en el palacio de St James.

pero, al cogerlo (pues todo apuntaba a que era de una biblioteca ambulante), se apartó de él un poco, y pidiendo perdón, anunció que él nunca leía novelas. Kitty lo miró asombrada y Lydia dejó escapar una admiración. Se le ofrecieron otros libros, y después de algunas deliberaciones escogió los *Sermones* de Fordyce.[12] Lydia bostezó en cuanto abrió el libro y, después de que hubiera leído tres páginas con una monótona solemnidad, le interrumpió:

—Mamá, ¿sabes que el tío Philips habla de despedir a Richard?, y si lo hace, el coronel Forster lo contratará. Eso me dijo la tía el sábado. Iré mañana a Meryton para averiguar más cosas, y para preguntar cuándo volverá el señor Denny de Londres.

Sus dos hermanas mayores le rogaron a Lydia que mantuviera el pico cerrado; pero el señor Collins, muy ofendido, dejó a un lado el libro y dijo:

—Con frecuencia he observado lo poco que las jóvenes damas están interesadas en los libros de temas serios, aunque fueron escritos únicamente para su provecho. Me asombra, debo confersarlo... pues, desde luego, no puede haber nada tan beneficioso para las jóvenes como la instrucción. Pero no importunaré más a mi joven primita.

Luego se volvió hacia el señor Bennet y se ofreció como antagonista en una partida de *backgammon*. El señor Bennet aceptó el reto, apuntando al mismo tiempo que el señor Collins actuaba muy sabiamente al dejar a las niñas con sus frívolos entretenimientos. La señora Bennet y sus hijas se disculparon educadísimamente por la interrupción de Lydia y prometieron que no volvería a ocurrir, si tenía a bien volver a coger el libro; pero el señor Collins, después de asegurarles que no le guardaba ningún rencor a su prima, y que nunca consideraría su comportamiento como una ofensa, se sentó en otra mesa con el señor Bennet y se dispuso a jugar al *backgammon*.

---

[12] Los *Sermones para mujeres jóvenes (Sermons to Young Women*, 1766), de James Fordyce (1720-1796), eran una de las lecturas piadosas y de costumbres morales más famosas de la época, aunque ya antigua para Jane Austen.

CAPÍTULO XV

El señor Collins no era un hombre inteligente y esa deficiencia de la naturaleza no había sido remediada sino muy levemente por la educación o la vida social; la mayor parte de su vida la había pasado bajo la égida de un padre iletrado y miserable, y aunque asistió a una de las universidades, apenas había permanecido allí los cursos imprescindibles y había concluido su periplo universitario sin formarse en ninguna disciplina útil. El rigor con el que lo había tratado su padre le había conferido al principio una gran humildad en sus modales, pero ahora se veía contrarrestada absolutamente por una vanidad de cabeza hueca, por el hecho de vivir en un lugar apartado y por los sentimientos que albergaba tras una pronta e inesperada prosperidad. Una afortunada casualidad había conseguido que recibiera los favores de lady Catherine de Bourgh cuando la rectoría de Hunsford quedó vacante; y el respeto que él sentía por el elevado rango de la dama y la veneración por ella como protectora, unido a la buena opinión que tenía de sí mismo, de su autoridad como representante eclesiástico y sus derechos como rector, hicieron de su caracter una mezcolanza de orgullo y servilismo, engreimiento y humildad.

Teniendo ahora una buena casa y una renta más que suficiente, tenía intención de casarse, y al buscar la reconciliación con la familia de Longbourn tenía en perspectiva conseguir una esposa, pues abrigaba la intención de escoger a una de las hijas, si es que las encontraba tan hermosas y encantadoras como decía todo el mundo. Ese era su plan de reconciliación —de reparación— ante la perspectiva de heredar la propiedad de su padre; y pensaba que era un plan excelente, lleno de posibilidades y muy apropiado, e increíblemente generoso y desinteresado por su parte.

Su plan no varió en nada cuando vio a las muchachas. El rostro encantador de la señorita Bennet confirmó sus previsiones y corroboró todas sus estrictas ideas en lo relativo a la preeminencia que se le debe a las hijas mayores; y en aquella primera velada *ella* fue la elegida. A la mañana siguiente, sin embargo, hubo un cambio; porque en un cuarto de hora de *tête-a-tête* con la señora Bennet antes del desayuno —una conversación que empezó con un comentario sobre la casa del rectorado y que condujo naturalmente a la confirmación de sus intenciones: que había pensado que tal vez pudiera encontrar una señora esposa en Longbourn—, se resolvió con un aviso por parte de la señora Bennet, entre sonrisas, abundantes cumplidos e incitaciones, contra la idea de que se fijara en Jane. «Por lo que toca a *las más jóvenes*», no tenía nada que objetar, y aunque no *sabía* que hubieran tenido proposiciones, su hija mayor, eso sí que podía decirlo, y se veía obligada a advertirlo, probablemente se comprometería muy pronto.

El señor Collins solo tuvo que cambiar a Jane por Elizabeth —y no tardó en hacerlo—, cosa que hizo mientras la señora Bennet atizaba el fuego. Al final, Elizabeth, tan próxima a Jane en edad como en belleza, fue la sucesora.

La señora Bennet se aferró a aquella sugerencia y confió en que pronto tendría dos hijas casadas; y el hombre de quien ni siquiera podía soportar el nombre el día anterior, ahora contaba con su más alta estima.

La intención de Lydia de ir andando a Meryton no cayó en el olvido: todas las hermanas, excepto Mary, accedieron a acompañarla; y el señor Collins iba a ir con ellas a petición del señor Bennet, que estaba deseando librarse de él y tener su biblioteca para sí solo; porque el señor Collins había ido detrás de él después de desayunar, y allí, supuestamente ocupado con uno de los volúmenes más grandes de la colección, pero realmente dirigiéndose al señor Bennet, continuó hablando de su casa y de su jardín en Hunsford. Todo aquello ponía verdaderamente enfermo al señor Bennet. En su biblioteca siempre había contado con la placentera seguridad de estar solo y tranquilo, y aunque estaba preparado, como le había dicho a Elizabeth, para encontrarse con la insensatez y la vanidad en cualquier otra sala de la casa, solía librarse de todo eso en la biblioteca. Por tanto, utilizó toda su cortesía mundana para invitar al señor Collins a unirse a sus hijas en su paseo; y el señor Collins, siendo efectivamente mucho más proclive a la caminata que a la lectura, se sintió enormemente satisfecho de poder cerrar aquel libro tan grande y largarse.

Entre pomposas naderías por su parte y en corteses respuestas por parte de sus primas se pasó el rato hasta que llegaron a Meryton. Desde ese momento las más jóvenes ya no le prestaron ninguna atención. Sus miradas comenzaron a recorrer inmediatamente la calle en busca de los oficiales, y nada que no fuera un sombrero verdaderamente elegante, o una muselina realmente nueva en el escaparate de una tienda, podía llamar su atención.

Pero casi de inmediato llamó la atención de todas las señoritas un joven a quien no habían visto antes, con una apariencia verdaderamente elegante, caminando con un oficial por el otro lado de la calle. El oficial era el mismísimo señor Denny, cuyo regreso de Londres era el principal interés de Lydia, y las saludó cuando se cruzaron. Todas se quedaron atónitas con el aspecto del desconocido, todas se preguntaron quién sería, y Kitty y Lydia, dedididas a averiguarlo si era posible, cruzaron la calle con la excusa de ir a comprar algo en la tienda del otro lado, y afortunadamente llegaron a la acera cuando los dos caballeros regresaban y llegaban exactamente a ese mismo punto. El señor Denny se dirigió a ellas directamente y les solicitó permiso para presentarles a su amigo, el señor Wickham, que había regresado con él el día anterior de Londres, y tenía la satisfacción de poder decir que había aceptado un cargo en su regimiento. Aquello era exactamente el colmo: porque el joven solo necesitaba un uniforme y los galones para que se convirtiera en todo un encanto. Su aspecto decía mucho en su favor: era en general muy guapo, un rostro delicado, una buena figura y un trato muy agradable. Tras la presentación, el joven conversó con ellas de un modo muy natural y desenvuelto; era una naturalidad al mismo tiempo correcta y sin pretensiones; y todo el grupo estaba todavía allí hablando muy agradablemente cuando el ruido de unos caballos llamó su atención, y vieron a Darcy y a Bingley bajando por la calle. Con la idea de saludar a las damas del grupo, los dos caballeros se acercaron directamente a ellos y las saludaron con las habituales cortesías. Bingley fue el principal portavoz y la señorita Bennet la destinataria principal de sus palabras. Había pensado pasar más tarde por Longbourn con la idea de preguntar por ella. El señor Darcy lo corroboró con un gesto y estaba empezando a decidir no clavar su mirada en Elizabeth cuando de repente vio al forastero, y como Elizabeth dio la casualidad de que vio los rostros de ambos al mirarse, fue toda asombro ante el efecto que había causado aquel encuentro. El rostro de ambos mudó de color, uno se puso blanco y el otro, colorado. El señor Wickham, unos instantes después, se tocó el sombrero para despedirse... un saludo que el señor Darcy simplemente se negó a devolverle. ¿Qué podía significar todo aquello? Era imposible imaginarlo siquiera, y era imposible no desear saberlo.

Un minuto después, el señor Bingley, sin haberse enterado al parecer de lo que había ocurrido, se despidió y se alejó con su amigo.

El señor Denny y el señor Wickham pasearon con las jóvenes señoritas hasta la puerta de la casa del señor Philips, y luego, tras ejecutar sus reverencias, a pesar de los apremios de la señorita Lydia para que entraran, e incluso a pesar de que la señora Philips se asomó por la ventana del salón y secundó la invitación a voces, se despidieron.

La señora Philips siempre estaba encantada de ver a sus sobrinas, y las dos mayores, debido a su reciente ausencia, fueron especialmente bien recibidas. Y estaba expresando con vehemencia su sorpresa ante el repentino regreso de las jóvenes a casa, de lo cual, puesto que no habían utilizado su propio carruaje, no habría sabido nada de nada, si no hubiera sido porque acertó a ver al mozo del señor Jones en la calle, que le había dicho que ya no iban a enviar más medicinas a Netherfield porque las señoritas Bennet ya se habían ido... cuando Jane le presentó al señor Collins y tuvo que prestarle toda su atención. Lo recibió con la mayor cortesía, que fue devuelta con muchas más, disculpándose por haberse presentado de improviso en su casa, sin haber sido previamente anunciado, aunque no podía evitar sentirse halagado dado que lo justificaba su relación con las jóvenes damas que le acababan de presentar. La señora Philips se quedó absolutamente estupefacta ante tal exceso de buenísima educación; pero los agasajos a este forastero terminaron cuando empezó con las exclamaciones y preguntas sobre el otro, de quien, sin embargo, solo podía decir a sus sobrinas lo que estas ya conocían, que el señor Denny lo había traído de Londres, y que iba a tener el cargo de lugarteniente en la guarnición de ***shire. Había estado observándolo durante la última hora, dijo, mientras el joven subía y bajaba la calle; y si el señor Wickham hubiera vuelto a aparecer, Kitty y Lydia habrían continuado con toda seguridad aquella ocupación, pero desafortunadamente nadie pasó por las ventanas, salvo unos cuantos oficiales que, en comparación con el guapo forastero, no eran más que unos «individuos desagradables y estúpidos». Algunos de ellos iban a comer con los Philips al día siguiente, y su tía prometió que obligaría a su marido a visitar al señor Wickham y que lo invitaría también, si la familia de Longbourn quería acudir después a la velada. Esto fue lo que se acordó, y la señora Philips aseguró que organizaría un estupendo juego de lotería[13] y después serviría una pequeña cena caliente. La perspectiva de semejantes placeres resultaba maravillosa, y todos se despidieron alegres y felices. El señor Collins repitió sus disculpas a la hora de abandonar el salón y se le aseguró con reiteradas cortesías que tales disculpas eran totalmente innecesarias.

Mientras regresaban andando a casa, Elizabeth le contó a Jane lo que había visto que había pasado entre los dos caballeros, pero aunque Jane hubiera defendido a uno de ellos o a ambos, si le hubiera parecido que alguno de los dos había obrado mal, no pudo explicarse semejante comportamiento, igual que su hermana.

Al regresar, el señor Collins halagó enormemente a la señora Bennet elogiando la educación y la cortesía de la señora Philips. Aseguró que, exceptuando a lady Catherine y a su hija, nunca había visto una mujer tan elegante; pues no solo lo había recibido con la más indescriptible cortesía, sino que incluso lo había incluido muy a propósito en su invitación para la siguiente velada, aunque hasta ese momento no se conocían de nada. Esto, suponía, podía atribuirse a su relación con las señoritas Bennet; sin embargo, nunca se le había tratado con tanta consideración en toda su vida.

CAPÍTULO XVI

Como no se puso ninguna objeción al compromiso que habían contraído las jóvenes con su tía, y como se desestimaron todos los escrúpulos del señor Collins de abandonar al señor y la señora Bennet una noche durante su visita, el carruaje los llevó a él y a sus cinco primas a Meryton a la hora convenida; y las niñas tuvieron el

---

[13] A pesar del nombre *(lottery tickets)*, este entretenimiento no guarda ninguna relación con la lotería: se trata de un sencillísimo juego de cartas en el que gana la carta más alta. El premio eran unos pececillos de nácar o de marfil a los que se alude más tarde y en otros lugares de la novela.

placer de saber, cuando entraron en el salón, que el señor Wickham había aceptado la invitación de su tío y que estaba en ese momento en la casa.

Cuando se comunicó esta información, y todos tomaron asiento, el señor Collins tuvo la oportunidad de mirar a su alrededor y admirar lo que veía, y quedó tan asombrado ante el tamaño y el mobiliario de la casa, que declaró que casi podría haberse imaginado que estaba en el pequeño saloncito de desayunos estivales de Rosings; una comparación que al principio no suscitó mucho entusiasmo, pero cuando la señora Philips supo, por él, qué era Rosings, y quién era su propietaria, cuando hubo escuchado la descripción de *solo* dos salones de lady Catherine, y supo que *solo* la chimenea había costado ochocientas libras, entendió entonces la importancia del cumplido, y apenas se habría enojado si lo hubiera comparado con la alcoba del ama de llaves de Rosings.

Hasta que los caballeros se acercaron, el señor Collins se entregó con vehemencia a una profusa descripción de toda la grandiosidad de lady Catherine y su mansión, con ocasionales digresiones para alabar su propia y humilde morada, y las mejoras que se estaban llevando a cabo; y descubrió en la señora Philips a una oyente muy atenta, cuya buena opinión del señor Collins aumentaba con lo que este le decía, y que estaba decidida a contárselo a todos sus vecinos en cuanto pudiera. A las niñas, que no tenían ninguna intención de escuchar a su primo, y que no tenían nada que hacer salvo lamentar que no hubiera un piano a mano y examinar unas vulgares imitaciones de porcelana en la repisa de la chimenea, el tiempo de espera les resultó muy largo. Pero al final concluyó. Los caballeros se acercaron y cuando entró en la estancia el señor Wickham, a Elizabeth le pareció que en ningún momento lo había mirado o había pensado en él con una admiración que resultara en modo alguno exagerada. Los oficiales de la guarnición de ***shire formaban en general un grupo de jóvenes muy respetable y elegante, y daba la casualidad de que los mejores estaban precisamente allí; pero el señor Wickham estaba tan por encima de todos ellos en porte, semblante, gestos y andares como los oficiales eran superiores al tío Philips, que entró tras ellos en la sala, con su cara rechoncha y abotargada, apestando a vino de oporto.

El señor Wickham era el afortunado hacia quien casi todas las miradas femeninas se volvían y Elizabeth fue la afortunada junto a la que el caballero se sentó al final; y los agradables modales con los que inició la conversación, aunque solo tratara de lo lluviosa que estaba la noche y de la posibilidad de que pasara una temporada lloviendo, le hizo pensar a Elizabeth que el tema más vulgar, más anodino y más aburrido puede convertirse en un asunto interesante si el conversador tiene ciertas habilidades.

Con unos rivales como el señor Wickham y los oficiales reclamando la atención de las bellas, el señor Collins parecía que no tardaría en hundirse en la insignificancia; para las jóvenes damas, desde luego, no era nada, pero de vez en cuando aún contó con la amable atención de la señora Philips y, gracias a la diligencia de la señora, se le suministró café y magdalenas en abundancia.

Cuando se dispusieron las mesas de cartas, tuvo ocasión de devolverle la amabilidad, sentándose a jugar con ella una partida de *whist*.

—Casi no conozco el juego, de momento —dijo—, pero me agradará mucho aprender, pues dada mi posición en la vida... —La señora Philips le agradeció mucho el cumplido, pero no quiso esperar a oír sus razones.

El señor Wickham no jugaba al *whist* y fue recibido con gran alegría en otra mesa, entre Elizabeth y Lydia. Al principio se corrió el peligro de que Lydia lo acaparara para ella sola por completo, pues era una habladora impenitente; pero como por otra parte era muy aficionada al juego de la lotería, no tardó en enfrascarse absolutamente en el juego, demasiado preocupada en las apuestas y en dar gritos tras las bazas ganadoras como para prestarle atención a nadie en particular. Aprovechando que todos estaban ocupadísimos en el juego, el señor Wickham tuvo la oportunidad de poder hablar a placer con Elizabeth, y ella estuvo encantada de escucharlo, aunque no albergaba la menor esperanza de poder oír lo que más deseaba saber: la historia de su relación con el señor Darcy. No se atrevió siquiera a mencionar a aquel caballero. Sin embargo, su curiosidad resultó inesperadamente satisfecha. El señor Wickham comenzó a hablar del asunto por su cuenta. Preguntó a qué distancia estaba Netherfield de Meryton; y, después de conocer la respuesta, preguntó con un aire un tanto dubitativo cuánto tiempo llevaba el señor Darcy por allí.

—Alrededor de un mes —dijo Elizabeth; y luego, en absoluto dispuesta a dejar escapar el tema, añadió—: Es un hombre con unas enormes propiedades en Derbyshire, creo haber entendido.

—Sí —contestó Wickham—, sus propiedades son importantes. Diez mil limpias al año. No podría usted haber dado con una persona más apropiada que yo para proporcionarle a usted información cierta sobre ese asunto... porque yo he tenido mucha relación con esa familia y, de un modo muy especial, desde mi infancia.

Elizabeth no pudo sino dejar traslucir un gesto de sorpresa.

—No me extraña que se sorprenda usted, señorita Bennet, ante semejante afirmación, después de ver, como usted probablemente observaría, los gélidos modales que nos dispensamos cuando nos encontramos ayer. ¿Conoce usted mucho al señor Darcy?

—Más de lo que desearía —exclamó Elizabeth abiertamente—. He pasado cuatro días en la misma casa con él y pienso que es muy desagradable.

—No tengo derecho a dar *mi* opinión —dijo Wickham— respecto a si es agradable o no. No soy el más indicado para proclamarla. Lo conozco desde hace mucho tiempo y demasiado bien como para ser un juez justo. *A mí* me resulta imposible ser imparcial. Pero creo que la opinión que tiene usted de él asombraría a todo el mundo... y quizá no debería expresarla con tanta firmeza en ningún otro lugar. Aquí está usted en familia.

—Le doy mi palabra de que no digo aquí más de lo que podría decir en cualquier casa de la vecindad, excepto en Netherfield. No ha despertado muchas simpatías en Hertfordshire. Todo el mundo está harto de su orgullo. No encontrará usted a nadie que hable favorablemente de él.

—No puedo fingir que lamento —dijo Wickham, después de una leve pausa— que él o cualquier otro hombre sea juzgado a partir de sus actos; pero con *él* no creo que eso ocurra muchas veces. Todo el mundo parece ciego por su fortuna y su importancia, o atemorizado por sus modales altivos e imponentes, y lo ven solo tal y como él quiere que se le vea.

—Yo diría que, aunque solo lo conozco muy ligeramente, es un hombre muy maleducado.

Wickham solo asintió levemente con la cabeza.

—Me pregunto —dijo, en cuanto tuvo oportunidad de volver a hablar— si tiene intención de quedarse por aquí mucho tiempo.

—No lo sé, en absoluto; pero no oí nada de que se fuera a marchar cuando estuve en Netherfield. Confío en que sus planes en la guarnición de ***shire no se verán afectados por el hecho de que él se encuentre en la vecindad.

—¡Oh!, no... no soy *yo* quien se dejará espantar por el señor Darcy. Si no quiere verme, será *él* quien tenga que irse. No tenemos una buena relación y siempre me incomoda verlo, pero no tengo ninguna razón para evitarlo, salvo las que puedo proclamar delante de todo el mundo: el sentimiento de haber sido tratado muy injustamente y el más doloroso pesar por la manera de ser que tiene. Su padre, señorita Bennet, el difunto señor Darcy, fue uno de los hombres más buenos que han pisado este mundo, y el único y verdadero amigo que he tenido; y nunca puedo estar frente al señor Darcy sin que acudan a mi corazón, dolorosamente, mil tiernos recuerdos de su padre. Su comportamiento conmigo ha sido una vergüenza; pero de verdad creo que podría perdonarle eso y todo lo demás, salvo que despreciara el mandato de su padre y deshonrara su memoria.

A Elizabeth le pareció que el interés del asunto aumentaba notablemente y puso todos sus sentidos en atenderle; pero lo delicado del tema impidió que pudiera hacer más preguntas.

El señor Wickham empezó a hablar de asuntos más generales: Meryton, los vecinos, la noble sociedad, y parecía enormemente complacido con todo lo que había visto hasta el momento y habló sobre todo de las personas con una gentileza discreta pero muy sincera.

—Fue la perspectiva de convivir con personas educadas y la buena sociedad —añadió— lo que me indujo principalmente a entrar en la guarnición de ***shire. Yo ya sabía que era un cuerpo muy respetable y agradable, y mi amigo Denny me acabó de convencer con las noticias que traía de su actual emplazamiento y las fabulosas atenciones y las excelentes amistades que Meryton le había proporcionado. El trato con la buena sociedad, lo reconozco, me es muy necesario. He sido un hombre muy desgraciado y mi alma no soporta la soledad. De verdad, *necesito* tener una ocupación y relacionarme con la gente. La vida militar no era lo que tenía previsto, pero las circunstancias actuales la convierten en una opción muy válida. La iglesia debería haber sido mi destino... me educaron para la iglesia, y a estas alturas ya debería estar en posesión de un beneficio eclesiástico, si así lo hubiera querido el caballero del que hemos estado hablando hace un momento.

—¿De verdad?

—Sí... el difunto señor Darcy dispuso que se me concediese la posesión del mejor beneficio eclesiástico de sus dominios. Era mi padrino y estaba muy unido a mí. Nunca ponderaré lo suficiente su bondad. Su intención era asegurar mi futuro en lo posible y creyó que efectivamente lo había hecho; pero cuando el beneficio eclesiástico quedó libre, se lo dieron a otra persona.

—¡Cielo santo! —exclamó Elizabeth—. ¿Pero cómo pudo suceder eso...? ¿Cómo se pudo contrariar la voluntad del difunto señor Darcy? ¿Por qué no buscó un resarcimiento legal?

—Había una cierta informalidad en los términos del legado como para que tuviera confianza en una resolución legal que me favoreciera. Un hombre de honor no podría dudar de la intención del legatario, pero el señor Darcy prefirió dudar... o fingir que aquello no era más que una recomendación condicional, y afirmar que yo había perdido cualquier derecho al legado por mis extravagancias o mis imprudencias, en resumen, por todo y por nada. Lo cierto es que el beneficio eclesiástico quedó vacante hace dos años, exactamente cuando yo cumplí la edad para entrar en posesión del mismo, y se lo dieron a otro hombre; y no es menos cierto que no puedo acusarme de no haber hecho alguna cosa para merecer que no me lo dieran. Tengo un carácter vivo, apasionado, y puede que a veces haya dado mi opinión *de él*, y *a él*, quizá demasiado abiertamente. Pero, aparte de eso, no creo recordar que haya hecho nada peor. Pero el hecho es que somos hombres muy distintos, y que me odia.

—¡Es absolutamente indignante! Merece que se le repruebe la conducta públicamente.

—Tarde o temprano alguien lo hará... pero no seré yo. Mientras tenga a su padre en la memoria, nunca me enfrentaré a él ni lo pondré en evidencia.

Elizabeth alabó semejantes sentimientos y, mientras los expresaba, lo encontró más atractivo que nunca.

—Pero... —dijo, tras unos instantes—, ¿qué razones puede tener el señor Darcy? ¿Qué puede haberlo inducido a comportarse de ese modo tan cruel?

—Una aversión absoluta y total hacia mí... una aversión que no puedo atribuir sino a los celos, en alguna medida. Si el difunto señor Darcy me hubiera apreciado menos, su hijo podría haber tolerado mejor mi existencia; pero el singular cariño que me tenía su padre lo enfurecía y lo predisponía contra mí desde muy pequeño. No tenía carácter para asumir aquella especie de competición en la que nos encontrábamos... aquella especie de preferencia que con frecuencia se decantaba hacia mí.

—Nunca me hubiera imaginado que el señor Darcy fuera tan malo... aunque desde luego nunca me ha agradado, no hubiera pensado que pudiera ser tan injusto... Suponía que simplemente despreciaba a las personas que tenía alrededor, en general, pero no sospechaba que pudiera rebajarse a semejantes venganzas maliciosas, a semejantes injusticias, ¡a una crueldad como esta...! —Tras unos minutos de reflexión, en todo caso, añadió—: Ahora recuerdo un día en Netherfield que se vanaglorió del carácter implacable de su rencor, de tener un carácter incapaz de perdonar. Debe de ser una persona terrible.

—Preferiría no hablar de ese tema —contestó Wickham—. Sería difícil que fuera justo con él.

Elizabeth se sumió de nuevo en sus pensamientos y, después de unos instantes, exclamó:

—¡Tratar de semejante manera al ahijado, al amigo... al favorito de su padre! —También podría haber añadido: «A un joven tan agradable, como usted, cuya sola presencia confirma que es un encanto...», pero se contentó con decir—: Tratar así a una persona, además, que probablemente haya sido compañero de juegos en la infancia, y que han vivido juntos, como creo que ha dicho usted, ¡y tan unidos!

—Nacimos en la misma parroquia y pasamos la mayor parte de nuestra juventud juntos, en los mismos campos; compañeros en la misma casa, compartimos los mismos entretenimientos y recibimos el mismo cariño paterno. Mi padre empezó a trabajar en la misma profesión en la que su tío, el señor Philips, goza de tanto prestigio... pero lo dejó todo para ponerse al servicio del difunto señor Darcy, y dedicó toda su vida al cuidado de la propiedad de Pemberley. El señor Darcy lo apreciaba muchísimo y era su amigo más íntimo y su confidente. El señor Darcy con frecuencia reconocía estar en deuda con mi padre por su buen hacer como administrador, y cuando, poco antes de la muerte de mi padre, el señor Darcy le prometió voluntariamente ocuparse de mi futuro, yo sentí que ello se debía tanto a la gratitud que sentía por él como por el afecto que me tenía a mí.

—¡Qué extraño! —exclamó Elizabeth—. ¡Qué abominable...! ¡Me admira que precisamente el orgullo de ese señor Darcy no le obligara a ser justo con usted...! A falta de un motivo mejor, el orgullo no debería haberle permitido ser tan infame... pues eso debe llamarse infamia.

—De verdad, es asombroso... —contestó Wickham— que la mayoría de sus actos hayan estado guiados por el orgullo... y que el orgullo haya sido casi siempre su mejor aliado. El orgullo lo ha acercado a la virtud más que cualquier otro sentimiento. Pero ninguno de los dos somos lógicos, y en su comportamiento conmigo hay impulsos más fuertes incluso que el orgullo.

—¿Es que puede un orgullo tan abominable como el suyo haber hecho de él una buena persona?

—Sí. El orgullo le ha impelido con frecuencia a ser pródigo y generoso... a repartir su dinero sin miramientos, a ofrecer hospitalidad, a ayudar a sus arrendatarios y a socorrer a los pobres. El orgullo familiar, y el orgullo *filial*, porque está muy orgulloso de lo que fue su padre, lo obligan a actuar así. Aparentar que no desmerece de su familia, que no degenera en el aprecio de las gentes o no perder la influencia de la Casa de Pemberley son motivos muy poderosos. También tiene un orgullo *fraternal*, que junto a cierto afecto fraternal, lo convierte en un cariñoso y vigilante guardián de su hermana; y todo el mundo le podrá decir a usted que se le considera el más atento y el mejor de los hermanos.

—¿Qué clase de muchacha es la señorita Darcy?

Wickham negó con la cabeza...

—Ojalá pudiera decir que es encantadora. Me duele hablar mal de un Darcy. Pero se parece demasiado a su hermano... es muy,

muy orgullosa. Cuando era niña, era muy cariñosa y dulce, y me quería muchísimo; y he dedicado horas y horas a entretenerla. Pero ahora ya no significa nada para mí. Es una joven bonita, de unos quince o dieciséis años, y tengo entendido que muy educada. Desde la muerte de su padre ha vivido en Londres, donde reside con una dama que supervisa su educación.

Después de muchos silencios y abundantes tentativas para hablar de otros asuntos, Elizabeth no pudo evitar volver a hablar de lo anterior una vez más y dijo:

—¡Me sorprende muchísimo la amistad que tiene con el señor Bingley! ¿Cómo puede el señor Bingley, que parece tan buena persona, y que es, realmente lo creo, tan amable, ser amigo de un hombre semejante? ¿Cómo pueden llevarse bien...? ¿Conoce usted al señor Bingley?

—No, en absoluto.

—Es un hombre muy dulce, amable y encantador. Seguro que no sabe cómo es el señor Darcy.

—Probablemente no... pero el señor Darcy sabe cómo resultar agradable cuando quiere. No le faltan cualidades. Puede ser un compañero encantador si piensa que vale la pena. Entre los que son de su misma clase es un hombre muy distinto del que aparece con los que son menos afortunados. Su orgullo nunca lo abandona; pero con los ricos es más abierto, justo, sincero, racional, noble y a veces incluso agradable... debido en parte a su fortuna y su aspecto.

El grupo que jugaba al *whist* acabó al poco la partida, los jugadores se reunieron en torno a la otra mesa y el señor Collins se las arregló para colocarse entre su prima Elizabeth y la señora Philips. Esta última le hizo las preguntas habituales sobre su fortuna en el juego. No había tenido mucha suerte; había perdido todas las manos, pero cuando la señora Philips comenzó a expresar su preocupación al respecto, él le aseguró con la más vehemente seriedad que aquello no tenía la menor importancia, que consideraba el dinero como una paparrucha y le rogó que no se inquietara lo más mínimo.

—Sé muy bien, señora —dijo—, que cuando las personas se sientan en una mesa de naipes deben asumir que corren el riesgo que conllevan estas cosas... y por fortuna no estoy en unas circunstancias en las que cinco chelines me causen un gran quebranto.

Indudablemente habrá muchísimas personas que no dirían lo mismo, pero gracias a lady Catherine de Bourgh ya estoy muy lejos de la necesidad de preocuparme por esas pequeñas minucias.

Aquello llamó la atención del señor Wickham y después de observar al señor Collins durante unos instantes, le preguntó a Elizabeth en voz baja si su familiar tenía una relación muy estrecha con la familia De Bourgh.

—Lady Catherine de Bourgh —contestó Elizabeth— le ha otorgado un beneficio eclesiástico hace poco. Prácticamente no sé cómo consiguió el señor Collins entrar en contacto con la señora, pero desde luego no la conoce desde hace mucho.

—Desde luego, ya sabrá usted que lady Catherine de Bourgh y lady Anne Darcy eran hermanas; así que lady Catherine es tía del señor Darcy.

—Pues no, no lo sabía. No sabía nada en absoluto de las relaciones familiares de lady Catherine. No había sabido de su existencia hasta anteayer.

—Su hija, la señorita De Bourgh, heredará una enorme fortuna, y se dice que ella y su primo unirán sus propiedades.

Aquella información hizo sonreír a Elizabeth al tiempo que pensaba en la pobre señorita Bingley. Desde luego, sus atenciones serían vanas, y vanas e inútiles los arrumacos de su hermana y las zalamerías, si ya estaba destinado a ser el marido de otra.

—El señor Collins —dijo— habla maravillas de lady Catherine y de su hija, pero por algunos detalles que ha contado de Su Señoría, sospecho que la gratitud le tiene un tanto confundido, y que a pesar de ser su benefactora, es una mujer arrogante y vanidosa.

—Creo que lo es, y mucho —contestó Wickham—. Hace muchos años que no la veo, pero recuerdo muy bien que nunca me agradó y que sus modales eran autoritarios e insolentes. Tenía fama de ser extraordinariamente juiciosa e inteligente, pero yo más bien creo que la fama de sus dotes se debe en parte a su rango y a su fortuna, y en parte a su carácter imperioso, y el resto, al orgullo de su sobrino, que ha decidido que todo el mundo que esté relacionado con él tenga un intelecto de primera clase.

Elizabeth admitió que había ofrecido una explicación muy razonable, y continuaron hablando animadamente hasta que la cena puso fin a la partida de cartas y permitió al resto de las damas gozar de su parte correspondiente de Wickham. Fue imposible mantener ninguna conversación durante la cena de la señora Philips, pero los modales de Wickham agradaron a todo el mundo. Cualquier cosa que decía, la decía bien; y cualquier cosa que hacía, la hacía maravillosamente. De regreso a casa, Elizabeth no pudo pensar en otra cosa que no fuera el señor Wickham, y en lo que le había contado; pero no tuvo siquiera ocasión de mencionar su nombre mientras volvían, porque ni Lydia ni el señor Collins estuvieron callados ni un segundo. Lydia hablaba incesantemente de la partida de cartas, de los peces que había perdido y de los peces que había ganado, y el señor Collins no se callaba nunca, describiendo la hospitalidad del señor y la señora Philips, asegurando que no le importaban lo más mínimo las pérdidas que había tenido en el *whist*, enumerando los platos de la cena, y proclamando sus repetidos temores de estar aplastando a sus primas en el carruaje: tenía mucho más que decir de lo que le permitió el rato que duró el trayecto hasta Longbourn House.

Capítulo XVII

Al día siguiente Elizabeth le contó a Jane lo que había pasado entre el señor Wickham y ella. Jane escuchó con asombro y preocupación... le costaba creer que el señor Darcy pudiera ser tan indigno y, al mismo tiempo, merecer toda la consideración del señor Bingley; y, sin embargo, no estaba en su naturaleza cuestionar la veracidad de lo que pudiera decir un joven de una apariencia tan encantadora como Wickham. La posibilidad de que hubiera realmente soportado aquellas injusticias era suficiente para despertar sus sentimientos más compasivos; y poca cosa se podía hacer en consecuencia, salvo pensar bien de los dos y defender la conducta de ambos, y atribuirlo todo a un accidente o a un malentendido, pues no podía explicarse de otro modo.

—Me atrevería a decir —dijo— que los dos han sido engañados, de un modo u otro que nosotras ignoramos por completo. Tal vez haya personas interesadas que han tratado de enemistarlos. En fin, a nosotras nos es imposible conjeturar las causas o las circunstancias que pueden haberlos enfrentado, pero no tiene por qué haber ninguna culpabilidad real por ninguna de las dos partes.

—Muy cierto, desde luego... y ahora, mi querida Jane, ¿qué tienes que decir en defensa de esas personas interesadas que seguramente han estado implicadas en este caso...? Tendrás que exculparlas *a ellas también*, o nos veremos obligadas a pensar mal de *alguien*.

—Ríete de mí todo lo que quieras, pero no conseguirás que cambie de opinión. Mi querida Lizzy, tú solo piensa en la vergonzosa situación en la que queda el señor Darcy al tratar al favorito de su padre de semejante manera... una persona a quien su padre había prometido ofrecerle un futuro. Es imposible. Ningún hombre con una sensibilidad común, ningún hombre que estimara en algo su reputación podría ser capaz de hacer eso. Y sus amigos más íntimos, ¿pueden estar engañados respecto a él? ¡Ah, no...!

—Me resulta mucho más fácil creer que el señor Bingley está siendo engañado que pensar que el señor Wickham pudiera inventarse una historia como la que me contó anoche; nombres, hechos, todo expresado sin ambages. Si no es así, ya veremos cómo lo niega el señor Darcy. Además, había mucha verdad en sus miradas.

—Es difícil, desde luego... es muy enojoso. Una no sabe qué pensar...

—Te ruego que me perdones... pero una sabe exactamente qué pensar.

Pero Jane solo podía estar segura de una cosa: que el señor Bingley, *si había sido engañado*, no lo toleraría cuando todo el asunto se hiciera público.

Las dos jóvenes señoritas tuvieron que abandonar el jardín donde habían mantenido aquella conversación, porque en ese momento llegaron las mismas personas de las que habían estado hablando; el señor Bingley y sus hermanas venían a entregar una invitación personal para el baile de Netherfield, tan largamente esperado, que estaba fijado para el martes siguiente. Las dos damas estaban encantadas de volver a ver a su querida amiga y aseguraron que hacía una eternidad que no se veían, y constantemente le preguntaban qué había estado haciendo desde que se separaron. Al resto de la familia no le prestaron ninguna atención; evitaron a la señora Bennet todo lo posible, casi no le dirigieron la palabra a Elizabeth y a todos los demás los ignoraron. Se fueron pronto, levantándose de las sillas con una violencia que cogió a su hermano por sorpresa y apresurándose como si estuvieran impacientes por escapar de las cortesías de la señora Bennet.

La perspectiva del baile en Netherfield era extraordinariamente emocionante para todas las féminas de la familia. La señora Bennet decidió pensar que el baile se daba en honor de su hija mayor y estaba particularmene halagada por haber recibido la invitación personalmente de manos del señor Bingley, en vez de una engorrosa tarjeta. Jane se imaginó una feliz velada en compañía de sus dos amigas y con las atenciones de su hermano; y Elizabeth pensó con placer en bailar un montón con el señor Wickham, y en ver en las miradas del señor Darcy y en su comportamiento la confirmación de todo lo que sabía. La felicidad anticipada de Catherine y Lydia dependía menos de un acontecimiento concreto, o de una persona en particular, pues aunque las dos, como Elizabeth, tenían intención de bailar la mitad de la velada con el señor Wickham, este no era de ningún modo el único acompañante que podía satisfacerlas y un baile era, en cualquier caso, un baile. E incluso Mary llegó a asegurarle a su familia que no estaba del todo reacia a acudir.

—Mientras pueda tener las mañanas para mí —dijo—, no me importa. Creo que no es ningún sacrificio acudir de vez en cuando a estos compromisos nocturnos. La sociedad tiene sus exigencias y yo me declaro una de esas personas que consideran que ciertos espacios de recreo y entretenimiento son aceptables para todo el mundo.

Elizabeth estaba tan entusiasmada con la cita que, aunque habitualmente no hablaba con el señor Collins si no era obligatorio, no pudo evitar preguntarle si tenía intención de aceptar la invitación del señor Bingley, y si lo hacía, si pensaba unirse al entretenimiento principal de la velada; y se quedó bastante sorprendida al descubrir que el pastor no tenía ningún reparo al respecto, y que estaba muy lejos de temer una reprimenda ni del arzobispo ni de lady Catherine de Bourgh si se lanzaba a bailar.

—Le aseguro que de ningún modo pienso que un baile de este tipo, ofrecido por un joven elegante a personas respetables, pueda albergar ninguna maldad —dijo—; estoy tan lejos de poner objeciones a la danza que confío en que todas mis preciosas primitas me honren concediéndome sus manos en el curso de la velada, y aprovecho esta oportunidad para solicitar la suya, señorita Elizabeth, para los dos primeros bailes especialmente... una preferencia que confío en que mi prima Jane atribuya a una razón precisa y no a una falta de respeto por ella...

Elizabeth se sintió completamente acorralada. Se había propuesto conseguir que Wickham se comprometiera con ella para aquellos dos primeros bailes, precisamente... ¡y se los tenía que conceder al señor Collins! Su alegría nunca se había empleado en peor ocasión. En todo caso, ya no había remedio. La felicidad del señor Wickham y la suya propia se retrasaría forzosamente un poquito más, y aceptó la propuesta del señor Collins con la mejor cara que pudo poner. Tampoco le agradó en absoluto su galantería, porque la idea parecía sugerir algo más... Y entonces se dio cuenta, por primera vez, de que *ella* era la elegida, entre todas sus hermanas, para ser la señora de la rectoría de Hunsford y para asistir a las partidas de cuatrillo en Rosings, siempre que no hubiera mejores visitas disponibles. La idea no tardó en convertirse en convicción, mientras escuchaba las galanterías cada vez más abundantes que le estaba dedicando y veía sus incesantes arrebatos alabando su ingenio y su alegría; y, aunque más asombrada que halagada por el efecto de sus encantos, no transcurrió mucho tiempo antes de que su madre le diera a entender que la posibilidad de un matrimonio con el señor Collins era extraordinariamente apetecible *en su caso*. Sin embargo, Elizabeth prefirió no darse por enterada, pues era plenamente consciente de que cualquier contestación sería motivo de una grave disputa con su madre. A lo mejor el señor Collins nunca llegaba a plantear formalmente la oferta, y mientras no lo hiciera, era una tontería discutir por él.

Si no hubieran tenido que preparar el baile de Netherfield y no hubieran podido hablar de él, las pequeñas de las Bennet habrían sido muy desgraciadas todo ese tiempo, porque desde el día de la invitación hasta el día del baile hubo tales aguaceros que se hizo imposible ir caminando hasta Meryton ni una sola vez. Ninguna tía, ningún oficial, ninguna novedad que comentar... hasta las rosas para los zapatos[14] destinadas al baile de Netherfield tuvieron que encargarse. Incluso Elizabeth pudo poner su paciencia a prueba

---

[14]   Se trataba de unos adornos elaborados con cintas de telas finas, que se plegaban en forma de rosas y se cosían en el empeine del zapato.

con el mal tiempo, porque impidió absolutamente que su amistad con el señor Wickham siguiera avanzando. Y solo la perspectiva de un baile el martes pudo conseguir que Kitty y Lydia aguan-
taran de buen humor el viernes, el sábado, el domingo y el lunes.

CAPÍTULO XVIII

Hasta que Elizabeth no entró en el salón de Netherfield y buscó
en vano al señor Wickham entre el revuelo de casacas rojas que
estaban allí reunidas, en ningún momento se planteó la posibilidad
de que no estuviera presente. En ningún momento se acordó de
todo aquello que podría haberla advertido de que no había razones
para tener la seguridad de encontrarse allí con él. Se había vestido
con más esmero de lo habitual y se había pertrechado de todo el
entusiasmo necesario para conquistar la parte rebelde del corazón de
Wickham, confiando en que pudiera hacerse con ella en el curso
de la velada. Pero de repente le asaltó la terrible sospecha de que
los Bingley, solo por complacer al señor Darcy, hubieran omitido el
nombre Wickham en la invitación que enviaron a los oficiales; y
aunque ese no fue exactamente el caso, el incontestable hecho de
su ausencia fue corroborado por su amigo, el señor Denny, a quien
Lydia acudió de inmediato, y que les dijo que Wickham se había
visto obligado a regresar a Londres por negocios el día anterior
y aún no había regresado; y añadió, con una significativa sonrisa:

—No puedo ni imaginarme qué tipo de asuntos pueden haberlo
alejado de aquí precisamente hoy, si no es que quiere evitar el encuentro con cierto caballero...

Aquella parte de su apreciación, aunque Lydia no pudo oírla,
Elizabeth si la captó, y eso le confirmó que Darcy era el responsable de la ausencia de Wickham, tal y como había sospechado ella;
todos los sentimientos de disgusto contra el primero se agudiza-
ron por aquella repentina frustración, hasta el punto que apenas
pudo responder con la debida cortesía a las educadas palabras que
Darcy le dirigió poco después. Prestarle atención, ser amable,
mostrarse cortés con Darcy era ofender gravemente a Wickham.
Estaba decidida a no dirigirle la palabra y se apartó con un gesto
de furibundo disgusto, que ni siquiera pudo mitigar casi por com-

pleto hablando con el señor Bingley, cuya ceguera en parte la irritaba sobremanera.

Pero Elizabeth no había nacido para ser desagradable con los demás y, aunque todas sus expectativas de diversión se fueron al traste aquella noche, no aguantó mucho tiempo de mal humor; y tras haberle comunicado todos sus pesares a Charlotte Lucas, a quien hacía una semana que no veía, no tardó en pasar a hablarle de las extravagancias de su primo, indicarle quién era y ponerla al tanto de todo. Los dos primeros bailes, sin embargo, volvieron a traerle más inquietudes: fueron como danzas de la muerte. El señor Collins, torpe y solemne, disculpándose constantemente en vez de prestar atención y con frecuencia equivocándose en los movimientos sin darse cuenta de ello, le proporcionó toda la vergüenza y el pesar que puede proporcionar un desagradable compañero durante un par de bailes. El momento en que pudo librarse de él fue un éxtasis.

Luego bailó con un oficial, y al menos tuvo el placer de hablar de Wickham y saber que todo el mundo lo apreciaba. Cuando concluyeron aquellos bailes, Elizabeth regresó con Charlotte Lucas, y estaba en conversación con ella cuando de repente vio que el señor Darcy se dirigía a ella; y le sorprendió tanto que le pidiera la mano para bailar la siguiente pieza que, sin saber qué decir, aceptó. Darcy se alejó de nuevo inmediatamente, y Elizabeth se quedó lamentando su propia falta de presencia de ánimo; Charlotte intentó consolarla.

—Yo diría que te resulta muy agradable.

—¡Dios me libre...! ¡*Eso* sería la mayor desgracia del mundo...! ¡Que a una le resulte agradable un hombre a quien ha decidido odiar...! No me desees una cosa tan espantosa...

Cuando se reanudaron los bailes, sin embargo, y Darcy se aproximó para reclamar su compromiso, Charlotte no pudo evitar advertirle, en un susurro, que no fuera una simplona y no permitiera que su debilidad por Wickham la hiciera aparecer desagradable a ojos de un hombre que era diez veces más importante. Elizabeth no contestó y ocupó su lugar en el grupo, asombrada por la dignidad que se le concedía al corresponderle una posición frente al señor Darcy y al leer en las miradas de sus vecinos el mismo asombro ante semejante acontecimiento. Estuvieron durante un buen rato sin dirigirse la palabra; y ella comenzó a sospechar que aquel silencio iba a durar los dos bailes, y al principio decidió que no sería ella quien lo rompiera; hasta que, de repente, imaginando que el mejor castigo para su compañero sería obligarle a hablar, hizo una leve observación sobre el baile. Él contestó y luego volvió a callarse. Tras una pausa de unos minutos, Elizabeth volvió a dirigirse a él una segunda vez.

—Ahora le toca a *usted* decir algo, señor Darcy... *Yo* ya he hablado del baile y usted debería hacer alguna observación sobre lo grande que es el salón o sobre el número de parejas.

Él sonrió y le aseguró que diría lo que ella quisiera que dijera.

—Muy bien. Esa respuesta servirá de momento. Tal vez dentro de un rato yo pueda comentar que los bailes privados son mucho más agradables que los públicos. Pero por ahora nos quedaremos callados.

—¿Así que habla siguiendo unas normas, mientras baila?

—A veces. Una debe hablar un poquito, ya sabe. Resultaría muy raro estar completamente callados durante media hora, y, sin embargo, para que *determinadas personas* fueran felices, la conversación debería seguir unas leyes, de modo que tuvieran que hablar lo menos posible.

—¿Está hablando por usted en este caso o imagina que esas leyes me convendrían a mí?

—Las dos cosas —replicó Elizabeth con malicia—; porque siempre me ha parecido que hay una gran semejanza en nuestra forma de ser. Ambos tenemos un carácter taciturno y antisocial, poco proclives a hablar, a menos que supongamos que lo que vamos a decir vaya a asombrar a toda la concurrencia y que tenga la posibilidad de pasar a la posteridad con todo el brillo de una sentencia proverbial.

—Esa no me parece una descripción muy acertada de su carácter, se lo aseguro —dijo el señor Darcy—. No sé si se acercará mucho al mío. Sin duda, *usted* cree que es un retrato bastante fiel.

—No debo opinar sobre mi propia obra.

Él no contestó y permanecieron en silencio hasta que concluyó el baile, cuando Darcy le preguntó si ella y sus hermanas iban a menudo a Meryton. Ella contestó afirmativamente e, incapaz de resistir la tentación, añadió:

—Cuando nos encontramos el otro día, acabábamos de conocer a un amigo nuevo.

El efecto fue inmediato. Una terrible sombra de desprecio oscureció sus facciones, pero no dijo ni una palabra, y Elizabeth, aunque culpándose por su propia debilidad, no pudo continuar. Al final Darcy habló y, un tanto obligado por las circunstancias, dijo:

—El señor Wickham está adornado con unos modales tan alegres que puede *hacer* amigos con mucha facilidad, desde luego... aunque no es tan seguro que pueda ser igualmente capaz de *conservarlos*.

—Ha tenido la desgracia de perder su amistad —replicó Elizabeth con énfasis—, y de un modo que muy probablemente lo pagará durante toda su vida.

Darcy no contestó y pareció deseoso de cambiar de tema. En aquel momento sir William Lucas pareció acercarse a ellos, con la intención de cruzar el grupo para pasar al otro lado del salón; pero al percatarse de la presencia del señor Darcy, se detuvo con una reverencia de nobiliaria cortesía para felicitarlo por su modo de bailar y por su compañera de danza.

—Verdaderamente, estoy asombrado hasta límites inconcebibles, mi querido amigo. No se ve muy a menudo ese modo tan excelso de bailar. Es evidente que pertenece usted a los círculos sociales más elevados. Pemítame decirle, no obstante, que su hermosa compañera no le desmerece y que confiamos en tener el placer de verles juntos muy a menudo, especialmente cuando tenga lugar... cierto y esperado acontecimiento, mi querida señorita Eliza —y dirigió su mirada a su hermana y a Bingley—. ¡Cuántas enhorabuenas se dispensarán entonces! Tengo que decirle, señor Darcy... pero no quiero molestarle, señor. No me dará usted las gracias por interrumpir su encantadora conversación con esta joven dama, cuyos ojos brillantes también me están reconviniendo.

Darcy apenas prestó atención a la mayor parte de su discurso; pero la alusión de sir William a su amigo pareció conmocionarlo claramente, y su mirada se dirigió con una expresión muy grave hacia Bingley y Jane, que estaban bailando. Recobrándose enseguida, sin embargo, se volvió hacia su compañera y le dijo:

—La interrupción de sir William ha conseguido que olvide de qué estábamos hablando.

—No creo que estuviéramos hablando de nada en absoluto. Sir William no pudo interrumpir a dos personas en este salón que tuvieran menos cosas que decirse. Hemos intentado hablar de dos o tres temas ya, sin ningún éxito, y no se me ocurre de qué podemos hablar ya.

—¿Qué le parece de libros? —dijo, sonriendo.

—Libros... ¡Oh, no! Estoy segura de que nunca hemos leído lo mismo, o no con los mismos sentimientos.

—Siento que piense así; pero, aunque ese fuera el caso, al menos tendríamos algo de lo que hablar. Podríamos confrontar nuestras opiniones.

—No... No puedo hablar de libros en un salón de baile; tengo la mente puesta en otras cosas.

—En estos lugares solo se piensa en el *presente*, ¿verdad? —dijo el señor Darcy con una mirada de duda.

—Sí, siempre —contestó Elizabeth, sin saber lo que decía, porque sus pensamientos estaban muy lejos del tema, tal y como pareció al cabo cuando exclamó repentinamente—: Recuerdo haberle oído decir una vez, señor Darcy, que usted casi nunca perdonaba, que su rencor, una vez que tomaba una decisión, era implacable. Supongo que será muy prudente antes de tomar *la decisión*.

—Lo soy —dijo, con voz firme.

—¿Y nunca se deja usted llevar por los prejuicios?

—Confío en que no.

—Es especialmente importante que aquellos que nunca cambian de opinión estén seguros de ser justos.

—¿Puedo preguntarle adónde quiere llegar con estas preguntas?

—Simplemente a conocer un poco mejor su carácter —dijo Elizabeth, procurando quitar seriedad a sus palabras—. Estoy intentando comprenderlo.

—¿Y lo consigue?

Elizabeth negó con la cabeza.

—No lo comprendo en absoluto. He oído historias tan diferentes de usted que estoy totalmente confusa.

—Desde luego reconozco que las informaciones sobre mí pueden diferir enormemente —contestó con gravedad—; y ojalá, señorita Bennet, no esbozase mi carácter en este momento, porque hay razones para temer que el resultado no sería muy halagüeño ni para usted ni para mí.

—Pero si no trazo su esbozo ahora, puede que nunca vuelva a tener otra oportunidad.

—Muy bien, de ningún modo pretendo contradecirle —replicó gélidamente.

Elizabeth no dijo nada más y, cuando concluyeron el segundo baile, se separaron en silencio; ambos se fueron enojados, aunque no en la misma medida, porque en el pecho de Darcy había un poderoso sentimiento de comprensión hacia ella, lo cual favoreció que no tardara en perdonarla y dirigiera toda su furia contra otra persona.

Apenas se habían distanciado cuando la señorita Bingley se acercó a Elizabeth y con una expresión de educado desdén se dirigió a ella de este modo:

—Vaya, señorita Eliza, ¡me he enterado de que está usted totalmente encantada con George Wickham...! Su hermana me ha estado hablando de él y preguntándome mil cosas; y me parece que el joven olvidó decirle, entre otras cosas, que era el hijo del viejo señor Wickham, el administrador del difunto señor Darcy. Permítame aconsejarle, en todo caso, como amiga suya que soy, que no dé pábulo a todo lo que dice; y respecto al hecho de que el señor Darcy se portara mal con él, eso es completamente falso; por el contrario, más bien, siempre ha sido muy bueno con él, aunque George Wickham se ha comportado con el señor Darcy del modo más infame. En realidad no conozco los detalles, pero sé muy bien que al señor Darcy no se le puede culpar de nada, que no puede soportar que se le miente a George Wickham, y que aunque mi hermano no pudo evitar incluirlo en la invitación que hizo a todos los oficiales, se alegró enormemente al saber que Wickham había decidido quitarse de en medio. Su llegada a este condado, de todas todas, es lo más insolente que una pueda imaginar, y me maravilla que aún pueda presumir de haberse presentado aquí. Lamento mucho, señorita Eliza, que haya conocido de esta manera el error en que ha incurrido; pero, a decir verdad, sabiendo de dónde viene Wickham, una no debería albergar demasiadas esperanzas.

—Su pecado y sus orígenes familiares parecen ser, por su modo de hablar, la misma cosa —dijo Elizabeth furiosa—, porque hasta el momento no se le ha acusado de nada peor que ser el hijo del administrador del señor Darcy, y eso, puedo asegurárselo, ya me lo contó él mismo.

—Le ruego que me perdone —replicó la señorita Bingley, volviéndose con un gesto de desprecio—. Disculpe mi entrometimiento. Lo hice con la mejor intención.

«¡Cría insolente!», se dijo Elizabeth. «Estás muy equivocada si piensas que vas a influir en mí con una argucia tan mezquina como esa. No veo en esa añagaza más que tu propia ignorancia maliciosa y la maldad del señor Darcy».

Luego fue en busca de su hermana mayor, que se había propuesto interrogar a Bingley sobre el mismo tema. Jane la recibió con una sonrisa y con una sincera satisfacción, y una expresión de resplandeciente alegría que indicaba bien a las claras lo mucho que estaba disfrutando con los acontecimientos de la velada. Elizabeth inmediatamente adivinó sus sentimientos y, en ese momento, la preocupación por Wickham, el resentimiento contra sus enemigos y todo lo demás quedó a un lado ante la esperanza de que Jane estuviera en disposición de avanzar por el encantador camino de su felicidad.

—Necesito saber —le dijo Elizabeth, con un semblante no menos sonriente que el de su hermana— qué has averiguado del señor Wickham. Aunque seguramente has estado demasiado ocupada como para pensar en una tercera persona; en ese caso, te aseguro que cuentas con mi perdón.

—No —replicó Jane—, no lo he olvidado; pero no tengo muy buenas noticias para ti. El señor Bingley no conoce todos los detalles de la historia e ignora las circunstancias particulares que han molestado sobre todo al señor Darcy; pero pone la mano en el fuego por su buena conducta, la probidad y el honor de su amigo, y está perfectamente convencido de que el señor Wickham merecía muchas menos atenciones de las que ha recibido; y siento decir que, por lo que dicen el señor Bingley y su hermana, el señor Wickham de ningún modo es un joven respetable. Me temo que ha sido muy imprudente y que se ha merecido perder la consideración del señor Darcy.

—¿El señor Bingley no conoce personalmente a Wickham?

—No, nunca lo había visto, hasta la otra mañana en Meryton.

—Entonces, su versión es la que le ha contado el señor Darcy. Me quedo más tranquila. ¿Pero qué te ha dicho del beneficio eclesiástico?

—No recuerda exactamente las circunstancias, aunque el señor Darcy se las ha contado en más de una ocasión, pero cree que solo se lo legó *condicionalmente*.

—No me cabe la menor duda de la sinceridad del señor Bingley —dijo Elizabeth con vehemencia—, pero debes perdonarme que no me convenzan únicamente sus afirmaciones. Yo diría que la defensa que el señor Bingley hace de su amigo es muy noble, pero dado que desconoce muchos detalles de la historia y ha sabido el resto por lo que su propio amigo le ha contado, me arriesgaré a pensar de ambos caballeros lo mismo que pensaba antes.

Luego cambió de tema para hablar de algo más gratificante para ambas y sobre lo cual tenían la misma opinión. Elizabeth escuchó encantada las felices aunque modestas esperanzas que Jane albergaba respecto a Bingley y le dijo todo cuanto estuvo en su mano para fortalecer la confianza en sus expectativas. Cuando se acercó el señor Bingley, Elizabeth buscó a la señorita Lucas, a cuyas preguntas sobre si le había agradado su último compañero en el baile apenas pudo contestar, antes de que el señor Collins se plantara delante de ellas y le contara con gran entusiasmo que era muy afortunado porque había hecho un importantísimo descubrimiento.

—He sabido —dijo—, por una singular coincidencia, que en este mismísimo salón hay un familiar cercano de mi benefactora. Ha dado la casualidad de que he oído cómo el propio caballero mencionaba a la joven dama que hace los honores en esta casa los nombres de su prima, la señorita De Bourgh, y de su madre, lady Catherine. ¡Es prodigioso que ocurran estas cosas! ¿Quién podría pensar que podría encontrarme, tal vez, con un sobrino de lady Catherine de Bourgh en esta reunión...! Doy gracias a Dios por haberlo sabido con suficiente antelación como para presentarle mis respetos, cosa que voy a hacer ahora mismo, y espero que me disculpe por no haberlo hecho antes. Supongo que mi absoluta ignorancia de la relación familiar me servirá de excusa.

—¿Va a presentarse usted mismo al señor Darcy?

—Pues sí, claro. Le suplicaré que me perdone por no haberlo hecho antes. Creo que él es el *sobrino* de lady Catherine. Así tendré el placer de asegurarle que Su Señoría se encontraba perfectamente bien hace ayer ocho días.

Elizabeth intentó por todos los medios disuadirlo de que adoptara semejante plan, asegurándole que el señor Darcy consideraría una impertinencia que se dirigiera a él sencillamente, sin que nadie se lo presentara, más que un cumplido hacia su tía; y le dijo que no había ninguna necesidad de que se conocieran y que, si la hubiera, debería corresponderle al señor Darcy, muy superior en clase e importancia, tomar la iniciativa.

El señor Collins la escuchó con el gesto decidido de quien va a obrar como tenía pensado y, cuando Elizabeth dejó de hablar, le contestó de este modo:

—Mi querida señorita Elizabeth, tengo la mejor opinión del mundo de su excelente juicio en todos los asuntos que están al alcance de su intelecto, pero permítame decir que hay una gran diferencia entre las fórmulas de cortesía entre los laicos y las que regula la clerecía; pues permítame observar que considero la labor pastoral en el mismo nivel de dignidad que los rangos más elevados del reino... entendiendo que al mismo tiempo ha de mantenerse un adecuado comportamiento rayano en la humildad. Así pues, debe usted permitirme que acate los dictados de mi conciencia en esta ocasión, que me empujan a obrar conforme a lo que considero mi deber. Perdóneme por rechazar los beneficios de sus consejos, los cuales en cualquier otro asunto serían mi guía permanente, pero en el caso que nos ocupa me considero más capacitado que una joven como usted, por educación y estudios inherentes, para decidir qué es lo correcto.

Y con una profunda reverencia se alejó de ella para abordar al señor Darcy, cuya actitud ante aquel asalto Elizabeth observó con preocupación y cuyo asombro ante la persona que se dirigía a él de aquel modo tan intempestivo resultó muy evidente. Su primo prologó su discurso con una solemne reverencia y, aunque Elizabeth no pudo escuchar ni una sola palabra, le pareció como si lo estuviera oyendo todo, y vio en el movimiento de los labios las palabras «disculpas», «Hunsford» y «lady Catherine de Bourgh»... Le avergonzaba verlo hacer el ridículo de aquel modo delante de aquel hombre. El señor Darcy lo miraba sin dejar de mostrar su sorpresa y, cuando al final el señor Collins le permitió hablar, le contestó con un gesto de distante cortesía. El señor Collins, sin embargo, no se sintió desanimado y volvió a hablar, y el disgusto del señor Darcy comenzó a aumentar y a hacerse claramente visible ante la larga duración del segundo discurso, y al final solo le hizo una leve reverencia y se apartó. Entonces, el señor Collins regresó con Elizabeth.

—Le aseguro que no tengo ninguna razón para estar descontento del modo como me ha recibido —dijo—. El señor Darcy parecía muy complacido con la deferencia que le he dispensado. Me ha contestado con la mayor cortesía e incluso me ha favorecido con un cumplido al decirme que estaba tan absolutamente convencido del buen juicio de lady Catherine que podía estar seguro de que nunca concedía un favor que no se mereciera. Esa es una idea muy interesante. En definitiva, estoy muy satisfecho con él.

Como Elizabeth ya no tenía el más mínimo interés en aquel asunto, volvió su atención casi por completo a su hermana y al señor Bingley, y la sucesión de agradables pensamientos que su observación suscitaba la hacían incluso más feliz que a la propia Jane. Se la imaginó instalada en aquella casa, con toda la felicidad que puede proporcionar un matrimonio que se quiere de verdad; y en esas circunstancias se sintió capaz incluso de intentar resultarles simpática a las dos hermanas Bingley. Y vio claramente que los pensamientos de su madre iban en la misma dirección, y decidió no acercarse a ella para no tener que oírla. Así que cuando se sentaron a la mesa para cenar, consideró que era una verdadera desgracia que solo hubiera una persona entre ambas; y enseguida se sintió profundamente avergonzada de que su madre no le estuviera hablando a esa persona (lady Lucas) tranquila y abiertamente de ninguna otra cosa que no fuera sus expectativas de que Jane se casaría pronto con el señor Bingley. Era un asunto apasionante y la señora Bennet parecía incansable a la hora de enumerar las ventajas de dicho enlace. Él era un joven encantador y muy rico, y no vivía más que a tres millas de ellos: estos eran los primeros aspectos por los que cabía felicitarse; y luego estaba la alegría de pensar lo mucho que querían a Jane las hermanas del señor Bingley y la seguridad de que ellas deseaban que se llevara a cabo la boda tanto como la propia Jane. Aún más, un enlace tan prometedor debía animar a sus hermanas pequeñas, pues un matrimonio tan ventajoso debería mostrarles el camino para que intentaran buscar a otros hombres ricos; y finalmente, era muy agradable, a esas alturas de su vida, poder confiar el cuidado de sus hermanas solteras a la que estuviera casada, porque así no se vería obligada a acompañarlas más que cuando le apeteciera. Era necesario tomarse aquella circunstancia como un asunto placentero, porque en semejantes casos es lo que exige la etiqueta; pero no había nadie en el mundo al que le gustase más quedarse en casa cómodamente, en cualquier etapa de su vida. Concluyó expresando sus mejores deseos de que lady Lucas pudiera ser igualmente afortunada muy pronto, aunque triunfal y evidentemente estaba convencida de que no tendría la misma suerte.

En vano intentó Elizabeth reprimir la locuacidad de su madre o persuadirla para que describiera su alegría en un tono menos audible; porque, para su indescriptible vergüenza, pudo darse cuenta de que la mayoría de lo que decía su madre estaba siendo oído por el señor Darcy, que estaba sentado enfrente de ellas. La respuesta de su madre fue reprenderla por ser tan tonta.

—¿Y qué es el señor Darcy para mí, a ver, para que debiera tenerle miedo? Estoy segura de que no le debemos ninguna cortesía especial que nos obligue a no decir nada que no le pueda gustar oír.

—Por el amor de Dios, mamá, habla más bajo. ¿Qué sacas tú de ofender al señor Darcy? No quedarás muy bien delante de su amigo si lo haces.

Sin embargo, nada de lo que le dijo dio resultado. Su madre siguió hablando de sus planes en el mismo tono elevado. Elizabeth se ruborizaba una y otra vez de vergüenza y disgusto. No podía evitar mirar de vez en cuando al señor Darcy, aunque con cada mirada se convencía más de que se estaba produciendo precisamente lo que más temía; pues aunque él no siempre estaba mirando a su madre, Elizabeth estaba convencida de que su atención estaba indudablemente clavada en ella. La expresión de su cara iba cambiando gradualmente del desprecio indignado a una seriedad implacable e imperturbable.

Por fin, la señora Bennet se quedó sin nada que decir y lady Lucas, que había estado bostezando con la reiteración de placeres que al parecer ella nunca podría disfrutar, se entregó al cariño del jamón frío y el pollo. Entonces Elizabeth comenzó a reponerse. Pero su tranquilidad no duró mucho, porque cuando concluyó la cena, se habló de cantar, y tuvo la desgracia de ver cómo Mary, después de que apenas se lo pidieran, se dispuso de inmediato a entretener a la concurrencia. Mediante abundantes miradas y ruegos silenciosos, Elizabeth intentó evitar aquel ejercicio de virtuosismo... pero fue en vano; Mary no entendió lo que le quería decir su hermana; no podía dejar escapar una oportunidad tan buena para lucirse, y empezó a cantar. La mirada de Elizabeth se clavó en ella con dolorosa emoción y escuchó la sucesión de *stanzas* con una impaciencia que no se vio recompensada por la brevedad; pues Mary, al oír los aplausos, creyó que algunas personas tenían la esperanza de que pudiera complacerlas de nuevo y, tras una pausa de medio minuto, comenzó con otra canción. Entre las virtudes de Mary de ningún modo se encontraba la habilidad del canto; su voz era débil y sus gestos, afectados. Elizabeth estaba sufriendo una agonía. Miró a Jane para ver cómo soportaba ella la situación; pero Jane estaba tranquilamente hablando con Bingley. Miró a las dos hermanas de Bingley y las vio haciéndose gestos de burla, y haciéndoselos también a Darcy, que sin embargo continuaba imperturbablemente serio. Miró a su padre para indicarle que actuara o de lo contrario Mary estaría cantando toda la noche. Su padre captó la advertencia y, cuando Mary concluyó la segunda canción, le dijo en voz alta:

—Ha sido estupendo, niña. Ya nos has deleitado lo suficiente. Dejemos que otras jovencitas demuestren ahora sus habilidades.

Mary, aunque fingió no oírlo, se quedó un poco desconcertada, y Elizabeth lo sintió por ella y lamentó las palabras de su padre, pues temió que por su propia vergüenza no había obrado bien. Entonces otras jóvenes se abalanzaron sobre el piano y se apresuraron a cantar.

—Si yo tuviera la fortuna de saber cantar —dijo el señor Collins—, estaría sumamente encantado, desde luego, de ofrecer a la concurrencia una romanza; porque yo considero que la música es una diversión inocente y perfectamente compatible con la dedicación de un pastor de clerecía. No estoy pretendiendo decir que tengamos justificación para dedicar la mayor parte de nuestro tiempo a la música, porque ciertamente hay otras cosas de las que ocuparse. El rector de una parroquia tiene muchas cosas que hacer. En primer lugar, tiene que ajustar los diezmos para que le resulten beneficiosos personalmente y no le resulten gravosos a su patrón.

Tiene que redactar sus propios sermones, y el tiempo que le quede libre no será demasiado para emplearlo en las obligaciones parroquiales y el cuidado y mejoramiento de su morada, que de ningún modo puede dejar de convertir en un lugar tan cómodo como sea posible. Y no creo que deba considerarse asunto menor que debe ser atento y conciliador con todo el mundo, especialmente con aquellos a quienes debe su posición preeminente. No se me ocurre que pueda prescindir de esta obligación, ni creo que pueda tenerse en alto concepto al hombre que escatimara las ocasiones de poner de manifiesto su respeto hacia cualquiera relacionado con la fami-lia a la que debe su cargo.

Y con una profunda reverencia al señor Darcy, concluyó su discurso, pronunciado a voces y tan alto que pudo oírlo la mitad del salón. Muchos asistentes estaban atónitos. Muchos otros sonreían; pero nadie parecía más divertido que el propio señor Bennet, mientras que su mujer felicitaba calurosamente al señor Collins por haber hablado tan juiciosamente, y advirtió en un medio susurro a lady Lucas que su pariente era extremadamente inteligente y un joven de muy buen corazón.

A Elizabeth le parecía que si toda su familia se hubiera confabulado para ponerse en ridículo todo lo posible durante aquella velada, habría sido imposible que representaran su papel con más fervor, ni con tanto éxito; y se alegró de que Bingley y su hermana se hubieran perdido al menos parte de aquella exhibición, y de que Bingley fuera de ese tipo de personas que no se preocupa mucho por las locuras que puedan hacer las personas que tiene delante. Sin embargo, que las dos hermanas de Bingley y el señor Darcy hubieran tenido semejante oportunidad para burlarse de su familia ya era suficiente desgracia, y no pudo determinar si le resultaba más intolerable el silencioso desprecio del caballero o las insolentes sonrisitas de las damas.

Lo que quedaba de la velada no le resultó muy entretenido. El señor Collins, que se empeñó en mantenerse a su lado, siguió atormentándola y, aunque no pudo convencerla de que volviera a bailar con él, impidió que pudiera bailar con otros. En vano intentó Elizabeth endilgárselo a otra persona y se ofreció a presentarlo a cualquier dama que hubiera en el salón. Él le aseguró que le traía sin cuidado el baile, y que su principal objetivo era agasajarla con delicadas atenciones, y que, por tanto, convertiría en una obligación ineludible permanecer a su lado *toda* la velada. No había nada que discutir ante semejante plan. El único consuelo que tuvo fue que su amiga, la señorita Lucas, se acercaba a ellos con frecuencia y hablaba amablemente un poco con el señor Collins.

Al menos no tuvo que soportar la afrenta de que el señor Darcy se volviera a dirigir a ella, y aunque en bastantes ocasiones estuvo sentado cerca, completamente solo, nunca se acercó lo suficiente como para hablar. Elizabeth imaginó que aquello era seguramente el resultado de sus comentarios sobre el señor Wickham y se alegró de haberlos hecho.

El grupo de Longbourn fue el último de toda la concurrencia en marcharse; gracias a una maniobra de la señora Bennet, tuvieron que esperar los carruajes un cuarto de hora después de que todo el mundo se hubiera ido, lo cual les permitió tener tiempo suficiente para comprobar las ganas que tenían los anfitriones de que se fueran. La señora Hurst y su hermana apenas abrieron la boca, salvo para quejarse de lo cansadas que estaban, y evidentemente estaban impacientes por tener la casa para ellas solas. Se negaron en redondo a mantener ninguna conversación con la señora Bennet y, al hacerlo, una especie de abatimiento cayó sobre todo el grupo, que apenas se avivó con los abrumadores discursos del señor Collins, que insistió en halagar al señor Bingley y sus hermanas hablando de la elegancia de la fiesta y de la hospitalidad y la cortesía que habían demostrado en el comportamiento para con sus invitados. Darcy no dijo nada en absoluto. El señor Bennet, también en silencio, disfrutaba con aquella escena. El señor Bingley y Jane seguían juntos, un poco apartados del resto, y solo hablaban entre ellos. Elizabeth se mantuvo firmemente en silencio, igual que la señora Hurst y la señorita Bingley, e incluso Lydia estaba demasiado cansada para proferir nada más que alguna exclamación ocasional, «¡Ay, Dios mío, qué cansada estoy!», acompañada de un violento bostezo.

Cuando por fin se levantaron para marcharse, la señora Bennet se mostró aún más obsequiosa y empalagosa en su deseo de ver a toda la familia pronto en Longbourn; y se dirigió muy especialmente al señor Bingley, para asegurarle lo felices que los harían si fueran a comer alguna vez con ellos en familia, sin la ceremonia de una invitación formal. Bingley se lo agradeció de mil amores y enseguida se comprometió a aprovechar la primera oportunidad que tuviera para visitarlos, después de que volviera de Londres, adonde se veía obligado a acudir al día siguiente y donde permanecería algún tiempo.

La señora Bennet quedó plenamente satisfecha y salió de la casa con el delicioso convencimiento de que, contando con los preparativos necesarios de dotes, nuevos carruajes y ajuares, sin duda acabaría viendo a su hija instalada en Netherfield en el plazo de tres o cuatro meses. Además estaba completamente segura de que no tardaría en casar a otra hija con el señor Collins, y con considerable placer, aunque no igual. Elizabeth era la hija a la que menos quería; y aunque el caballero y el partido eran bastante buenos *para ella*, el valor del uno y lo otro se veían naturalmente eclipsados por el señor Bingley y Netherfield.

CAPÍTULO XIX

Al día siguiente tuvo lugar un nuevo acontecimiento en Longbourn. El señor Collins se declaró formalmente. Tras haber decidido que lo haría sin pérdida de tiempo, pues su permiso para estar ausente de la rectoría solo alcanzaba hasta el sábado siguiente, y considerando que no había ninguna posibilidad de que fuera a fracasar y, por tanto, con una gran tranquilidad de espíritu, lo planteó todo de un modo metódico, con todos los detalles que se suponía correspondían en un asunto de esas características. Al encontrarse con la señora Bennet, Elizabeth y una de las niñas pequeñas juntas, poco después del desayuno, se dirigió a la madre utilizando estas palabras:

—Señora, en virtud del interés que con seguridad tendrá usted en su hermosa hija Elizabeth, ¿puedo confiar en que se me conceda el honor de una audiencia privada con ella en el transcurso de la mañana?

Antes de que Elizabeth tuviera tiempo de hacer nada, sino sonrojarse por la sorpresa, la señora Bennet contestó de inmediato.

—¡Oh, válgame Dios...! Sí... desde luego. Estoy segura de que Lizzy estará encantada... estoy segura de que no pondrá ninguna objeción. Vamos, Kitty, subamos arriba.

Y recogiendo su labor, se largó apresuradamente, aunque Elizabeth gritó:

—Mamá, por favor... no te vayas, te pido por favor que no te vayas. El señor Collins tiene que disculparme... No puede tener nada que decirme que no pueda saberlo todo el mundo. Yo también me tengo que ir...

—Nada, nada, tonterías, Lizzy. Quiero que te quedes donde estás... —Y al ver que Elizabeth parecía realmente apurada y aterrorizada, y a punto de salir corriendo, añadió—: Lizzy, *insisto* en que te quedes donde estás y escuches al señor Collins.

Elizabeth no pudo oponerse a semejante orden... y, tras pensarlo un instante, consideró más sensato acabar con todo aquello cuanto antes y lo más rápidamente posible, así que se volvió a sentar e intentó ocultar con todas sus fuerzas los contradictorios sentimientos de angustia e hilaridad que embargaban su pecho. La señora Bennet y Kitty se marcharon y, en cuanto se hubieron ausentado, el señor Collins empezó:

—Créame, mi querida señorita Bennet, que su modestia, lejos de perjudicarla a usted en algun sentido, añade bien al contrario nuevas perfecciones a su persona. Habría sido usted menos adorable a mis ojos si no hubiera mostrado esa pequeña renuncia a quedarse a solas aquí conmigo; pero permítame asegurarle que tengo permiso de su respetable madre para dirigirme a usted en los términos que pienso hacerlo. Desde luego, difícilmente podrá usted ignorar el propósito de esta alocución, aunque su sensibilidad natural pueda obligarla a usted a un modesto disimulo; las atenciones que le he dispensado no pueden conducir a error. Casi desde que entré en esta casa la elegí a usted como la compañera de mi vida, de aquí en adelante. Pero antes de dar rienda suelta a mis sentimientos en este tema, quizá sería aconsejable que estableciera las razones que tengo para casarme... y, sobre todo, por qué vine a Hertfordshire con la intención de escoger a una esposa, como efectivamente he hecho.

La idea del señor Collins, con toda su solemne compostura, dando rienda suelta a sus sentimientos, estuvo tan a punto de hacer reír a Elizabeth que no pudo hablar en el corto espacio que le dio para intentar detenerlo e impedir que fuera más allá; así que el señor Collins continuó:

—Mis razones para casarme son, en primer lugar, que creo que es lo más apropiado para todos los representantes eclesiásticos que se encuentran en circunstancias favorables (como las mías), dando así ejemplo de matrimonio en su parroquia. En segundo término, que estoy convencido de que contribuirá enormemente a mi felicidad; y tercero... y esto tal vez debería haberlo mencionado antes, que es el consejo y la recomendación particular de una muy noble dama, a quien tengo el honor de llamar benefactora. En dos ocasiones ha condescendido a darme su opinión (¡sin que se la pidiera siquiera!) sobre este asunto; y fue precisamente el mismo sábado por la noche antes de partir de Hunsford... durante nuestras partidas de cuatrillo, mientras la señora Jenkinson estaba colocando bien el escabel a la señorita De Bourgh, cuando me dijo: «Señor Collins, tiene usted que casarse. Un pastor como usted tiene que casarse. Escoja a una buena, escoja a una mujer de buena familia, hágalo por mí y por usted; que sea una persona útil y activa, no muy cultivada, pero que sea capaz de sacarle partido a una pequeña renta. Ese es mi consejo. Encuentre a esa mujer cuanto antes, tráigasela a Hunsford y yo iré a verla». Permítame apuntar, por cierto, mi querida prima, que poder conocer la bondad de lady Catherine de Bourgh no es el menor de los privilegios que estoy en disposición de ofrecerle. Ya verá que su noble figura está más allá de lo que se pueda describir; y el ingenio y la viveza de los que usted hace gala creo que le resultarán aceptables, sobre todo cuando se vean atemperados por el silencio y el respeto que su rango inevitablemente suscitan. Y esto es todo respecto a mis intenciones generales en favor del matrimonio; aún me resta decir por qué puse mis expectativas en Longbourn, en vez de en mi propia vecindad, donde le aseguro que hay jóvenes muy notables. Pero el hecho es que, siendo, como soy, el heredero de esta propiedad cuando se muera su honrado padre (que, por otra parte, puede que aún viva muchos años), no podía quedarme tranquilo sin decidirme a escoger esposa entre sus hijas, para que la pérdida pudiera mitigarse en lo posible, cuando este tristísimo acontecimiento tenga lugar... que, de todos modos, como ya le he dicho, puede aún tardar varios años. Esta ha sido la razón, mi querida prima, y confío en que dicho motivo no desmerezca a sus ojos. Y ahora no me queda sino asegurarle, con las palabras más floridas, la pasión arrebatadora de mi afecto. Respecto a la dote, soy completamente indiferente, y no solicitaré nada de ese tipo a su padre, puesto que soy muy consciente de que no podría cumplirlo; y lo único que tendrá que aportar serán las mil libras al cuatro por ciento que le corresponderán a la muerte de su madre. Sobre ese punto, por tanto, no diré nada, y puede usted estar segura de que ningún reproche egoísta saldrá de mis labios cuando estemos casados.

Era absolutamente imprescindible interrumpirlo ya.

—Va usted demasiado deprisa, señor —dijo Elizabeth—. Olvida que yo no le he dado una respuesta. Permítame hacerlo sin pérdida de tiempo. Acepte mi agradecimiento por los cumplidos que me ha dispensado. Soy muy consciente del honor que me proporcionaría aceptar su proposición, pero me es imposible hacer otra cosa que no sea rechazarla.

—Ya sé, ya sé que ustedes, las jóvenes damas, tienen la costumbre de rechazar las proposiciones del hombre que íntimamente tienen intención de aceptar, sobre todo la primera vez que solicita sus favores —replicó el señor Collins, con un gesto de la mano que indicaba un formal desdén—, y sé también que a veces la negativa se repite una segunda e incluso una tercera vez. Por tanto, no voy a desanimarme por lo que acaba usted de decir y confío en llevarla al altar a no mucho tardar.

—Le doy mi palabra, señor —exclamó Elizabeth—: sus esperanzas serían un milagro después de lo que le acabo de decir. Le aseguro, con total sinceridad, que no soy una de esas jóvenes damiselas (si es que hay tales jóvenes damiselas) que se atreven a arriesgar su felicidad esperando a que le pregunten una segunda vez. Cuando le digo que no, se lo digo totalmente en serio. Usted no podría hacerme feliz *a mí*, y esté convencido de que soy la última mujer en el mundo que podría hacerle feliz *a usted*. No: si su amiga lady Catherine me conociera, estoy convencida de que me consideraría, en todos los sentidos, muy poco apropiada.

—En ese caso, si lady Catherine pensara eso... —dijo el señor Collins con aire muy pensativo—. Pero no me puedo ni imaginar que Su Señoría la desaprobara a usted en absoluto. Y puede estar usted segura de que cuando tenga el honor de ver a Su Señoría otra vez le hablaré en los términos más fervorosos de su modestia, economía y otras cualidades notables que posee...

—De verdad, señor Collins, todos los elogios serán innecesarios. Debe usted dejarme que decida por mí misma, y hágame el favor de creer lo que le digo. Ojalá sea usted muy feliz y muy rico, y al negarle mi mano, le aseguro que hago todo lo que está en mi mano para impedir que no lo sea. Al hacerme ese ofrecimiento, ha cumplido usted con mi familia y puede usted tomar posesión de la propiedad de Longbourn cuando corresponda, sin que tenga que reprocharse nada. Así pues, este asunto puede darse por zanjado definitivamente.

Y levantándose mientras decía estas palabras, se habría ido de la estancia si el señor Collins no se hubiera dirigido a ella de nuevo.

—La próxima vez que tenga el honor de hablar de este tema con usted, espero recibir una respuesta más favorable que la que me acaba de dar ahora; aunque no tengo intención ninguna de acusarla de crueldad, de momento, porque sé que es la costumbre habitual de su sexo rechazar al hombre en la primera proposición, y tal vez me haya dicho todo eso para obligarme a ser más vehemente la próxima vez y ajustarme a la sensibilidad del carácter femenino.

—Realmente, señor Collins, me desconcierta usted absolutamente —exclamó Elizabeth con cierta irritación—. Si lo que le acabo de decir le parece una forma de incitarlo a continuar con su proposición, no sé cómo expresar mi negativa de modo que pueda convencerle a usted que es, exactamente, una negativa.

—Debe permitirme usted que suponga, mi querida prima, que su rechazo a mi proposición no es más que una mera convención. Le diré mis razones para creer que no son más que eso, en breve: no me parece a mí que no le resulte favorable casarse conmigo o que la posición social que le ofrezco no le parezca muy deseable. Mi posición en la vida, mis relaciones con la familia De Bourgh y mi relación con la suya propia, son circunstancias que hablan mucho a mi favor; y debería usted tomar muy en consideración que, a pesar de sus muchos atractivos, de ningún modo es seguro que le puedan hacer otra proposición de matrimonio. Su dote es desgraciadamente tan pequeña que oscurecerá con seguridad los efectos de sus encantadoras y favorables cualidades. Por consiguiente, debo concluir que usted no está hablando en serio cuando me rechaza: lo atribuiré a su deseo de azuzar mi amor mediante el procedimiento de la incertidumbre, de acuerdo con la práctica habitual de las damas elegantes.

—¡Le aseguro, señor, que no tengo la pretensión de fingir una elegancia de ese tipo, que consiste solo en atormentar a un hombre respetable! Le agradecería que me hiciera el favor de creer que hablo con total sinceridad. Le agradezco una y otra vez el honor que me hace al hacerme sus proposiciones, pero me es absolutamente imposible aceptarlas. Mis sentimientos me lo impiden, en todos los sentidos. ¿Tengo que decírselo más claro? No me tenga por una dama elegante que solo pretende torturarlo, sino como una criatura racional que le dice la verdad de todo corazón.

—¡Es usted tan encantadora...! —exclamó el señor Collins, con un aire de estrafalaria galantería—; estoy convencido de que cuando mi proposición sea sancionada por la expresa autoridad de sus excelentes padres, no dejará de aceptarla.

Ante semejante perserverancia en engañarse a sí mismo, Elizabeth no pudo ya contestar nada, e inmediatamente y en silencio salió de la estancia, decidida, si insistía en considerar sus repetidas negativas como un halagüeño estímulo, a recurrir a su padre, cuya negativa seguramente le resultaría definitiva y cuya actitud al menos no podría equivocarse con la afectación y la coquetería de una damisela elegante.

Capítulo XX

El señor Collins no dispuso de mucho tiempo para embriagarse en la silenciosa contemplación de su éxito amoroso, porque la señora Bennet, habiéndose quedado remoloneando por el vestíbulo para observar el final de la entrevista, apenas vio cómo Elizabeth abría la puerta y con paso ligero se dirigía a la escalera, entró en la salita de los desayunos y se congratuló y felicitó al señor Collins en los más encendidos términos ante la feliz perspectiva de su inminente parentesco. El señor Collins recibió y devolvió aquellas felicitaciones con el mismo placer, y luego procedió a relatar los particulares de su entrevista, con cuyo resultado creía estar muy satisfecho, puesto que la firme negativa que le había dado su prima naturalmente era el fruto de su humildísima modestia y de la verdadera sensibilidad de su carácter.

Aquella información, sin embargo, dejó atónita a la señora Bennet... Ella también habría querido pensar que su hija, con aquella negativa, había tenido la intención de animar la vehemencia amorosa del señor Collins, pero sabía que no era verdad y no pudo evitar decírselo.

—Pero le aseguro, señor Collins —añadió—, que Lizzy acabará entrando en razón. Hablaré con ella de esto personalmente. Es una niña muy testaruda y alocada, y no sabe ni lo que le conviene; pero yo *conseguiré* que lo sepa.

—Perdone que le interrumpa, señora —exclamó el señor Collins—, pero si la señorita de verdad es tan testaruda y alocada, no sé si debería considerarla una esposa adecuada para un hombre de mi posición, que naturalmente busca la felicidad en el matrimonio. Por lo tanto, si persiste en rechazar mis proposiciones, tal vez sea mejor no forzarla a que me acepte, porque si tiene esos defectos de temperamento, no podría contribuir adecuadamente a mi felicidad.

—Señor, me ha malinterpretado usted... —dijo la señora Bennet, alarmada—. Lizzy solo es testaruda en cuestiones como esta. En todo lo demás es la niña más buena y alegre que he visto en mi vida. Iré a ver directamente al señor Bennet y no tardaremos en dejarlo todo bien claro, estoy segura.

La señora no le concedió tiempo para que contestara, sino que se apresuró a ir a ver a su marido, llamándolo a voces mientras entraba en la biblioteca:

—Ay, señor Bennet, te necesitamos urgentemente... estamos todos en un sinvivir. Tienes que venir y obligar a Lizzy a que se case con el señor Collins, porque jura que no lo hará, y si no te das prisa, el señor Collins cambiará de opinión y ya no querrá casarse con ella.

El señor Bennet levantó la mirada del libro cuando entró su mujer y clavó los ojos en su rostro con una tranquilidad imperturbable que no se alteró ni lo más mínimo ante las noticias que traía.

—No tengo el placer de entenderte —dijo el señor Bennet, cuando su esposa terminó su perorata—. ¿De qué estás hablando?

—Del señor Collins y de Lizzy. Lizzy se ha empeñado en que no se va a casar con el señor Collins y el señor Collins está empezando a decir que ya no quiere a Lizzy.

—¿Y qué voy a hacer yo...? Parece que la situación no tiene remedio.

—Habla tú con Lizzy. Dile que insistes en que se case con él.

—Dile que baje. Le haré saber mi opinión.

La señora Bennet hizo sonar la campanilla y la señorita Elizabeth se reunió con ellos en la biblioteca.

—Ven aquí, hija —le dijo su padre cuando se presentó—. Te he hecho llamar para hablar de un asunto importante. Tengo entendido que el señor Collins te ha hecho una oferta de matrimonio. ¿Es verdad? —Elizabeth contestó que sí, que efectivamente así era—. Muy bien... ¿y tú has rechazado esa oferta de matrimonio?

—Sí, señor.

—Muy bien. Ahora vamos al asunto. Tu madre insiste en que lo aceptes. ¿No es así, señora Bennet?

—Sí, o no quiero volver a verla en la vida.

—Tienes delante un terrible dilema, Elizabeth. Desde hoy en adelante serás una extraña para uno de tus padres. Tu madre no quiere volver a verte si *no* te casas con el señor Collins, y yo no volveré a mirarte a la cara *si lo haces*.

Elizabeth no pudo sino sonreír ante las palabras de su padre, que comenzaban de aquel modo y concluían de aquel otro tan distinto; pero la señora Bennet, que se había convencido de que su marido pensaba como ella en aquel asunto, estaba extraordinariamente disgustada.

—¿Pero qué quieres decir, señor Bennet, hablando de ese modo? Me prometiste que insistirías en que se casara con él.

—Querida... —contestó su marido—, tengo que pedirte dos favores. El primero, que me permitas el libre uso de mi entendimiento en la presente ocasión; y en segundo término, de mi biblioteca. Me encantaría estar solo en mi biblioteca tan pronto como sea posible.

Sin embargo, ni aun así, a pesar del disgusto que le había dado su marido, la señora Bennet se dio por vencida. Habló con Elizabeth una y otra vez, la halagó y la amenazó sucesivamente. Intentó poner a Jane de su parte, pero Jane, con toda la dulzura del mundo, declinó interferir en el asunto... y Elizabeth contestaba a sus embestidas a veces con verdadera firmeza y a veces con juguetona alegría. Aunque su humor cambiaba dependiendo del momento, su decisión nunca varió un ápice.

El señor Collins, mientras tanto, meditaba en soledad sobre lo que había ocurrido. Tenía demasiada buena opinión de sí mismo como para comprender qué motivos podría tener su prima para rechazarlo, y aunque su orgullo quedó herido, no sufrió en ningún otro sentido. Su interés por ella era de todo punto imaginario y la posibilidad de que Elizabeth mereciera los reproches de su madre impedía que sintiera pena ninguna.

Mientras en el seno de la familia se libraba esta trifulca, Charlotte Lucas se presentó para pasar el día con ellos. Se encontró en el vestíbulo con Lydia, la cual, corriendo hacia ella, le anunció en un medio susurro:

—Me alegro de que hayas venido, ¡porque esto está divertidísimo...! ¿Sabes qué ha pasado esta mañana...? El señor Collins le ha hecho una proposición de matrimonio a Lizzy y ella no lo ha aceptado.

Apenas tuvo Charlotte tiempo para contestar, antes de que se les uniera Kitty, que venía a contarle las mismas noticias, y en cuanto entraron en la salita de los desayunos, donde la señora Bennet se encontraba sola, la mujer empezó también a hablar del tema e intentó que convenciera a su amiga Lizzy para que cumpliera con los deseos de toda la familia.

—Te lo ruego, haznos este favor, mi querida señorita Lucas —añadió en tono lastimero—, porque nadie se pone de mi lado, nadie está conmigo en esto, se me trata con una tremenda crueldad, nadie se preocupa de mis pobres nervios...

Charlotte pudo ahorrarse la contestación porque en ese momento entraron Jane y Elizabeth.

—Mírala, aquí viene... —añadió la señora Bennet—, tan despreocupada como si no pasara nada, y sin preocuparse por nosotros más que si estuviéramos en York, dado que siempre hace lo que le da la gana. Pero una cosa te digo, Lizzy, si te empeñas en seguir rechazando todas las ofertas de matrimonio de este modo, nunca conseguirás un marido... y te aseguro que no sé quién te va a mantener cuando se muera tu padre. Yo no podré tenerte conmigo, ya te voy avisando. Desde hoy en adelante ya no quiero saber nada de ti. Te lo he dicho en la biblioteca, ya lo sabes, que no pensaba volver a dirigirte la palabra, y verás como cumplo mi palabra. No tengo ningún interés en hablar con crías desobedientes. En realidad no tengo ningún interés en hablar con nadie. La gente que sufre como yo de los nervios no es muy proclive a la conversación. ¡Nadie se imagina lo que sufro...! Pero siempre es así. A los que no se quejan, como yo, nadie los compadece.

Sus hijas escucharon en silencio aquella perorata, conscientes de que cualquier intento de razonar con ella o calmarla solo incrementaría su irritación. Ella continuó hablando, por tanto, sin que ninguna de ellas la interrumpiera hasta que se presentó el señor Collins, que entró con un aire más solemne que de costumbre, y al verlo allí, la señora Bennet les dijo a las muchachas:

—Y ahora, insisto en que vosotras, todas vosotras, cerréis el pico, y dejéis que el señor Collins y yo mantengamos una pequeña conversación.

Elizabeth salió discretamente de la salita, Jane y Kitty la siguieron, pero Lydia permaneció en el campo de batalla, decidida a enterarse de todo lo que pudiera; y Charlotte, que permaneció quieta al principio por educación ante el señor Collins, cuyas preguntas sobre ella y sobre toda su familia se sucedían sin remedio, y luego por una pequeña curiosidad, se contentó con acercarse a la ventana y fingir que no escuchaba. Con una voz lastimera, la señora Bennet empezó de este modo su conversación prevista:

—¡Oh, señor Collins...!

—Mi querida señora —contestó él—, guardemos un discreto silencio sobre ese asunto. Lejos de mí la idea de reprochar la conducta de su hija —dijo de inmediato con una voz que muy a las claras traslucía su disgusto—. La resignación ante las desgracias inevitables es un deber de todos y es deber particular de un joven que ha tenido la fortuna de alcanzar tan preeminente posición a tan temprana edad, y confío en que podré resignarme. Tal vez me ayudará no poco cierta duda de que mi hermosa prima pudiera favorecer mi felicidad si hubiera aceptado mi proposición, porque con cierta frecuencia he observado que la resignación nunca es tan perfecta como cuando los bienes negados comienzan a perder algún valor a nuestros ojos. Espero, mi querida señora, que no considere que estoy menospreciando a su familia, si retiro mis proposiciones de matrimonio respecto a su hija, sin pedirles a usted y al señor Bennet los imprescindibles permisos y requisitorias que corresponden a su autoridad para que intercedan por mí.

Temo que mi conducta pueda ser objeto de alguna censura por haber aceptado el rechazo de labios de su hija, en vez de los de ustedes. Pero todos podemos cometer errores. Desde luego, mi intención en este asunto ha sido loable en todo momento. Mi deseo ha sido proveerme de una amable compañera, con la debida consideración por las ventajas que de ello obtendría su familia, y si mis modales han sido en algún momento reprensibles, le ruego que me disculpe humildemente.

Capítulo XXI

Las discusiones sobre la proposición del señor Collins ya estaban llegando a su fin, y Elizabeth solo tuvo que soportar la incomodidad de tener que escucharlas y, de vez en cuando, aguantar alguna alusión maliciosa de su madre. Y respecto al caballero, este dejó perfectamente claros sus sentimientos, que no eran ni de vergüenza, ni de decepción, ni de distanciamiento de Elizabeth, sino que se expresaban mediante un cierto envaramiento en su comportamiento y un rencoroso silencio. Apenas volvió a dirigirle la palabra a su prima y las obsequiosas atenciones que tanto había valorado él mismo se transfirieron durante el resto del día a la señorita Lucas, cuya educación al escucharlo fue un alivio muy oportuno para todos los demás, especialmente para su amiga.

La mañana siguiente no reveló mengua alguna en el mal humor de la señora Bennet y en su dolencia nerviosa. El señor Collins se encontraba también en el mismo estado que el día anterior, con el orgullo herido. Elizabeth confiaba en que aquel rencor pudiera acortar su visita, pero al parecer su plan no había sufrido ninguna modificación en absoluto por lo sucedido. Siempre dijo que se iba a ir el sábado, y hasta el sábado pensaba quedarse.

Tras el desayuno, las muchachas fueron andando a Meryton para averiguar si había regresado el señor Wickham y para lamentar su ausencia en el baile de Netherfield. Se toparon con él cuando entraba en el pueblo y el joven las acompañó hasta la casa de su tía, donde se habló en abundancia sobre lo mucho que había sentido no poder asistir al baile y cuánto lo lamentaba, y la preocupación que todas habían tenido por él. Sin embargo, a Elizabeth le reconoció voluntariamente que se había impuesto a sí mismo la obligación de su ausencia.

—Llegado el momento —dijo—, me pareció que sería mejor no encontrarme con el señor Darcy... Me pareció que permanecer en la misma estancia, en la misma fiesta con él durante muchas horas juntos, era más de lo que yo podría soportar, y que se producirían ciertas escenas desagradables para más de uno, aparte de mí.

Elizabeth alabó su conducta, y tuvieron tiempo para hablar largo y tendido de todo aquello y para dedicarse abundantes y corteses cumplidos mutuamente, mientras Wickham y otro oficial las acompañaban andando a Longbourn, y durante la caminata, le dedicó una atención muy especial. El hecho de que las acompañara tuvo dos benéficos efectos: Elizabeth tuvo la oportunidad de que Wickham le dedicara todas las galanterías a ella y también fue una excelente ocasión para presentárselo a su padre y a su madre.

Poco después de que regresaran llegó una carta para la señorita Bennet; venía de Netherfield y se abrió inmediatamente. El sobre contenía una hoja de papel muy elegante, pequeña y satinada, con la hermosa y fluida caligrafía de una dama; y Elizabeth observó cómo se transfiguró el rostro de su hermana a medida que la leía, y comprobó que se detenía precisamente en algunos párrafos en concreto. Jane se recobró enseguida y apartó la carta, intentando volver a participar con su habitual alegría en la conversación general, pero Elizabeth estaba tan preocupada por el asunto que incluso dejó de prestarle atención a Wickham y, en cuanto él y su compañero se marcharon, le sugirió con una mirada a Jane que se reunieran en la planta de arriba.

Cuando se encerraron en su habitación, Jane volvió a sacar la carta y dijo:

—Es de Caroline Bingley. Y lo que dice me ha sorprendido un poco... Se han ido todos de Netherfield, a Londres, y de momento no tienen intención de regresar. Ya verás lo que dice...

Entonces leyó las primeras frases en alto, donde se decía que las dos hermanas habían decidido ir con su hermano a Londres y que tenían la intención de cenar aquel día en Grosvenor Street,[15] donde el señor Hurst tenía una casa. Lo siguiente se decía con estas pala-

---

[15]   Una de las calles más elegantes de Londres a principios del siglo XIX.

bras: «No voy a fingir que lamento irme de Hertfordshire, excepto por estar contigo, mi queridísima amiga; pero seguro que en el futuro nos encontraremos de nuevo para volver a disfrutar de los deliciosos momentos que hemos pasado juntas; entre tanto, podemos mitigar el dolor de nuestra separación con una correspondencia muy frecuente y absolutamente sincera. Confío en ti para ello». Elizabeth escuchó aquellas soberbias palabras con toda la frialdad de la desconfianza y aunque le sorprendía lo repentino de aquel viaje, no vio en ello nada por lo que realmente hubiera que lamentarse. Nada permitía suponer que el hecho de que ellas no estuvieran allí impediría que Bingley volviera a Netherfield, y respecto a la pérdida de su compañía, Elizabeth estaba convencida de que Jane no lo lamentaría mucho, si podía contar con la de su hermano.

—Es una lástima —dijo después de un silencio—. Es una lástima que no hayas podido ver a tus amigas antes de irse. ¿Pero no podemos esperar que ese período de futura felicidad a la que se refiere la señorita Bingley pueda llegar antes de lo que ella cree, y que la relación que habéis tenido como amigas se convierta, con más alegría para todos, en una relación entre hermanas...? No van a poder retener al señor Bingley en Londres.

—Caroline dice claramente que ninguno de ellos volverá a Hertfordshire este invierno. Te lo leeré... «Cuando mi hermano partió hacia Londres ayer, suponía que los asuntos que lo requerían en la ciudad podrían concluirse en dos o tres días, pero como nosotras estamos seguras de que no es así y, al mismo tiempo, como sabemos bien que cuando Charles va a Londres no tiene prisa por salir de allí, hemos decidido venir con él, para que no se vea obligado a pasar las horas muertas en un hotel desolado. Muchos de mis conocidos ya están aquí para pasar el invierno; ojalá, mi querida amiga, pudieras hacer tú lo mismo, aunque no creo que puedas. Sinceramente deseo que la Navidad en Hertfordshire te proporcione todas las alegrías propias de estas fechas y que tus admiradores sean tan numerosos que impidan que lamentes la pérdida de los tres caballeros de los que os privamos».

—Ya ves: es evidente que no va a volver este invierno —añadió Jane.

—Lo único evidente es que la señorita Bingley no quiere que vuelva.

—¿Por qué piensas eso? Debe de ser una decisión del señor Bingley. No depende de nadie. Pero aún no lo sabes todo... Te leeré las palabras que me han hecho daño. No tengo secretos para ti. «El señor Darcy estaba impaciente por ver a su hermana y, para ser sinceras, nosotras estamos tan deseosas como él de volver a verla. De verdad que no creo que Georgiana Darcy tenga parangón en belleza, elegancia y encantos; y el afecto que inspira en Louisa y en mí aún se acrecienta más con la esperanza de algo aún más emocionante: que en el futuro se convierta en nuestra hermana. No sé si alguna vez te he mencionado mis sentimientos sobre este particular, pero no quiero irme sin confesártelos y espero que no los consideres una locura. A mi hermano ya le gusta mucho Georgiana y ahora tendrá muchas más oportunidades de estar con ella a solas: todos sus familiares desean esta relación tanto como nosotros y el amor de hermana no me confunde, creo, cuando digo que Charles es muy capaz de conquistar el corazón de cualquier mujer. Con todas estas circunstancias favoreciendo un compromiso, y sin nada que lo impida, ¿me equivoco, mi queridísima Jane, al permitirme el lujo de esperar un acontecimiento que hará feliz a tantas personas?». ¿Qué piensas de esta frase, mi querida Lizzy? —dijo Jane cuando terminó de leerla—. ¿No está lo suficientemente claro? ¿No dice aquí con toda claridad que Caroline ni espera ni desea que yo me convierta en su hermana? ¿No dice que está absolutamente convencida de la indiferencia de su hermano hacia mí, y que si sospecha la naturaleza de mis sentimientos hacia él, su intención (¡tan amable!) es ponerme en guardia? ¿Es que acaso puede entenderse todo esto de otro modo?

—Sí, se puede; yo lo entiendo de un modo completamente diferente. ¿Quieres saberlo?

—Pues claro.

—Te lo diré en pocas palabras: la señorita Bingley sabe que su hermano está enamorado de ti y quiere que se case con la señorita Darcy. Va detrás de él a Londres con la esperanza de retenerlo allí e intenta convencerte de que tú no le importas.

Jane negó con la cabeza.

—Pues claro que sí, Jane, deberías creerme. Nadie que os haya visto juntos puede dudar de su afecto. Y estoy segura de que la señorita Bingley tampoco. No es tan ingenua. Si pudiera haber visto la mitad de ese amor en el señor Darcy por ella, ya habría encargado el vestido de novia. Pero lo que ocurre es esto: que nosotros no somos lo suficientemente ricos ni importantes para ellos; y ella es la más interesada en que su hermano se quede con la señorita Darcy, porque tiene la idea de que una vez que ha habido una boda en la familia, habrá menos impedimentos en que haya una segunda; aunque en eso parece ciertamente un poco ingenua, aunque me atrevería a decir que podría tener éxito si la señorita De Bourgh no se interpusiera en su camino. Pero, mi querida Jane, de verdad no puedes pensar siquiera que el señor Bingley sea menos sensible a tus encantos hoy que cuando se despidió de ti el martes pasado, y solo porque la señorita Bingley te dice que su hermano admira mucho a la señorita Darcy. No puedes pensar que la señorita Bingley tiene capacidad para convencer a su hermano de que, en vez de estar enamorado de ti, está enamoradísimo de su Georgiana Darcy.

—Si tú y yo pensáramos lo mismo de la señorita Bingley —contestó Jane—, tu explicación de todo esto me tranquilizaría. Pero yo sé que tu explicación se basa en una opinión injusta de ella. Caroline es incapaz de engañar a nadie a sabiendas y lo único que me cabe esperar en este caso es que simplemente esté equivocada.

—Eso está bien. No podrías haber adoptado otra idea mejor, dado que la mía no te sirve. Piensa que está completamente equivocada. Ya has cumplido con ella y de ahora en adelante no te preocupes por nada.

—Pero, hermana, ¿acaso podría ser feliz, incluso suponiendo que ocurriera lo mejor, aceptando a un hombre cuyas hermanas y amigos están deseando que otra mujer cualquiera se case con él?

—Decídelo tú —dijo Elizabeth—, y si después de una reflexión madura te parece que la desgracia de molestar un poco a sus dos hermanas es más importante que la felicidad de ser su esposa, mi consejo es que, de todas todas, lo rechaces.

—¿Cómo puedes decir eso? —dijo Jane sonriendo débilmente—. Has de saber que aunque me dolería muchísimo la desaprobación de sus hermanas, no dudaría ni un instante en casarme con él.

—Me lo imaginaba... y puesto que ese es el caso, no voy a ponerme a llorar por ti.

—Pero si ya no vuelve este invierno, mi decisión no servirá de nada. ¡Pueden pasar mil cosas en seis meses!

Elizabeth consideró una sublime tontería la sola idea de que el señor Bingley no fuera a regresar a Netherfield enseguida. Le parecía que aquello no era más que el reflejo de los deseos interesados de Caroline, y ni por un momento aceptó que aquellos deseos, por muy abiertamente o maliciosamente que se expresaran, pudieran influir en un joven tan absolutamente independiente.

Le dijo a su hermana con tanta vehemencia como pudo lo que le parecía que estaba ocurriendo y no tardó en constatar el placer de ver los felices resultados. Jane no tenía un carácter pesimista y poco a poco fue recobrando la esperanza —aunque la volubilidad del cariño del señor Bingley en ocasiones la menguara— de que Bingley regresaría a Netherfield y satisfaría todos los deseos de su corazón.

Acordaron que la señora Bennet se enterara solo de la partida de la familia, para que no se alarmara por la conducta del caballero; pero incluso aquella información parcial avivó en la madre una enorme preocupación y lamentó la terrible desgracia de que las señoritas se hubieran ido, precisamente ahora que se habían hecho tan amigas. Sin embargo, después de lamentarse un poco, tuvo el consuelo de pensar que el señor Bingley no tardaría en regresar y que iría a cenar con ellos a Longbourn, y la conclusión de todo ello fue la consoladora declaración de que, aunque solo lo hubieran invitado a una cena familiar, ella ya se ocuparía de ofrecer un gran banquete, con primero y segundo.

Capítulo XXII

Los Bennet fueron invitados a cenar con los Lucas y de nuevo durante la mayor parte del día, la señorita Lucas tuvo la amabilidad de ocuparse del señor Collins. Elizabeth aprovechó la primera oportunidad que tuvo para darle las gracias.

—Así estará de buen humor —dijo—, y te estoy más agradecida de lo que puedo expresar.

Charlotte le aseguró a su amiga que estaba muy contenta de poder ser útil y que eso ya la compensaba ampliamente por el pequeño sacrificio de malgastar su tiempo. Aquello fue muy loable por su parte, pero la amabilidad de Charlotte iba un poco más alla de lo que Elizabeth podría haber imaginado... El objetivo de Charlotte era, nada menos, que asegurarse de que el señor Collins no volvía a hacerle proposiciones a su amiga, porque pretendía que se las hiciera a ella. Aquel era el plan de Charlotte, y las expectativas eran tan favorables que cuando se despidieron aquella noche, hubiera podido decir que habría tenido éxito si el señor Collins no hubiera tenido que irse tan pronto de Hertfordshire. Pero en ese punto, Charlotte no hizo justicia al fervor y la osadía del señor Collins, pues fue su pasión la que lo condujo a largarse de Longbourn House a la mañana siguiente con admirable sigilo y presentarse a toda prisa en Lucas Lodge para arrojarse a sus pies. El señor Collins se preocupó mucho de ocultar sus actos a sus primas por la convicción de que, si lo veían marcharse, seguramente adivinarían sus intenciones, y no quería que se conocieran hasta que hubiera llegado a buen fin su propósito, porque aunque se sentía bastante seguro y confiado, y con razón, pues Charlotte se había mostrado bastante favorable, estaba relativamente inseguro desde la aventura del miércoles anterior. Sin embargo, lo recibieron con los mejores auspicios. La señorita Lucas lo vio llegar desde una de las ventanas de arriba e inmediatamente se las arregló para salirle al encuentro por casualidad en el camino. Pero poco se imaginaba cuánto amor y elocuencia le esperaban allí.

En los escuetos espacios de tiempo que quedaban entre los sucesivos y largos discursos del señor Collins, todo quedó arreglado entre los dos, para satisfacción de ambos; y cuando entraron en casa, le suplicó vivamente que fijara el día en que habría de convertirlo en el hombre más feliz del mundo; y aunque una solicitud semejante había de aplazarse por el momento, la dama no tenía ninguna intención de jugar con la felicidad del caballero. La estupidez con la que la Naturaleza lo había favorecido impedía que el cortejo tuviera cualquier encanto: ninguna mujer habría deseado que se prolongara mucho; y a la señorita Lucas, que lo aceptaba únicamente por el puro y desinteresado deseo de tener un hogar, no le importaba mucho cuánto tardara en tenerlo.

Se solicitó rápidamente el consentimiento de sir William y lady Lucas; y se les concedió la bendición con la más gozosa presteza.

Las circunstancias particulares del señor Collins lo convertían en un estupendo partido para su hija, a quien ellos le podían dejar muy poca fortuna; y las perspectivas de riqueza futura del señor Collins eran extraordinariamente halagüeñas. Lady Lucas comenzó a calcular directamente, con más interés del que le había provocado anteriormente la cuestión, cuántos años podría seguir viviendo aún el señor Bennet; y sir William expresó la firme y sincera opinión de que, en cuanto el señor Collins entrara en posesión de la propiedad de Longbourn, sería muy conveniente que él y su esposa se presentaran en St James. En definitiva, toda la familia estaba encantada con la noticia. Las muchachas más jóvenes confiaron en que serían presentadas en sociedad un año o dos antes de lo que tenían previsto; y los muchachos sintieron el alivio de confirmar que su hermana no se moriría como una vieja solterona. Pero la propia Charlotte estaba bastante tranquila. Había conseguido su objetivo y tenía tiempo para pensarlo. En general, sus reflexiones eran satisfactorias. Desde luego, el señor Collins no era ni inteligente ni agradable; estar con él era una pesadilla, y el afecto que sentía por ella debía de ser imaginario. Pero, aun así, sería su marido. Aunque nunca tuvo en especial consideración a los hombres ni el matrimonio, este había sido siempre su objetivo; era la única salida honrosa para una joven bien educada de escasa fortuna, y aunque probablemente no le proporcionaría ninguna felicidad en absoluto, sería un buen remedio para no pasar necesidades. Y ya lo había conseguido; y a la edad de veintisiete años, y sin ser especialmente agraciada, le parecía el colmo de toda fortuna. Lo menos agradable del asunto era la sorpresa que le causaría a Elizabeth Bennet, cuya amistad valoraba más que la de cualquier otra persona. Elizabeth se asombraría, y probablemente se lo reprocharía; y aunque no iba a modificar su decisión, tal vez le dolería su desaprobación. Decidió darle la noticia personalmente, y por lo tanto encargó al señor Collins cuando regresó a comer a Longbourn que no dijera ni una sola palabra de lo que había ocurrido a ningún miembro de la familia. Natural y obligadamente el señor Collins le prometió un secreto absoluto, pero no se podía mantener la promesa sin alguna dificultad; pues la curiosidad que había provocado su repentina ausencia desató tal avalancha de preguntas a su regreso que se necesitaba algún ingenio para evitarlas, y al mismo tiempo se veía obligado a callarse, cosa que le costaba un enorme esfuerzo, pues estaba deseando pregonar su nuevo amor.

Como al día siguiente tenía que salir de viaje muy temprano y no vería a nadie de la familia, la ceremonia de despedida se llevó a cabo cuando las muchachas se levantaron de la mesa, la noche anterior; y la señora Bennet, con grandes cortesías y cordialidad, dijo lo felices que estarían de volver a verlo por Longbourn de nuevo, siempre que sus compromisos le permitieran visitarlos.

—Mi querida señora —contestó—, esta invitación me resulta particularmente gratificante, porque es lo que estaba esperando, precisamente, y puede usted estar segura de que la aprovecharé en cuanto pueda.

Todos se quedaron atónitos y el señor Bennet, que de ningún modo deseaba que regresara tan pronto, se apresuró a decir:

—Pero... ¿no correrá el riesgo de que lady Catherine lo desapruebe, señor mío...? Haría usted mejor en descuidar a sus familiares que correr el riesgo de ofender a su benefactora.

—Señor mío —contestó el señor Collins—, le estoy a usted particularmente agradecido por ese amistoso consejo y puede estar usted seguro de que no daré ni un solo paso sin la autorización de Su Señoría.

—Nunca se toman demasiadas precauciones. Arriésguese a lo que quiera, salvo a incomodarla, y si le parece a usted que puede incomodarse Su Señoría por venir a vernos otra vez, lo cual me parece a mí que podría ser muy probable, quédese tranquilamente usted en su casa y tenga la completa seguridad de que *nosotros* no nos sentiremos ofendidos en absoluto.

—Créame, mi querido señor, que le agradezco sinceramente una atención tan cariñosa, y le aseguro que no tardará usted en recibir de mi puño y letra una carta de agradecimiento por esto, así como por todas las atenciones que me ha dispensado durante mi estancia en Hertfordshire. Respecto a mis hermosas primitas, aunque mi ausencia puede que no sea tan larga como para que haya necesidad de hacerlo, me tomaré ahora la libertad de desearles toda la salud y la felicidad del mundo, sin exceptuar a mi prima Elizabeth.

Con las cortesías propias de la circunstancia, las damas abandonaron el salón; todas estaban muy sorprendidas de que el señor Collins estuviera pensando ya en un pronto regreso. La señora Bennet prefirió creer que pensaba hacerle proposiciones a alguna de sus hijas pequeñas, y en ese caso podría convencer a Mary para que lo aceptara. Mary apreciaba los talentos del señor Collins mucho más que cualquiera de las otras; había cierta formalidad en las reflexiones del pastor que con frecuencia la deslumbraba y, aunque de ningún modo era tan inteligente como ella, Mary pensaba que si lo animaba a leer y a aprender con su ejemplo, podría llegar a ser un marido bastante aceptable. Pero a la mañana siguiente todas las esperanzas en ese sentido se desvanecieron. La señorita Lucas se presentó en casa poco después del desayuno y, en una conversación privada con Elizabeth, le contó los acontecimientos que habían tenido lugar el día anterior.

La posibilidad de que el señor Collins se hubiera imaginado a sí mismo enamorado de su amiga se le había pasado a Elizabeth por la cabeza en los últimos dos o tres días; pero que Charlotte le pudiera haber dado esperanzas parecía casi tan imposible como que la propia Elizabeth se las pudiera haber concedido, y su asombro, por tanto, fue tan grande que al principio ni siquiera pudo mantener las mínimas normas del decoro y no pudo evitar gritarle:

—¿Te has comprometido con el señor Collins? ¡Pero mi querida Charlotte...! ¡Eso es imposible!

El gesto impávido con que la señorita Lucas había emprendido el relato de su historia dio paso a una cierta confusión al recibir una reprobación tan directa; aunque, como no era más que lo que efectivamente esperaba, no tardó en recobrar la compostura y, con la mayor calma, le respondió:

—¿Por qué te sorprende tanto, mi querida Eliza...? ¿Te resulta increíble que el señor Collins sea capaz de granjearse la buena opinión de una mujer, porque no tuvo la suerte de tener éxito contigo?

Pero Elizabeth ya se había recobrado y, haciendo un extraordinario esfuerzo, estuvo en disposición de asegurarle, con una sinceridad bastante aceptable, que se alegraba muchísimo de la relación que había entablado y que le deseaba toda la felicidad del mundo.

—Ya veo lo que te parece... —le replicó Charlotte—. Debes de estar sorprendida, muy sorprendida... porque hace muy poco que el señor Collins deseaba casarse contigo. Pero cuando hayas tenido tiempo para pensarlo bien todo, espero que te alegres de lo que he hecho. No soy nada romántica, ya lo sabes. Nunca lo fui. Lo único que pido es una casa cómoda y, considerando el carácter del señor Collins, sus relaciones, y su posición en la vida, estoy convencida de que tengo tantas posibilidades de ser feliz con él como la mayoría de la gente cree tener cuando se casa.

Elizabeth respondió pensativa:

—Desde luego.

Y después de un extraño silencio, las dos volvieron con el resto de la familia. Charlotte no se quedó mucho rato y Elizabeth después se retiró para pensar en lo que había oído. Transcurrió mucho tiempo antes de que pudiera hacerse totalmente a la idea de que efectivamente se iba a producir aquel estrafalario matrimonio. La ridiculez del señor Collins, haciendo dos proposiciones de matrimonio en el curso de tres días, no era nada en comparación con la idea de que hubiera sido aceptado. Siempre había sabido que la idea del matrimonio que tenía Charlotte no era exactamente como la que tenía ella, pero en ningún momento pudo imaginar que fuera posible que, llegado el momento, sacrificara cualquier otro sentimiento por alcanzar una cierta comodidad material. Charlotte... la mujer del señor Collins... ¡era una idea de lo más humillante! Y al dolor de ver a una amiga echando a perder su vida y hundiéndose en su consideración, se añadía la angustiosa convicción de que era imposible que esa amiga pudiera ser ni mínimamente feliz con lo que le había tocado.

Capítulo XXIII

Elizabeth estaba sentada con su madre y sus hermanas, pensando en lo que había ocurrido y dudando si estaría autorizada para mencionarlo, cuando apareció por allí el mismísimo sir William Lucas, al que su propia hija había enviado para anunciar el compromiso a toda la familia. Con abundantísimos cumplidos para todos y congratulándose sobradamente ante la perspectiva de una relación entre ambas casas, reveló todo el asunto... a una audiencia no solo estupefacta, sino incrédula; porque la señora Bennet, con más perseverancia que educación, aseguró que el hombre debía de estar totalmente equivocado, y Lydia, siempre tan imprudente y a menudo tan maleducada, exclamó a gritos:

—¡Santo Dios! Sir William, ¿cómo se atreve a ir contando esa historia...? ¿No sabe que el señor Collins quiere casarse con Lizzy?

Solo la gentileza de un cortesano podría haber soportado sin enfurecerse aquel comportamiento, pero la excelente educación de sir William le permitió sobrellevarlo todo con gran entereza, y aunque rogó que le creyeran cuando aseguraba que todo lo que decía era cierto, tuvo que escuchar todas aquellas impertinencias con la más absoluta cortesía.

Elizabeth, pareciéndole que debía ayudarle en una situación tan desagradable, dio un paso adelante para confirmar la noticia, y mencionó que ella ya lo sabía porque se lo había contado la propia Charlotte e intentó poner fin a las exclamaciones de su madre y sus hermanas con una calurosa felicitación a sir William, a la cual se unió enseguida Jane, y observando repetidamente la felicidad que podría derivarse de aquel matrimonio, el excelente carácter del señor Collins y la poca distancia que había de Hunsford a Londres.

La señora Bennet estaba, ciertamente, demasiado abrumada para decir nada mientras sir William permaneció en la casa pero apenas se hubo marchado, sus sentimientos encontraron una vía de desahogo. En primer lugar, insistió en no creerse nada de lo que había dicho; en segundo término, estaba segurísima de que habían engañado al señor Collins; tercero, esperaba que no fueran felices jamás; y cuarto, confiaba en que el compromiso aún podría romperse. Dos inferencias se deducían claramente de todo aquello, no obstante: una, que Elizabeth era la verdadera causa de todo el embrollo; y la otra, que todos la trataban *a ella* de un modo espantoso; y durante el resto del día estuvo dándole vueltas a esos dos asuntos sobre todo. Nada podía consolarla y nada podía calmarla. Y a lo largo de todo el día no olvidó su resentimiento. Una semana transcurrió antes de que pudiera cruzarse con Elizabeth sin reprochárselo, un mes tuvo que pasar antes de que pudiera dirigirle la palabra a sir William o a lady Lucas sin mostrarse grosera, y muchos meses se contaron antes de que pudiera perdonar a Charlotte.

Las emociones del señor Bennet fueron mucho más sosegadas respecto a aquel asunto y, tal como aseguró, la resolución del caso le había resultado incluso muy satisfactoria, porque, dijo, le agradaba mucho saber que Charlotte Lucas, de quien solía pensar que era una muchacha bastante juiciosa, era tan estúpida como su esposa y bastante más estúpida que su hija.

Jane se confesó un tanto sorprendida por el compromiso, pero habló menos de su asombro que de su verdadero deseo de que ambos fueran muy felices; Elizabeth no pudo convencerla de que era un deseo improbable. Kitty y Lydia estaban lejos de envidiar a la señorita Lucas, porque el señor Collins no era más que un pastor; y el acontecimiento no tenía para ellas ningún interés, salvo la posibilidad de poderlo difundir en Meryton.

Lady Lucas no pudo resistir la tentación de fanfarronear y de restregarle por la cara a la señora Bennet el consuelo de tener ya una hija bien casada, y visitó Longbourn más a menudo de lo habitual para decirle lo feliz que era, aunque las torvas miradas de la señora Bennet y sus furibundas observaciones podrían haber sido suficientes para amargarle toda aquella felicidad.

Entre Elizabeth y Charlotte hubo un distanciamiento que las mantuvo a ambas calladas y no volvieron a hablar del asunto; a Elizabeth le pareció que ya no podría darse ninguna confidencia más entre ellas. La decepción que había tenido con Charlotte le hizo volver la mirada con más cariño hacia su hermana Jane, en cuya rectitud y firmeza confiaba absolutamente, y cuya felicidad cada día le preocupaba más porque ya hacía una semana que se había ido Bingley y no se sabía nada de su regreso.

Jane había contestado enseguida a la carta de Caroline y estaba contando los días que podían transcurrir hasta que recibiera a su vez una respuesta. La prometida carta de agradecimiento del señor Collins llegó el martes, dirigida a su padre, y escrita con toda la solemnidad y gratitud que solo una estancia de doce meses con la familia podría haber provocado. Después de cumplir con aquellos requisitos, procedía a informarles, con las expresiones más arrebatadas, de la felicidad de haber conseguido el afecto de su encantadora vecina, la señorita Lucas, y luego explicaba que solo por el deseo de volver a gozar de su compañía se había mostrado tan predispuesto a acceder a los deseos de la familia de que volviera pronto a Longbourn, adonde esperaba regresar del lunes en quince días; respecto a lady Catherine, añadía, había aprobado tan fervientemente su matrimonio que deseaba que se celebrara lo antes posible, lo cual, en su opinión, constituiría un argumento irrefutable ante Charlotte para que fijara cuanto antes el día de hacerlo el hombre más feliz del mundo.

El regreso del señor Collins a Hertfordshire ya no era un motivo de alegría para la señora Bennet. Bien al contrario, parecía estar dispuesta a quejarse de ello tanto como el señor Bennet. Era muy raro que fuera a Longbourn en vez de a Lucas Lodge y era también muy incómodo y extraordinariamente embarazoso.

La señora Bennet odiaba tener visitas en la casa cuando estaba tan delicada de salud y todos los amantes eran una gente muy desagradable. Tales eran constantemente las murmuraciones de la señora Bennet, que solo cedían ante una angustia mayor: la continuada ausencia del señor Bingley.

Ni Jane ni Elizabeth estaban tranquilas con aquel asunto. Los días pasaban uno tras otro sin que se supiera nada de él, salvo la noticia que no tardó en propagarse por Meryton: que no se le esperaba en Netherfield hasta después del invierno, una noticia que indignaba enormemente a la señora Bennet y que nunca dejaba de contradecir como una absoluta y perentoria falsedad.

Incluso Elizabeth comenzó a temer... no que Bingley fuese indiferente, sino que sus hermanas pudieran haber tenido éxito en su intento de mantenerlo apartado de Jane. Aunque era poco proclive a aceptar una idea tan destructiva para la felicidad de Jane y tan deshonrosa para la firmeza de su amante, no podía evitar que de vez en cuando se le pasara por la cabeza. Los esfuerzos conjuntos de las dos desalmadas hermanas y de su todopoderoso amigo, unidos a los atractivos de la señorita Darcy y los divertimentos de Londres, podrían ser excesivos, se temía, para la firmeza de Bingley.

Respecto a Jane, su angustia ante aquella espera era naturalmente más dolorosa que la de Elizabeth, pero cualesquiera que fueran sus sentimientos, prefería ocultarlos, y entre ella y Elizabeth, por tanto, nunca se aludía al tema. Sin embargo, su madre no hacía gala de semejante discreción y no pasaba una hora sin que no hablara de Bingley, expresara su impaciencia por su regreso o incluso exigiera a Jane que confesara que si no volvía, debería sentirse ofendidísima. Fue necesaria toda la serena dulzura de Jane para soportar aquellas furibundias con una tolerable tranquilidad.

El señor Collins regresó puntualmente del lunes en quince días, como estaba previsto, pero el recibimiento en Longbourn no fue tan amable como en su primera presentación. Sin embargo, él estaba demasiado feliz como para necesitar atención ninguna; y afortunadamente para los demás, las obligaciones del cortejo lo mantuvieron bastante alejado de la casa. La mayor parte de los días la pasaba en Lucas Lodge y en ocasiones solo regresaba a Longbourn con tiempo para disculparse por estar tanto tiempo fuera, antes de que la familia se fuera a la cama.

La señora Bennet se encontraba en un estado lamentable. La simple mención de cualquier cosa relacionada con el compromiso la sumía en una agonía de mal humor y, no importaba donde fuera, estaba segura de que alguien le hablaría de aquello. Ver a la señorita Lucas le resultaba odioso. Puesto que iba a ser su «sucesora» en aquella casa, la miraba con un celoso aborreci miento. Siempre que Charlotte se acercaba a verlas, la señora Bennet pensaba que solo estaba disfrutando por anticipado el momento de tomar posesión de la casa; y siempre que le hablaba en voz baja al señor Collins, estaba convencida de que estaban hablando de la propiedad de Longbourn y decidiendo cómo la expulsarían a ella y a sus hijas de la casa, tan pronto como muriera el señor Bennet. Se quejaba amargamente de todo aquello con su marido.

—De verdad, señor Bennet... —decía—, es muy duro pensar que Charlotte Lucas pueda ser algún día la señora de esta casa, que *yo* me veré obligada a cederle el sitio a *ella*, ¡y vivir para ver que ocupa mi lugar aquí!

—Querida, no des pábulo a esos pensamientos tan tristes. Confiemos en que sucedan cosas mejores. Confiemos en que pueda ser *yo* el que viva más de los dos.

Aquello no consolaba mucho a la señora Bennet y, por tanto, en vez de dar una respuesta, añadía:

—No soporto la idea de que se puedan quedar con toda esta propiedad. Si no fuera por el legado de mayorazgo, no me importaría...

—¿Qué no te importaría?

—No me importaría nada en absoluto.

—Demos gracias a Dios de que todo este embrollo impida que te quedes postrada en ese estado de insensibilidad.

—Señor Bennet: nunca podré dar gracias a Dios por nada que guarde relación con el legado de mayorazgo. No entiendo cómo una persona puede tener estómago para privar a sus propias hijas de su propiedad... ¡y todo por ese señor Collins! ¿Por qué le tuvo que tocar a él en vez de a cualquier otro?

—Lo dejaré a tu consideración —dijo el señor Bennet.

LIBRO SEGUNDO

Capítulo I

La carta de la señorita Bingley llegó al final y se terminaron las dudas. Desde la primerísima frase se aseguraba que iban a permanecer todos en Londres durante el invierno y concluía con el pesar de su hermano por no haber tenido tiempo de presentar sus respetos a sus amigos en Hertfordshire antes de partir hacia la ciudad.

Se desvaneció cualquier esperanza, completamente; y cuando Jane pudo leer el resto de la carta, apenas pudo sacar nada en claro —salvo las expresiones de afecto de la remitente— que pudiera reconfortarla un poco. Los elogios de la señorita Darcy ocupaban la mayor parte de la misiva. Se insistía de nuevo en sus múltiples atractivos, y Caroline presumía gozosamente de ser cada vez más amiga suya, y se aventuraba a augurar el cumplimiento de todas las esperanzas de las que había hablado en la carta anterior. Decía con gran orgullo y placer que su hermano estaba viviendo en casa del señor Darcy, y mencionaba, con exacerbado entusiasmo, algunos planes de este último respecto a un nuevo mobiliario.

Elizabeth, a quien Jane no tardó en comunicar todos los detalles, escuchó con callada indignación. Su corazón estaba dividido entre la preocupación por su hermana y el resentimiento contra todos los otros. A la aseveración de Caroline de que su hermano se estaba encaprichando con la señorita Darcy no le concedía ningún crédito. No tenía ninguna duda, ni en ese momento ni nunca, de que Bingley estaba realmente enamorado de Jane; y como siempre le había resultado simpático, no podía pensar sin enojo, y casi sin desprecio, en aquella debilidad de carácter, en aquella falta de decisión propia que ahora lo convertían en un esclavo de sus manipuladores amigos y lo conducían a sacrificar su propia felicidad al capricho de los deseos de los demás. De todos modos, si hubiera sido solo el sacrificio de su propia felicidad, podría haberse permitido el lujo de jugar con ella como más le hubiera complacido; pero la felicidad de su hermana también estaba en juego y *él* debería haberlo tenido en cuenta. En definitiva, era un asunto sobre el que se podía pensar muy detenidamente sin llegar a ninguna solución. Elizabeth no podía pensar en nada más, y tanto si el interés de Bingley por su hermana realmente se había desvanecido como si se había difuminado por la intromisión de sus amigos, tanto si era consciente del cariño que le tenía Jane como si no se había percatado de ello, cualquiera que fuera el caso —aunque la opinión que Elizabeth tendría de él se viera muy afectada dependiendo de la opción—, la situación de su hermana seguiría siendo la misma y continuaría estando tan angustiada como antes.

Pasaron un par de días antes de que Jane reuniera el valor suficiente para hablar de sus sentimientos a Elizabeth; pero al final, cuando la señora Bennet las dejó solas, después de una furibundia más larga de lo normal contra Netherfield y su dueño, no pudo evitar decir:

—¡Oh, si al menos mi propia madre tuviera más dominio de sí misma...! No tiene ni idea del daño que me hace cuando empieza con esas continuas maledicencias sobre él. Pero no me amargaré. Todo esto no puede durar mucho. Lo olvidaré y todo seguirá como antes.

Elizabeth miró a su hermana con gesto de incrédula ansiedad, pero no dijo nada.

—No te lo crees —exclamó Jane, ligeramente ruborizada—, pero ya te advierto que no tienes razones para dudar de mí. Puede vivir en mis recuerdos como el hombre más encantador que he conocido, pero eso será todo. No tengo ni esperanzas ni temor, y nada que reprocharle. ¡Gracias a Dios, no tengo esa pena! Solo necesito un poco de tiempo. Y seguro que estaré bien. —Y con voz un poco más firme, añadió—: Tengo el consuelo de que no fue más que una tontería por mi parte y que no le ha hecho daño a nadie más que a mí misma.

—¡Mi querida Jane...! —exclamó Elizabeth—. Eres demasiado buena. Tu dulzura y tu desinterés son realmente angelicales. No sé qué decirte. Me siento como si nunca hubiera sido justa contigo, o como si no te hubiera querido todo lo que te mereces.

La señorita Bennet rechazó con vehemencia cualquier mérito extraordinario y apartó de sí todos los elogios de cariño que le dedicaba su hermana.

—No —dijo Elizabeth—, esto no es justo. Tú quieres pensar que todo el mundo es respetable y te ofendes si te hablo mal de alguien. Luego te digo que eres perfecta y lo niegas en redondo. No temas que exagere y que me apropie de tu privilegio de pensar en la bondad universal. No tienes que temer por eso. Hay poca gente a la que quiera realmente y aún hay menos de quien tenga buena opinión. Cuanto más veo cómo es el mundo, más me desagrada; y todos los días confirmo mi creencia en la incoherencia de todos los seres humanos, y en la poca confianza que se puede depositar en las apariencias del mérito o de la inteligencia. Últimamente me he topado con dos ejemplos claros; uno de ellos ni siquiera lo mencionaré; el otro es el matrimonio de Charlotte. ¡Es inconcebible! ¡En todos los sentidos, es inconcebible!

—Mi querida Lizzy, no debes dar rienda suelta a unos sentimientos así. Amargarán tu felicidad. No tienes en cuenta las diferencias entre las distintas situaciones y las distintas personas. Considera la respetabilidad del señor Collins y el carácter firme y prudente de Charlotte. Recuerda que ella pertenece a una familia muy numerosa y respecto a la fortuna, el señor Collins es un partido muy favorable, y deberías creer, aunque no sea más que por compadecer a los demás, que alguien puede sentir algo parecido a la estima y el aprecio por nuestro primo.

—Por complacerte, estaría dispuesta casi a cualquier cosa, pero nadie saldría beneficiado por que yo pensara así; porque si yo tuviera el menor indicio de que Charlotte tiene algún interés en él, solo podría pensar peor de su inteligencia de lo que ahora pienso de su corazón. Mi querida Jane, el señor Collins es un hombre engreído, pomposo, zote y bobo; tú sabes que lo es, igual que yo; y a ti te debería parecer, como me lo parece a mí, que la mujer que se case con él no debe estar en su sano juicio. No la defiendas, aunque sea Charlotte Lucas. No cambies, por consideración a una persona, el significado de los principios y la integridad, ni intentes convencerte a ti misma, o a mí, de que el egoísmo es prudencia y de que la incapacidad para ver el peligro es un aval para la felicidad.

—Tienes que admitir que tu manera de hablar de ambos es excesiva —replicó Jane—, y espero que te des cuenta de eso, cuando los veas vivir felices. Pero basta de eso. Dijiste que tenías otro ejemplo. Mencionaste *dos* ejemplos. Ya sé a quién te refieres, pero te ruego, querida Lizzy, que no me hagas sufrir echándole las culpas a esa persona y diciendo que la buena opinión que tenías de ella se ha desvanecido. No debemos estar tan predispuestas a pensar que se nos hace daño intencionadamente. No podemos esperar que un joven activo se comporte siempre de un modo comedido y circunspecto. A menudo no es más que nuestra vanidad lo que nos engaña. Las mujeres solemos pensar que los halagos son algo más de lo que son en realidad.

—Y los hombres ya se cuidan bien de que así sea.

—Si lo hacen premeditadamente, no puede justificarse; pero no creo que haya tanta maliciosa premeditación en el mundo como algunas personas imaginan.

—No tengo ninguna intención de atribuirle al señor Bingley ninguna premeditación maliciosa —dijo Elizabeth—, pero aunque no se tenga intención de portarse mal, o de hacer daño a otras personas, puede cometerse un error, y se puede hacer muy desgraciadas a otras personas. La inconsciencia, la falta de consideración frente a los sentimientos de otras personas, la falta de personalidad acabarán haciendo su labor.

—¿Y achacas lo ocurrido a alguna de esas cosas?

—Sí, a la última. Pero si continúo hablando te enfadarás, porque diría lo que pienso de personas que tú aprecias. Detenme ahora que puedes.

—Así que insistes en suponer que sus hermanas lo manipulan.

—Sí, ellas y su amigo.

—No lo creo. ¿Por qué iban a manipularlo? Lo único que quieren es su felicidad y, si está enamorado de mí, ninguna otra mujer podrá proporcionársela.

—Tu primera aseveración es falsa. Pueden desear muchas otras cosas aparte de su felicidad; pueden desear que aumente su riqueza y su importancia social, pueden desear que se case con una niña que tiene todo el dinero del mundo, importantes relaciones y orgullo.

—Desde luego, desean que escoja a la señorita Darcy —contestó Jane—, pero eso puede deberse a sentimientos mejores de los que tu imaginas. La conocen desde hace mucho más tiempo que a mí; no es extraño que la aprecien más. Pero, cualesquiera que sean sus deseos, es muy improbable que se opusieran a los deseos de su hermano. ¿Qué hermana se tomaría la libertad de hacer algo así, a menos que hubiera algo verdaderamente grave que objetar? Si creyeran que está enamorado de mí, no intentarían separarnos; si estuviera enamorado de mí, no lo conseguirían nunca. Como tú imaginas que me quiere, das por supuesto que todo el mundo actúa de un modo antinatural y malvado, y me haces muy desgraciada. No me angusties con esa idea. No me avergüenza haberme equivocado... o, al menos, es muy poco, o nada, en comparación con lo que sentiría si pensara mal de él o sus hermanas. Déjame que lo vea con los mejores ojos, o al menos con una mirada que me permita comprenderlo.

Elizabeth no podía oponerse a aquellos deseos; y desde ese momento, el nombre del señor Bingley apenas volvió a mencionarse entre ellas.

La señora Bennet aún seguía lanzando imprecaciones y reproches ante la idea de que no volviera, y aunque apenas pasaba un día en el que Elizabeth no le explicara claramente lo que sucedía, parecía que había pocas posibilidades de que la señora se detuviera siquiera a considerarlo con menos asombro de indignación. Su hija procuró convencerla de lo que ella misma no se creía: que las atenciones que le había dispensado simplemente habían sido el efecto de un vulgar y pasajero capricho, que se difuminó cuando simplemente dejó de verla; pero aunque la señora Bennet admitía al principio la probabilidad de esos argumentos, volvía con la misma historia todos los días. El mayor consuelo de la señora Bennet era que el señor Bingley volvería de nuevo en verano.

El señor Bennet se tomó el asunto de un modo bien diferente.

—Vaya, Lizzy... —le dijo un día—, así que tu hermana ha sufrido un fiasco amoroso. Me parece que tendré que felicitarla. Antes de casarse, a una muchacha le gusta tener algún que otro fracaso amoroso. Así tiene algo en lo que pensar y le proporciona una suerte de distinción entre sus amigas. ¿Cuándo te toca a ti? Seguro que no soportarías ser menos que Jane. Ahora es tu turno.

Por ahí, en Meryton, hay suficientes soldados para darles disgustos a todas las jovencitas de los alrededores. Deja que Wickham te dé un disgusto. Es un tipo muy guapo y te dejará plantada con mucha elegancia.

—Gracias, papá, pero me conformaría con un hombre menos agradable. No todas podemos tener la buena suerte de Jane.

—Cierto —dijo el señor Bennet—, pero es un consuelo pensar que, ocurra lo que os ocurra, siempre tendréis a una madre cariñosa que os ayudará en todo lo que necesitéis.

La compañía de Wickham resultó muy útil a la hora de disipar la tristeza que los acontecimientos habían derramado sobre tantos miembros de la familia de Longbourn. Lo vieron a menudo, y a todas sus virtudes unió ahora la de una sinceridad sin reservas. Todo lo que Elizabeth ya había sabido de su boca, sus quejas contra el señor Darcy y todo lo que había sufrido por su culpa pasaron a ser de conocimiento público y objeto de comentario general; y todo el mundo parecía encantado de su perspicacia porque, mucho antes de que se supiera todo aquello, ellos ya pensaban que el señor Darcy era un infame de mal corazón.

La señorita Bennet era la única criatura capaz de imaginar que en aquel asunto podía haber circunstancias atenuantes que las gentes de Hertfordshire desconocieran; su dulce y firme candor siempre reclamaba indulgencias y sugería la posibilidad de que hubiera habido malentendidos y errores... pero todos los demás sentenciaron al señor Darcy como el peor de los hombres.

CAPÍTULO II

Tras una semana de promesas de amor y planes de felicidad futura, el señor Collins tuvo que separarse de su adorada Charlotte al llegar el sábado. El dolor de la separación, sin embargo, se vio aliviado por parte del caballero, pues tendría que disponer los preparativos para recibir a la novia en la rectoría, dado que tenía razones para creer que muy poco después de su regreso a Hertfordshire se fijaría la fecha en la que se convertiría en el más feliz de los hombres. Se despidió de sus familiares en Longbourn con tanta solemnidad como siempre, deseó a sus hermosas primitas salud y felicidad, otra vez, y le prometió a su padre otra carta de agradecimiento.

Al lunes siguiente la señora Bennet tuvo el placer de recibir en casa a su hermano y a su esposa, que venían a pasar la Navidad a Longbourn, como siempre. El señor Gardiner era un hombre sensato y caballeroso, bastante distinto a su hermana tanto por carácter como por educación. Las damas de Netherfield habrían tenido dificultades en creer que un hombre que vivía del comercio, y a un paso de sus propias tiendas, podía ser tan educado y agradable.[16] La señora Gardiner, que era bastante más joven que la señora Bennet y la señora Philips, era una mujer encantadora, inteligente y elegante, y sus sobrinas de Loungburn simplemente la adoraban. Entre las dos mayores y ella, sobre todo, había un especial cariño. Elizabeth y Jane habían estado en su casa de Londres muchas veces.

Lo primero que hizo la señora Gardiner a su llegada fue repartir los regalos y describir las nuevas modas de la ciudad. Cuando se hubo completado esta operación, su papel adquirió menos importancia en la representación. Le llegó el turno de escuchar. La señora Bennet tenía un montón de sufrimientos que contar y mucho de lo que lamentarse. Se les había tratado de mala manera desde la última vez que vio a su hermana. Dos de sus niñas habían estado a punto de casarse y al final todo había quedado en nada.

—A Jane no se la puede culpar —añadió—, porque Jane habría aceptado al señor Bingley, si hubiera podido. ¡Pero Lizzy...! ¡Ay, hermana...! Es muy triste pensar que a estas alturas ya podría ser la mujer del señor Collins, si no hubiera sido por esa cabezonería suya. Le hizo una oferta de matrimonio en esta misma salita y ella lo rechazó. La consecuencia de todo es que esa lady Lucas va a tener a una hija casada antes que yo, y que la propiedad de Longbourn sigue estando tan vinculada al mayorazgo de varonía como siempre. Los Lucas son una gente muy astuta, ya lo creo, hermana.

---

[16] Hasta bien entrado el siglo XIX el comercio se consideró una actividad innoble entre la distinguida sociedad inglesa. El señor Gardiner vivía en Gracechurch Street, cerca de sus tiendas, lo que significaba que no era especialmente rico, pues los comerciantes adinerados solían vivir en barrios residenciales alejados del ajetreo londinense.

Hacen lo que sea con tal de conseguir lo que quieren. Lamento tener que hablar así de ellos, pero las cosas son como son. Me pone de los nervios y me enferma que mi propia familia me lleve la contraria de este modo y tener vecinos que piensan en sí mismos antes que en los demás. En fin, es un enorme consuelo que hayas venido en estos terribles momentos y me alegro mucho de lo que nos cuentas, eso de las mangas, que se llevan largas ahora...

La señora Gardiner, que ya conocía la mayor parte de las noticias, gracias a la correspondencia que mantenía con Jane y Elizabeth, le contestó brevemente, y por compasión hacia sus sobrinas, cambió de conversación.

Después, cuando se quedó a solas con Elizabeth, dijo alguna cosa más sobre el asunto.

—Parece que podría haber sido un buen partido para Jane —dijo—. Siento mucho que se estropeara. ¡Pero estas cosas pasan! Un hombre joven, tal y como describes al señor Bingley, es capaz de enamorarse de una niña bonita durante unas pocas semanas y cuando por casualidad se separan, la olvida igual de deprisa... Esas conductas tan frívolas son muy frecuentes.

—Un excelente consuelo, en cierto modo... —dijo Elizabeth—, pero a nosotras no nos sirve. Nosotras no hemos sufrido ninguna separación por casualidad. No ocurre con tanta frecuencia que la injerencia de los amigos pueda convencer a un hombre independiente y libre para que no piense más en una muchacha a quien ha amado apasionadamente solo unos días antes.

—Pero esa expresión, «amar apasionadamente», está tan manida, es tan dudosa, tan indefinida que ya no significa casi nada. Se utiliza tan a menudo para describir los sentimientos que se tienen por una persona a quien se ha conocido media hora antes como para describir la emoción por un amor real y verdadero. Así que... ¿cuán *apasionadamente* enamorado estaba el señor Bingley?

—Nunca vi una atracción más sincera. Cada vez le importaba menos el resto del mundo y estaba totalmente dedicado a ella. Cada vez que se encontraban se notaba más y era más evidente. En su propio baile desairó a dos o tres jóvenes señoritas y no les pidió baile, y yo misma le dirigí la palabra un par de veces, sin que me hiciera ni caso. ¿Es que puede haber síntomas más claros? ¿No es la descortesía general la mismísima esencia del amor?

—¡Oh, sí...!, la esencia del tipo de amor que supongo que sentía Bingley. ¡Pobre Jane! Lo siento mucho por ella, porque, con su carácter, puede que tarde un poco en superarlo. Habría sido mejor que te ocurriera a ti, Lizzy; tú enseguida te habrías reído de ti misma. ¿Pero crees que se dejará convencer para venir con nosotros a Londres después de Navidad? Un cambio de aires siempre sienta bien... y alejarse un poco de casa tal vez pueda resultarle más benéfico que cualquier otra cosa.

A Elizabeth aquella propuesta le pareció absolutamente maravillosa y pensó que su hermana aceptaría sin ninguna duda.

—Espero que ninguna consideración en referencia a ese joven influya en su decisión —añadió la señora Gardiner—. Nosotros vivimos en otra parte de la ciudad completamente distinta y nuestras amistades son muy diferentes, y, como bien sabes, nosotros salimos muy poco, así que es improbable que se encuentren en absoluto.

—Y *además* es totalmente imposible, porque en estos momentos el señor Bingley se encuentra bajo la custodia de su amigo, el señor Darcy, ¡y el señor Darcy no toleraría que fuera a visitar a Jane a semejante parte de la ciudad...! Mi querida tía, ¿cómo se te ocurre una cosa así...? Puede que tal vez el señor Darcy haya *oído hablar* de un sitio llamado Gracechurch Street, pero necesitaría por lo menos un mes de abluciones para limpiarse de sus impurezas, si es que alguna vez osara adentrarse allí; y puedes jurarlo: el señor Bingley jamás se adentraría en esos lugares sin él.

—Mucho mejor así. Espero que no se vean en absoluto. ¿Pero Jane se escribe con su hermana? Ella sí que no podrá evitar visitarla.

—Se rompería su amistad completamente...

Pero a pesar de la seguridad que Elizabeth tenía en este punto, así como sobre el hecho, aún más relevante, de que a Bingley le impedirían ver a Jane, tenía tal obsesión por el tema que llegó a la conclusión, tras pensarlo bien, de que tal vez no todo estaba perdido. Era posible, y a veces lo consideraba incluso probable, que el cariño de Bingley pudiera reavivarse y que la influencia natural de los atractivos de Jane pudieran vencer la influencia de sus amigos.

La señorita Bennet aceptó la invitación de su tía con mucho gusto; y los Bingley en ningún momento estuvieron en su pensamiento, salvo por un detalle: como Caroline no vivía en la misma casa que su hermano, confiaba en que pudiera tener tiempo para pasar una mañana con ella, sin correr el riesgo de verlo a él.

Los Gardiner se quedaron una semana en Longbourn, y entre los Philips, los Lucas y los oficiales, no hubo un día en que no tuvieran compromisos. La señora Bennet se había ocupado con tanto esmero de que su hermano y su hermana disfrutaran de los preceptivos entretenimientos que no tuvieron siquiera oportunidad de sentarse a comer todos en familia. Cuando los compromisos eran en casa, siempre aparecían por allí algunos oficiales, entre los cuales Wickham siempre era uno de los imprescindibles; y en esas ocasiones, la señora Gardiner, desconfiando de los vehementes elogios que de él hacía Elizabeth, lo sometió a una estrecha vigilancia. Sin suponer ni por un momento, a partir de las observaciones realizadas, que estuviera seriamente enamorada, la predilección que sentían el uno por el otro era lo suficientemente evidente como para inquietarla un tanto; y decidió hablar con Elizabeth sobre el tema, antes de irse de Hertfordshire, y mostrarle cuán imprudente sería alentar aquella relación.

Para la señora Gardiner, Wickham sabía cómo resultar atractivo, independientemente de sus cualidades generales. Alrededor de diez o doce años atrás, antes de casarse, la señora Gardiner había pasado bastante itiempo en aquella misma parte de Derbyshire de la que él procedía. Así pues, tenían algunos conocidos comunes; y aunque Wickham había estado muy poco tiempo allí después de la muerte del padre de Darcy, cinco años antes, aún pudo darle algunas noticias de sus antiguas amistades: en todo caso eran más recientes que las que ella podía recabar por su cuenta.

La señora Gardiner conocía Pemberley y había conocido al difunto señor Darcy muy bien. Por lo tanto, ahí había un tema de conversación inagotable. Al comparar sus recuerdos de Pemberley con la minuciosa descripción de Wickham, y elogiando el carácter de su difunto dueño, ambos se solazaban y se entretenían. Cuando le comentaron cómo se había portado el actual señor Darcy con Wickham, la señora Gardiner intentó recordar algo de la mala fama que tenía cuando era joven, lo cual parecía confirmarse ahora, y al final acabó diciendo que estaba segura de haber oído hablar del señor Fitzwilliam Darcy en aquel entonces como un muchacho muy orgulloso y de muy mal carácter.

Capítulo III

Las advertencias de la señora Gardiner a Elizabeth se formaliza-
ron puntual y amablemente en la primera oportunidad favorable
que tuvo la señora de hablarle a solas a su sobrina; después de decirle honestamente lo que pensaba, añadió:

—Eres una niña demasiado sensata, Lizzy, para enamorarte solo
porque te aconsejan lo contrario; así pues, no temo hablarte abierta
y sinceramente. En serio, ten muchísimo cuidado. No te compro-
metas, ni intentes comprometerlo en una relación que la falta de
recursos convertiría en una perfecta imprudencia. No tengo nada
contra él, es un joven muy interesante y muy guapo; y si tuviera la
fortuna que debería tener, no podría ser un partido mejor. Pero tal y
como están las cosas... no debes dejar que tu imaginación se desbo-
que. Tienes juicio, y todos esperamos que lo utilices. Tu padre confía absolutamente en tu firmeza y en tu buena conducta, estoy segura. No decepciones a tu padre.

—Mi querida tía... te estás poniendo demasiado seria.

—Sí, y espero que tú también lo seas.

—Bueno... entonces, no tienes por qué alarmarte. Me cuidaré de
mí misma, y también del señor Wickham. No se enamorará de mí,
si puedo evitarlo.

—Elizabeth, ahora eres tú la que no eres seria.

—Te ruego que me perdones. Lo intentaré de nuevo. En este
momento no estoy enamorada del señor Wickham; no, es verdad,
no lo estoy. Pero es, sin comparación posible, el hombre más agradable que he conocido... y si de verdad se enamorara de mí... creo
que sería mejor que eso no ocurriera. Comprendo que sería una
imprudencia. ¡Ah, ese abominable señor Darcy...! La opinión que
mi padre tiene de mí me honra enormemente; y yo sería muy desgraciada si lo defraudara. Mi padre, de todos modos, es favorable al
señor Wickham. En fin, mi querida tía, lamentaría mucho disgusta-
ros, pero como todos los días vemos que donde hay cariño, los jóvenes apenas se preocupan por la necesidad de contar con alguna
fortuna a la hora de comprometerse, ¿cómo podría yo ser más inteligente que todas mis congéneres si me veo tentada, o cómo podría
saber que lo más inteligente sería resistirme? Lo único que puedo
prometerte, por tanto, es que no actuaré apresuradamente. No me

apresuraré a creer que soy la mujer de su vida. Cuando esté con él, no me mostraré impaciente. En fin, haré lo que pueda.

—Tal vez lo consigas si le sugieres que no venga tan a menudo por casa. Al menos, no deberías *recordarle* a tu madre que lo invite a todas horas.

—Como hice el otro día... —dijo Elizabeth, con una pícara sonrisa—, muy cierto, será más inteligente por mi parte abstenerme de hacer *eso*. Pero no creas que siempre está por aquí. Solo se le ha invitado tan a menudo esta semana porque estáis vosotros. Ya conoces las ideas de mi madre sobre la necesidad de que sus seres queridos siempre tengan compañía. Pero, de verdad, por mi honor, intentaré hacer lo que considere más sensato. Espero que te quedes tranquila.

Su tía le aseguró que lo estaba y Elizabeth, tras agradecerle sinceramente la amabilidad de sus sugerencias, se despidió de ella: un maravilloso ejemplo de consejo sobre un asunto delicado sin que surjan resentimientos.

El señor Collins regresó a Hertfordshire poco después de que los Gardiner y Jane hubieran partido; pero como se instaló con los Lucas, su llegada no resultó una gran molestia para la señora Bennet. Su matrimonio era inminente, y ella se había resignado hasta tal punto que lo consideraba inevitable, e incluso repetía con su habitual tono rencoroso que «ojalá sean muy felices». El día de la boda iba a ser el jueves, y el miércoles la señorita Lucas hizo su visita de despedida; y cuando se levantó para marcharse, Elizabeth, avergonzada por las descorteses indirectas y los buenos deseos a regañadientes que le había dispensado, y sinceramente emocionada por su amiga, la acompañó hasta la puerta de la casa.

Y cuando bajaban las escaleras juntas, Charlotte le dijo:

—Espero saber de ti muy a menudo, Eliza.

—Tenlo por seguro.

—Y tengo que pedirte otro favor. ¿Vendrás a verme?

—Nos veremos a menudo, espero, en Hertfordshire.

—Creo que no podré salir de Kent durante algún tiempo. Así que... prométeme que vendrás a verme a Hunsford.

Elizabeth no podía negarse, aunque no preveía excesivos placeres en esa visita.

—Mi padre y María van a venir a verme en marzo —añadió Charlotte—, y espero que tú vayas con ellos. De verdad, Eliza, te aseguro que serás tan bien recibida como cualquiera de ellos.

Se celebró la boda; la novia y el novio partieron hacia Kent desde la puerta de la iglesia y, como siempre, todo el mundo tuvo mucho que decir y que preguntar sobre el acontecimiento. Elizabeth no tardó en tener noticias de su amiga; y su correspondencia fue tan regular y frecuente como lo había sido siempre; que fuera igualmente sincera era imposible. Elizabeth no podía dirigirse a ella sin sentir que aquella antigua confianza había desaparecido y, aunque decidió que no rompería la correspondencia con Charlotte, lo hacía más por lo que había sido su amistad, que por lo que era. Las primeras cartas de Charlotte se recibieron con bastante emoción: Elizabeth no podía sino sentir verdadera curiosidad por saber lo que tenía que decir sobre su nuevo hogar, y qué le parecía lady Catherine, y si se atrevería a decir que era muy feliz; aunque, cuando acababa de leer aquellas cartas, a Elizabeth le parecía que Charlotte se expresaba en todos los sentidos exactamente como podría haberse previsto. Escribía con alegría, parecía rodeada de comodidades y no mencionaba nada que no fuera digno de alabanza. La casa, el mobiliario, el vecindario y los caminos, todo estaba a su gusto, y lady Catherine se había portado con ella del modo más amistoso y bondadoso. Eran el Hunsford y el Rosings del señor Collins, pero pasado por el tamiz de la razón; y Elizabeth sospechó que debía esperar a visitar el lugar en persona para saber el resto.

Jane ya le había escrito a su hermana unas líneas para anunciarle que había llegado con bien a Londres y cuando le volvió a escribir, Elizabeth confiaba que le pudiera decir algo que hubiera averiguado de los Bingley.

Su impaciencia por aquella segunda carta recibió la recompensa que habitualmente recibe la impaciencia: Jane había estado una semana en la ciudad sin haber visto a Caroline ni haber sabido nada de ella. Sin embargo, lo explicaba diciendo que era de suponer que la última carta que le había enviado a su amiga desde Longbourn se habría perdido por accidente.

«La tía», añadía, «va a ir mañana a esa parte de la ciudad y tendré la oportunidad de visitar Grosvenor Street».

Volvió a escribir cuando cumplimentó dicha visita. Había visto a la señorita Bingley. «Creo que Caroline no estaba de muy buen humor», fueron sus palabras, «pero se alegró mucho de verme y me reprendió por no haberla avisado de mi viaje a Londres. Así que yo tenía razón: mi última carta nunca le llegó. Le pregunté por su hermano, claro. Estaba bien, pero tan ocupado con el señor Darcy que apenas si lo veían. Me pareció entender que esperaban a la señorita Darcy para cenar. Ojalá pudiera conocerla. Mi visita no duró mucho porque Caroline y la señora Hurst iban a salir. Me atrevo a decir que pronto las volveré a ver aquí».

Elizabeth negó con la cabeza frente a la carta. Estaba convencida de que el señor Bingley solo podría descubrir que Jane estaba en la ciudad por casualidad.

Transcurrieron cuatro semanas y Jane no supo nada de él. Intentó convencerse de que no lo lamentaba; pero ya no podía negar que la señorita Bingley no se estaba portando bien con ella. Después de esperar en casa todas las mañanas durante quince días, e inventar todas las tardes una excusa nueva para ella, Caroline por fin le devolvió la visita; pero duró tan poco y, sobre todo, fueron tan desabridos sus modales que impidieron que Jane pudiera seguir engañándose. La carta que le escribió en esta ocasión a su hermana mostraba bien a las claras lo que sentía.

> Mi queridísima Lizzy será incapaz, estoy segura, de jactarse de su inteligencia, a mi costa, cuando le confiese que he estado totalmente engañada respecto al afecto que la señorita Bingley podía sentir por mí. Pero, mi querida hermana, aunque estos acontecimientos han demostrado que tú tenías razón, no pienses que soy una cabezota si aún afirmo que, considerando lo que fue su comportamiento, mi confianza era tan natural como tus recelos. No comprendo en absoluto las razones que tuvo para querer ser mi amiga, pero si las mismas circunstancias se dieran ahora, estoy segura de que volvería a caer en la trampa. Caroline no me devolvió la visita hasta ayer; y entre tanto no recibí ni una nota, ni una línea. Cuando vino, era muy evidente que no le apetecía nada; se disculpó breve y formalmente por no haber venido antes, no dijo ni una palabra de volvernos a ver, y en todos los sentidos estaba tan incómoda que, cuando se fue, decidí que en ningún caso mantendría esa amistad. Lo lamento mucho, pero no puedo dejar de pensar que ella

tiene la culpa. Hizo muy mal al elegirme como amiga; y puedo decir, con toda tranquilidad, que todos los acercamientos para favorecer nuestra amistad partieron de ella. Pero la compadezco, porque seguro que sabe que ha obrado mal y porque estoy segura de que la preocupación por su hermano es la causa de todo. No necesito darte más explicaciones; y aunque *nosotras* sabemos que esa preocupación es innecesaria, como ella la siente como tal, fácilmente se explica su comportamiento para conmigo; y como ella lo adora, con razón, cualquier preocupación que pueda sentir por él resulta natural y comprensible. Sin embargo, no puedo sino maravillarme de que tenga semejantes temores en estos momentos, porque, si él tuviera algún interés en mí, ya nos habríamos encontrado hace mucho, mucho tiempo. Él sabe que yo estoy en la ciudad, estoy segura, por una cosa que me dijo Caroline; y sin embargo parecía, por su modo de hablar, como si todavía tuviera que convencerse a sí misma de que verdaderamente le gusta la señorita Darcy. No puedo entenderlo. Si no temiera emitir juicios demasiado duros, casi estaría tentada a decir que hay en todo esto más dobleces de las que parece. Pero procuraré que se desvanezcan todos estos tristes pensamientos y pensar solo en lo que verdaderamente me hace feliz: tu cariño y la impagable bondad de mi queridos tíos. Escríbeme enseguida. La señorita Bingley dijo algo de que su hermano nunca volvería a Netherfield y de que dejaría la casa, pero no parecía nada seguro. Será mejor no hablar mucho de eso. Me alegra muchísimo que tengas tan buenas noticias de nuestros amigos en Hunsford. Por favor, ve a verlos con sir William y Maria. Estoy segura de que te sentirás feliz allí.

Siempre tuya, &c.

La carta entristeció un poco a Elizabeth, pero volvió a ponerse de buen humor cuando pensó que Jane ya no volvería a dejarse engañar, al menos por esa hermana. Respecto al hermano, todas las expectativas habían desaparecido ya definitivamente. Jane ya ni siquiera deseaba que se reanudaran sus relaciones. Cada vez que pensaba en él, menos le agradaba su carácter; y como una especie de castigo contra él, así como un posible premio para Jane, realmente deseó que Bingley se casara pronto con la hermana del señor Darcy, pues, a juzgar por lo que contaba Wickham, Georgiana Darcy pronto conseguiría que Bingley se arrepintiera enormemente de lo que había despreciado.

La señora Gardiner, por esas fechas, le recordó a Elizabeth su promesa respecto a aquel señor Wickham y solicitó más información; y Elizabeth había tenido que enviarle noticias que resultaban más agradables para su tía que para ella misma. El aparente interés del caballero por ella había desaparecido, sus atenciones habían acabado: estaba interesado al parecer en alguna otra. Elizabeth era lo suficientemente observadora como para darse cuenta de todo, pero podía asumirlo y escribirlo sin que realmente le doliera. Su corazón se había estremecido ligeramente y su vanidad había quedado satisfecha creyendo que *ella* habría sido la elegida si su fortuna lo hubiese permitido. La repentina adquisición de diez mil libras era el encanto más notable de la joven dama a quien Wickham dedicaba ahora todas sus atenciones; pero Elizabeth, menos perspicaz en este caso que en el de Charlotte, no le reprochó al caballero su deseo de independencia económica. Por el contrario, nada podía ser más natural; y como suponía que al menos le había costado un poco renunciar a ella, Elizabeth estaba dispuesta a admitir que era la solución más inteligente y deseable para ambos y, por tanto, podía desearle sinceramente toda la felicidad del mundo.

Todo esto se puso en conocimiento de la señora Gardiner; y después de relatar todos los detalles, Elizabeth Bennet añadía: «Ahora estoy convencida, mi querida tía, de que nunca he estado enamorada, porque si hubiera experimentado realmente esa pasión pura y elevada, en estos momentos detestaría hasta oír su nombre y le desearía todos los males. Pero mis sentimientos no solo son cordiales hacia él; son incluso indiferentes respecto a la señorita King. No la odio de ninguna manera, ni de ningún modo tengo la menor intención de creer que sea una mala muchacha. Esto no puede ser amor. Mis precauciones han dado resultado y aunque yo resultaría mucho más interesante para todos mis conocidos si estuviera locamente enamorada de él, no puedo decir que lamente volver al anonimato. La notoriedad a veces se paga muy cara. Kitty y Lydia se han tomado su alejamiento mucho más a pecho que yo. Son jóvenes y no conocen las cosas del mundo, y todavía ignoran la terrible verdad de que los jóvenes guapos también tienen que tener algo de lo que vivir, igual que los feos».

Capítulo IV

Sin acontecimientos de mayor trascendencia que esos en la familia de Longbourn, y sin más emociones que los paseos a Meryton, a veces con barro y a veces con frío, transcurrieron enero y febrero. Marzo era el mes en que Elizabeth *tenía que ir* a Hunsford. Al principio ni siquiera había pensado muy seriamente en viajar hasta allí; pero Charlotte, no tardó en descubrirlo, estaba convencida de que su amiga se presentaría en la rectoría, y Elizabeth poco a poco empezó a pensar en el viaje con cierto placer, a medida que se convertía en inevitable. La ausencia había acrecentado su deseo de volver a ver a Charlotte y había debilitado el disgusto que le producía el señor Collins. Aquel plan era una aventura, y como con aquella madre y aquellas insoportables hermanas la casa no resultaba especialmente agradable, pensó que un pequeño cambio de aires no le vendría mal. El viaje, además, le permitiría pasar a ver a Jane, y, en fin, a medida que se acercaba la fecha, habría lamentado mucho cualquier dilación. En cualquier caso, todo transcurrió según lo previsto, y todo se ajustó a la idea inicial de Charlotte. Iba a acompañar a sir William y a su hija segunda a Hunsford. Para colmo, se decidió completar el viaje pasando una noche en Londres, de modo que el plan resultaba todo lo perfecto que pudiera imaginarse.

Lo único que lamentaba Elizabeth era dejar en casa, solo, a su padre, que con seguridad la echaría de menos y que, cuando llegó el momento, le gustó tan poco que se marchara que le dijo que le escribiera y casi estuvo a punto de prometerle que le contestaría.

La despedida entre ella y el señor Wickham fue absolutamente cordial; por parte de él, incluso más que cordial. Sus intereses particulares en aquellos momentos no podían hacerle olvidar que Elizabeth había sido la primera en excitar y merecer su atención, la primera en escucharle y compadecerse de su suerte, la primera en resultarle agradable. Y a la hora de recibir el *adieu* de Elizabeth —deseándole que disfrutara del viaje, recordándole lo que podía esperar cuando conociera a lady Catherine de Bourgh y confiando en que sus opiniones sobre la señora (y sobre otras personas) siempre coincidieran—, le dispensó una amabilidad, un interés tal, que a Elizabeth le pareció que siempre lo apreciaría con el cariño más sincero; y se despidió de él convencida de que, se casara o se quedara soltero, siempre sería para ella un modelo de amabilidad y encanto.

Sus compañeros de viaje, al día siguiente, no eran lo más indicado para que Elizabeth olvidara lo encantador que era Wickham. Sir William Lucas, y su hija Maria, una niña muy alegre, pero con la cabeza tan hueca como su padre, no tenían nada que decir que mereciera la pena escuchar y atendió sus palabras con el mismo gusto que el traqueteo de la calesa. A Elizabeth le encantaban las personas ridículas, pero conocía a sir William desde hacía demasiado tiempo. No podía decirle nada nuevo de las maravillas de su presentación y su ordenación de caballero, y sus cortesías estaban tan pasadas de moda como sus noticias.

Era un viaje de solo veinticuatro millas y salieron tan temprano que a mediodía ya estaban en Gracechurch Street. Mientras se acercaban a la puerta del señor Gardiner, Jane estaba en la ventana del salón viendo cómo llegaban; cuando accedieron al vestíbulo, ya estaba allí para darles la bienvenida, y Elizabeth, mirándola a la cara con preocupación, se alegró de verla tan sana y encantadora como siempre. En las escaleras había un tropel de niñas y niños pequeños que esperaban tan ansiosos la aparición de su prima que no pudieron esperar en el salón, y tan tímidos, pues hacía un año que no la veían, que no se atrevían a bajar más. Todo fue alegría y abrazos. El día transcurrió del modo más agradable; por la mañana, entre paseos y compras; por la tarde, en el teatro.

Entonces Elizabeth se las arregló para sentarse junto a su tía. Su primera conversación tuvo a su hermana como argumento; cuando su tía contestó a todas sus pormenorizadas preguntas, Elizabeth se quedó más apenada que sorprendida al saber que, a pesar de que Jane siempre se esforzaba por mantenerse alegre, sufría períodos en los que estaba triste y abatida. Sin embargo, era razonable confiar en que todo eso no duraría mucho. La señora Gardiner le comentó también algunos detalles concernientes a la visita de la señorita Bingley a Gracechurch Street, y le repitió algunas conversaciones que habían mantenido en distintos momentos ella y Jane, y que demostraban que la mayor de las Bennet, definitivamente y de corazón, había dado por terminada la relación con los Bingley.

La señora Gardiner consoló a su sobrina de la deserción de Wickham y la felicitó por la serenidad con que lo había asumido.

—Pero, mi querida Elizabeth —añadió—, ¿cómo es esa señorita King? Lamentaría saber que nuestro amigo es un cazadotes.

—Por favor, querida tía, en las cosas del matrimonio, ¿qué diferencia hay entre el interés y la sinceridad? ¿Dónde acaba la discreción y dónde comienza la avaricia? En las últimas Navidades temías que el señor Wickham se casara conmigo porque eso sería una imprudencia; y ahora, porque está intentando enamorar a una muchacha que *solo* tiene diez mil libras, te empeñas en que es un cazadotes interesado.

—Si me dijeras simplemente cómo es esa señorita King, sabría a qué atenerme.

—Es una muchacha estupenda, creo. No sé nada malo de ella.

—Pero él no le ha prestado la menor atención hasta que la muerte de su abuelo la convirtió en la dueña de una enorme fortuna.

—No... ¿por qué no iba a hacerlo...? Si no podía conquistar mi amor porque yo no tengo dinero, ¿por qué iba a cortejar a una muchacha que no le importaba nada y que era igual de pobre que yo?

—Pero resulta un poco grosero dirigir sus miradas a esa joven tan pronto, después de que ocurriera la muerte de su abuelo.

—Un hombre en circunstancias difíciles no tiene tiempo para cortesías elegantes. Si a ella no le importa, ¿por qué iba a importarnos a nosotras?

—Que ella no ponga objeciones no lo justifica a él. Eso solo demuestra que tiene carencias de... sentido o sensibilidad.

—Bueno —exclamó Elizabeth—, como quieras: él es un interesado y ella una estúpida.

—No, Lizzy, no es eso lo que quiero decir. Lamentaría mucho, y tú lo sabes, pensar mal de un joven que ha vivido durante tanto tiempo en Derbyshire.

—¡Ah, si es por eso, yo tengo una muy pobre opinión de los jóvenes que viven en Derbyshire, y sus amigos íntimos, que viven en Hertfordshire, no son mucho mejores! Estoy harta de todos ellos. ¡Gracias a Dios! Mañana voy a un sitio en el que encontraré a un hombre que no tiene ninguna cualidad apreciable, que no tiene ni modales ni sentido común que lo hagan atractivo. Después de todo, los hombres estúpidos son los únicos a los que vale la pena conocer.

—Cuidado, Lizzy, esas palabras tuyas rezuman un profundo desencanto.

A la conclusión del teatro, y antes de despedirse, Elizabeth tuvo el inesperado placer de recibir una invitación para que acompañara a sus tíos en un viaje de placer que tenían pensado emprender en verano.

—Aún no sabemos hasta dónde iremos —dijo la señora Gardiner—, pero a lo mejor llegamos hasta los Lagos.[17]

Ningún otro plan podía resultarle a Elizabeth más atractivo y aceptó la invitación inmediatamente y muy agradecida.

—¡Mi queridísima tía! —exclamó entusiasmada—. ¡Qué maravilla! ¡Qué alegría! ¡Me das nueva vida y nuevas fuerzas! *Adieu* a los desencantos y las melancolías. ¿Qué son los hombres, frente a las rocas y las montañas? ¡Ah, cuántos momentos de emoción disfrutaremos! Y cuando regresemos, no seré como otros viajeros, que no son capaces de explicar nada de lo que han visto. Nosotros sabremos dónde vamos... y recordaremos lo que hayamos visto. Lagos, montañas y ríos, no se confundirán en nuestra imaginación; ni, cuando intentemos describir un lugar concreto, empezaremos a debatir dónde se encontraba exactamente. ¡No permitamos que nuestras primeras impresiones sean tan absurdas como las de la mayoría de los viajeros!

CAPÍTULO V

Al día siguiente, durante el viaje, todo era nuevo y curioso a ojos de Elizabeth, y estaba muy contenta, porque había visto tan bien a su hermana que cualquier temor por su salud se había desvanecido y la perspectiva de un viaje turístico por el norte era una inagotable fuente de alegría.

Cuando abandonaron el camino real para girar hacia Hunsford, todas las miradas se esforzaron en descubrir la rectoría y en cada recodo del camino esperaban verla. El vallado de Rosings Park discurría a un lado del camino. Elizabeth sonrió al recordar todo lo que había oído de sus inquilinos.

---

[17]   El famoso «Distrito de los Lagos» es conocido por sus hermosos y agrestes parajes, así como por haber acogido a los primeros románticos ingleses, que cantaron sus excelencias: Wordsworth y Coleridge, entre otros.

Al final apareció la rectoría. El jardín que descendía suavemente por una ladera hasta el camino, la casa que se levantaba allí, la empalizada verde y los setos de laurel, todo les indicaba que habían llegado. El señor Collins y Charlotte aparecieron en la puerta y el carruaje se detuvo delante de la pequeña cancela que conducía al pequeño camino de gravilla por el que se accedía a la casa, entre abundantes saludos y sonrisas. En un momento bajaron del coche, alegrándose de verse unos a otros. La señora Collins dio la bienvenida a su amiga con el mayor placer, y Elizabeth se mostró cada vez más contenta de haber ido cuando comprobó que se le recibía con tanto cariño. Enseguida comprobó que el carácter de su primo no había cambiado lo más mínimo por el matrimonio; su ceremoniosa cortesía era exactamente la misma, y se detuvo algunos minutos en la cancela para plantear sus preguntas sobre toda la familia de Longbourn. Luego, cuando ya no hubo más consideraciones que hacer al respecto, salvo la pulcritud de la entrada a la casa, todos entraron, y en cuanto pasaron al saloncito, el señor Collins les dio la bienvenida por segunda vez a su humilde morada, con ostentosa formalidad, y repitió con precisa puntualidad todos los ofrecimientos de refrigerios que hacía su mujer.

Elizabeth se había preparado para tener que aguantar a su primo en todo su esplendor; y no pudo evitar la sospecha de que al mostrarles las estupendas proporciones de la estancia, su decoración y su mobiliario, se estaba dirigiendo particularmente a ella, como si deseara hacerle notar lo que se había perdido al rechazarlo. Pero aunque todo parecía limpio y cómodo, Elizabeth no pudo recompensarlo con ningún gesto de arrepentimiento; más bien observó a su amiga y se asombró de que pudiera estar tan contenta con un compañero semejante. Cuando el señor Collins decía algo de lo que su esposa se avergonzaba con razón, y no ocurría pocas veces, Elizabeth involuntariamente giraba la mirada hacia su amiga. Una o dos veces pudo atisbar un leve rubor; pero en general, y sabiamente, Charlotte hacía como que no lo oía. Después de permanecer allí un tiempo lo suficientemente largo como para admirar todos los objetos del mobiliario de la salita, desde el aparador a la pantalla de la chimenea, y tras recibir un amplio informe del viaje y de todo lo que había acontecido en Londres, el señor Collins los invitó a dar un paseo por el jardín, que era grande y bien dispuesto, y de cuyo cultivo se ocupaba él personalmente. Trabajar en el jardín era uno de sus placeres más estimados; y Elizabeth admiró el dominio de semblante con el que Charlotte hablaba de los saludables beneficios del ejercicio físico y admitió que ella lo animaba para que saliera a cavar en el huerto todo lo posible. Luego, guiándolos por cada senderillo y cada recoveco, y sin permitirles apenas un respiro para que pudieran proferir los elogios que sin duda buscaba, les fue mostrando todas las vistas con una precisión que conseguía agotar toda su belleza. Podía citar los nombres de todos los campos en cualquier dirección y podía decir cuántos árboles había en la mayoría de los bosquecillos más lejanos. Pero de todas las vistas de las que pudiera presumir su jardín, o el condado, e incluso el reino, ninguna podía compararse a la perspectiva que ofrecía Rosings, que se alzaba en un claro del bosque que formaba el parque, casi enfrente de la rectoría. Era un elegante edificio moderno, bien situado sobre una elevación del terreno.

Desde el jardín, el señor Collins los habría llevado a los dos prados que tenía, pero las damas no tenían calzado para caminar sobre el rocío que aún quedaba en la hierba y regresaron; y mientras sir William acompañaba al anfitrión, Charlotte cogió a su hermana y a su amiga y las volvió a meter en casa, muy contenta, probablemente, de tener la oportunidad de enseñarla sin la ayuda de su marido. Era bastante pequeña, pero bien construida y muy cómoda; y todo estaba ordenado y arreglado con una pulcritud y una sensatez que Elizabeth atribuyó a Charlotte en exclusiva. Cuando se olvidaba la presencia del señor Collins, había realmente una extraordinaria atmósfera de comodidad por toda la casa, y dada la evidente alegría de Charlotte en ella, Elizabeth imaginó que su amiga debía olvidarse de él bastante a menudo.

Ya había sido informada de que lady Catherine aún estaba en el campo. Se estaba volviendo a hablar de ella mientras cenaban, cuando el señor Collins, interrumpiendo la conversación, observó:

—Sí, señorita Elizabeth, tendrá usted el honor de ver a lady Catherine de Bourgh el próximo domingo en la iglesia y no necesito decirle que le encantará. Es todo afabilidad y condescendencia, y no me cabe la menor duda de que usted tendrá el honor de que le dirija un poco la palabra cuando acabe el servicio religioso. Apenas me acucia la incertidumbre cuando digo que la señora la incluirá a usted y a mi cuñada Maria en todas las invitaciones con que nos honrará durante su estancia de ustedes aquí. Con mi querida Charlotte siempre es encantadora. Cenamos en Rosings dos veces a la semana y nunca nos dejan volver a casa andando. Siempre se ordena que se prepare el carruaje de Su Señoría para nosotros. Debería decir, *uno* de los carruajes de Su Señoría, pues tiene varios.

—Lady Catherine es muy considerada, y una mujer muy cariñosa —añadió Charlotte—, y una vecina muy amable.

—Muy cierto, querida, eso es exactamente lo que estaba diciendo. Es la clase de mujer para la cual toda deferencia es poca.

La mayor parte de la velada transcurrió principalmente hablando de las noticias de Herfordshire y en volver a repetir lo que ya se habían dicho por carta; y cuando todos se retiraron, Elizabeth, en la soledad de su alcoba, pudo reflexionar con detenimiento sobre el grado de felicidad de Charlotte, para comprender su talento a la hora de pastorear a su marido y su compostura al soportarlo, y para reconocer que lo había hecho todo muy bien. También tuvo ocasión de prever cómo transcurriría su visita, el apacible tenor de sus ocupaciones cotidianas, las molestas interrupciones del señor Collins y la diversión ante las pomposas visitas a Rosings. Su viva imaginación enseguida lo dispuso todo.

Alrededor del mediodía del día siguiente, cuando se encontraba en su alcoba disponiéndose para salir a dar un paseo, un repentino ruido abajo pareció que agitaba toda la casa en confusión, y después de escuchar atentamente unos momentos, oyó a alguien corriendo escaleras arriba apresuradamente y llamándola a gritos. Elizabeth abrió la puerta y se encontró en el rellano a Maria, que, jadeando y muy nerviosa, le gritaba:

—¡Ay, mi querida Eliza! ¡Por favor, date prisa y ven al salón, porque hay una cosa que tienes que ver sin falta! No te digo lo que es... Date prisa y baja enseguida.

Elizabeth preguntó en vano de qué se trataba; Maria no le dijo nada más y ambas bajaron corriendo al comedor, cuyas ventanas daban al camino, para toparse con aquella maravilla: eran dos damas que se bajaban de un faetón delante de la cancela del jardín.

—¿Eso es todo? —preguntó Elizabeth—. Al menos esperaba que los cerdos se hubieran metido en el jardín, ¡pero no es más que lady Catherine y su hija!

—¡Ay, querida! —dijo Maria, absolutamente asombrada ante semejante error—. ¡No es lady Catherine! La señora anciana es la señora Jenkinson, que vive con ellas. La otra es la señorita De Bourgh. Solo hay que verla. Es una criaturita. ¿Quién podría haber pensado que fuera tan pequeña y estuviera tan delgada?

—Es una absoluta grosería tener a Charlotte esperando ahí fuera con todo el viento que hace. ¿Por qué no entran?

—Oh, Charlotte dice que casi nunca entran. Cuando la señorita De Bourgh accede a entrar se considera el mayor de los favores.

—Me gusta su aspecto —murmuró Elizabeth, que recordó otros asuntos en ese momento—. Parece enferma y malhumorada. Sí, *le* conviene estupendamente. Será una esposa perfecta para *él*.

El señor Collins y Charlotte permanecieron en la puerta, conversando con las damas; y sir William, para mayor diversión de Elizabeth, se había plantado en el camino, contemplando extasiado la grandeza que tenía delante, y constantemente hacía reverencias, cada vez que la señorita De Bourgh le dirigía la mirada.

Al final ya no tuvieron nada más que contarse; las damas volvieron a montarse y los otros entraron en casa. El señor Collins, en cuanto vio a las dos muchachas, empezó a felicitarlas por la buena suerte que habían tenido. Charlotte se lo explicó haciéndoles saber que todos estaban invitados a comer en Rosings al día siguiente.

Capítulo VI

La triunfal satisfacción del señor Collins ante aquella invitación fue absoluta. La posibilidad que se le ofrecía de mostrar toda la grandeza de su benefactora a sus maravillados invitados y hacerles ver la cortesía con que Su Señoría lo trataba a él y a su esposa, era exactamente lo que había estado deseando; y que hubiera podido darse una oportunidad semajante tan pronto era un ejemplo de la condescendencia de lady Catherine que no sabía cómo ponderar suficientemente.

—Confieso —dijo—, que no me habría sorprendido en absoluto que Su Señoría nos hubiera pedido que pasáramos el domingo a tomar el té y a pasar la velada en Rosings. Por el conocimiento propio que tengo de su beneficencia, más bien esperaba que pudiera ocurrir algo de ese tipo. ¿Pero quién podría anticipar una deferencia semejante? ¡Quién podría haber imaginado que recibiríamos una invitación para ir a comer allí (una invitación, además, que nos incluye a todos) tan inmediatamente después de que llegasen ustedes!

—Yo no estoy tan sorprendido por lo que ha ocurrido —replicó sir William—, porque mi posición en la vida social me ha permitido adquirir cierto conocimiento de cuáles son verdaderos los comportamientos de la grandeza nobiliaria. En la corte, por ejemplo, estos ejemplos de cortés elegancia no son nada raros.

Durante todo el día, y a lo largo de la mañana siguiente, apenas se habló de otra cosa que no fuera la visita a Rosings. El señor Collins estuvo instruyéndolos constante y precisamente sobre lo que iban a poder ver, para que la admiración de semejantes estancias, la enorme cantidad de sirvientes y una comida tan espléndida no acabara por abrumarlos.

Cuando las damas se disponían a subir para arreglarse, le dijo a Elizabeth:

—No se inquiete usted, mi querida prima, por el atavío indumentario. Lady Catherine nunca nos exige a nosotros las elegancias en nuestros atuendos que a ella y a su hija les son propias. Yo le aconsejaría que se pusiera cualquier cosa que tenga que sea superior al resto; la ocasión no precisa más. Lady Catherine no pensará nada malo de usted por ir sencillamente vestida. A ella le gusta preservar la distinción del rango.

Mientras se estaban vistiendo, se acercó dos o tres veces a las distintas puertas para encarecerles que se dieran prisa, porque a lady Catherine no le gustaba nada que la hicieran esperar a la hora de comer. Unos informes tan terribles sobre Su Señoría, y su modo de vivir, aterrorizaron por completo a Maria Lucas, que estaba poco acostumbrada a tratar en sociedad, y esperaba su presentación en Rosings con tanta ansiedad y aprensión como cuando su padre hizo su presentación en St James.

Como hacía buen tiempo, disfrutaron de un agradable paseo de una media milla a través del parque. Todos los parques tienen sus bellezas y sus perspectivas; y Elizabeth comprobó que aquel tenía mucho de lo que admirarse, aunque no llegó a los arrebatos de entusiasmo que el señor Collins suponía que debía inspirarle, y apenas si se sintió ligeramente afectada cuando el rector se entregó a la enumeración de las ventanas de la fachada de la casa y la relación de lo que le habían costado originalmente aquellas vidrieras a sir Lewis de Bourgh.

Mientras subían las escaleras, la angustia de Maria aumentaba a cada instante e incluso sir William no parecía del todo tranquilo. A Elizabeth, en cambio, no le abandonaron las fuerzas. No había oído nada de lady Catherine que la hiciera creer que poseía algún talento extraordinario o alguna virtud milagrosa, y pensaba que podría ser testigo de la mera majestuosidad del dinero y la alcurnia sin echarse a temblar.

Desde el vestíbulo de la entrada, donde el señor Collins señaló, con aire de incontenible emoción, las delicadas proporciones del lugar y la acabada ornamentación, siguieron a los criados cruzando una antecámara hasta el salón donde se encontraban lady Catherine, su hija y la señora Jenkinson. Su Señoría, con generosa condescendencia, se levantó para recibirlos; y como la señora Collins había acordado con su marido que sería ella la que se ocupara de hacer las presentaciones, todo se hizo correctamente, sin ninguna de aquellas especiosas excusas y agradecimientos que su esposo seguramente habría considerado imprescindibles.

A pesar de haber estado en St James, sir William estaba tan absolutamente amilanado por la grandeza que lo circundaba que apenas tuvo el valor justo para hacer una profunda reverencia y sentarse allí sin decir una palabra; y su hija, aterrorizada y fuera de sí, se sentó en el borde de una silla, sin saber hacia dónde mirar. Elizabeth se encontró bastante tranquila en aquel lugar y pudo observar a las tres damas que tenía delante sin inmutarse. Lady Catherine era una mujer alta y grande, con unos rasgos muy marcados, que tal vez antaño habían tenido algún atractivo. No tenía unos modales agradables, ni su manera de recibirlos era la más propia para que los visitantes olvidaran que eran de una clase inferior. El silencio no la convertía en una mujer terrible; pero cada vez que hablaba lo hacía en un tono tan autoritario, y con un tono de tal superioridad, que Elizabeth no pudo por menos que recordar las palabras del señor Wickham; y durante toda la velada pudo comprobar que lady Catherine era exactamente tal y como su amigo la había descrito.

Después de examinar a la madre, en cuyo rostro y gestos no tardó en descubrir cierto parecido con el señor Darcy, Elizabeth se fijó en la hija, y casi hubiera podido unirse al asombro de Maria, dada la delgadez y la nimiedad de la dama. Ni en su figura ni en su rostro había ningún parecido entre las damas. La señorita De Bourgh era pálida y enfermiza; sus rasgos, aunque no eran vulgares, resultaban insignificantes; y hablaba muy poco, y en voz baja, y solo a la señora Jenkinson, en cuya figura no había nada destacable, y se dedicaba únicamente a escuchar lo que la muchacha le decía y a poner la pantalla de la chimenea de tal modo que el fuego no le hiciera daño en los ojos a la niña.

Después de permanecer así algunos minutos, todos se acercaron a las ventanas para admirar las vistas, y el señor Collins les indicó puntualmente todas las bellezas, y lady Catherine amablemente les informó de que cuando valía la pena mirar por la ventana era en verano.

El almuerzo fue extraordinariamente excelente y se presentaron todos los criados, y utilizaron toda la vajilla de plata de la que tanto había hablado el señor Collins; y, tal y como había advertido también, él ocupó un lugar en un extremo de la mesa, por expreso deseo de Su Señoría, y parecía como que sintiera que la vida no podría proporcionarle ningún placer mayor. Trinchaba y comía, y lo alababa todo con arrebatado entusiasmo; se comentó cada plato: primero lo hacía él, y luego sir William, que se había recobrado lo suficiente como para repetir todo lo que decía su yerno, de un modo que Elizabeth se preguntó si lady Catherine sería capaz de soportarlo. Pero lady Catherine parecía también agasajada con aquella obsequiosidad excesiva y dispensaba sus sonrisas más complacientes, especialmente cuando algún plato de la mesa resultaba ser una novedad para sus invitados. No hubo mucha conversación. Elizabeth estaba dispuesta a hablar siempre que le dieran ocasión, pero estaba sentada entre Charlotte y la señorita De Bourgh: la primera estaba ocupada en atender constantemente a lady Catherine y la segunda no le dirigió la palabra durante toda la comida. La señora Jenkinson estaba principalmente ocupada en ver cómo comía la señorita De Bourgh, insistiendo para que probara otro plato y temiendo que se indispusiera. Maria consideró que lo de hablar era impensable y los caballeros no hacían más que comer y lanzar admiraciones.

Cuando las damas regresaron al salón, no se hizo nada de particular, salvo escuchar a lady Catherine, que estuvo hablando sin interrupción hasta que entró el café, dando su opinión sobre cualquier asunto de un modo tan imperioso que dejaba bien a las claras que no estaba acostumbrada a que le llevaran la contraria. Le preguntó a Charlotte por algunas cuestiones domésticas, con mucha familiaridad y detalle, y le dio abundantes consejos referidos a la organización de la vida hogareña; le dijo cómo debía ordenarse todo en una familia pequeña, como la suya, y la instruyó en el cuidado de los terneros y las gallinas. Elizabeth comprobó que nada escapaba al escrutinio de aquella gran dama y que no perdía ocasión de dar órdenes a los demás. En las pausas que se permitió durante su conversación con la señora Collins, dirigió algunas preguntas a Maria y Elizabeth, pero sobre todo a la última, de cuya parentela apenas sabía nada, y de quien dijo a la señora Collins que parecía una niña muy gentil y muy bonita. Le preguntó varias veces cuántas hermanas tenía, y si eran mayores o menores que ella, si alguna de ellas tenía perspectivas de casarse, si eran guapas, si habían recibido alguna educación, qué carruaje tenía su padre y cuál había sido el nombre de soltera de su madre.

A Elizabeth no se le escapó la impertinencia de aquellas preguntas, pero contestó con la mayor compostura. Entonces, lady Catherine apuntó:

—La propiedad de tu padre está vinculada por mayorazgo de varón al señor Collins, creo. Me alegro por usted —dijo, volviéndose a Charlotte—; pero, por otra parte, no veo por qué no se pueden legar las propiedades a la rama femenina. En la familia de sir Lewis de Bourgh no se consideró necesario hacerlo así. ¿Toca usted el piano y canta, señorita Bennet?

—Un poco.

—¡Oh!, entonces... ya tendremos más adelante ocasión de oírla. Nuestro piano es maravilloso, probablemente superior a... Bueno, ya lo probará algún día. Y sus hermanas, ¿tocan el piano y cantan?

—Una de ellas.

—¿Por qué no aprendieron todas? Deberían haber aprendido todas. Las señoritas Webb tocan todas y su padre no tiene tantas rentas como el suyo. ¿Dibujan ustedes?

—No, nada.

—¿Qué? ¿Ninguna?

—Ninguna.

—Qué raro. Aunque supongo que no habrán tenido oportunidad. Su madre debería haberlas llevado a Londres todas las primaveras y ponerles unos maestros.

—A mi madre no le hubiera importado nada, pero mi padre odia Londres.

—¿Todavía está con ustedes la institutriz?

—Nunca hemos tenido institutriz.

—¡Sin institutriz! ¿Cómo es posible? ¡Cinco hijas criadas en casa sin institutriz! Nunca oí nada semejante. Su madre debe de haber sido una esclava de su educación.

Elizabeth apenas pudo evitar una sonrisa, cuando le aseguró que ese no había sido exactamente el caso.

—Entonces, ¿quién las educó? ¿Quién se ocupó de ustedes? Sin una institutriz, debieron de crecer ustedes en el mismo abandono...

—Comparado con algunas familias, creo que sí; pero a las hermanas que queríamos aprender, nunca nos faltaron medios. Siempre se nos animó a leer y tuvimos todos los maestros que se consideraron necesarios. A las que prefirieron estar ociosas, se les permitió, desde luego.

—Ah, sí, desde luego... Pero eso es lo que una institutriz se ocupa de prevenir, y si yo hubiera conocido a su madre, le habría aconsejado muy formalmente que contratara a una. Es lo que yo digo siempre, que en punto a educación nada se consigue sin una severa y regular instrucción, y nadie, salvo una institutriz puede proporcionarla. ¡Me maravillo a mí misma de la cantidad de familias a las que he proporcionado yo los medios en ese sentido! Siempre me alegra ver a una persona joven bien colocada. Cuatro sobrinas de la señora Jenkinson están colocadas maravillosamente gracias a mí; y el otro día, sin ir más lejos, recomendé a otra joven que se me había mencionado por casualidad y la familia está encantada con ella. Señora Collins, ¿le conté que lady Metcalfe vino ayer a verme para darme las gracias? Le parece que la señorita

Pope es un tesoro. «Lady Catherine», me dijo, «me ha dado usted un tesoro». ¿Y alguna de sus hermanas se ha presentado ya en sociedad, señorita Bennet?

—Sí, señora. Todas.

—¡Todas...! ¿Qué? ¿Las cinco a la vez? ¡Qué raro...! Y usted solo es la segunda. ¡Las pequeñas se han presentado antes de que las mayores se hayan casado...! ¿Son muy jóvenes sus hermanas pequeñas?

—Sí. La más pequeña todavía no tiene dieciséis años. Tal vez sea demasiado joven para estar mucho en sociedad. Pero, en realidad, señora, me parece que sería muy injusto para las hermanas pequeñas que no pudieran disfrutar de las diversiones de la sociedad solo porque las mayores no tienen medios o deseos de casarse pronto. Los últimos en nacer tienen el mismo derecho a los placeres de la juventud que los primeros. E impedírselo por un motivo como ese... no creo que fuera muy bueno para promover el cariño fraternal ni la comprensión entre las hermanas.

—Diantres —dijo Su Señoría—, da usted su opinión muy abiertamente, para ser una señorita tan joven. Dígame, ¿qué edad tiene?

—Con tres hermanas menores de cierta edad ya —contestó Elizabeth sonriendo—, Su Señoría no esperará que se lo diga.

Lady Catherine pareció absolutamente asombrada de que no se le contestara rápida y directamente; y Elizabeth sospechó que había sido la única criatura que se había atrevido en su vida a burlarse de tan majestuosa impertinencia.

—No puede tener más de veinte, estoy segura... así que no tiene usted que ocultar su edad.

—No he cumplido los veintiuno.

Cuando los caballeros se reunieron con ellas y se dio por concluido el té, se dispusieron las mesas de cartas. Lady Catherine, sir William y el matrimonio Collins se sentaron a jugar al cuatrillo, y como la señorita De Bourgh prefirió jugar al casino, las dos muchachas tuvieron el honor de ayudar a la señora Jenkinson a completar la mesa. Aquella mesa era superlativamente estúpida. Apenas se profirió una sílaba que no estuviera relacionada con el juego, excepto cuando la señora Jenkinson expresaba sus temores de que la señorita De Bourgh tuviera demasiado calor o demasiado frío, o tuviera mucha luz o demasiado poca. En cambio, en la otra mesa ocurrían muchas más cosas. Lady Catherine siempre estaba hablando... señalando los errores de los otros tres o relatando alguna anécdota en la que ella era la protagonista. El señor Collins se ocupaba preferentemente de darle la razón a Su Señoría en todo lo que decía, agradeciéndole cada pez de nácar que conseguía y disculpándose si pensaba que ganaba demasiados. Sir William no hablaba mucho. Se dedicaba a almacenar en su memoria las anécdotas y los nombres de los nobles que se citaban.

Cuando lady Catherine y su hija consideraron que ya habían jugado lo suficiente, se levantaron las mesas, se le ofreció un carruaje a la señora Collins, que aceptó agradecida, e inmediatamente se ordenó que se preparara. El grupo entonces se reunió en torno al fuego para oír cómo lady Catherine decidía el tiempo que iban a tener al día siguiente. Entonces se les avisó que el coche ya estaba dispuesto y con abundantes discursos de agradecimiento por parte del señor Collins, y con más abundantes reverencias por la de sir William, partieron. En cuanto se alejaron de la puerta, Elizabeth fue reclamada por su primo para que le diera su opinión sobre todo lo que había visto en Rosings. Por el cariño que le tenía a Charlotte, Elizabeth elogió el lugar más de lo que merecía. Pero sus elogios, aunque se esforzó todo lo que pudo, de ningún modo colmaron las expectativas del señor Collins, y, por tanto, se vio obligado a ocuparse él mismo de las alabanzas a Rosings y a Su Señoría.

CAPÍTULO VII

Sir William solo se quedó una semana en Husford, pero su visita fue lo suficientemente larga como para convencerse de que su hija estaba maravillosamente instalada y de que un marido como aquel y una vecindad como aquella no se encontraban a menudo. Mientras sir William estuvo con ellos, el señor Collins dedicó las mañanas a pasearlo en su calesilla y a mostrarle el campo; pero cuando se fue, toda la familia volvió a sus ocupaciones habituales y Elizabeth se alegró de descubrir que ese cambio no las obligaba a estar más con su primo, porque la mayor parte del tiempo entre el desayuno y la cena se lo pasaba trabajando en el jardín, o leyendo y escribiendo, y mirando por la ventana en su propio estudio, que daba al camino. La estancia en la que se que- daban las damas daba a la parte de atrás. Al principio Elizabeth se extrañó de que Charlotte no hubiera preferido el saloncito de uso común; era una estancia un poco mayor y tenía un ambiente más agradable; pero no tardó en descubrir que su amiga tenía una ex- celente razón para hacer lo que hacía, porque el señor Collins ha- bría permanecido mucho menos tiempo en su propio estudio si ellas estuvieran en una estancia más alegre y luminosa, y Eliza- beth no tuvo más remedio que admitir la perspicaz decisión de su amiga.

Desde el saloncito, las damas no podían ver el camino y depen- dían del señor Collins para saber qué carruajes pasaban por allí, y cuán a menudo la señorita De Bourgh se dignaba pasar por la recto- ría con su faetón, de todo lo cual el pastor nunca dejaba de infor- marlas puntualmente, aunque eso ocurría casi todos los días. La señorita De Bourgh se detenía con frecuencia en la rectoría y con- versaba durante unos minutos con Charlotte, pero casi nunca po- dían convencerla de que saliera del carruaje.

Muy pocos eran los días en que el señor Collins no iba andando hasta Rosings y muy pocos también los que su esposa consideraba que era necesario ir con él; y hasta que Elizabeth no se dio cuenta de que los De Bourgh podían disponer de otros beneficios eclesiás- ticos, no comprendió el esfuerzo y las horas que empleaba Collins en esas visitas. De vez en cuando tenían todos el honor de recibir a Su Señoría y durante esas visitas no había nada que escapara a su escrutinio de lo que ocurría en el saloncito. Examinaba lo que esta- ban haciendo, mirando su labor, y les aconsejaba que lo hicieran de un modo distinto; encontraba defectos en la organización del mobi- liario o descubría a la criada holgazaneando; y si aceptaba algún refrigerio, parecía que solo lo hacía para comprobar que los cuartos de carne que compraba la señora Collins eran demasiado grandes para las necesidades de la familia.

Elizabeth no tardó en darse cuenta de que aquella gran dama era la magistrada más activa en su parroquia, aunque nadie le hubiera encomendado la paz del condado, y que el señor Collins era el en- cargado de informarla sobre los asuntos más nimios; y en el mo- mento en que algún granjero tuviera intención de entrar en quere- llas, estuviera descontento o fuera demasiado pobre, ella partía hacia la aldea en cuestión para dirimir las diferencias, acallar las quejas o restablecer la armonía y la abundancia.

Los almuerzos en Rosings se repitieron un par de veces por semana, y dado que ya no contaban con sir William, y solo había una mesa de cartas en cada velada, todas los días eran iguales. No tenían muchos más compromisos, porque el estilo de vida de los vecinos en general estaba muy por debajo del de los Collins. De todos modos a Elizabeth eso no le causaba ningún problema y pasaba los días muy feliz y contenta: pasaba largos ratos charlando agradablemente con Charlotte y, como hacía buen clima, para la época en la que estaban, disfrutaba muchísimo saliendo al campo. Su paseo favorito, y por donde caminaba mientras los demás iban a visitar a lady Catherine, era una alameda que bordeaba aquel lado del parque donde había un bonito camino abrigado que nadie parecía apreciar, sino ella, y donde se sentía fuera del alcance de la curiosidad de lady Catherine.

De este modo, tan apacible, se pasó enseguida la primera quincena de su visita. Se aproximaba la Pascua y la semana próxima iba a llegar un nuevo miembro de la familia a Rosings: en un círculo tan mínimo, un invitado tenía que causar una tremenda emoción. Poco después de su llegada había sabido que se esperaba al señor Darcy al cabo de unas pocas semanas, y aunque hubiera preferido que se presentara allí cualquier otro conocido, su llegada aportaría relativamente un nuevo aire a las veladas de Rosings, y ella podría divertirse viendo hasta qué punto eran inútiles los planes de la señorita Bingley respecto al señor Darcy, y observando su conducta para con su prima, a quien evidentemente estaba destinado según los designios de lady Catherine; Su Señoría hablaba de la inminente llegada del señor Darcy con la satisfacción más intensa y parecía que casi le enfadaba que Elizabeth y la señorita Lucas ya lo hubieran conocido.

La noticia de su llegada se conoció al instante en la rectoría porque el señor Collins había estado toda la mañana paseando y vigilando la entrada a Hunsford Lane, con el fin de cerciorarse en cuanto aconteciera; y en cuanto el carruaje giró para entrar en el parque y él le hizo la preceptiva reverencia, entró en casa apresuradamente con la gran noticia. A la mañana siguiente se apresuró a ir a Rosings para presentar sus respetos. Había dos sobrinos de lady Catherine a quien también podría presentárselos, porque el señor Darcy había venido acompañado por el coronel Fitzwilliam, el benjamín de su tío, lord *** y, para gran sorpresa de todos, cuando el señor Collins regresó a la rectoría, los caballeros lo acompañaban.

Charlotte los había visto llegar desde el estudio de su marido, cuando venían por el camino, e inmediatamente corrió a la otra salita para contarle a las muchachas el gran honor que estaban a punto de experimentar, y añadió:

—Tengo que agradecerte a ti, Eliza, esta enorme cortesía. El señor Darcy nunca hubiera venido tan pronto solo por saludarme a mí.

Elizabeth apenas tuvo tiempo para negarse a admitir semejante cumplido, antes de que la campana de la entrada anunciase su llegada, y poco después los tres caballeros entraron en la sala. El coronel Fitzwilliam, que abría el grupo, tenía unos treinta años, no era muy guapo, pero tanto en su porte como en el trato se veía que era un verdadero caballero. El señor Darcy estaba igual que en Hertfordshire: presentó sus respetos a la señora Collins, con su habitual moderación; y cualesquiera que pudieran ser sus sentimientos hacia su amiga, la saludó con gesto impasible. Elizabeth simplemente le hizo una levísima reverencia, sin decir ni una palabra.

El coronel Fiztwilliam empezó a hablar sin dilación, con la naturalidad y la soltura de un hombre educado, y dijo cosas muy curiosas; pero su primo, después de haber apuntado una leve observación sobre la casa y el jardín del señor Collins, permaneció durante un tiempo sin hablar con nadie. Al final, sin embargo, su cortesía por fin se desperezó lo suficiente como para preguntarle a Elizabeth por la salud de su familia.

Ella le respondió como correspondía y, después de una breve pausa, añadió:

—Mi hermana mayor ha estado en Londres los últimos tres meses. ¿Ha tenido usted ocasión de verla?

Era perfectamente consciente de que no la había visto; pero deseaba comprobar si se traicionaba inconscientemente respecto a lo que había ocurrido entre los Bingley y Jane; y Elizabeth tuvo para sí que el señor Darcy parecía un poco confuso cuando respondió que no había tenido la suerte de poder saludar a la señorita Bennet. La conversación no fue más allá y los caballeros no tardaron en marcharse.

Capítulo VIII

Los modales del coronel Fitzwilliam fueron elogiados convenientemente en la rectoría y las damas pensaron que con toda seguridad su presencia añadiría nuevos placeres a las reuniones en Rosings. Sin embargo, transcurrieron algunos días antes de que recibieran una nueva invitación para acudir a la mansión, como si ya no fueran necesarios, pues tenían otras visitas en la casa; y no fue hasta el día de Pascua, casi una semana después de la llegada de los caballeros, que fueron honrados con dicha atención, y aun así, solo se les pidió, al salir de la iglesia, que acudieran a Rosings por la tarde. A lo largo de la última semana apenas habían visto a lady Catherine o a su hija. El coronel Fitzwilliam había vuelto a visitar la rectoría en más de una ocasión durante ese tiempo, pero al señor Darcy solo lo habían visto en la iglesia.

Naturalmente, la invitación fue aceptada, y a la hora acordada se unieron a los demás en el salón de lady Catherine. Su Señoría los recibió con la preceptiva cortesía, pero resultaba evidente que su compañía ya no era de ningún modo tan aceptable como cuando no contaba con nadie más; y, de hecho, estuvo casi siempre pendiente de sus sobrinos, hablando con ellos, especialmente con Darcy, mucho más que de cualquier otra persona de la estancia.

El coronel Fitzwilliam parecía realmente contento de volver a verlos; para él, en Rosings cualquier distracción era un alivio; y la bonita amiga de la señora Collins, además, lo tenía completamente hechizado. Se sentó a su lado y conversaron tan animadamente sobre Kent y Hertfordshire, de viajar y de quedarse en casa, de nuevos libros y de música, que podía decirse que Elizabeth nunca se lo había pasado ni la mitad de bien antes en aquel salón; y hablaban tanto y con tanta alegría que llamaron la atención de la propia lady Catherine, así como del señor Darcy. Sus miradas se habían vuelto hacia ellos antes, varias veces, y con un gesto de curiosidad; al poco, Su Señoría compartió con Darcy esa sensación, y reconociéndolo abiertamente, no tuvo escrúpulos ningunos en exclamar:

—¿Qué dices, Fiztwilliam? ¿De qué estás hablando? ¿Qué le estás contando a la señorita Bennet? Cuéntame de qué se trata.

—Estamos hablando de música, señora —dijo el coronel, cuando ya no pudo evitar una contestación.

—¡De música! Entonces, te ruego que hables en voz alta. De todos los temas posibles, es el que más me gusta. Si estáis hablando de música, tengo que participar en la conversación. Creo que pocas personas habrá en Inglaterra que disfruten más que yo con la música, ni que posean un mejor gusto natural. Si hubiera estudiado música, habría sido una gran alumna. Igual que Anne, si su salud le hubiera permitido ejercitarse, estoy segura de que habría tocado maravillosamente. ¿Cómo sigue Georgiana, Darcy?

El señor Darcy elogió cariñosamente los progresos musicales de su hermana.

—Me alegra mucho oír tan buenas noticias de ella —dijo lady Catherine—, y te ruego que le digas de mi parte que si no practica muchísimo, que no espere alcanzar la excelencia musical.

—Le aseguro, señora —contestó—, que no necesita consejos de ese tipo. Se ejercita constantemente.

—Cuanto más, mejor. Nunca es demasiado, y la próxima vez que le escriba, le encargaré que no lo descuide ni un momento. Yo se lo digo mucho a las jóvenes: que no se adquiere la excelencia en la música sin practicar constantemente. A la señorita Bennet se lo he dicho varias veces, que nunca tocará realmente bien a menos que practique más, y aunque el señor Collins no tiene piano, siempre tiene las puertas de esta casa abiertas, ya se lo he dicho muchas veces, para venir a Rosings todos los días y tocar el pianoforte en la habitación de la señora Jenkinson. En esa parte de la casa, ya sabes, no molestaría a nadie.

El señor Darcy pareció un poco avergonzado por aquella grosería de su tía y no contestó nada.

Cuando terminó el café, el coronel Fitzwilliam le recordó a Elizabeth que le había prometido tocar para él; Elizabeth se sentó directamente al piano. Él acercó una silla para estar a su lado. Lady Catherine escuchó media canción y luego se puso a hablar, como antes, con el otro sobrino, hasta que Darcy se apartó de ella y se acercó con su habitual prudencia hasta el piano, colocándose en un lugar en el que pudiera tener un panorama perfecto de la hermosa intérprete.

Elizabeth vio lo que estaba haciendo y, en cuanto tuvo oportunidad, se volvió hacia él y le dijo con una pícara sonrisa:

—¿Pretende atemorizarme, señor Darcy, acercándose de esa forma a escucharme? Pues no pienso asustarme aunque su hermana toque muy bien. Soy tan implacable que nunca permito que me atemoricen los demás. Mi valor aumenta cada vez que alguien pretende intimidarme.

—No se lo voy a negar —replicó el señor Darcy—, porque seguramente no creerá en serio que tenía intención alguna de intimidarla; y ya la conozco lo suficiente para saber que se divierte enormemente propalando opiniones que no son suyas.

Elizabeth se rio de buena gana ante aquel retrato que le habían hecho y le dijo al coronel Fiztwilliam:

—Su primo le hará un bonito retrato de mí y le sugerirá que no crea ni una palabra de lo que yo le diga. Soy particularmente desafortunada al toparme con una persona tan hábil a la hora de mostrar mi verdadero carácter, en una parte del mundo donde hubiera esperado pasar por ser mejor de lo que soy. En realidad, señor Darcy, es muy poco generoso por su parte mencionar todos los defectos que supo de mí en Hertfordshire... y, permítame decir, muy indiscreto también... pues eso me obliga a vengarme y podrían salir algunas cosas a relucir que sorprenderían a sus familiares.

—No le tengo ningún miedo —dijo, sonriendo.

—Por favor, dígame de qué se le puede acusar —exclamó el coronel Fitzwilliam—. Me gustaría saber cómo se comporta con los desconocidos.

—Se lo diré, entonces... pero prepárese para escuchar cosas horribles. La primera vez que lo vi en Hertfordshire, debe saberlo, fue en un baile... y en ese baile, ¿qué dirá usted que hizo? ¡Solo bailó cuatro piezas! Siento darles este disgusto, pero así fue. Bailó solo cuatro piezas, aunque había escasez de caballeros; y, esto puedo decirlo con absoluta seguridad, más de una joven dama se tuvo que quedar sentada por falta de compañero. Señor Darcy: no negará los hechos.

—En aquel momento no tenía el honor de conocer a ninguna señorita de la reunión, aparte de las que iban conmigo.

—Cierto; y en un baile es imposible que nadie se presente. Bueno, coronel Fitzwilliam, ¿qué quiere que toque ahora? Mis dedos están a sus órdenes.

—Tal vez —dijo Darcy— se me habría juzgado de otro modo si me hubieran presentado, pero no soy muy hábil relacionándome con desconocidos.

—¿Le preguntamos a su primo cuál puede ser la razón de semejante comportamiento? —dijo Elizabeth, aún dirigiéndose al coronel Fitzwilliam—. ¿Le preguntamos por qué un hombre sensato y educado, y que tiene mundo, no es muy hábil para relacionarse con desconocidos?

—Yo puedo responder a esa pregunta —dijo Fitzwilliam—, sin necesidad de preguntarle a él. Es porque no quiere tomarse esa molestia.

—La verdad es que no poseo el talento que tienen otras personas —dijo Darcy— para conversar naturalmente con aquellos a quienes no conozco de nada. Me resulta muy difícil captar el tono de la conversación o aparentar que me interesan sus asuntos, como veo que hace la gente habitualmente.

—Mis dedos —dijo Elizabeth— no se mueven sobre el teclado del piano con la maestría de otras mujeres. Mis dedos no tienen la misma fuerza ni la misma velocidad y no producen la misma sensación. Pero, en fin, yo siempre he pensado que eso era un defecto mío... porque no me tomé la molestia de practicar. No porque crea que mis dedos no son tan capaces, como los de cualquier otra mujer, de tocar mejor.

Darcy sonrió y dijo:

—Tiene usted toda la razón. Ha empleado usted su tiempo mucho mejor. Nadie que tenga el privilegio de escucharla puede pensar que su interpretación tenga carencias. Ni a usted ni a mí nos gusta tocar para desconocidos.

En ese punto fueron interrumpidos por lady Catherine, que exigió saber de qué estaban hablando. Elizabeth enseguida empezó a tocar de nuevo. Lady Catherine se acecó y, después de escuchar durante unos minutos, le dijo a Darcy:

—La señorita Bennet no tocaría nada mal si practicara más y si pudiera contar con las enseñanzas de un maestro en Londres. Tiene bastante talento para pulsar las teclas, aunque no tiene el gusto de Anne. Anne habría sido una pianista exquisita, si su salud le hubiera permitido aprender.

Elizabeth miró a Darcy para comprobar hasta qué punto asentía a las alabanzas sobre su prima; pero ni en aquel momento ni en ningún otro pudo descubrir ningún síntoma del amor; y de todo su comportamiento hacia la señorita De Bourgh, Elizabeth extrajo un cierto consuelo para la señorita Bingley: que habría estado igual de dispuesto a casarse con ella... si hubiera sido prima suya.

Lady Catherine siguió haciendo observaciones sobre la interpretación de Elizabeth, mezclando muchas consideraciones sobre ejecución y gusto. Elizabeth las escuchaba con toda la paciencia de la cortesía y, a petición de los caballeros, permaneció al piano hasta que el carruaje de Su Señoría estuvo dispuesto para llevarlos a todos a casa.

CAPÍTULO IX

A la mañana siguiente estaba Elizabeth sola escribiendo a Jane, mientras la señora Collins y Maria se habían ido de compras al pueblo, cuando se vio sobresaltada por la campanilla de la puerta, la señal inequívoca de una visita. Aunque no había oído carruaje alguno, pensó que no era improbable que fuera lady Catherine, y con ese temor, escondió la carta que tenía a medias para evitar preguntas impertinentes, cuando en ese momento se abrió la puerta y, para su enorme sorpresa, entró en la estancia el señor Darcy... y solo el señor Darcy.

Él también parecía un poco incómodo de haberla encontrado sola, y se disculpó por su intromisión y le dijo que pensaba que estaban todas las damas en la casa.

Luego se sentaron y, cuando Elizabeth terminó de hacer las preguntas de rigor sobre los habitantes de Rosings, empezaron a correr el riesgo de sumirse en un silencio total. Por tanto, era absolutamente necesario pensar en algo, y en aquella situación de emergencia se acordó de la última vez que se habían visto en Hertfordshire, y sintió curiosidad por saber qué diría sobre el asunto de aquella partida precipitada.

—¡Se marcharon ustedes muy repentinamente de Netherfield el pasado noviembre, señor Darcy! —observó—. Debió de ser una sorpresa muy agradable para el señor Bingley volver a verles a ustedes tan pronto, porque, si mal no recuerdo, él solo se fue un día antes. Espero que el señor Bingley y sus hermanas se encontraran bien, cuando salió usted de Londres.

—Sí, perfectamente... gracias.

Le pareció que no iba a recibir ninguna otra respuesta... y, después de una breve pausa, añadió:

—Creo haber entendido que el señor Bingley no tiene ya ninguna intención de regresar a Netherfield.

—Nunca le he oído decir eso; pero es probable que no pase demasiado tiempo allí en el futuro. Tiene muchos amigos y está en un momento de su vida en el que los amigos y los compromisos lo reclaman continuamente...

—Si tiene intención de pasar tan poco tiempo en Netherfield, tal vez sería mejor para el vecindario que dejara la casa libre por completo, pues así quizá podríamos contar con otra familia allí. Pero seguramente el señor Bingley no cogió esa casa tanto por la conveniencia del vecindario como por la suya propia y debemos esperar que se la quede o la deje por los mismos motivos.

—No me sorprendería que se desprendiera de ella —dijo Darcy— en cuanto tuviera una buena oferta.

Elizabeth no contestó. Temía hablar más de su amigo y, no teniendo nada más que decir, decidió dejarle a Darcy el problema de encontrar un tema de conversación.

Él captó la sugerencia y al poco señaló:

—Parece muy cómoda esta casa. Lady Catherine, creo, la arregló mucho cuando el señor Collins se vino a vivir a Hunsford.

—Creo que sí... y estoy segura de que no pudo emplear su generosidad en una persona más agradecida.

—Parece que el señor Collins ha sido muy afortunado al escoger a su esposa.

—Sí, desde luego; sus amigos pueden estar contentos de que haya encontrado una de las escasísimas mujeres inteligentes que podrían haberlo aceptado, o haberle hecho feliz si lo hubieran aceptado. Mi amiga es muy sensata... aunque no estoy segura de que pueda considerar su matrimonio con el señor Collins como la cosa más inteligente que haya hecho en su vida. Sin embargo, parece muy feliz y, en cierto sentido, este era un partido muy bueno para ella.

—Debe de ser muy agradable para ella vivir a una distancia tan cómoda de su familia y sus amigos.

—¿Una distancia cómoda la llama usted? ¡Está casi a cincuenta millas!

—¿Y qué son cincuenta millas por un buen camino? Un viaje de poco más de medio día. Sí, yo lo llamaría una distancia *muy* cómoda.

—Yo nunca habría considerado la distancia como una de las *ventajas* de un matrimonio —dijo Elizabeth—. Nunca habría dicho que la señora Collins se había instalado *cerca* de su familia.

—Eso es una prueba del apego que le tiene a Hertfordshire. Supongo que cualquier cosa que se aleje un poco del vecindario cercano de Longbourn le parecerá lejos.

Mientras hablaba, había una especie de sonrisa en sus labios y Elizabeth creyó que entendía qué significaba aquello; Darcy debía de suponer que ella estaba pensando en Jane y Netherfield, y se ruborizó al contestar:

—No pretendo decir que una mujer no pueda vivir lejos de su familia. La lejanía y la cercanía son cuestiones relativas y dependen de circunstancias muy particulares. Donde hay dinero, el gasto de un viaje carece de importancia y la distancia no es ninguna desgracia. Pero ese no es el caso *aquí*. El señor y la señora Collins tienen unos ingresos suficientes, pero no son tan espléndidos como para permitirse frecuentes viajes... y estoy convencida de que mi amiga no diría que está cerca de su familia a no ser que estuviera a menos de la *mitad* de la distancia actual.

El señor Darcy acercó un poco la silla hacia ella y dijo:

—*Usted* no tiene derecho a tener ese apego tan fuerte a su pueblo. *Usted* no puede haber vivido siempre en Longbourn.

Elizabeth pareció sorprendida. El caballero cambió de opinión: apartó un poco la silla, cogió un periódico de la mesa y, echándole un vistazo, dijo, con un tono de voz más frío:

—¿Le gusta a usted Kent?

A continuación mantuvieron sobre el tema del campo un breve diálogo, tranquilo y conciso por ambas partes... y enseguida se le puso punto final cuando entraron Charlotte y su hermana, que regresaban de su paseo. El *tête-à-tête* las sorprendió. El señor Darcy explicó el error que había propiciado su intromisión en la sala donde estaba sola la señorita Bennet y, tras permanecer unos pocos minutos más sin hablar mucho con nadie, se fue.

—¡Pero qué significa esto! —exclamó Charlotte en cuanto el señor Darcy se fue—. Mi querida Eliza, debe de estar enamorado de ti, o de lo contrario nunca habría venido a visitarnos con tanta familiaridad.

Pero cuando Elizabeth le dijo que había estado muy callado, no pareció muy probable que fuera el caso, incluso para los deseos de Charlotte; y después de plantear varias conjeturas, al final acabaron por suponer que su visita se debía únicamente a que no había sabido qué hacer, que era lo más probable, dada la época del año en que estaban. Todos los entretenimientos al aire libre ya habían terminado. De puertas adentro estaba lady Catherine, los libros y una mesa de billar, pero los caballeros no pueden estar siempre encerrados en casa; y fuera por la cercanía de la rectoría, o por disfrutar del paseo hasta allí o por la gente que vivía en la casa, el caso es que los dos primos se empeñaron en pasar por allí casi todos los días. Se presentaban a distintas horas por la mañana, a veces por separado, a veces juntos, y de vez en cuando acompañados por su tía. Para todos ellos era evidente que el coronel Fitzwilliam iba porque se divertía con su compañía, un convencimiento que aún lo hacía más encantador; y la satisfacción de su compañía, así como la admiración que el coronel sentía por ella, le recordaba a su antiguo favorito, George Wickham; y aunque, al compararlos, le parecía que el coronel Fitzwilliam tenía unos modales menos delicados, también creía que era más inteligente y culto.

Pero lo que resultaba más difícil de comprender era por qué el señor Darcy iba tantas veces a la rectoría. No podía ser por conversar, porque con frecuencia se quedaba allí sentado durante diez minutos sin despegar los labios; y cuando al final hablaba, parecía que lo hacía más por obligación que por decisión... un sacrificio en aras de la educación, no un verdadero placer para sí mismo. En muy raras ocasiones parecía realmente alegre. La señora Collins no sabía ya qué hacer con él. El hecho de que el coronel Fitzwilliam de vez en cuando se burlara de lo tonto que estaba, demostraba que no era así habitualmente, aunque el escaso conocimiento que Charlotte tenía del caballero no se lo habría podido confirmar; y como le habría gustado creer que aquel cambio se debía a los efectos del amor, y que el objeto de dicho amor era su amiga Eliza, se dispuso a averiguarlo sin dilación. Lo observaba siempre que iban a Rosings, y cada vez que él visitaba Hunsford, pero sin mucho éxito. Desde luego, parecía que miraba muchísimo a su amiga, pero era dudoso saber qué significaban aquellas miradas. Eran miradas apasionadas y profundas, pero Charlotte dudaba si había realmente amor en ellas y en ocasiones simplemente parecía que estaba absorto pensando en otras cosas.

En un par de ocasiones Charlotte le había sugerido a Elizabeth la posibilidad de que al señor Darcy le empezara a gustar, pero Elizabeth siempre se reía ante semejante idea, y la señora Collins consideró más prudente no insistir en el tema, porque se corría el peligro de levantar expectativas que a lo mejor solo acababan en desilusión, pues en su opinión no le cabía ninguna duda de que todo el desagrado que su amiga tenía por Darcy se desvanecería en el momento en que siquiera imaginara que lo tenía en su poder.

En sus amables proyectos para Elizabeth, Charlotte a veces planeaba casarla con el coronel Fitzwilliam. Desde luego, era un caballero encantador; con toda seguridad, a él le gustaba Elizabeth, y su posición en la vida era estupenda; pero, en contraposición a esas virtudes, el señor Darcy disponía de abundantes beneficios eclesiásticos y su primo no tenía ninguno.

Capítulo X

En sus paseos por el parque de Rosings, Elizabeth se encontró inesperadamente en más de una ocasión con el señor Darcy. Le pareció de una mala suerte espantosa que tuviera que aparecer precisamente por donde no iba nadie; y para evitar que volviera a suceder, tuvo buen cuidado de comunicarle enseguida que aquel era su lugar favorito. ¡Por lo tanto, sería muy extraño que pudiese volver a ocurrir una segunda vez...! ¡Y sin embargo, ocurrió, e incluso una tercera vez! Parecía que lo hacía adrede y con mala intención, o en calidad de una penitencia viciosa y voluntaria, pues en esas ocasiones no se contentaba meramente con unas pocas preguntas formales y un incómodo silencio para luego irse, sino que por alguna razón creía necesario dar la vuelta y caminar con ella. Nunca decía nada, ni ella se molestaba tampoco en hablar mucho ni en escucharlo; pero en el tercer encuentro le sorprendió que le estuviera haciendo preguntas inconexas —sobre cómo lo estaba pasando en Hunsford, y cuánto le gustaban los paseos solitarios, y su opinión sobre la felicidad del señor y la señora Collins— y, entonces, al hablar de Rosings y lo poco que Elizabeth conocía la casa, Darcy pareció dar por supuesto que si alguna vez volvía a Kent, ella *también* se hospedaría *allí*. Eso parecía deducirse de sus palabras. ¿Estaría pensando tal vez en una posible relación de Elizabeth con el coronel Fitzwilliam? Ella imaginó que, si aquello significaba algo, debía de ser una alusión a lo que pudiera acontecer en ese sentido. Aquello la incomodó un poco y se alegró de haber llegado por fin a la cancela de la verja frente a la rectoría.

Un día, mientras daba un paseo, iba releyendo la última carta de Jane, deteniéndose en algunos pasajes que mostraban bien a las claras que estaba muy triste cuando los escribió, cuando, en vez de verse de nuevo sorprendida por el señor Darcy, se topó, al levantar la mirada, con el coronel Fitzwilliam, que le iba al encuentro. Guardando la carta de inmediato y esforzándose en mostrar una sonrisa, le dijo:

—No sabía que le gustara pasear por este camino.

—He estado recorriendo todo el parque —contestó el coronel—, que es lo que hago todos los años, y tenía pensado concluir el paseo con una visita a la rectoría. ¿Piensa ir mucho más allá?

—No, pensaba dar la vuelta enseguida.

Así que, efectivamente, dio la vuelta y ambos caminaron juntos en dirección a la rectoría.

—¿Es verdad que se va de Kent el sábado? —dijo Elizabeth.

—Sí... si Darcy no vuelve a aplazar el viaje. Pero yo estoy a su disposición. Organiza las cosas simplemente como le apetece.

—Y si no le gusta cómo son, al menos tiene el gran placer de organizarlas como más le gusta. No conozco a nadie que disfrute más del poder de hacer lo que le place que al señor Darcy.

—Le gusta que todo sea como a él le gusta —contestó el coronel Fitzwilliam—. Pero así somos todos. Lo único que ocurre es que él tiene más medios para conseguirlo que la mayoría, porque es rico, y la mayoría es pobre. Se lo digo sinceramente. Los hijos menores, ¿sabe?, tienen que acostumbrarse a las privaciones y a depender de otros.

—En mi opinión, el hijo menor de un conde tiene que saber muy poco de privaciones y dependencias. Veamos, en serio, ¿qué sabe usted de privaciones y dependencias? ¿Cuándo se ha visto usted privado, por falta de dinero, de ir donde le ha apetecido o de procurarse cualquier cosa de la que se haya encaprichado?

—Esas son cuestiones personales... y quizá no puedo decir que haya experimentado muchas privaciones de esa naturaleza. Pero en asuntos de mayor enjundia, puedo sufrir la falta de dinero. Los hermanos menores no se pueden casar como quieren.

—A menos que le gusten las mujeres ricas, lo cual ocurre bastante a menudo.

—Nuestro tren de vida nos convierte en seres muy dependientes y no hay muchos de mi clase que puedan casarse sin tener en cuenta el dinero.

«¿Lo dice por mí?», pensó Elizabeth, y se ruborizó ante la posibilidad de que así fuera, pero, recobrándose enseguida, dijo con un aire divertido:

—Y, dígame, ¿cuánto viene a costar aproximadamente el hijo pequeño de un conde? A menos que el hermano mayor esté muy enfermo, supongo que no pedirá usted menos de cincuenta mil libras.

Él contestó con el mismo tono divertido y abandonaron el asunto. Para abordar un silencio que podría hacerle suponer al coronel que lo dicho le había afectado a Elizabeth, la joven no tardó en añadir:

—Imagino que su primo le trajo principalmente con el fin de tener a alguien a su disposición. Me asombra que no se case, porque así se aseguraría una servidumbre más duradera. Pero tal vez su hermana le sirva de momento y, como únicamente la tiene a ella a su cuidado, puede hacer lo que quiera con ella.

—No —dijo el coronel Fitzwilliam—, ese es un placer que tiene que compartir conmigo. Yo tengo la tutela compartida con él de la señorita Darcy.

—¿Ah, sí? ¿De verdad? Y, dígame, por favor, ¿qué tipo de tutores son ustedes? ¿Les causa muchos problemas? Las jovencitas de su edad a veces son un tanto difíciles de manejar y, si ella tiene un verdadero espíritu Darcy, puede que le guste hacer lo que le plazca.

Mientras hablaba, observó que el coronel la miraba con un gesto de angustia, y la manera en que le preguntó inmediatamente por qué suponía que la señorita Darcy les estaba dando algunos dolores de cabeza la convenció de que en cierta manera había andado muy cerca de la verdad. Elizabeth simplemente contestó:

—No tiene que asustarse, coronel. Nunca he oído nada malo de ella y me atrevería a decir que es una de las criaturas más encantadoras del mundo. Es amiga íntima de algunas damas que conozco. La señora Hurst y la señorita Bingley. Creo que le he oído decir que las conoce.

—Las conozco un poco. Su hermano es un caballero encantador... es muy buen amigo de Darcy.

—¡Ah, sí...! —dijo Elizabeth con una sardónica ironía—. El señor Darcy es extraordinariamente amable con el señor Bingley y se preocupa muchísimo por él.

—¿Se preocupa por él...? Sí... creo que Darcy efectivamente se preocupa por él en los asuntos en los que él necesita que se preocupen. Por una cosa que me dijo cuando viajábamos hasta aquí, tengo razones para pensar que Bingley está en deuda con él. Pero debería pedirle disculpas, porque no tengo derecho a suponer que se refería a Bingley. Solo era una suposición.

—¿Qué quiere decir...?

—Es un asunto del que estoy seguro que Darcy no querría que se supiera nada en absoluto, porque si llegara a oídos de la familia de la dama... resultaría bastante embarazoso.

—Puede confiar en que ni siquiera lo mencionaré.

—Recuerde que no tengo pruebas para suponer que se trataba de Bingley. Lo que me contó fue simplemente esto: que se congratulaba de haber salvado a un amigo de un matrimonio absolutamente inconveniente, pero sin mencionar nombres ni otros detalles, y yo solo sospeché que se trataría de Bingley porque lo creo de ese tipo de jóvenes que pueden meterse en líos de esa clase y porque sabía que habían estado juntos todo el verano pasado.

—¿Y el señor Darcy le contó cuáles eran las razones para esa intromisión?

—Por lo que entendí, había algunas objeciones de mucho peso contra la dama.

—¿Y qué medios utilizó para separarlos?

—No me habló de los medios que había utilizado —dijo Fitzwilliam sonriendo—. Solo me dijo lo que le acabo de contar.

Elizabeth no contestó, y siguió caminando, con el corazón hirviendo de indignación. Tras observarla durante un instante, Fitzwilliam le preguntó por qué estaba tan pensativa.

—Estoy pensando en lo que acaba de contarme —dijo—. La manera de actuar de su primo me disgusta profundamente. ¿Por qué tiene él que erigirse en juez?

—¿Diría usted que su actuación fue una intromisión intolerable?

—No veo qué derecho tenía el señor Darcy a decidir sobre la idoneidad de los gustos de su amigo o, por qué, decidiéndolo solo por su cuenta, tenía que determinar y organizar de qué modo su amigo tiene que ser feliz. Pero —añadió, recobrando la compostura—, como no conocemos los detalles, no es justo culparlo de nada. Es de suponer que tampoco habría mucho cariño entre los interesados, en este caso.

—Es razonable pensarlo —dijo Fitzwilliam—, pero eso deja por los suelos el triunfo de mi primo.

Esto lo dijo en broma, pero a Elizabeth le pareció un retrato tan fiel del señor Darcy que no creyó necesario añadir nada más; y, por tanto, cambiando bruscamente de conversacíon, hablaron de otros asuntos distintos hasta que llegaron a la rectoría. Allí, encerrada en su habitación, en cuanto el coronel se marchó, pudo pensar sin molestias en todo lo que había averiguado. Era imposible imaginar que se pudiera estar refiriendo a otras personas que no fueran aquellas con las que Elizabeth tenía relación. No podían existir *dos* hombres en el mundo sobre los cuales el señor Darcy pudiera tener una influencia tan absoluta. Nunca había tenido ni la menor duda de que había estado implicado en las medidas que se tomaron para separar al señor Bingley y a Jane; pero siempre había atribuido a la señorita Bingley el plan principal y las argucias destinadas al objeto. Sin embargo, aunque hubiera actuado tan torpemente solo por vanidad, *él* era el culpable... su orgullo y su capricho eran la causa de todo lo que había sufrido Jane, y lo que aún seguía sufriendo. Había arruinado cualquier esperanza de felicidad que pudiera tener el corazón más cariñoso y generoso del mundo, y era imposible decir cuánto mal había hecho.

«Había algunas objeciones de mucho peso contra la dama», esas fueron las palabras del coronel Fitzwilliam, y aquellas objeciones de mucho peso probablemente eran que tenía un tío que era abogado de pueblo y otro que era comerciante en Londres.

—Contra Jane no pueden tener objeciones —exclamó en voz alta—. ¡Si es todo amor y bondad! Es inteligente, y sensata, y sus modales son encantadores. Ni se puede decir nada contra mi padre, que, aunque tiene sus cosas, tiene cualidades que ni siquiera el señor Darcy puede ignorar, y una respetabilidad que seguramente no podrá tener él jamás.

Cuando pensó en su madre, en cambio, su confianza se resquebrajó un poco, pero no estaba dispuesta a consentir que las objeciones *en ese punto* tuvieran suficiente peso frente al señor Darcy, cuyo orgullo, estaba convencida, se sentía más herido por la falta de importancia de los parientes de su amigo que por su falta de buen juicio; y se convenció finalmente de que el señor Darcy se había guiado en parte por el peor orgullo imaginable y en parte por el deseo de conservar al señor Bingley para su hermana.

Los nervios y las lágrimas que aquella situación originó acabaron por darle dolor de cabeza y empeoró tanto por la tarde que, además de las pocas ganas que tenía de ver al señor Darcy, decidió no acompañar a sus primos a Rosings, donde estaban invitados a tomar el té. La señora Collins, viendo que se encontraba realmente indispuesta, no la forzó a acudir e hizo todo lo que pudo para evitar que su marido insistiera, pero el señor Collins no pudo ocultar su angustia ante la idea de que lady Catherine se pudiera sentir desairada porque Elizabeth se había quedado en casa.

Capítulo XI

Cuando se fueron, Elizabeth, como si quisiera enfurecerse todo lo posible contra el señor Darcy, decidió dedicarse a examinar detenidamente todas las cartas que Jane le había escrito desde que estaba en Kent. En realidad no había en ellas quejas ni lamentos, ni se dedicaba a rememorar el pasado, ni dejaba traslucir ningún sufrimiento. Pero en conjunto, y casi en cada renglón, había una carencia de aquella alegría que solía caracterizar su estilo y que casi nunca se había oscurecido, porque nacía de la serenidad de un espíritu que está en paz consigo mismo y de una disposición a ser bondadosa con todo el mundo. Elizabeth se percató de que en cada frase subyacía la idea de la amargura y les prestó una atención que apenas le había dedicado en su primera lectura. La vergonzosa fanfarronería del señor Darcy por las desgracias que había sido capaz

de infligir, le proporcionaron un sentimiento más vivo de los sufrimientos de su hermana. La consolaba un poco pensar que Darcy se
iría de Rosings dos días después y, aún mejor, que en quince días
ella podría volver a estar con Jane otra vez, y así estaría en condiciones de contribuir a que recobrase el ánimo, con toda la fuerza de
su cariño.

No podía pensar en la partida de Darcy sin recordar que su primo
iba a irse con él; pero el coronel Fitzwilliam había dejado claro que
no tenía ningún interés en ella, en absoluto, y por muy encantador
que fuera, Elizabeth no estaba dispuesta a sufrir por él.

Mientras decidía sobre ese asunto, de repente se sobresaltó al oír
el sonido de la campana de la puerta y se sintió un poco halagada
ante la idea de que fuera el coronel Fitwilliam en persona, que ya
una vez la había visitado a altas horas de la tarde y que ahora podría
haber ido para interesarse especialmente por ella. Pero esa idea no
tardó en desvanecerse y su ánimo se vio afectado en un sentido
muy distinto cuando, para su indescriptible asombro, vio que el
señor Darcy entraba en la sala. Precipitadamente, empezó a preguntar cómo se encontraba Elizabeth y explicó que con su visita
solo deseaba comprobar que se encontraba mejor. Ella le respondió
con una gélida cortesía. El señor Darcy estuvo sentado un poco y
luego empezó a dar vueltas por la estancia. Elizabeth estaba sorprendida, pero no dijo ni una palabra.

Después de un silencio de varios minutos, el señor Darcy se
acercó a ella muy nervioso y comenzó a hablar.

—He luchado en vano... Ya no puedo más. No puedo reprimir
mis sentimientos. Permítame decirle que la admiro y la amo apasionadamente.

El asombro de Elizabeth era indescriptible. Tenía los ojos como
platos, estaba ruborizada, dubitativa y no decía nada. Darcy lo consideró como una prueba de asentimiento, e inmediatamente continuó proclamando todo lo que sentía y todo lo que había sentido por
ella desde hacía mucho tiempo. Se expresó con sinceridad, pero había otros sentimientos, aparte de los del corazón, que debían explicarse, y no fue más elocuente sobre el asunto del amor que sobre el
del orgullo. La inferioridad de la familia de Elizabeth —que para
él representaba una degradación— y los obstáculos familiares que
la razón siempre había impuesto a los deseos de su corazón se expu-

sieron con una vehemencia que daba a entender cuánto le dolían, pero no eran lo más apropiado para que se atendiera su demanda.

A pesar de la antipatía profundamente arraigada en Elizabeth, al principio no pudo ser insensible a los cumplidos de amor de un hombre como aquel y, aunque sus sentimientos no variaron ni un ápice, sintió cierta lástima por el dolor que iba a infligirle... hasta que, irritada por el lenguaje que empezó a utilizar después, se olvidó de cualquier compasión para entregarse a la furia. Sin embargo, intentó mantener la compostura para responderle con tranquilidad, cuando hubiera terminado. Él terminó recordándole la fuerza de su amor que, a pesar de todos sus esfuerzos, no había podido reprimir, y al final expresó su deseo de que pudiera obtener la recompensa de conseguir su asentimiento y su mano. Cuando terminó de decir aquello, Elizabeth pudo observar fácilmente que el señor Darcy no tenía ninguna duda de estar a punto de recibir una respuesta afirmativa. *Hablaba* de aprensión y ansiedad, pero su rostro solo reflejaba una implacable seguridad.

Aquello solo consiguió exasperarla aún más y, cuando el señor Darcy concluyó, con el color rosado encendiendo sus mejillas, Elizabeth dijo:

—En casos como este creo que lo habitual es expresar el agradecimiento por los sentimientos que se han manifestado, aunque no puedan ser correspondidos. Es natural que se exprese ese tipo de agradecimientos, y si yo *pudiera* estarle agradecida a usted, le daría sinceramente las gracias. Pero no puedo. Nunca he pretendido que tuviera buena opinión de mí, y desde luego usted la tiene muy a pesar suyo. Lamento mucho haber causado dolor a alguien. Ha sido inconscientemente, desde luego, y confío en que no dure mucho. Dado que sus sentimientos, según me dice, han impedido durante tanto tiempo que yo conociera sus intenciones, seguramente tendrá usted pocas dificultades en superar ese dolor tras esta conversación.

El señor Darcy, que estaba apoyado en la repisa de la chimenea con los ojos clavados en el rostro de Elizabeth, parecía escuchar sus palabras con tanto resentimiento como sorpresa. Su rostro palideció de furia y su irritación se hizo visible en cada facción. Estaba luchando por mantener la compostura y ni siquiera abrió los labios hasta que creyó haberlo conseguido. Aquel silencio fue aterrador para Elizabeth.

Al final, con una voz de forzada tranquilidad, dijo:

—¿Y esa es la única contestación que voy a tener el honor de recibir? Tal vez se me podría informar de por qué se me rechaza sin fingir siquiera la menor cortesía. Pero no tiene la menor importancia...

—¡Yo también podría preguntar por qué, con esa evidente intención de ofenderme e insultarme, viene usted a decirme que me quiere contra su voluntad, y contra su razón, e incluso contra su carácter! —contestó Elizabeth—. ¿No es eso suficiente excusa para ser descortés, *si es que fui descortés?* Pero tengo otras razones. ¡Usted sabe que las tengo! Aunque mis sentimientos no hubieran sido favorables a usted, o hubieran sido indiferentes, o incluso favorables, ¿cree usted que por nada del mundo se me ocurriría aceptar al hombre que ha hecho todo lo posible por destrozar, quizá para siempre, la felicidad de mi adorada hermana?

Mientras Elizabeth pronunciaba aquellas palabras, el señor Darcy palideció; pero esa emoción no duró mucho y procuró seguir escuchándola sin interrumpirla.

—Tengo todas las razones del mundo para pensar mal de usted. No hay motivo que pueda excusar el papel injusto y egoísta que ha representado usted *aquí.* No se atreva usted, no se atreva a negar que ha sido el principal inductor, si no el único, de separar al señor Bingley y a mi hermana, de exponer a uno a la censura de todo el mundo, como hombre caprichoso y voluble, y a la otra a la burla por sus esperanzas frustradas, arrojándolos a los dos a la más insoportable desdicha.

Se detuvo y vio con no poca indignación que la estaba escuchando con un gesto que demostraba lo poco que se sentía conmovido por ningún remordimiento. E incluso la miraba con una sonrisa de afectada incredulidad.

—¿Niega usted que lo ha hecho? —repitió Elizabeth.

Con fingida tranquilidad, él contestó entonces:

—No voy a negar que hice todo lo que estuvo en mi poder para separar a mi amigo de su hermana, ni que me alegro de haber tenido éxito. He sido más generoso con él que conmigo mismo...

Elizabeth se negó siquiera a aparentar que había oído aquella galante reflexión, pero su significado no se le escapó, ni fue lo más propio para tranquilizarla.

—Pero mi antipatía hacia usted no solo se debe a ese asunto —continuó Elizabeth—. Mi opinión sobre usted se formó mucho antes de que todo esto ocurriera. Su carácter quedó bien expuesto con la historia que me contó de usted hace muchos meses el señor Wickham. ¿Qué tiene usted que decir sobre eso? ¿En qué imaginario acto de amistad puede excusarse ahora? ¿O qué mentiras esgrimirá para haber aplastado a los demás?

—Se toma usted demasiado interés en los asuntos de ese caballero —dijo Darcy con un tono menos tranquilo y con el rostro encendido.

—¿Quién, que conozca las desgracias que ha sufrido, puede evitar cierto interés por él?

—¿Desgracias? ¿Él? —preguntó Darcy en tono despectivo—. Sí, desde luego, sus desgracias han sido enormes...

—¡Y por su culpa! —le gritó Elizabeth con violencia—. Usted ha sido quien lo ha reducido a su presente estado de pobreza... de relativa pobreza. Usted le ha arrebatado los bienes que usted sabe que le habían sido destinados. Le ha arrebatado usted los mejores años de su vida, la independencia que no solo le correspondía, sino que además merecía. ¡Usted es el responsable de todo eso! Y aún se atreve a mencionar sus desgracias con desprecio y ridiculizándolas...

—¡Y esa es la opinión que tiene usted de mí! —exclamó Darcy, mientras caminaba con paso rápido por toda la estancia—. ¡Ese es el aprecio que me tiene...! Le agradezco que me lo haya dicho tan claramente. ¡Mis defectos, de acuerdo con sus valoraciones, son verdaderamente graves! Pero tal vez... —añadió, deteniéndose, y volviéndose hacia ella—, tal vez esas ofensas podrían haberse pasado por alto si su orgullo no se hubiera visto herido por mi sincera confesión sobre los reparos que durante mucho tiempo impidieron que pudiera pensar en nuestra relación como algo serio. Esas amargas acusaciones podrían haberse omitido, si hubiera sido lo suficientemente educado como para no comunicarle mis prevenciones, y si la hubiera halagado haciéndole creer a usted que siempre me había impulsado un amor irrenunciable e incondicional, basado en la razón, en la reflexión, y en todo. Pero me repugnan los embustes y las mentiras. No me avergüenzo de los sentimientos que he manifestado. Eran naturales y razonables. ¿O acaso esperaba usted que me alegrara de verme obligado a rebajarme a mantener relaciones con su familia? ¿Esperaba que me congratulara con la perspectiva de emparentar con personas cuya posición en la vida está obviamente muy por debajo de la mía?

Elizabeth notaba que su furia aumentaba por momentos; sin embargo, procuró con todas sus fuerzas hablar guardando la compostura cuando le dijo:

—Está usted muy equivocado, señor Darcy, si supone que su declaración me afecta de otro modo que no sea para ahorrarme la preocupación que hubiera podido sentir al rechazarle, si se hubiera comportado como un caballero.

Elizabeth vio que el señor Darcy se sorprendía, pero no dijo nada, y añadió:

—Podría haber formulado su proposición de matrimonio de cualquier otro modo, pero jamás hubiera estado tentada a aceptarla.

De nuevo, el asombro era muy obvio; y la miró con una expresión que era una mezcla de incredulidad y humillación. Elizabeth continuó:

—Desde el mismísimo principio, puedo casi decir desde el primer momento que lo conocí a usted, sus modales dejaron tal impresión en mí que quedé absolutamente convencida de que era un arrogante, un vanidoso, y de que su egoísta desdén hacia los sentimientos de los demás eran tales que solo sirvieron para sentar las bases de una desaprobación que los hechos posteriores han convertido en una antipatía inamovible; no había transcurrido un mes desde que le conocí y ya sabía que usted sería el último hombre sobre la faz de la tierra con el que podría casarme.

—Ya es suficiente, señora. Me doy por enterado perfectamente de sus sentimientos y ahora no me queda sino avergonzarme de los míos. Discúlpeme por haberle hecho perder tanto tiempo y acepte mis mejores deseos de salud y felicidad.

Y con estas palabras, se apresuró a abandonar la estancia, y Elizabeth oyó cómo al poco se abría la puerta principal y abandonaba la casa.

El tumulto de emociones se convirtió en una enorme angustia. No podía apenas sostenerse en pie, y la debilidad la obligó a sentarse, y lloró durante media hora. Su asombro, cuando reflexionaba sobre lo ocurrido, aumentaba cada vez que se acordaba. ¡Recibir una oferta de matrimonio del señor Darcy! ¡Que hubiera estado enamorado de ella durante tantos meses! ¡Y tan enamorado como para querer casarse con ella a pesar de todas las objeciones que le habían conducido a impedir que su amigo se casara con su hermana, y que eran las mismas en su propio caso! ¡Era increíble! Pero era gratificante haber inspirado inconscientemente un afecto tan poderoso. Pero aquel orgullo suyo, aquel abominable orgullo, su vergonzante confesión de lo que había hecho con Jane, su imperdonable vanidad al reconocerlo, aunque fuera incapaz de justificarlo, y el modo implacable en que se había referido al señor Wickham, su crueldad con él, que ni siquiera había intentado negar, todo aquello no tardó en anular la lástima que había suscitado momentáneamente ante su declaración de amor.

Continuó sumida en aquellas turbulentas emociones hasta que el ruido del carruaje de lady Catherine la obligó a reparar en el deplorable estado en que la encontraría Charlotte, y se apresuró a volver a su habitación.

CAPÍTULO XII

Elizabeth se levantó a la mañana siguiente con los mismos pensamientos y meditaciones con que había cerrado los ojos la noche anterior. Aún no podía recobrarse de la sorpresa ante lo que había acontecido; le resultaba imposible pensar en nada más y, absolutamente indispuesta para cualquier labor, en cuanto acabó de desayunar decidió tomar un poco el aire y hacer un poco de ejercicio. Avanzó directamente hacia su paseo favorito, cuando el recuerdo de que el señor Darcy algunas veces iba por allí la detuvo y, en vez de adentrarse en el parque, volvió al camino, que avanzaba en dirección contraria al sendero del portón. La empalizada del parque aún limitaba el camino por un lado y enseguida pasó por una de las cancelas del parque.

Después de pasear arriba y abajo dos o tres veces por aquella parte del camino, se sintió tentada, dado el buen tiempo que hacía aquella mañana, a detenerse frente a la cancela y mirar hacia el parque. A lo largo de las cinco semanas que llevaba en Kent se habían producido grandes cambios en el campo y cada día se añadían nuevos brotes verdes a los árboles más tempraneros. Estaba a punto de seguir su paseo, cuando adivinó la figura de un caballero entre la arboleda que bordeaba el parque; ella estaba avanzando en esa dirección y, temerosa de que fuera el señor Darcy, se volvió inmediatamente. Pero la persona que venía hacia ella ya estaba demasiado cerca y la había visto, y apresurándose con cierta impaciencia, pronunció su nombre. Ella se había dado la vuelta, pero al oír que la llamaban, aunque era evidente que era la voz del señor Darcy, se giró y volvió a la puerta. Él llegó enseguida también, y ofreciéndole una carta, que ella cogió instintivamente, le dijo con un gesto de altivez:

—He estado paseando por la alameda un rato, por si la veía. ¿Querrá hacerme el favor de leer esta carta...? —Y luego, con una leve reverencia, se volvió otra vez a la arboleda y se perdió de vista.

Sin ninguna esperanza de poder leer nada agradable, pero con la mayor curiosidad, Elizabeth abrió la carta, y para aumentar todavía más su asombro, comprobó que era un sobre con dos hojas de papel de carta, escritas por ambos lados con una letra muy apretada. El mismo sobre estaba también escrito.[18] Prosiguiendo su camino por el sendero, comenzó a leerla. Estaba fechada en Rosings, a las ocho de la mañana, y decía lo siguiente:

No se alarme, señora, al recibir esta carta, ni tema que contenga una repetición de los sentimientos que tanto le disgustaron ayer por la noche o la renovación de las ofertas de matrimonio. Le escribo sin ninguna intención de hacerle daño, ni de humillarme empecinándome en deseos que, para la felicidad de ambos, deberíamos olvidar cuanto antes; podría haberme ahorrado el esfuerzo de escribir esta carta, y usted el de leerla, si mi carácter me hubiera permitido no redactarla para que usted la leyera. Así que debe usted perdonarme la libertad con la que suplico su atención; sus sentimientos, ya lo sé, me la concederán a regañadientes, pero apelo a su sentido de la justicia.

Ayer por la noche me imputó usted dos ofensas de naturaleza bien distinta, y de ningún modo de la misma magnitud. La primera que

---

[18] Ha de recordarse que en la época no se utilizaban los sobres modernos: se trataba más bien de un envoltorio, una hoja en la que con frecuencia también se escribía para aprovechar cualquier espacio en blanco.

mencionó usted fue que, a pesar de los sentimientos de ambos, yo había separado al señor Bingley de su hermana... y la otra, que en contra de distintos derechos, y en contra del honor y la compasión, yo había arruinado la prosperidad futura y había destruido las perspectivas del señor Wickham. Haberme distanciado deliberada e injustamente del compañero de mi juventud, el favorito reconocido de mi padre, un joven que apenas tenía otra cosa a la que aferrarse que a nuestros favores, y que había sido educado para estar a nuestro lado, sería una maldad que no se podría siquiera comparar con la separación de una pareja cuyo cariño apenas duraba unas semanas. Pero confío que, cuando lea el siguiente informe sobre mis actos y sus motivos, se me exima de la severidad de las culpas que tan a la ligera se me achacaron la pasada noche. Si en la explicación que me siento obligado a formular, me veo forzado a expresar sentimientos que puedan resultar ofensivos para los suyos, solo puedo decir que lo siento mucho. La obligación es la obligación... y cualquier disculpa sería absurda.

No llevaba mucho tiempo en Hertfordshire cuando me di cuenta, igual que muchos otros, de que Bingley prefería a su hermana mayor antes que a cualquier otra muchacha de los alrededores. Pero no fue hasta el baile que tuvo lugar en Netherfield cuando temí que sus sentimientos fuesen en serio. Ya lo he visto enamorado otras muchas veces. En aquel baile, mientras yo tenía el honor de bailar con usted, me enteré por una indiscreción casual de sir William Lucas, que las atenciones de Bingley hacia su hermana habían levantado una expectación generalizada y que se esperaba un inminente matrimonio. Este señor habló de la boda como un acontecimiento inevitable y del que solo faltaba por decidir la fecha. A partir de ese momento observé el comportamiento de mi amigo atentamente y entonces pude percibir que su afecto hacia la señorita Bennet iba bastante más allá de lo que jamás había observado en él. También observé a su hermana. Su actitud y sus modales eran sinceros, alegres y adorables como siempre, pero no había ningún síntoma de un afecto especial, y me convencí, tras el escrutinio durante toda la velada, de que aunque le complacían sus atenciones, no le correspondía con los mismos sentimientos. Si usted no estaba equivocada en este punto, el que estaba equivocado era yo. Usted conoce mejor a su hermana, así que seguramente el equivocado sea yo. Si es así, si me he conducido erróneamente por ese malentendido y le he hecho daño a su hermana, su resentimiento para conmigo ha sido razonable. Pero no tengo ningún inconveniente en afirmar que la tranquilidad del semblante de su hermana y sus gestos eran tales que podrían haber convencido a cualquier testigo de que, por muy agradable que fuera su carácter, su corazón parecía completamente ajeno al amor. Es cierto que yo deseaba creer que era indiferente a mi amigo... pero me atrevo a decir que mis averiguaciones y decisiones habitualmente no están influenciadas ni por mis deseos ni por mis temores. No la creía indiferente porque yo lo deseara: lo creía con una convicción imparcial, con tanta certeza como lo deseaba mi razón. Mis objeciones a ese matrimonio no eran solo las que, como reconocí la pasada noche, deberían haber precisado olvidar toda la fuerza de la pasión, como en mi caso; la falta de posición social puede que no fuera un mal tan grave para mi amigo como para mí. Pero había otras razones para rechazar... razones que, aunque aún existen, y existen en la misma medida en ambos casos, he procurado olvidar, porque hace tiempo que acontecieron. Debo explicar esos motivos, aunque sea brevemente. La situación de la familia de su madre, aunque no muy recomendable, no era nada en comparación con la absoluta falta de decoro que tan frecuentemente, y casi tan constantemente, demuestran ella y sus tres hermanas menores, e incluso en ocasiones su padre. Discúlpeme. Me duele ofenderla. Pero aparte de su preocupación por los defectos de sus parientes más cercanos y el disgusto que le provocará mi descripción, permítame ofrecerle el consuelo de considerar que el hecho de haberse comportado usted y su hermana de tal modo que sea imposible hacerles el menor reproche solo aumentan la estimación que ambas merecen. Solo añadiré que lo que ocurrió aquella noche me confirmó en mis opiniones y aumentaron todos los motivos que ya antes podrían haberme conducido a preservar a mi amigo de lo que yo entendía como una relación desafortunada. Bingley salió de Netherfield hacia Londres el día siguiente, como estoy seguro que usted recordará, con la idea de volver pronto. El papel que representé en este caso debo explicarlo ahora. La preocupación de sus hermanas era igual que la mía; no tardamos en descubrir que pensábamos lo mismo y, conscientes todos de que no debíamos perder tiempo a la hora de convencer a Bingley de lo funesto de semejante relación, de inmediato decidimos reunirnos con él en Londres. Y por tanto nos fuimos... y rápidamente me dispuse a la tarea de señalarle a mi amigo los verdaderos males de una relación como aquella. Se los describí y se los presenté a las claras. Pero por mucho que aquellos consejos pudieran haber impedido o retrasado su decisión, no creo que al final hubieran impedido el matrimonio si no lo hubiera convencido de algo de lo que yo estaba seguro y que no dudé en comunicarle: la indiferencia de su hermana Jane. Hasta entonces él creía que su hermana le correspondía sinceramente, aunque tal vez no con la misma intensidad. Pero Bingley tiene una fantástica modestia natural y depende mucho más de mis opiniones que de las suyas propias. Así que convencerlo de que se había engañado no resultó demasiado difícil. Persuadirlo de que no era necesario volver a Hertfordshire, cuando ya estaba convencido de lo otro, apenas me llevó un instante. No puedo culparme por haber hecho todo esto. Hay sin embargo una parte en mi conducta en todo este asunto de la que no estoy satisfecho, y es que consentí en adoptar todo tipo de añagazas con el fin de ocultarle a mi amigo que su hermana Jane estaba en Londres. Yo lo sabía, igual que lo sabía la señorita Bingley; pero su hermano ni siquiera lo sabe ahora. Que pudieran encontrarse sin que ocurriera nada malo, tal vez, es probable... pero el cariño que aún siente por su hermana Jane no me pareció que estuviera suficientemente apagado como para que pudiera encontrarse con ella sin que corriera algún peligro. Tal vez ese ocultamiento, ese embuste, sea indigno de mí. Sin embargo, ya está hecho, y se hizo con la mejor intención. Sobre este asunto ya no tengo nada más que decir, ni más disculpas que ofrecerle. Si he herido los sentimientos de su hermana, fue sin querer y, aunque las razones que me impulsaron a actuar pueden resultarle a usted naturalmente insuficientes, no creo que puedan ser censurables. Respecto a la otra acusación, más grave, de haber insultado y ofendido al señor Wickham, lo único que puedo hacer es refutarla exponiéndole claramente cuál ha sido toda su relación con mi familia. De lo que me haya acusado exactamente, no lo sé; pero puedo reunir a más de un testigo que corroborarán la verdad de lo que voy a contarle. El señor Wickham es hijo de un hombre muy respetable, que estuvo durante muchos años administrando las propiedades de Pemberley, y cuya buena conducta en el empeño de sus funciones naturalmente inclinó a mi padre a hacerle algún favor, y a George Wickham, que era su ahijado, lo trató por tanto con una generosa liberalidad. Mi padre le pagó la escuela y después la universidad en Cambridge... con un coste mayor, porque su propio padre, siempre arruinado por las extravagancias de su esposa, nunca habría podido darle la educación de un caballero. Mi padre no solo se complacía en tratar con este joven, cuyos modales siempre resultaban encantadores; también tenía la más alta opinión de él y confiaba en que entraría al servicio de la iglesia, de modo que lo dispuso todo para favorecerlo. Respecto a mí... hace muchos, muchos años que empecé a pensar de él de un modo bien distinto. La propensión al vicio... la falta de principios que se ocupaba bien de ocultarle a su protector, no podía escapar a la observación de un joven que tenía casi la misma edad que él, y que tenía ocasión de verlo en momentos de descuido, cosa que al señor Darcy le era imposible. En este momento tal vez vuelva a hacerle daño... aunque solo usted podrá decir hasta qué punto. Pero cualesquiera que sean los sentimientos que albergue usted por el señor Wickham, la sospecha de que existan no impedirá que desvele aquí cuál es su verdadero carácter. Así tendré incluso otro motivo. Mi padre, un hombre excelente, murió alrededor de hace cinco años; y el cariño que le tenía al señor Wickham fue hasta el final tan firme que en su testamento me encomendó particularmente que promoviera su prosperidad del mejor modo que pudiera permitir su profesión y, si recibía las órdenes eclesiásticas, deseaba que se le entregara un magnífico beneficio eclesiástico familiar en cuanto quedara vacante. También se le cedía un legado de mil libras. Su propio padre no sobrevivió mucho tiempo al mío, y en el plazo de medio año después de dichos acontecimientos, el señor Wickham me escribió para decirme que, como finalmente había decidido no tomar las órdenes eclesiásticas, esperaba que yo no considerara irrazonable por su parte esperar algún favor pecuniario más inmediato, en lugar del beneficio eclesiástico, que no pensaba disfrutar. Añadía que tenía alguna intención de estudiar leyes y que yo debía de ser consciente de que la renta de mil libras sería una cantidad insuficiente. Más que creer, deseé que fuera sincero; pero en cualquier caso, estuve dispuesto a acceder a su propuesta. Yo sabía que el señor Wickham no debía ser clérigo. Así que el negocio quedó claro desde el principio. Él renunció a reclamar cualquier favor en lo relativo a la iglesia, aunque estuviera en algún momento en disposición de recibirlo, y aceptó a cambio tres mil libras. De modo que así fue como concluyó toda relación entre nosotros. Yo lo tenía en el peor concepto, y no tenía intención de invitarlo a Pemberley ni pensaba tener tratos con él en Londres. Yo creo que vivía en Londres la mayor parte del tiempo, pero sus estudios de leyes eran un simple embuste y, estando libre de cualquier atadura, su vida era una vida de holgazanería y disipación. Apenas supe nada de él durante tres años, pero cuando murió el titular de la rectoría que en principio se le había asignado a él, me volvió a escribir una carta solicitándome que lo tuviera en cuenta. Me aseguraba, y no me costó mucho creérmelo, que sus circunstancias eran en extremo penosas. El estudio del Derecho le había parecido un aburrimiento pesadísimo y poco rentable, y ahora estaba decidido a ordenarse, si yo le entregaba el beneficio eclesiástico en cuestión... de lo cual, al parecer, él confiaba en que no habría ninguna duda, pues se había asegurado de que no había otra persona dispuesta a ocuparlo, y me recordaba que no debía olvidar las disposiciones testamentarias de mi reverenciado padre. Creo que no me podrá culpar por no haber cedido a esas amenazas o por haber resistido todas las demás. Su rencor era proporcional a las dificultades en que se encontraba... y sin duda fue tan violento al hablar de mí a otras personas como en los reproches que me dirigía a mí personalmente. Tras esa época, cualquier atisbo de amistad se perdió para siempre. Ignoro de qué vivía. Pero el verano pasado volvió a cruzarse en mi camino del modo más desagradable. Debo mencionar aquí una circunstancia que desearía haber olvidado y que nada salvo esta declaración me induciría a desvelar a ningún ser humano. Después de confesarle esto, no tengo la menor duda de que sabrá guardar el secreto. Mi hermana, que es diez años más joven que yo, se encontraba bajo mi tutela y la del sobrino de mi madre, el coronel Fitzwilliam. Hace alrededor de un año abandonó el colegio y fijó su residencia en Londres; y el verano pasado fue a Ramsgate junto a la dama que se ocupaba de ella; y allí fue también el señor Wickham, sin duda con planes muy bien trazados; pues se demostró que había una relación previa entre él y la señora Younge —con cuya personalidad desgraciadamente nos engañamos—. Con la connivencia y ayuda de esa mujer, Wickham consiguió granjearse el afecto de Georgiana, cuyo cariñoso corazón aún conservaba una impresión tan fuerte de su amabilidad con ella cuando era una niña que se convenció de creerse enamorada, y aceptó fugarse con él. En aquella época no tenía más de quince años, lo cual debe contarse como una excusa y, después de reconocer su imprudencia, me alegra añadir que fue ella la que me lo contó todo. Las visité inesperadamente uno o dos días antes de la pretendida fuga, y entonces Georgiana, incapaz de soportar la idea de hacer daño y ofender a un hermano que cuidaba de ella como un padre, me lo reconoció todo. Puede usted imaginar cómo me sentí y cómo actué. La reputación de mi hermana y sus sentimientos impidieron que lo hiciera púbico todo, pero escribí al señor Wickham, que abandonó el lugar inmediatamente, y la señora Younge naturalmente fue despedida al instante. El principal objetivo del señor Wickham era sin ninguna duda la fortuna de mi hermana, que asciende a treinta mil libras; pero no puedo evitar suponer que la esperanza de poder vengarse de mí era un fuerte incentivo. Su venganza habría sido completa, desde luego. Esta, señora, es la historia entera y fidedigna de todos los acontecimientos que nos conciernen a ambos y, si usted no lo reprueba como absolutamente falso, confío en que de aquí en adelante me libere de la acusación de comportarme cruelmente con el señor Wickham. No sé de qué manera, ni qué forma de falsedad habrá utilizado para convencerla, aunque en realidad no debería extrañarme que haya tenido éxito. Usted no sabía nada de todo lo que nos unía en el pasado, y no había modo de que usted lo supiera, y, desde luego, la desconfianza no está en su carácter. Puede que se pregunte por qué no le conté todo esto anoche. Pero no tenía suficiente dominio de mí mismo para saber lo que debía y lo que podía revelar. Que todo lo que he relatado aquí es cierto puede confirmarlo el testimonio del coronel Fitzwilliam, el cual, dado nuestro cercano parentesco y nuestra amistad, y como uno de los albaceas del testamento de mi padre, ha estado naturalmente al tanto de todos los detalles de estos asuntos. Si el odio que me tiene usted despojara a mis palabras de todo valor, puede confiar en las de mi primo; y para que tenga la posibilidad de consultarlo, procuraré encontrar alguna oportunidad para entregarle en mano esta carta a lo largo de la mañana. Solo deseo añadir... que Dios la bendiga.

FITZWILLIAM DARCY

CAPÍTULO XIII

Cuando el señor Darcy le dio la carta, Elizabeth desde luego no esperaba que en ella renovara sus proposiciones, pero no tenía ni la menor idea de lo que podría contener. Pero al descubrirlo, es fácil imaginar la atención con que la leyó y cuántas emociones encontradas suscitó. Apenas pueden describirse los sentimientos que la embargaban mientras leía. Al principio pensó, asombrada, que Darcy creía que aún estaba en condiciones de pedir disculpas, e inmediatamente se convenció de que no podría dar ninguna explicación que el más elemental sentido de la vergüenza no prefiriera callar. Pertrechada con fuertes prejuicios contra todo lo que pudiera decir, empezó a leer su relato de lo que había ocurrido en Netherfield. Leía con tal ansiedad que apenas podía comprender lo que leía, y, con la impaciencia de saber lo que pondría en la siguiente frase, casi le resultaba imposible comprender el sentido de la que estaba leyendo en ese momento. El hecho de que Darcy diera por supuesta la indiferencia de su hermana Jane no tardó ni un segundo en juzgarlo como una absoluta falsedad, y su relato de las objeciones reales y ofensivas frente al matrimonio de Jane y Bingley la hicieron enfurecer hasta el punto que ni siquiera pensó en que pudiera tener la más mínima razón. No expresaba ningún arrepentimiento por lo que había hecho que pudiera satisfacer a Elizabeth; su estilo no revelaba pesar alguno, sino altanería. Era todo orgullo e insolencia.

Pero cuando comenzó con el asunto concerniente al señor Wickham, cuando leyó con más atención la relación de acontecimientos que, si eran ciertos, obligaría a olvidarse de cualquier opinión favorable de su valía, y que guardaba un alarmante parecido con la historia que el propio Wickham le había contado, sus sentimientos fueron aún más dolorosos y más difíciles de definir. El asombro, la angustia, e incluso el espanto la embargaban. Deseó que todo fuera mentira, exclamando una y otra vez para sí: «¡Tiene que ser falso! ¡Todo esto tiene que ser la más burda falsedad...!», y cuando acabó de leer toda la carta, aunque apenas podría decir qué contenían los últimos párrafos, la guardó apresuradamente, jurándose que no volvería a leerla, que no quería ni verla.

En ese estado de nervios, con la imaginación perturbada en horrible agitación, continuó caminando, pero de nada sirvió; medio minuto después volvió a desdoblar la carta y, recobrándose lo mejor que pudo, volvió a la mortificante lectura de todo lo que se decía allí sobre Wickham, y obligándose a escrutar todo lo posible el significado de cada frase. El relato de su relación con la familia de Pemberley era exactamente como él lo había contado; y la generosidad del difunto señor Darcy, aunque hasta ese momento no había sabido el alcance de la misma, se conformaba igualmente bien con sus propias palabras. De modo que un relato confirmaba el otro: pero cuando llegó al pasaje del testamento, la diferencia entre los dos relatos era enorme. Lo que Wickham había dicho del beneficio eclesiástico lo tenía aún fresco en su memoria y, puesto que recordaba sus palabras exactas, era imposible no darse cuenta de la enorme doblez que había en alguna de las dos versiones; y, durante unos instantes, estuvo plenamente convencida de que sus deseos no la engañaban. Pero cuando leyó y releyó con la mayor atención los detalles inmediatamente posteriores a la renuncia de Wickham al beneficio eclesiástico, y después de recibir en su lugar la considerable suma de tres mil libras, de nuevo se vio obligada a dudar. Guardó de nuevo la carta, sopesó cada circunstancia con lo que ella entendía que era imparcialidad —meditando sobre la probable veracidad de cada relato—, pero sin mucho éxito. Lo único que había era aseveraciones por ambas partes. De nuevo volvió a leerla. Pero cada renglón demostraba claramente que todo aquel asunto, que ella había creído que no se podría presentar de ningún modo sino para demostrar la infame conducta del señor Darcy, también podía observarse desde otro punto de vista y, en ese caso, quedaba exculpado totalmente.

Los dispendios y el derroche general que no dudaba en atribuirle al señor Wickham la conmocionaron extraordinariamente; y tanto más porque no tenía prueba alguna de que fuera mentira. No había oído hablar de él antes de su entrada en la milicia de ***shire, en la que se había enrolado porque así lo convenció un joven al que conoció por casualidad en Londres y con el que mantenía una amistad superficial: De su antigua vida, nada se había sabido en Hertfordshire, salvo lo que él había contado. Y respecto a su verdadero carácter, aunque hubiera tenido la oportunidad de averiguarlo, nunca había sentido el menor deseo de preguntar por él. Su rostro, su voz y sus modales lo habían convertido de inmediato en un dechado de virtudes. Intentó recordar algún ejemplo de bondad, algún gesto de elegante integridad o benevolencia que pudiera contrarrestar las acusaciones del señor Darcy; o, al menos, una virtud destacada que pudiera explicar aquellos ocasionales deslices, pues así intentaría llamarlos, lo que el señor Darcy había descrito como la holgazanería y el vicio de muchos años. Pero no fue capaz de acordarse de nada semejante. Podía verlo delante de ella sin dificultad, con todo el atractivo de sus encantos y su conversación, pero no podía recordar nada sustancialmente bueno, más que la aprobación general del vecindario y el aprecio que su camaradería se había granjeado entre los soldados. Después de detenerse en ese asunto durante un buen rato, continuó leyendo una vez más. Pero... vaya, la historia que seguía sobre sus planes con la señorita Darcy se confirmaba en parte por lo que el coronel Fitzwilliam le había contado la mañana anterior; y, al final, se remitía al propio coronel Fitzwilliam para confirmar la verdad de cada detalle... de quien ya había recibido previamente la información de que estaba al corriente de todos los asuntos de su primo y de cuyo carácter no tenía ninguna razón para desconfiar. Al principio casi estuvo tentada a solicitar esa información, pero lo pensó mejor, porque se trataba de una solicitud muy delicada, y al final todo se desvaneció con la convicción de que el señor Darcy jamás se habría atrevido a afirmar todo aquello si no estuviera muy seguro de que su primo corroboraría la historia.

Elizabeth recordaba perfectamente todo lo que se había dicho en la conversaciones que había mantenido con Wickham, aquella primera tarde en casa del señor Philips. Muchas de sus expresiones aún permanecían vivas en su memoria. Ahora Elizabeth se daba cuenta con estupor de la inconveniencia de tales conversaciones con un desconocido y se admiró de que no se hubiera percatado antes de ello. Comprendió la falta de educación con que había obrado Wickham, hablando tanto de sí mismo, y la falta de coherencia entre lo que decía y lo que hacía. Recordaba que había presumido de no tener miedo de ver al señor Darcy... que el señor Darcy tendría que irse si no quería verle, pero que él se iba a quedar; sin embargo, no había aparecido por el baile de Netherfield aquella misma semana. Recordó también que hasta que la familia de Netherfield no se fue, él no le había contado la historia a nadie, salvo a ella; pero que después de que se fueron, lo había sabido todo el mundo; que entonces ya no había tenido reservas ni escrúpulos a la hora de criticar al señor Darcy, aunque le había asegurado que el gran respeto que sentía por el difunto padre siempre le impediría ofender al hijo.

¡Qué distinto le parecía ahora todo lo que guardaba relación con el señor Wickham! Las galanterías para con la señorita King le parecían ahora la consecuencia de unos planes fría y odiosamente interesados, y la escasa riqueza de la dama demostraba no tanto la moderación de la ambición de Wickham como su ansia por cazar cualquier cosa. Y puede que su conducta con Elizabeth tampoco tuviera razones muy aceptables; tal vez se había equivocado respecto a su fortuna o tal vez se había engreído en su propia vanidad, regodeándose en la deferencia que Elizabeth le demostraba: ahora Elizabeth creía que le había dedidado aquellas atenciones del modo más incauto. Todos los argumentos que esgrimía en su favor se tornaban cada vez más y más débiles, y como última justificación del señor Darcy, no podía sino admitir que el señor Bingley, cuando Jane le preguntó, le había asegurado hacía mucho tiempo que el señor Darcy no había tenido ninguna culpa en aquel asunto; y aunque sus modales eran orgullosos y repelentes, nunca, durante todo el tiempo de su relación —una relación que últimamente los había acercado bastante y que le había permitido conocer un poco más cómo era en realidad— había visto nada que traicionara una conducta carente de principios o injusta... nada que hablara de perversiones o comportamientos inmorales. Era evidente que sus propios familiares lo estimaban y lo valoraban... que incluso Wickham le había concedido cierto mérito como hermano y que ella misma con frecuencia le había oído hablar tan cariñosamente de su hermana como para concebirlo capaz de algún sentimiento *amable*. Y era imposible que sus actos hubieran sido tal y como Wickham los había pintado: una violación tan grosera de la justicia apenas podría haberse ocultado al mundo y la amistad entre una persona capaz de semejantes actos y un hombre tan bueno como el señor Bingley era inconcebible.

Elizabeth cada vez estaba más avergonzada. No podía pensar en Darcy ni en Wickham sin sentir que había estado ciega, que había sido injusta, que se había dejado guiar por los prejuicios y que se había comportado como una tonta.

—¡De qué modo tan despreciable me he comportado...! —exclamó—. ¡Yo, que me había enorgullecido de mi inteligencia...! ¡Yo, que me había envanecido de mi talento...! Yo, que tan a menudo he desdeñado el generoso candor de mi hermana y he adornado mi vanidad con mis desconfianzas inútiles y maliciosas... ¡Qué humillante es darse cuenta de todo esto...! Y, sin embargo, ¡qué humillación tan bien merecida...! Si hubiera estado enamorada, no podría haber estado tan condenadamente ciega. Pero la vanidad, no el amor, ha sido mi locura. Halagada con las atenciones de uno y ofendida por el desdén de otro, al principio de habernos conocido, me he entregado a la presunción y la ignorancia, y he despreciado la razón siempre que alguno de los dos estaba implicado. Hasta ahora no me había dado cuenta de cómo soy.

De sí misma a Jane... y de Jane a Bingley, sus pensamientos siguieron un sendero que pronto la devolvió al recuerdo de que la explicación de Darcy *en ese asunto* concreto siempre le pareció muy insuficiente, y volvió a leer la carta. Una segunda lectura tuvo un efecto profundamente distinto. ¿Cómo podía negar sus afirmaciones en un caso cuando se veía obligada a admitir la veracidad en el otro...? Darcy admitió que ignoraba totalmente el interés de Jane por su amigo Bingley... y Elizabeth no pudo evitar recordar cuál había sido la opinión de Charlotte al respecto. Tampoco podía negar que Darcy había sido exacto en la descripción del carácter de Jane. Elizabeth sabía que los sentimientos de Jane, aunque muy sinceros, apenas se dejaban ver, y que había una excesiva calma en sus gestos y en su actitud que muy a menudo no se asociaba con un carácter apasionado.

Cuando llegó a la parte de la carta en la que se mencionaba a su familia, en términos bastante hirientes, y sin embargo con merecidos reproches, su sentimiento de vergüenza fue humillante. La justicia de las acusaciones resultaba tan evidente que no había modo de negarlo, y las circunstancias a las que aludía en particular, que habían ocurrido en el baile de Netherfield, y que confirmaron su primera desaprobación, desde luego no le habían causado peor impresión a él que a la propia Elizabeth.

Se detuvo en el cumplido a ella y a su hermana Jane. Aquello mitigó el desprecio que había recaído sobre el resto de la familia, aunque no fue ningún consuelo... y cuando pensó que el desengaño de Jane había sido en realidad obra de su mejor amiga, y meditó hasta qué punto el crédito de ambas sufría con la impresentable conducta de su familia, sintió un abatimiento que hasta entonces jamás había conocido.

Tras deambular por el camino durante dos horas, dando pábulo a todo tipo de pensamientos, reconsiderando acontecimientos, precisando probabilidades y asumiendo, como pudo, un cambio tan repentino e importante, el cansancio, junto con la conciencia de que había permanecido fuera mucho tiempo, la obligó a regresar a casa; y entró en la rectoría con la voluntad de parecer tan alegre como siempre y con la decisión de reprimir todos aquellos pensamientos que le impidieran mantener una conversación normal.

Se le comunicó inmediatamente que los dos caballeros de Rosings habían estado allí durante su ausencia; el señor Darcy solo durante unos minutos, para despedirse, pero el coronel Fitzwilliam se había quedado con ellos por lo menos una hora, esperando su regreso, y estuvo a punto de ir a buscarla porque no volvía. Elizabeth no pudo sino *fingir* pena por no haberlo visto; en realidad se alegraba. El coronel Fitzwilliam ya no le interesaba nada. Solo podía pensar en la carta.

CAPÍTULO XIV

Los dos caballeros abandonaron Rosings a la mañana siguiente; y el señor Collins, que había estado esperando junto a la entrada del parque para despedirlos con la debida reverencia, estuvo en disposición de regresar a casa con una información muy relevante: que los dos caballeros parecían tener muy buena salud y que se fueron de buen humor dentro de lo posible, teniendo en cuenta las melancólicas escenas de despedida que habrían tenido lugar en Rosings. Se apresuró por tanto a acudir a Rosings para consolar a lady Catherine y a su hija; y a su regreso, con gran satisfacción, vino con un mensaje de Su Señoría, comunicando que se sentía muy abatida y que, por tanto, deseaba fervientemente que todos acudieran a comer con ella.

Elizabeth no podía ni mirar a lady Catherine sin pensar que, si hubiese querido, para entonces ya la habrían presentado como su futura *sobrina*; no podía pensar, sin esbozar una sonrisa, en la indignación de Su Señoría si eso hubiese ocurrido. «¿Qué habría dicho? ¿Cómo habría reaccionado?»: eran preguntas con las que se divertía.

El primer tema de conversación fue lo vacío que se había quedado Rosings.

—Les aseguro que lo sufro enormemente —dijo lady Catherine—, creo que nadie sufre la ausencia de los amigos tanto como yo. Pero aprecio muy especialmente a esos dos jóvenes; ¡y sé cuánto me aprecian ellos a mí...! ¡Lamentaron muchísimo tenerse que ir! Pero siempre les pasa. Nuestro querido coronel mantiene la compostura bastante bien, hasta el final; pero Darcy parecía sentirlo de un modo mucho más punzante, más que el año pasado. Su aprecio por Rosings desde luego es cada vez mayor.

El señor Collins dijo un cumplido, que fue recibido amablemente con una sonrisa por parte de madre e hija, y comentó algo al respecto.

Después de comer, lady Catherine observó que la señorita Bennet parecía un poco abatida, e inmediatamente imaginó una razón, suponiendo que no le apetecía volver tan pronto a casa, y añadió:

—Pero, si es así, tiene que escribirle a su madre y rogarle que le permita quedarse un poco más. El señor Collins estará encantado con su compañía, estoy segura.

—Le estoy muy agradecida a Su Señoría por su amable invitación —replicó Elizabeth—, pero no estoy en condiciones de aceptarla. Debo estar en Londres el próximo sábado.

—¡Vaya! Siendo así, habrá estado usted aquí solo seis semanas. Suponía que se quedaría usted dos meses. Se lo dije al señor Collins antes de que usted viniese. No puede usted irse tan pronto. Seguro que la señora Bennet puede pasar sin usted otros quince días.

—Pero mi padre no. Me escribió la semana pasada pidiéndome que me diera prisa en volver.

—¡Oh...! Si su madre puede pasar sin usted, seguro que su padre también. A los padres nunca les interesan las hijas. Y si se quedaran ustedes otro *mes* completo, yo estaría en condiciones de poder llevarla a una de ustedes hasta Londres, porque tengo que ir a primeros de junio, durante una semana; y como a Dawson no le importa ir en el pescante, habrá sitio de sobra para una de ustedes... y, claro, si diera la casualidad de que hiciera fresco, no me importaría llevarlas a ambas, porque ninguna de las dos es muy gorda.

—Es usted todo generosidad, señora; pero creo que debemos mantener nuestro plan inicial.

Lady Catherine pareció resignarse.

—Señor Collins, tiene que enviar a un criado con ellas. Ya sabe que siempre digo lo que pienso y no puedo tolerar la idea de que dos jovencitas viajen en diligencia solas. Es absolutamente intolerable. Debe usted asegurarse de que alguien las acompañe. No hay cosa que más me desagrade que ese tipo de cosas. Las jóvenes deberían estar siempre adecuadamente vigiladas y protegidas, de acuerdo con la posición que tengan en la vida. Cuando mi sobrina Georgiana fue a Ramsgate el verano pasado, insistí en que dos criados fueran con ella. La señorita Darcy, la hija del señor Darcy, de Pemberley, y lady Anne, no pueden andar por ahí de otro modo. Me gusta a mí tener mucho cuidado con esos detalles. Tiene usted que enviar a John con las señoritas, señora Collins. Me alegro de que se me ocurriera mencionarlo, porque desde luego sería lamentable *por su parte* que las dejaran ustedes ir solas.

—Mi tío va a enviar a un criado para que nos acompañe.

—¡Oh...! ¡Su tío...! Así que tiene un criado, ¿no...? Me alegra mucho que tengan a alguien que piense en esas cosas. ¿Dónde cambian los caballos...? Oh, en Bromley, claro. Si en La Campana dicen que van de mi parte, les atenderán mejor.

Lady Catherine aún tenía muchísimas otras preguntas que hacerles respecto a su viaje, y cuando no se respondía a sí misma, había que prestar atención; Elizabeth pensó que eso era una suerte, porque tenía tantas cosas en la cabeza que podría haber olvidado incluso dónde estaba. La reflexión debe reservarse para cuando una está a solas; siempre que estaba sola, se entregaba a las meditaciones con gran alivio, y no pasó ni un solo día sin que diera un paseo sola, y entonces podía zambullirse en el placer de sus amargos pensamientos.

Estaba a punto de saberse de memoria la carta del señor Darcy. Escudriñaba cada frase y sus sentimienos hacia el que las había escrito variaban mucho de un momento a otro. Cuando recordaba cómo se dirigía a ella, Elizabeth hervía de indignación; pero cuando consideraba cuán injustamente lo había condenado y vituperado, el enfado se volvía contra sí misma y los sentimientos de humillación de Darcy se convertían casi en objeto de compasión. Su aprecio le inspiraba gratitud; su carácter, respeto; pero no podía admitirlo, no podía ni por un momento arrepentirse de la negativa que le había dado, ni sentir la más ligera inclinación por volver a verlo. Para Elizabeth, su propio comportamiento en el pasado era una fuente constante de humillación y arrepentimiento, y los desgraciados defectos de su familia eran un asunto aún más lamentable. Pero ya no tenían remedio. Su padre, que se limitaba a burlarse de aquellos defectos, nunca se esforzaría en contener la silvestre locura de sus hermanas pequeñas; y su madre, cuyos modales estaban muy lejos de ser apropiados, era absolutamente insensible al ridículo. Elizabeth con frecuencia se había unido a Jane con el fin de intentar moderar la imprudencia de Catherine y de Lydia; pero mientras fueran jaleadas por la negligencia de su madre, ¿qué posibilidades tenían de mejorar? Catherine era holgazana, irascible, seguía en todo las locuras de Lydia, y siempre se había enfrentado a los consejos que le habían dado Elizabeth y Jane; y Lydia, caprichosa y descuidada, apenas les prestaba atención. Eran ignorantes, perezosas y frívolas. Mientras hubiera un soldado en Meryton, coquetearían con él; y mientras Meryton estuviera a un paseo de Longbourn, los soldados no saldrían de casa.

La ansiedad por el futuro de Jane era otra de sus principales preocupaciones y la explicación del señor Darcy, con la que Elizabeth recobraba la buena opinión que siempre tuvo de Bingley, aumentaba el dolor por lo que Jane había perdido. El afecto de Bingley por Jane resultó ser sincero, al parecer, y su conducta, libre de toda culpa, a menos que alguien pudiera achacarle la confianza ciega que tenía en su amigo. ¡Qué triste resultaba entonces la idea de que Jane se hubiera visto privada de un futuro tan halagüeño en todos los sentidos, tan lleno de ventajas, tan prometedor y tan feliz, solo por la locura y la falta de decoro de su propia familia!

Cuando a esas meditaciones se unía el descubrimiento del verdadero carácter de Wickham, se puede comprender fácilmente que el buen ánimo de Elizabeth, que muy pocas veces había conocido el abatimiento, se viera afectado lo suficiente como para que le resultara imposible aparentar ni una alegría mediana.

Los compromisos en Rosings fueron tan frecuentes durante la última semana de su estancia como lo habían sido al principio. La última tarde la pasaron allí; y Su Señoría nuevamente las interrogó sobre los detalles del viaje, les dio todas las instrucciones precisas sobre el mejor modo de hacer las maletas y las apremió sobre el delicado asunto de colocar los vestidos del modo correcto, hasta el punto de que Maria se creyó obligada, cuando regresó a la rectoría, a deshacer todo el trabajo de por la mañana y volver a ordenar el baúl.

Cuando se despidieron, lady Catherine, con gran condescendencia, les deseó un feliz viaje y las invitó a volver a Hunsford de nuevo al año siguiente, y la señorita De Bourgh se esforzó hasta el punto de tener la cortesía de darles la mano a las dos.

Capítulo XV

El sábado por la mañana, Elizabeth y el señor Collins se encontraron a la hora del desayuno unos minutos antes de que los demás aparecieran y él aprovechó la oportunidad de presentarle los debidos respetos de despedida que, en su opinión, eran absolutamente indispensables.

—Desconozco, señorita Elizabeth —le dijo—, si la señora Collins ya le ha expresado cuánto agradece su amabilidad por haber venido a visitarnos, pero estoy seguro de que no abandonará usted esta morada sin recibir su gratitud por ello. El favor que nos ha hecho de honrarnos con su compañía es muy de agradecer, se lo aseguro. Sabemos cuán poco tentador puede ser para cualquiera venir a visitar nuestra humilde morada. Nuestra sencilla manera de vivir, nuestras pequeñas estancias, y la escasez de criados, y lo poco que nos relacionamos con el mundo debe convertir Hunsford en un lugar tremendamente aburrido para una joven como usted; pero confío en que sea condescendiente con nosotros y acepte nuestra gratitud, porque hemos hecho todo lo que estaba en nuestra mano para impedir que pasara usted unos días poco agradables.

Elizabeth fue vehemente en sus agradecimientos y le aseguró que había sido muy feliz. Había pasado seis semanas agradabilísimas y el placer de estar con Charlotte y las amables atenciones que había recibido la hacían sentir en deuda con ellos.

El señor Collins pareció hincharse y, con una solemnidad aún más sonriente, le dijo:

—Me produce el más inmenso placer saber que ha pasado unos días no del todo desagradables. Desde luego, hemos hecho todo lo posible; y por fortuna, hemos tenido la posibilidad *nosotros* de presentarla en la altísima sociedad y, dadas nuestras relaciones con Rosings, hemos podido variar con frecuencia este humilde escenario, de modo que creo que podemos confiar en que su visita a Hunsford no haya sido del todo enojosa. Nuestra relación con la familia de lady Catherine desde luego es un extraordinario privilegio y una bendición de las que pocos pueden presumir. Ya ve usted cómo se nos trata. Ya ve usted cómo continuamente se nos invita allí. En honor a la verdad debo reconocer que, aun considerando todas las desventajas de esta humilde rectoría, yo no sentiría compasión por una persona que viviera aquí, siempre que pudiera contar con la extraordinaria amistad de la familia De Bourgh, como nosotros.

Las palabras apenas alcanzaban a la elevación de sus sentimientos y se vio obligado a pasear por la estancia mientras Elizabeth procuraba reunir cortesía y verdad en unas breves frases.

—Estoy persuadido de que podrá usted, efectivamente, trasladar informes favorables de nosotros a nuestros conocidos de Hertfordshire, mi querida prima. Al menos me congratula pensar que tendrá usted la bondad de hacerlo. De las grandes atenciones que lady Catherine le dispensa a la señora Collins ha sido usted testigo casi a diario; y por tanto confío en que no le haya dado la impresión de que su amiga es infeliz... pero sobre este punto más vale callarse. Solo permítame asegurarle, mi querida señorita Elizabeth, que de todo corazón le desee a usted cordialmente una felicidad semejante cuando se case. Mi querida Charlotte y yo somos un solo espíritu y tenemos la misma manera de pensar. En todo hay una notable semejanza entre ambos, tanto en carácter como en ideas. Parece que estábamos hechos el uno para el otro.

Elizabeth podía afirmar, con toda seguridad, que era una alegría muy grande que fuese así, y con la misma sinceridad añadió que se alegraba de su felicidad doméstica, en la que creía firmemente. De todos modos, no lamentó que se interrumpiera la enumeración completa de los placeres domésticos con la entrada de la dama que los hacía posibles. ¡Pobre Charlotte...! ¡Qué triste le resultaba dejarla con aquellas gentes...! Pero había sido ella, plenamente consciente, la que había escogido aquella vida, y aunque evidentemente lamentaba que se fueran las visitas, no parecía que necesitara ninguna compasión. Su casa y sus labores domésticas, su parroquia, su gallinero, y todas las tareas familiares, aún no habían perdido su encanto.

Al final llegó la silla de posta, se subieron los baúles, los paquetes se metieron dentro y todo quedó listo para la partida. Después de una cariñosa despedida entre las amigas, el señor Collins acompañó a Elizabeth y, mientras cruzaban el jardín, seguía encomendándole a Elizabeth que le presentara de su parte todos sus respetos a su familia y que no olvidara agradecerle la amabilidad con que había sido recibido en Longbourn el invierno anterior, y que saludara de su parte al señor y la señora Gardiner, aunque no los conocía. La ayudó a subir, luego subió Maria, y estaba a punto de cerrarse la portezuela cuando les recordó, con alguna consternación, que habían olvidado dejar un mensaje para las damas de Rosings.

—Pero... naturalmente, desearán que nosotros le transmitamos sus humildes respetos, con su mayor agradecimiento por la amabilidad que han tenido con ustedes mientras han permanecido aquí —añadió.

Elizabeth no puso ninguna objeción a dicha nota... la portezuela del carruaje se cerró y partieron.

—¡Dios bendito! —exclamó Maria, tras unos minutos de silencio—, ¡parece que vinimos hace solo un par de días...! Y, sin embargo, ¡cuántas cosas han pasado!

—Muchas, ya lo creo... —dijo su compañera de viaje, con un suspiro.

—¡Hemos comido nueve veces en Rosings y además hemos tomado el té allí dos veces...! ¡Cuántas cosas tengo que contar...!

Elizabeth añadió para sí: «Y yo, cuántas cosas tengo que callar».

El viaje transcurrió sin demasiada conversación y sin sobresaltos; y en el plazo de cuatro horas después de salir de Hunsford, llegaron a casa del señor Gardiner, donde se quedarían algunos días.

Jane tenía buen aspecto y Elizabeth tuvo poca oportunidad de averiguar cuál era su estado de ánimo, dados los distintos compromisos que su tía amablemente había dispuesto para ellas. Pero Jane iba a volver a casa con ella, y en Longbourn ya habría tiempo de sobra para ver cómo se encontraba.

Le costó muchísimo esperar hasta Longbourn para contarle a su hermana las proposiciones del señor Darcy. Saber que iba a contarle una cosa que iba a dejar absolutamente estupefacta a Jane y, al mismo tiempo, halagar una vanidad de la que todavía no había sido capaz de deshacerse, era una tentación tan fuerte que nada podría haberla dominado, salvo el estado de indecisión en el que todavía se encontraba respecto a la cantidad de cosas que podía contarle o no, y por el temor de que, si empezaba a hablar, podría decir algo de Bingley que solo consiguiera entristecer aún más a su hermana.

Capítulo XVI

Era la segunda semana de mayo cuando las tres jóvenes partieron de Gracechurch Street con dirección a la ciudad de *** en Hertfordshire; y, cuando se acercaban a la posada donde el carruaje del señor Bennet tenía que ir a recogerlas, se dieron cuenta enseguida, en favor de la puntualidad del cochero, que Kitty y Lydia estaban mirando por la ventana del comedor de arriba. Aquellas dos niñas habían estado más de una hora en la ciudad, felizmente ocupadas en visitar la sombrerería del otro lado de la calle, vigilando al centinela de guardia y aliñando una ensalada con pepino.

Tras dar la bienvenida a sus hermanas, dispusieron triunfalmente la mesa con todo el fiambre que puede proporcionar una posada, exclamando:

—¿No es maravilloso? ¿No os parece una sorpresa estupenda?

—Queremos invitaros a las tres —añadió Lydia—; pero tenéis que prestarnos el dinero, porque acabamos de gastarnos el nuestro en esa tienda de enfrente. —Y luego, mostrando lo que habían comprado, añadió—: Mirad, yo me he comprado este sombrero. No me parece a mí muy bonito, pero pensé que no pasaría nada por comprármelo. Lo descoseré entero en cuanto llegue a casa y miraré a ver si puedo arreglarlo un poco.

Y cuando sus hermanas afirmaron que era espantoso, ella añadió, con absoluta despreocupación:

—¡Oh...! Pues hay dos o tres mucho más feos en la tienda, y cuando compre una cinta de raso de un color más bonito y se lo ponga, creo que quedará bastante aceptable. Además, da un poco igual lo que una se ponga este verano, porque la guarnición de ***shire ya se habrá marchado de Meryton, porque se van dentro de quince días.

—¿De verdad? —preguntó Elizabeth, con la mayor satisfacción.

—Van a ser acuartelados cerca de Brighton; ¡y por eso necesito que papá nos lleve allí a pasar el verano! Sería un plan genial y me atrevo a decir que apenas le costaría nada. ¡A mamá también le apetecería ir más que nada en el mundo! ¡Si no, pensad en el espantoso verano que nos espera!

«Sí», pensó Elizabeth; «ese sería un plan genial, desde luego, y muy propio de nuestra familia. ¡Cielo santo! Brighton, y un campamento lleno de soldados, para nosotras, que ya nos hemos vuelto medio locas con un simple regimiento de milicianos y los bailes mensuales de Meryton».

—Ahora tengo que daros una noticia... —dijo Lydia, cuando se sentaron todas a la mesa—. A ver si lo adivináis. Es una noticia excelente, una noticia fabulosa, y sobre cierta persona a la que todas apreciamos.

Jane y Elizabeth se miraron y se le dijo al camarero que no era necesario que se quedara. Lydia empezó a reírse y continuó:

—¡Sí! ¡Qué formales y discretas sois! Pensáis que el camarero no debe saberlo: ¡como si le importara! Me atrevería a decir que oye con frecuencia peores cosas de las que voy a decir yo. Pero no importa, ¡porque es muy feo! Me alegro de que se haya ido. Nunca he visto una mandíbula tan grande en mi vida. Bueno, vamos a la noticia que tengo que daros: es sobre nuestro querido Wickham; mejor que el camarero, ¿verdad? ¡Ya no hay peligro de que Wickham se case con Mary King! ¡Ahí lo tenéis! Ella se ha ido con su tío a Liverpool; se ha ido para quedarse allí. Wickham está a salvo.

—Y Mary King también —añadió Elizabeth—. A salvo de un matrimonio imprudente para su dinero.

—Es una completa idiota por marcharse, si le gustaba.

—Pero me temo que la otra parte no sentía por ella un amor muy apasionado —dijo Jane.

—Estoy segura de que por parte de Wickham no lo había. Apuesto lo que sea a que esa muchacha nunca le importó tres pimientos. ¿Quién podría interesarse por tan poca cosa, tan llena de pecas y tan asquerosa?

Elizabeth tembló al pensar que, aunque ella fuera incapaz de *expresarse* con semejante grosería, la grosería del *pensamiento* de Lydia no era muy distinta de la que ella misma había albergado en su pecho no hace mucho tiempo y lo había considerado muy propio.

En cuanto comieron, y las mayores pagaron, se pidió que se aparejara el carruaje; y después de algún revuelo, todo el grupo, con sus cajas, sus cestos de labor, sus bolsos y las desgraciadas compras de Kitty y Lydia, consiguió sentarse.

—¡Qué bien vamos todas juntitas! —exclamó Lydia—. Me alegro de haberme comprado el sombrero, ¡aunque solo sea por tener otra sombrerera! Bueno, ahora vamos a ponernos cómodas y bien, y vamos a hablar y a reír durante todo el camino hasta casa. Y en primer lugar, contadnos lo que habéis hecho vosotras desde que os fuisteis. ¿Habéis conocido a algún hombre guapo? ¿Habéis tenido algún coqueteo? Yo tenía la esperanza de que alguna de vosotras consiguiera un marido antes de volver. Jane será una vieja solterona dentro de nada, ya lo digo. ¡Casi tiene veintitrés años! ¡Dios mío, qué vergüenza me daría a mí no haberme casado a los veintitrés años! Mi tía Philips también tiene muchas ganas de que os caséis, no lo podéis imaginar. Dice que Lizzy debería haberse quedado con el señor Collins; pero yo creo que eso habría sido un aburrimiento. ¡Dios mío! ¡Cómo me gustaría casarme antes que cualquiera de vosotras! Y así iría de acompañante vuestra a todos los bailes. ¡Dios mío! Nos divertimos muchísimo el otro día en casa del coronel Forster. Kitty y yo fuimos a pasar allí el día, y la señora Forster nos prometió que tendríamos un pequeño baile por la noche, (por cierto, la señora Forster y yo somos *muy* amigas), y le pidió a las dos Harrington que fueran también, pero Harriet estaba enferma, así que Pen se vio obligada a ir sola; y luego, ¿qué creéis que hicimos? Disfrazamos a Chamberlayne con ropa de mujer, con la idea de que pasara por mujer... ¡imaginaos que risa! No lo sabía nadie, solo el coronel y la señora Forster, y Kitty y yo, aparte de mi tía, porque nos vimos obligadas a pedirle prestado uno de sus vestidos; ¡y no podéis imaginaros lo guapo que estaba! Cuando entraron Denny, y Wickham, y Pratt, y dos o tres hombres más, no lo conocieron en absoluto. ¡Ay, Dios mío! ¡Cómo me reí! Y lo mismo la señora Forster. Pensaba que me moría de risa. Y eso hizo que los hombres sospecharan algo, y entonces no tardaron en descubrir lo que pasaba.

Con este tipo de historias de sus fiestas y sus gracias, Lydia, con la ayuda de las precisiones y añadidos de Kitty, pretendió entretener a sus compañeras durante el viaje a Longbourn. Elizabeth le prestó la menor atención que pudo, pero no se le escapó la constante mención del nombre de Wickham.

Las recibieron con la mayor alegría en casa. La señora Bennet se alegró al comprobar que la belleza de Jane no había disminuido ni un ápice; y en más de una ocasión, durante la comida, el señor Bennet le dijo intencionadamente a Elizabeth:

—Me alegro de que hayas vuelto, Lizzy.

El grupo que se reunió en el comedor era numeroso, porque casi todos los Lucas habían ido a buscar a Maria y a enterarse de las noticias de las viajeras: y varios eran los asuntos que les interesaban; lady Lucas le hacía preguntas a Maria, que estaba al otro lado de la mesa, sobre el mobiliario y el gallinero de su hija mayor en Hunsford; la señora Bennet estaba ocupada doblemente, por una parte atendiendo al relato de Jane, que estaba un poco lejos de ella, sobre las nuevas modas indumentarias y, por otra, repitiéndoselo todo a las jóvenes señoritas Lucas; y Lydia, en un tono bastante más alto que cualquiera, estaba haciendo un recuento, para todo aquel que quisiera oírla, de lo bien que lo habían pasado aquella mañana.

—¡Oh, Mary! —le decía a su hermana—, ¡ojalá hubieras venido con nosotras, porque ha sido divertidísimo! En el viaje de ida, Kitty y yo cerramos las cortinillas, y fingimos que no iba nadie en el carruaje, y así habríamos ido todo el camino si Kitty no se hubiera mareado; y cuando llegamos a donde George, creo yo que nos comportamos del modo más generoso, pues invitamos a las tres al almuerzo frío más estupendo del mundo, y si hubieras venido, también te habríamos invitado a ti. Y luego, cuando volvíamos, ¡nos divertimos muchísimo! Estuve a punto de morirme de risa. ¡Nos lo pasamos tan bien durante todo el viaje de vuelta! ¡Estuvimos hablando y riéndonos con tantos gritos que podrían habernos oído a diez millas de distancia!

A todo ello, Mary contestó con gravedad:

—Lejos de mí, mi queridísima hermana, la voluntad de despreciar semejantes placeres. Sin duda se ajustan a la mentalidad de la mayoría de las damas. Pero confieso que no tendrían demasiado encanto *para mí*. Prefiero infinitamente más un libro.

Pero Lydia no escuchó ni una sola palabra de su contestación. Apenas atendía a nadie durante más de medio minuto y a Mary no le prestaba atención en absoluto.

Por la tarde, Lydia apremió al resto de las niñas para ir andando a Meryton y ver qué hacía todo el mundo; pero Elizabeth se opuso firmemente a semejante idea. No quería que se fuera diciendo por ahí que las Bennet no podían quedarse en casa medio día sin andar detrás de los soldados. Había otra razón además para negarse a ir. Temía encontrarse con Wickham otra vez y decidió evitarlo todo el tiempo que pudiera. El hecho de que el regimiento fuera a trasladarse próximamente representaba para ella un alivio difícil de expresar. En quince días tendrían que irse y, una vez que se hubieran ido, confiaba en que se libraría de aquella historia de Wickham para siempre.

No llevaba muchas horas en casa cuando se percató de que el plan de Brighton, del cual Lydia les había avanzado alguna cosa en la posada, era un tema de frecuente discusión entre sus padres. Elizabeth comprendió claramente que su padre no tenía la menor intención de ceder; pero sus contestaciones eran al mismo tiempo tan vagas y dubitativas que su madre, aunque desanimada a veces, nunca había perdido la esperanza de salirse con la suya al final.

Capítulo XVII

Elizabeth no pudo contener más la impaciencia por contarle a Jane todo lo que había ocurrido; y al final decidió obviar todos los detalles en los que participaba su hermana y, preparándola para sorprenderla, le relató a la mañana siguiente lo esencial de la escena que tuvo lugar entre el señor Darcy y ella.

El asombro de la señorita Bennet no duró mucho, pues el inmenso cariño que le profesaba a Elizabeth convertía en un hecho perfectamente natural que cualquiera la quisiera, y todo el asombro se diluyó enseguida en medio de otros sentimientos. Lamentaba mucho que el señor Darcy hubiera declarado sus sentimientos de un modo que no le favorecía nada; pero aún le dolió más por la pena que le habría producido la negativa de su hermana.

—Fue un error estar tan seguro de su éxito —dijo—, y desde luego tendría que haberlo disimulado; pero piensa cuánto habrá aumentado su frustración.

—Desde luego —asintió Elizabeth—. Lo siento de todo corazón por él; pero tiene otros sentimientos que probablemente lo curarán del afecto que me pueda tener. ¿Así que no te parece mal que lo haya rechazado?

—¡Parecerme mal! Oh, no.

—Pero te parece mal que defendiera con tanto interés a Wickham.

—No... no sé si estabas equivocada al decir lo que decías.

—Pero lo sabrás, cuando te cuente lo que ocurrió al día siguiente.

Entonces le habló de la carta, repitiéndole todo el contenido referido a George Wickham. ¡Qué duro golpe fue aquello para la pobre Jane! Jane, que habría cruzado el mundo de parte a parte sin creer que pudiera caber en todo el género humano tanta maldad como la que albergaba aquel único individuo. Ni siquiera la exculpación de Darcy, aunque sinceramente se alegraba por él, conseguía calmar el asombro ante aquel descubrimiento. Del modo más vehemente intentó demostrar la probabilidad de que hubiera algún error y procuraba exculpar a uno sin acusar al otro.

—No servirá de nada —dijo Elizabeth—. Te va a ser imposible conseguir que los dos sean buenos. Elige, pero debes escoger solo a uno. Entre los dos juntos apenas reúnen los méritos justos para hacer un hombre bueno, y últimamente los méritos han estado bastante repartidos. Por mi parte, me inclino a creer absolutamente al señor Darcy, pero tú haz lo que quieras.

Transcurrieron unos minutos antes de que Jane pudiera esbozar una sonrisa.

—No sé qué me ha sorprendido más —dijo—. ¡Wickham... tan malvado! ¡Es una cosa increíble! ¡Y pobre señor Darcy! Querida Lizzy, piensa lo que debe de haber sufrido. ¡Y ese disgusto! ¡Y sabiendo la mala opinión que tienes de él, además! ¡Y te ha contado eso de su hermana! Realmente, es abrumador. Estoy segura de que te debes sentir así...

—¡Oh...! No, toda la pena y la lástima que tenía se me ha pasado al ver que tú tienes de sobra por las dos. Sé que tú los defenderás tan generosamente a los dos que cada vez me siento más aliviada y tranquila. Tu exceso de generosidad sentimental me exime a mí de cualquier cargo de conciencia y, si te sigues apiadando de Darcy, acabaré completamente despreocupada de todo, sabiendo que toda la pesadumbre cae sobre ti.

—Pobre Wickham. ¡Hay una expresión de tanta bondad en su rostro! ¡Y tanta franqueza y gentileza en sus modales!

—Desde luego, hubo una enorme incompetencia en la educación de esos dos jóvenes. Uno tiene toda la bondad y el otro toda la *apariencia* de ella.

—Yo nunca pensé que el señor Darcy no contara en absoluto con esa *apariencia* de bondad que tú solías achacarle.

—Y sin embargo, me tuve por una muchacha especialmente inteligente cuando decidí despreciarlo, sin ningún motivo. Demostrar desprecio hacia alguien es una ocasión estupenda para estimular nuestra genialidad, una oportunidad para demostrar lo ingeniosos que somos. Uno puede estar continuamente insultando a alguien sin decir nada justo; pero una no puede estar burlándose continuamente de un hombre sin soltar de vez en cuando algo ingenioso.

—Lizzy, cuando leíste por primera vez esa carta, estoy segura de que no te tomaste el asunto como te lo estás tomando ahora.

—Desde luego que no. Estaba angustiada. Estaba muy angustiada... desesperada, diría. Y sin nadie con quien poder hablar o, lo que más lamentaba, ¡sin una Jane que me consolara y me dijera que no había sido tan débil y tan frívola y tan estúpida como sé que fui...! ¡Oh, cuánto te eché en falta...!

—Qué error utilizar esas expresiones tan fuertes al hablarle al señor Darcy del señor Wickham, porque ahora parecen completamente injustas.

—Desde luego. Pero el error de hablar con acritud es la consecuencia más natural de los prejuicios que yo había formado en mi cabeza. Hay un asunto sobre el que necesito tu consejo. Quiero que me digas si debo o no debo comunicar a nuestros amigos cuál es el verdadero carácter de Wickham.

La señorita Bennet permaneció en silencio un poco y luego contestó:

—No creo yo que haya por qué revelar una cosa tan horrible. ¿Tú que opinas?

—Que no debería hacerlo. El señor Darcy no me ha autorizado a publicar su declaración. Por el contrario, se me rogó que todos los detalles relativos a su hermana permanecieran en secreto; y si yo intentara convencer a la gente respecto al resto de su conducta, ¿quién me iba a creer? El prejuicio general contra el señor Darcy es tan grande que intentar que lo vieran con mejores ojos podría dejar ciego a medio Meryton. No lo conseguiría. Wickham pronto se habrá ido y, por tanto, su verdadera personalidad ya no tendrá ninguna importancia para nadie aquí. Dentro de algún tiempo se descubrirá todo y entonces podremos reírnos a gusto de la estupidez de la gente por no haberlo sabido antes. De momento no diré nada.

—Haces bien. Hacer públicos sus errores podría arruinar su vida para siempre. Tal vez ahora lamenta lo que hizo y está deseando enmendarse. No debemos conducirlo a la desesperación.

Aquella conversación tranquilizó el tumulto de emociones de Elizabeth. Se había librado de dos de los secretos con los que había cargado durante quince días y estaba segura de que cuando deseara hablar de nuevo de alguno de los dos asuntos, contaría de buen grado con su confesora Jane. Pero aún quedaba algo escondido de lo que la prudencia le impedía hablar. No se atrevía a relatar la otra mitad de la carta del señor Darcy, ni explicarle a su hermana hasta qué punto la quería Bingley. Era un secreto que no podía compartir con nadie y era consciente de que solo un perfecto entendimiento entre las partes podría justificar que desvelara aquel último misterio. «Y entonces», se dijo, «si ese improbable acontecimiento tuviera lugar, me podré limitar a contar lo que Bingley puede explicarle de un modo bastante más agradable. ¡No puedo permitirme el lujo de decir nada hasta que todo esto ya no tenga ninguna importancia!».

Al estar en casa, tenía tiempo de sobra para observar cuál era el verdadero estado de ánimo de su hermana. Jane no era feliz. Aún albergaba un tierno cariño por Bingley. Como nunca se había imaginado enamorada, su afecto tenía todo el fervor del primer amor, y dada su edad y su carácter, una firmeza mayor de la que suelen presumir los primeros amores; y apreciaba tan fervientemente su recuerdo, y lo quería tanto frente a todos los demás hormbres, que necesitó de todo su buen juicio y de toda la atención de sus allegados para evitar que aquellos recuerdos se adueñaran de ella, lo cual podría haber perjudicado tanto su salud como la tranquilidad de quienes la querían.

—Bueno, Lizzy —le dijo la señora Bennet un día—, ¿qué opinas ahora de ese triste asunto de Jane? Por mi parte, estoy decidida a no volver hablar de ello a nadie. Así se lo dije el otro día a mi hermana Philips. Pero no entiendo que Jane no lo viera ni un momento en Londres. En fin, es un joven desalmado... y creo que ya no hay ni la más mínima posibilidad en este mundo de que lo consiga. Ya ni se habla de que vaya a volver a Netherfield en verano, y eso que le he preguntado a todo el mundo que podría saberlo.

—No creo que vuelva más a Netherfield.

—Ah, bueno, ¡que haga lo que quiera! Nadie necesita que venga. Aunque siempre diré que se portó muy mal con mi hija; y si yo fuera ella, no se lo habría tolerado. En fin, mi consuelo es que estoy segura de que Jane se morirá de pena y entonces ese caballero lamentará lo que ha hecho.

Pero como Elizabeth no podía consolarse con semejantes esperanzas, no dijo nada.

—Bueno, Lizzy —añadió su madre poco después—, así que los Collins viven muy bien, ¿verdad? Bueno, bueno... pues que les dure. ¿Qué tal mesa tienen? Yo diría que Charlotte es una excelente administradora. Si es la mitad de tacaña que su madre, ahorrará muchísimo. Yo diría que no habrá muchos excesos en su vida diaria.

—No, ninguno.

—Una buena administración doméstica, ya lo creo. Sí, sí. Ya tendrán cuidado de no gastar más de lo que ingresan. Nunca estarán preocupados por el dinero. Bueno, ¡pues que les aproveche! Y supongo que hablarán mucho de quedarse con Longbourn cuando se muera tu padre. Yo diría que consideran que la casa es suya en cuanto eso suceda.

—No han hablado de eso delante de mí.

—No. Habría quedado raro si lo hubieran hecho. Pero no me cabe la menor duda de que lo hablan entre ellos. Bueno, si se quedan tranquilos arrebatando una propiedad que legalmente no es suya, pues que les aproveche. A mí me avergonzaría vivir en una casa que se me hubiera legado por herencia de mayorazgo y varonía.[19]

CAPÍTULO XVIII

Tras el regreso de Elizabeth y Jane, la primera semana pasó volando. Comenzó la segunda. Era la última que el regimiento perma-

---

[19]   Como es obvio, la señora Bennet *estaba viviendo* en una casa y de unas propiedades sometidas a ese régimen.

necía en Meryton y todas las jóvenes del vecindario estaban mustias. La tristeza era casi universal. Solo las hermanas mayores de los Bennet tenían ánimo para comer, beber, y dormir, y mantener el habitual ritmo de sus ocupaciones domésticas. Con mucha frecuencia recibían los reproches de Kitty y Lydia, por su insensibilidad; para las más jóvenes era una desgracia tremenda y no podían comprender que hubiera miembros en su familia con semejante dureza de corazón.

—¡Ay, Dios mío! ¿Qué va a ser de nosotras? ¿Qué vamos a hacer? —se les oía exclamar con frecuencia, con amargo dolor—. ¿Cómo puedes sonreír así, Lizzy?

Su compasiva madre compartía aquel dolor; recordaba lo que ella misma había sufrido en una ocasión similar, veinticinco años atrás.

—Estoy segura —dijo— que lloré dos días seguidos cuando el regimiento del coronel Millar se marchó. Pensé que se me rompía el corazón.

—Yo estoy segura de que a mí se me romperá —dijo Lydia.

—¡Si al menos pudiéramos ir a Brighton...! —observó la señora Bennet.

—¡Oh, sí...! Si al menos pudiéramos ir a Brighton... Pero papá es tan desagradable...

—Unos baños de mar me curarían para siempre estos nervios.

—Y la tía Philips dice que *a mí* también me sentarían muy bien —añadió Kitty.

Este era el tipo de lamentos que resonaban constantemente en Longbourn House. Elizabeth intentaba no escucharlas, pero cualquier sensación de placer se ahogaba en la vergüenza. Ahora comprendía cuánta razón tenía el señor Darcy en sus objeciones, y nunca como hasta ese momento había estado tan dispuesta a perdonar la injerencia de Darcy en los sentimientos de su amigo Bingley.

Pero los tristes augurios de Lydia no tardaron en disiparse, porque recibió una invitación de la señora Forster, la mujer del coronel del regimiento, para acompañarla a Brighton. Aquella inestimable amiga era una mujer muy joven, y recién casada. Un cierto parecido en la alegría y el buen humor de Lydia y ella las había unido, y de los *tres* meses que se conocían, eran amigas íntimas desde hacía *dos*.

El entusiasmo de Lydia en esta ocasión, su adoración por la señora Forster, la alegría de la señora Bennet y el sufrimiento inconsolable de Kitty apenas pueden describirse con palabras. Ignorando por completo los sentimientos de su hermana, Lydia volaba por la casa en incansable éxtasis, reclamando las felicitaciones de todo el mundo y riéndose y hablando cada vez más alto; mientras, la desafortunada Kitty permanecía en el saloncito lamentando su sino en términos tan irracionales como enfurruñado era su tono.

—No entiendo por qué la señora Forster no me invita a mí igual que invita a Lydia —dijo—, aunque no sea su amiga íntima. Tengo el mismo derecho que ella a que me inviten, e incluso más, porque soy dos años mayor.

En vano intentó Elizabeth que razonara y en vano procuró Jane que se resignara. Y respecto a la propia Elizabeth, aquella invitación estaba muy lejos de excitar los mismos sentimientos en ella que en su madre y en Lydia; estaba segura de que aquello era la sentencia de muerte de cualquier posibilidad de que su madre adquiriera algún sentido común, y a pesar de lo odiosa que resultaría para toda la familia si se llegaba a saber, no pudo dejar de advertir a su padre de que no dejara a Lydia ir a Brighton. Le hizo ver todas las insensateces del comportamiento de Lydia, las pocas ventajas que podría obtener de la amistad con una mujer como la señora Forster y la probabilidad de que se comportara de un modo aún más imprudente con una compañera en Brighton, donde las tentaciones seguramente serían mucho mayores que en casa. Su padre la escuchó atentamente y luego le dijo:

—Lydia no se quedará tranquila hasta que haya hecho el ridículo en algún lugar público y nunca lo podría hacer con menos gasto e incomodidad para su familia que ahora.

—Si supieras el gran perjuicio que esa conducta indiscreta e imprudente de Lydia nos causa a todos... —dijo Elizabeth—, no... el perjuicio que *ya* nos ha causado, estoy segura de que considerarías de un modo distinto todo este asunto.

—¿Que ya nos ha causado...? —repitió el señor Bennet—. ¿Qué? ¿Te ha espantado a alguno de tus admiradores? ¡Pobrecita Lizzy! Pero no te aflijas. Esos jóvenes remilgados que no pueden soportar alguna tontería no valen nada la pena. Vamos, enséñame la lista de esos muchachos bobos que han salido huyendo de las locuras de Lydia.

—Estás muy equivocado, papá, de verdad. *Yo* no he sufrido esa clase de perjuicios. No se trata de asuntos concretos, sino de perjuicios, en general, de lo que me quejo. Nuestra reputación, nuestra respetabilidad en la sociedad se va a ver afectada por esa loca frivolidad, la desvergüenza y el desprecio a todas las consideraciones decentes que son propias del carácter de Lydia. Perdóname... porque debo hablar muy claramente. Si tú, mi querido padre, no te tomas la molestia de contener ese espíritu desbocado y de enseñarle que lo que tanto le interesa hoy no va a tener ninguna importancia en su vida, pronto no habrá ninguna posibilidad de enmienda. Su personalidad se habrá formado y a los dieciséis años será la coqueta más implacable que se haya visto jamás, poniéndose en ridículo tanto a sí misma como a su familia. Y será una coqueta, además, en el sentido peor y más vulgar de la palabra, sin más atractivo que su juventud y su figura más o menos aceptable, y con cuya ignorancia y frivolidad le será imposible librarse del desprecio general que recibirá, en vez de admiración. Kitty también corre ese peligro. Hace todo lo que hace Lydia. Es boba, ignorante, perezosa ¡y absolutamente insensata! ¡Oh, mi querido padre!, ¿acaso crees que no van a recibir la censura y la desaprobación allá dondequiera que se presenten y que sus hermanas no se verán salpicadas por el escándalo?

El señor Bennet comprendió que hablaba de todo corazón y, cogiéndole la mano con mucho cariño, le contestó:

—No te inquietes, mi amor. Allá donde Jane y tú os presentáis, siempre sois respetadas y apreciadas; y no se os apreciará menos por tener un par de... o debería decir, tres hermanas tan bobas. No habrá paz en Longbourn hasta que Lydia no se marche a Brighton. Así que deja que vaya. El coronel Forster es un hombre sensato y se ocupará de que no se produzcan daños irreparables. Y, por fortuna, ella es demasiado pobre como para ser la presa de nadie. En Brighton tendrá menos importancia, incluso como una vulgar coqueta, de la que ha tenido aquí. Los oficiales encontrarán mujeres que les llamarán más la atención. Así pues, esperemos que su estancia allí le enseñe lo insignificante que es. En todo caso, no podrá empeorar mucho, porque si es así, tendremos que encerrarla bajo llave para el resto de su vida.

Elizabeth tuvo que contentarse con aquella respuesta, pero su opinión seguía siendo la misma y se fue de la sala disgustada y triste. Sin embargo, no estaba en su carácter enfangarse en las penas y aumentarlas. Creía que había cumplido con su deber y regodearse en males inevitables o acicatearlos con la angustia no formaba parte de su carácter.

Si su madre y Lydia hubieran estado al tanto de la conversación que había mantenido con su padre, apenas podrían haber expresado su absoluta indignación entre las dos. En la imaginación de Lydia, una visita a Brighton significaba el aceso a todas las posibilidades de felicidad en este mundo. Con su mente imaginativa y fantasiosa veía las calles de aquella alegre ciudad costera atestadas de oficiales. Se veía a sí misma como objeto de admiración para cientos y miles de ellos, todos desconocidos. Veía todos los esplendores del campamento: sus tiendas instaladas y alineadas en implacable uniformidad, repletas de jóvenes alegres, deslumbrantes con sus casacas rojas; y para completar el panorama, se veía a sí misma sentada en mitad de una tienda, coqueteando graciosamente con al menos seis oficiales a la vez.

Si hubiera sabido que su hermana pretendía arrebatarle aquellas esperanzas y aquellas realidades, ¿cuáles habrían sido sus sentimientos? Solo su madre podría haberlos comprendido, porque seguramente sentía más o menos lo mismo. El viaje de Lydia a Brighton era el único consuelo que tenía la señora Bennet ante la convicción de que su marido jamás la llevaría allí.

Pero tanto Lydia como su madre ignoraban absolutamente lo que había ocurrido y sus entusiasmos se mantuvieron casi sin interrupción hasta el mismísimo día en que Lydia partió de casa.

Elizabeth iba a ver al señor Wickham por última vez. Había coincidido con él frecuentemente desde su regreso de Hunsford, así que su presencia ya no la ponía nerviosa. Y los nervios de su antigua atracción habían desaparecido por completo. Había aprendido incluso a detectar, en aquellas galanterías que al principio le habían encantado, una afectación y una reiteración que le repugnaba y le disgustaba. Su actitud para con ella, ahora, además, era una continua fuente de desagrado, pues la tendencia que pronto manifestó de renovar aquellos antiguos cortejos que habían caracterizado los primeros días de su amistad, solo podían servir, después de todo lo que había ocurrido, para irritarla aún más. Perdió cualquier interés por él cuando se descubrió a sí misma como la mujer destinada a aquellas galanterías tan vulgares y frívolas. Y mientras reprimía sus sentimientos con firmeza, no pudo dejar de sentir el agravio que se ocultaba en la actitud de Wickham: al parecer, Wickham creía que no importaba durante cuánto tiempo y por qué razón le hubiera retirado sus atenciones, pues estaba convencido de que la vanidad de Elizabeth siempre se sentiría halagada y volvería a conquistarla en cuanto decidiera renovar sus agasajos.

El último día que el regimiento permaneció en Meryton, Wickham cenó con otros oficiales en Longbourn; y Elizabeth estuvo tan poco dispuesta a despedirse amablemente de él que cuando él le preguntó qué tal se lo había pasado en Hunsford, ella mencionó que el coronel Fitzwilliam y el señor Darcy habían pasado tres semanas en Rosings, y le preguntó si conocía al primero.

Wickham pareció sorprendido, molesto y temeroso; pero se recobró enseguida y le devolvió una sonrisa: le contestó que antaño lo había tratado bastante a menudo y, después de apuntar que era un hombre muy caballeroso, le preguntó si le había parecido bien a ella. La respuesta de Elizabeth fue vehemente a favor del coronel. Wickham, con un gesto de indiferencia, no tardó en añadir:

—¿Cuánto tiempo dijo usted que había estado en Rosings?

—Casi tres semanas.

—Y lo vio usted con frecuencia.

—Sí, casi cada día.

—Sus modales son muy distintos de los de su primo.

—Sí, muy distintos. Pero creo que el señor Darcy mejora con el trato.

—¡Ah... sí...! —exclamó Wickham con una mirada turbia que no se le ocultó a Elizabeth—. Y, por favor, ¿podría preguntarle...? —pero se lo pensó mejor, y añadió con un tono más alegre—: ¿En qué mejora, en la manera de hablar? ¿Se ha dignado añadir la debida cortesía a sus modales ordinarios? Porque no creo que haya mejorado mucho en lo esencial... —añadió en un tono más bajo y más grave.

—¡Oh, no! —dijo Elizabeth—. En lo esencial, creo, es exactamente el mismo de siempre.

Mientras Elizabeth hablaba, Wickham parecía como si no supiera en realidad si alegrarse de sus palabras o desconfiar de su verdadero significado. Había algo distinto en el rostro de Elizabeth que le obligaba a escuchar con una temerosa atención y ansiedad.

—Cuando dije que el señor Darcy mejoraba con el trato —añadió Elizabeth—, no me refería a que ni su carácter ni sus modales estuvieran mejorando mucho, sino que cuando se le conoce mejor, se comprende mejor su manera de ser.

El terror de Wickham volvió a aparecer entonces, en el rubor de su piel y en los nervios de su mirada; durante unos minutos permaneció en silencio, hasta que, sacudiéndose la vergüenza, se volvió a ella de nuevo y le dijo con su tono más galante:

—Usted, que conoce bien mis sentimientos hacia el señor Darcy, desde luego comprenderá lo mucho que me alegro de que sea lo suficientemente inteligente como para adoptar al menos una *apariencia* correcta. En ese sentido, su orgullo puede serle de alguna ayuda, si no para él, sí para los demás, porque así al menos no podrá comportarse del modo tan infame que yo sufrí. Solo temo que ese tipo de prevenciones a las cuales usted, supongo, está aludiendo, solo se adopten cuando está visitando a su tía, de cuya buena opinión y juicio tanto depende. Sé que el temor que le tiene siempre ha influido mucho en él, cuando la tiene delante, y en buena parte debe atribuirse a su deseo de seguir adelante con el compromiso con la señorita De Bourgh, que, estoy seguro, desea de todo corazón...

Elizabeth no pudo reprimir una sonrisa cuando oyó aquello, pero solo respondió con una leve inclinación de cabeza. Comprendió que Wickham quería enredarla de nuevo con el viejo asunto de las ofensas y ella no estaba de humor para darle ese gusto. El resto de la velada transcurrió, por parte de Wickham, con la apariencia de su habitual alegría, pero ni siquiera intentó acercarse a Elizabeth; y al final los dos se despidieron con una cortesía formal y posiblemente con un deseo mutuo de no volverse a ver jamás.

Cuando el grupo se hubo marchado, Lydia regresó con la señora Forster a Meryton, desde donde partirían hacia Brighton al día siguiente por la mañana temprano. La separación de su familia resultó más ruidosa que patética. Kitty fue la única que lloró, pero sus lágrimas eran más de furia y envidia. La señora Bennet fue prolija en deseos de felicidad para su hija y vehemente en sus admoniciones para que no perdiera ni una sola oportunidad de divertirse todo lo que pudiera; un consejo que había razones para asegurar que Lydia seguiría al pie de la letra, y en medio de la alborotada felicidad de la propia Lydia al despedirse, nadie pudo oír los adioses más discretos de sus hermanas.

Capítulo XIX

Si la opinión de Elizabeth naciera de su propia familia, no podría haberse formado una imagen muy agradable de la felicidad conyugal o del sosiego doméstico. Su padre, cautivado por la juventud y la belleza, y aquella apariencia de buen humor que proporcionan generalmente la juventud y la belleza, se había casado con una mujer cuya debilidad intelectual y su espíritu mezquino había puesto punto final a cualquier afecto mutuo desde los primeros tiempos de su matrimonio. El respeto, el aprecio y la confianza se habían desvanecido para siempre, y todas las perspectivas de felicidad doméstica se habían derrumbado. Pero el señor Bennet no tenía ese carácter de los que buscan el consuelo de la frustración que su propia imprudencia les ha acarreado en alguno de esos placeres que demasiado a menudo consuelan a los desafortunados de sus propias locuras o sus vicios. Estaba enamorado del campo y de los libros, y de esos gustos había obtenido sus mayores placeres. A su mujer apenas le debía la diversión que le proporcionaban su ignorancia y sus tonterías. Pero esa no es la clase de felicidad que un hombre en términos generales desearía que le ofreciera su esposa; pero cuando no hay otros recursos con los que entretenerse, el verdadero filósofo es capaz de sacar partido de lo que tiene a mano.

De todos modos, Elizabeth también se había percatado de las carencias del comportamiento de su padre como marido. Siempre le había resultado doloroso, pero como respetaba su inteligencia y agradecía el cariñoso trato que le dispensaba a ella particularmente, procuraba olvidar lo que no podía pasar por alto e intentaba apartar de sus pensamientos esa permanente negligencia en sus deberes conyugales y en el decoro que, al exponer a su mujer al desprecio de sus propias hijas, resultaba especialmente reprensible. Pero Elizabeth nunca había sentido como entonces los perjuicios que debían sobrellevar los hijos de un matrimonio tan infeliz, ni había sido tan plenamente consciente nunca de los males que se derivaban de una educación tan desafortunada; la inteligencia de su padre, empleada correctamente, al menos podría haber preservado la respetabilidad de sus hijas, aunque hubiera sido incapaz de aumentar el intelecto de su mujer.

Aunque Elizabeth se había alegrado de la partida de Wickham, no encontró muchos más motivos de satisfacción en la ausencia del regimiento. Las fiestas fuera de casa eran menos frecuentes que antes y en casa tenía una madre y una hermana cuyas constantes lamentaciones por el aburrimiento arrojaban un verdadero manto de tristeza sobre todo el círculo doméstico. Y aunque Kitty pudiera recuperar con el tiempo su natural sensatez, puesto que los elementos perturbadores de su cerebro habían desaparecido, su otra hermana, de cuyo carácter solo se podían esperar males mayores, probablemente iba a profundizar en su todas sus locuras y su desvergüenza, dada la situación de doble peligro a la que iba a exponerse: en un lugar de costa y junto a un acuartelamiento. En resumidas cuentas, por tanto, Elizabeth supo lo que ya había tenido ocasión de comprobar otras veces antes: que un hecho que se espera con impaciencia, al producirse, no siempre conlleva toda la felicidad que prometía. Por tanto, era necesario fijar otro momento para el comienzo de la felicidad real; era preciso señalar otro punto en el cual sus deseos y esperanzas pudieran verificarse, y mediante el procedimiento de disfrutar con la anticipación de lo venidero, consolarse frente al presente y prepararse para otro desengaño. Su viaje a los Lagos se convirtió entones en el tema de sus pensamientos más felices; era su mejor consuelo frente a aquella desagradable sucesión de horas que los constantes enfados de su madre y de Kitty hacían insoportables; y si hubiera podido incluir a Jane en sus planes, todo habría sido perfecto.

«Pero al menos es una suerte echar algo en falta», pensó. «Si el plan fuera perfecto, seguro que tampoco me gustaría. Pero en este caso, al irme con la única fuente de descontento que puedo imaginar, que es la ausencia de mi hermana, puedo tener razonablemente la esperanza de que todas mis aspiraciones se verán colmadas. Un plan en el que a cada momento se promete un gozo absoluto nunca puede salir bien, y la frustración general solo se conjura si puedes librarte de algún pequeño contratiempo».

Cuando Lydia se marchó, prometió escribir muy a menudo y con mucho detalle a su hermana y a Kitty; pero sus cartas se hacían esperar mucho y siempre eran muy breves. Las que iban dirigidas a su madre contenían poca cosa: que acababan de regresar de la biblioteca, donde tal o cual oficial las habían saludado, y donde había visto unos adornos tan bonitos que la habían vuelto loca; que tenía un vestido nuevo, o una sombrilla nueva, que habría descrito con toda minuciosidad, pero que tenía que irse enseguida porque la señora Forster la llamaba, porque tenían que ir al campamento y... De la correspondencia con su hermana se podía extraer aún menos... pues las cartas dirigidas a Kitty, aunque un poco más largas, estaban llenas de renglones subrayados que, por tanto, no se podían revelar.

Tras los primeros quince días o tres semanas de ausencia de Lydia, la salud, el buen humor y la alegría comenzó a reaparecer en Longbourn. Todo adquiría un aspecto más feliz. Las familias que habían estado en la ciudad durante el invierno regresaron, y volvieron las fiestas estivales y los compromisos veraniegos. La señora Bennet recuperó su quejumbrosa normalidad y a mediados de junio Kitty estaba lo suficientemente recuperada como para ir a Meryton sin llorar: un acontecimiento tan prometedor que Elizabeth confió en que las Navidades siguientes su hermana podría ya ser tolerablemente razonable como para no mencionar a los soldados más de una vez al día, a menos que alguna cruel y maliciosa disposición del Ministerio de la Guerra obligara a que otro regimiento se acuartelara en Meryton.

La fecha fijada para el comienzo de su viaje al norte se aproximaba rápidamente y ya solo faltaban quince días. Entonces llegó una carta de la señora Gardiner, diciendo que de momento retrasaban la partida y acortaban la duración del viaje. Los negocios impedían que pudieran partir hasta mediados de julio y, además, debería estar de vuelta en Londres en el plazo de un mes. Y como eso les dejaba un período muy corto para viajar tan lejos, y ver todo lo que se habían propuesto ver o al menos verlo con la tranquilidad y la comodidad que habían imaginado, se veían obligados a abandonar el plan de los Lagos y sustituirlo por un viaje más corto; y, de acuerdo con el nuevo plan, no iban a ir más al norte de Derbyshire. En ese condado había mucho que ver y lo suficiente como para emplear tres semanas; además, para la señora Gardiner aquel lugar tenía un atractivo muy especial. La ciudad en la que había pasado los primeros años de su vida, y donde iban a pasar algunos días, era probablemente tan interesante para ella como todas las celebradas bellezas de Matlock, Chatsworth, Dovedale o Los Picos.[20]

Elizabeth estaba enormemente decepcionada; se había hecho a la idea de ver los Lagos y aún pensaba que podrían tener tiempo de sobra. Pero no podía hacer otra cosa más que conformarse... y contentarse, así que no tardó en estar otra vez de buen humor.

La sola mención de Derbyshire le recordaba muchas otras cosas. Era imposible para Elizabeth decir la palabra sin pensar en Pemberley y en su propietario. «Aunque supongo que podré entrar en su condado impunemente», se dijo, «y robarle algunas fluoritas sin que se dé cuenta...».[21]

El tiempo de espera se convirtió en el doble. Antes de que llegaran sus tíos aún tenían que pasar cuatro semanas. Pero al final pasaron, y el señor y la señora Gardiner, con sus cuatro hijos, por fin aparecieron en Longbourn. Los niños, dos niñas de seis y ocho años, y dos niños más pequeños, iban a quedarse al cuidado particular de su prima Jane, que era la prima favorita de todos, y cuya serena sensatez y dulzura se adecuaba perfectamente para atenderlos en todos los sentidos: educarlos, jugar con ellos y quererlos.

Los Gardiner solo se quedaron una noche en Longbourn y a la mañana siguiente partieron con Elizabeth. La seguridad de poder disfrutar del viaje se basaba en el buen talante y la disposición de los compañeros, una disposición que pasaba por la salud y el temple para soportar los inconvenientes, alegría para disfrutar de todos

---

[20]   Se trata de famosos lugares de Derbyshire: el distrito de Los Picos (The Peak) es un agreste paraje natural situado al norte del condado.

[21]   El condado de Derbyshire es famoso por sus formaciones de fluoritas cristalinas, muy utilizadas en bisutería y en la fabricación de ornamentos. Recoger fluoritas era una obligación de los turistas decimonónicos.

los placeres y afecto e inteligencia que podrían utilizarse en su momento, si es que surgían desavenencias.

No es el objetivo de esta obra proporcionar una descripción de Derbyshire, ni de ninguno de los interesantísimos lugares por los que pasaron: Oxford, Blenheim, Warwick, Kenilworth, Birmingham, etcétera, son ciudades suficientemente bien conocidas. Aquí solo nos interesa una pequeña parte de Derbyshire. Después de haber visto las principales maravillas del condado, dirigieron sus pasos hacia la pequeña ciudad de Lambton, el escenario de la antigua vida de la señora Gardiner, y donde, según había averiguado últimamente, aún quedaban algunos de sus antiguos conocidos. Y a cinco millas de Lambton, Elizabeth supo por boca de su tía dónde se encontraba Pemberley. No estaba junto al camino real, pero no había que desviarse más que un par de millas. Al comentar la ruta la noche anterior, la señora Gardiner expresó su deseo de ver de nuevo aquel lugar. El señor Gardiner no puso ningún inconveniente y preguntaron a Elizabeth si le parecía bien.

—Mi amor, ¿no te gustaría ver un lugar del que tanto has oído hablar? —dijo su tía—. Además, es un sitio que está relacionado con muchísimos conocidos tuyos. Wickham pasó su juventud allí, ya lo sabes.

Elizabeth estaba muy incómoda. Sentía que no tenía nada que hacer en Pemberley y que estaba obligada a mostrar su falta de interés por ir a verlo. Tuvo que decir que estaba cansada de ver grandes casas; después de ver tantas, ya no encontraba ningún placer en las ricas alfombras y en las cortinas de terciopelo.

La señora Gardiner se burló de las tonterías que decía.

—¡Como si fuera solo una casa bonita ricamente amueblada! —exclamó—. Si fuera eso, a mí tampoco me interesaría. Pero los campos circundantes son extraordinarios. Tienen algunos de los bosques más hermosos del país.

Elizabeth no protestó... pero en su fuero interno no podía aceptarlo. La posibilidad de encontrarse con el señor Darcy mientras estaban visitando el lugar se le pasó por la cabeza de inmediato. ¡Sería horroroso! Se ruborizó solo de pensarlo y sopesó que sería mejor hablarlo abiertamente con su tía antes de correr semejante riesgo. Pero esa idea acarreaba serios inconvenientes y al final decidió que hablaría con su tía como último recurso si averiguaba,

mediante discretas indagaciones, que el propietario se encontraba
en la casa.

En consecuencia, cuando se retiró por la noche, le preguntó a la
camarera si Pemberley era un sitio que valía la pena visitar, y
cómo se llamaba el propietario, y con un poco de temor, si la familia había ido a pasar allí el verano... La camarera le contestó
con seguridad que no a la última pregunta... y disipando así todos
sus temores, disfrutó del placer de sentir una gran curiosidad por
ver la casa. Y cuando volvió a surgir el asunto a la mañana siguiente, y sus tíos le volvieron a preguntar si quería ir, ella pudo
responder enseguida, y con un aire de indiferencia muy convincente, que realmente no tenía ninguna objeción que hacer a aquella propuesta.

Así que fueron a Pemberley.

LIBRO TERCERO

Capítulo I

Mientras avanzaban en el carruaje, Elizabeth observó por vez primera los bosques de Pemberley con alguna inquietud y, cuando al final giraron para entrar por los portalones de la entrada a la propiedad, estaba extraordinariamente nerviosa.

El parque era muy grande y variopinto. Avanzaron por un valle profundo y durante un tiempo cruzaron un hermoso bosque que se extendía hasta más allá de lo que alcanzaba la vista.

Elizabeth estaba demasiado ocupada como para conversar, pero observaba y admiraba todos los lugares extraordinarios y perspectivas que se le ofrecían. Poco a poco fueron ascendiendo durante media milla y entonces se encontraron en lo alto de un promontorio de considerable elevación, donde ya no había bosque, y la mirada inmediatamente se dirigía a Pemberley House, situada al otro lado del valle, por el cual discurría el camino. Era un gran edificio, muy hermoso, de piedra, bien emplazado sobre una ladera, y a cuyas espaldas se elevaba una cordillera de colinas boscosas; frente a la mansión corría un arroyo bastante caudaloso que desembocaba en un estanque grande, pero que guardaba una apariencia bastante natural. Sus orillas no eran artificiales ni rectas, ni estaban falsamente adornadas. Elizabeth estaba encantada. Nunca había visto un lugar por el que la Naturaleza hubiera hecho más o donde la belleza natural estuviera tan poco contaminada por el mal gusto. Los tres admiraron fervientemente el lugar y en aquel momento Elizabeth sintió que ser señora de Pemberley... ¡tenía que ser extraordinario!

Descendieron la colina, cruzaron el puente y avanzaron con el carruaje hasta las puertas; y mientras examinaban más de cerca el aspecto de la mansión, todos los temores de encontrarse con el propietario volvieron a asaltarla. Temió que la camarera estuviera equivocada. Al solicitar permiso para ver el lugar, se les hizo pasar al vestíbulo, y Elizabeth, mientras esperaban al ama de llaves, tuvo tiempo para maravillarse de estar en el lugar en el que estaba.

Al fin llegó el ama de llaves; era una mujer de cierta edad, de aspecto muy respetable, mucho menos elegante y más educada de lo que Elizabeth había pensado encontrarse. La siguieron hasta un comedor. Era una estancia muy grande y de agradables proporciones, amueblada con mucho gusto. Elizabeth, después de mirarla un poco, se acercó a una ventana para contemplar las hermosas vistas. La colina, coronada con un bosquecillo, desde donde habían descendido, adquiría en la distancia un aspecto más escarpado y era una preciosidad. Todo lo que veía en los campos le resultaba maravilloso y observó encantada el panorama: el río, los árboles dispersos en las orillas y el serpenteante camino del valle, que se alejaba hasta perderse de vista. Al ir recorriendo otras estancias, el paisaje exterior se veía desde distintos ángulos, pero cada ventana ofrecía nuevas maravillas. Todas las estancias eran hermosas y amplias, y su mobiliario, acorde con la riqueza de su propietario; pero Elizabeth comprobó, con cierta admiración por el gusto del dueño, que no había nada vergonzosamente ridículo o inútilmente elegante; había menos esplendor y más elegancia real que en Rosings.

«¡Y yo podría haber sido la señora de este lugar...!», pensaba. «¡Podría haber paseado por estas estancias tan tranquilamente...! En vez de admirarlas como una visitante, podría haber estado esperando aquí a mis anchas y les habría dado la bienvenida a mi tío y a mi tía como visitas... Pero no...», se dijo, recomponiéndose, «eso no va a pasar nunca: habría perdido para siempre a mis tíos. Nunca se me habría permitido invitarlos».

Aquella fue una reflexión afortunada: le evitó el disgusto de tener que arrepentirse.

Estaba deseando preguntarle al ama de llaves si su señor estaba de verdad ausente, pero no tuvo valor. Al final, sin embargo, su tío hizo la pregunta y Elizabeth se volvió aterrada mientras la señora Reynolds contestaba que efectivamente no estaba en casa, y añadió:

—Pero lo esperamos mañana y vendrá con un numeroso grupo de amigos.

¡Cuánto se alegró Elizabeth de que su propio viaje no se hubiera visto aplazado por cualquier circunstancia un solo día!

Su tía la llamó entonces para que fuera a mirar un cuadro. Ella se acercó y vio un retrato con cierto parecido al señor Wickham; estaba colgado, entre otras miniaturas, encima de la repisa de la chimenea. Su tía le preguntó, sonriente, si le gustaba. El ama de llaves se acercó y les dijo que era un retrato de un joven caballero, el hijo del administrador del difunto señor, que se había encargado de la educación del muchacho y la había pagado.

—Ahora está en el ejército —añadió—, pero me temo que ha salido un tanto rebelde.

La señora Gardiner miró a su sobrina con una sonrisa, pero Elizabeth no se la devolvió.

—Y este... es mi señor —dijo la señora Reynolds, señalando otra de las miniaturas—. Y el retrato se le parece muchísimo. Se pintó por las mismas fechas que el otro... alrededor de hace ocho años.

—He oído hablar mucho de la elegancia y distinción de su señor —dijo la señora Gardiner, mirando el cuadro—. Es muy guapo. Pero Lizzy, tú puedes decirnos si se parece o no.

El respeto de la señora Reynolds hacia Elizabeth pareció aumentar repentinamente ante la posibilidad de que concociera a su señor.

—¿La señorita conoce al señor Darcy?

Elizabeth se ruborizó y dijo:

—Un poco.

—¿Y no cree usted que es un caballero muy guapo, señora?

—Sí, muy guapo.

—Puedo asegurar que yo no conozco a nadie más guapo, pero en la galería de arriba verá usted un cuadro suyo mejor que este y más grande. Esta habitación era la estancia favorita de mi difunto señor y estas miniaturas se encuentran exactamente tal y como solían estar entonces. Las apreciaba mucho.

Aquello explicaba por qué la del señor Wickham se encontraba entre ellas.

La señora Reynolds dirigió su atención luego a un retrato de la señorita Darcy, de cuando solo tenía ocho años.

—¿Y la señorita Darcy es tan guapa como su hermano? —preguntó la señora Gardiner.

—¡Oh, sí! La niña más guapa que he visto jamás. ¡Y muy aplicada...! Toca el piano y canta todo el día. En la siguiente estancia hay un piano nuevo que han traído para ella... un regalo de mi señor; la señorita viene mañana con él.

—¿Y a lo largo del año su señor vive aquí en Pemberley?

—No tanto como nos gustaría, señor. Pero me atrevo a decir que pasa la mitad del año aquí; y la señorita Darcy siempre pasa en Pemberley los meses de verano.

«Salvo cuando va a Ramsgate», pensó Elizabeth.

—Si su señor se casara, lo podrían tener más tiempo aquí.

—Sí, señor; pero no sabemos qué hará. No conozco a nadie suficientemente buena para él.

El señor y la señora Gardiner sonrieron. Elizabeth no pudo evitar decir:

—Que piense usted eso, desde luego, dice mucho de él.

—No digo más que la verdad y lo que dice todo el mundo que lo conoce —replicó la señora. Elizabeth pensó que aquello estaba yendo demasiado lejos, y escuchó con renovado asombro al ama de llaves cuando añadió—: Yo nunca he recibido ni una mala palabra suya en toda mi vida, y eso que lo conozco desde que él tenía cuatro años.

De todos los extraordinarios elogios que había escuchado, aquel era el más opuesto a lo que Elizabeth pensaba del señor Darcy. Si de algo estaba segura es de que no era un hombre de buen carácter. Prestó toda su atención a lo que se decía: estaba deseando saber más y se alegró cuando su tío dijo:

—Hay muy poca gente de la que se pueda decir tanto. Tiene usted mucha suerte de tener ese señor.

—Sí, señor, ya sé que la tengo. No creo que encontrara uno mejor en todo el mundo. Pero siempre he pensado que los que tienen buen carácter cuando son niños, lo tienen también cuando crecen; y él siempre fue el niño más dulce del mundo y con un gran corazón.

Elizabeth casi se quedó alelada mirándola. «¿Estará hablando del mismo señor Darcy?», pensó.

—Su padre era un hombre excelente —dijo la señora Gardiner.

—Sí, señora, desde luego que sí; y su hijo será igual que él: igual de bueno con quienes han tenido mala fortuna.

Elizabeth escuchaba, se asombraba, dudaba y se impacientaba por saber más. La señora Reynolds no conseguía que se interesara en otros asuntos. Explicaba qué se describía en los cuadros, las dimensiones de las estancias y el precio de los muebles, en vano. El señor Gardiner, que se divertía con esa especie de orgullo familiar al que él atribuía los excesivos elogios del ama de llaves sobre su señor, no tardó en volver otra vez sobre el mismo tema; y la señora renovó con nuevas energías la enumeración de sus cualidades, mientras procedían a subir todos por la gran escalinata.

—Es el mejor amo y el mejor señor que ha pisado este mundo —dijo la señora—. No es como esos jóvenes libertinos de ahora, que no piensan más que en sí mismos. No hay ni uno solo de sus arrendatarios o de sus criados que no hable bien de él. Alguna gente dice que es un poco orgulloso; pero yo nunca he notado nada de eso en él. Me imagino que lo llamarán orgulloso porque no es tan vulgar como otros jóvenes.

«¡Qué imagen tan afable le proporciona este lugar!», pensó Elizabeth.

—Este retrato tan amable no es muy coherente con el comportamiento que tuvo con nuestro pobre amigo... —le susurró su tía mientras avanzaban.

—A lo mejor estábamos equivocadas.

—No creo; lo sabemos de muy buena tinta.

Al llegar a un espacioso vestíbulo en la planta superior, se les mostró un saloncito muy curioso, recientemente arreglado con más elegancia y ligereza que las estancias de la planta baja; y se les dijo que todo aquello se había preparado para la señorita Darcy, que se había encaprichado de aquella sala la última vez que estuvo en Pemberley.

—Desde luego es un buen hermano —dijo Elizabeth mientras se acercaba a una ventana.

La señora Reynolds describió la segura sorpresa de la señorita Darcy cuando entrara en la nueva salita.

—El señor es siempre así —añadió—. Cualquier cosa que pueda complacer a su hermana, se ordena y se cumple al momento. No hay nada que no haga por ella.

Lo único que quedaba por visitar era la galería de pintura y dos o tres estancias privadas. En la galería había unos cuadros magníficos, pero Elizabeth no sabía nada de arte, y de todo lo que había visto ya, solo tuvo interés en algunos dibujos de la señorita Darcy, al pastel, cuyos temas le resultaron más interesantes y también más comprensibles.

En la galería había muchos retratos familiares, pero tenían poco interés para un visitante. Elizabeth siguió andando en busca del único rostro cuyas facciones pudieran tener algún significado para ella. Al final lo encontró... y admitió que tenía un sorprendente parecido con el señor Darcy, con aquella especie de sonrisa en los labios, tal y como recordaba haberla visto a veces, cuando la miraba a ella. Permaneció varios minutos delante del cuadro, contemplándolo con el más vivo interés, y volvió a él de nuevo antes de abandonar la galería. La señora Reynolds les informó que se había pintado cuando aún vivía su padre.

Desde luego, en aquel momento, en la mente de Elizabeth había más interés en el original del que había sentido por él a lo largo de toda su relación. Los elogios que había hecho de él la señora Reynolds no eran ninguna tontería. ¿Qué elogio puede ser más valioso que aquel que proviene de un criado inteligente? Como hermano, como terrateniente, como señor... Elizabeth pensó en la cantidad de personas cuya felicidad dependía de él. ¡Cuánto placer o dolor podía negar y conceder! ¡Cuánto mal y cuánto bien se ejecutaba por su sola voluntad! Todo lo que había dicho el ama de llaves de él era elogioso y Elizabeth, mientras permanecía delante del lienzo en el que el señor Darcy estaba representado y con los ojos clavados en ella, pensó en el afecto que le había mostrado cuando se declaró con un profundo sentimiento de gratitud que no había sentido antes; recordó la pasión de sus palabras y procuró olvidar los errores de su expresión.

Cuando vieron toda la parte de la casa que estaba abierta al público, volvieron a bajar, se despidieron del ama de llaves y quedaron en manos del jardinero, que los recogió en la puerta del vestíbulo.

Mientras cruzaban la explanada de césped hacia el río, Elizabeth se volvió para mirar la casa de nuevo; sus tíos también se detuvieron y mientras el señor Gardiner empezaba a hacer conjeturas sobre la fecha de construcción de la mansión, el mismísimo propietario apareció repentinamente avanzando por el camino que conducía a las caballerizas.

Se encontraban a veinte yardas los unos de los otros y su aparición fue tan brusca que fue imposible no verse. Las miradas de Elizabeth y el señor Darcy enseguida se cruzaron y las mejillas de ambos se ruborizaron sin remedio. Él estaba absolutamente atónito y por un momento pareció incapaz de moverse por la sorpresa; pero recobrando el dominio de sí mismo enseguida, avanzó hacia los tres visitantes y saludó a Elizabeth, si no en términos perfectamente tranquilos, al menos con perfecta cortesía.

Ella se había dado la vuelta instintivamente; pero deteniéndose cuando él se aproximó, recibió sus cumplidos con un embarazo que le resultó imposible disimiular. Si su aspecto, o el parecido con el cuadro que acababan de ver no hubiera bastado para convencer a los señores Gardiner de que estaban delante del señor Darcy, la expresión de sorpresa del jardinero, al ver a su señor, podría habérselo indicado inmediatamente. Todos permanecieron un poco aparte mientras el señor Darcy hablaba con la sobrina, la cual, atónita y nerviosa, apenas se atrevía a levantar la mirada, y no sabía qué responder a las corteses preguntas que el señor Darcy le hacía sobre su familia. Asombrada por el gran cambio de actitud del señor Darcy desde que se vieron la última vez, cada frase que decía aumentaba la vergüenza de Elizabeth; y como no podía quitarse de la cabeza la simple idea de lo ridículo que era que la hubieran sorprendido allí, los pocos minutos que estuvieron uno frente al otro fueron los más embarazosos de su vida. Él tampoco estaba mucho más tranquilo; cuando hablaba, su voz no tenía su calma habitual y no hacía más que preguntarle a Elizabeth cuándo había salido de Longbourn y cuánto llevaba en Derbyshire, constantemente, lo cual mostraba muy a las claras lo nervioso que estaba.

Al final se quedó sin nada que decir; y, después de permanecer allí plantado sin murmurar ni una palabra, de repente pareció recordar dónde estaba, y se marchó.

Sus tíos se acercaron a Elizabeth y expresaron su admiración por la buena planta que tenía el señor Darcy; pero Elizabeth no oyó ni una palabra y, completamente abismada en sus emociones, los siguió en silencio. Estaba abrumada por la vergüenza y la humillación. Visitar Pemberley había sido una decisión desafortunadísima, ¡la peor idea del mundo! ¡Qué extraño debió de parecerle al señor Darcy! ¿En qué tortuoso sentido lo interpretaría un hombre tan vanidoso como él? ¡Seguro que le parecía que ella había intentado cruzarse en su camino otra vez! ¡Oh! ¿Por qué se le ocurrió ir? ¿Y por qué el señor Darcy no había llegado un día después, como esperaba todo el mundo? Si hubieran salido de la casa solo unos minutos antes, no habrían coincidido, porque era evidente que él acababa de llegar en aquel momento, que se acababa de bajar del caballo o del carruaje. Elizabeth volvió a sonrojarse al pensar en la malísima suerte de haberse encontrado. Y su conducta, tan visiblemente distinta... ¿qué podría significar? ¡Era asombroso incluso que se hubiera acercado a hablarle...! ¡Y hablarle con aquella cortesía, y preguntarle por su familia! Jamás en su vida lo había visto comportarse con tanta humildad y nunca le había hablado con tanta gentileza como en aquel inesperado encuentro! ¡Qué distinto de la última vez que se dirigió a ella en Rosings Park, cuando le entregó la carta! Elizabeth no sabía qué pensar, ni cómo explicarse todo aquello.

Se adentraron luego por un precioso paseo junto al agua y a cada paso se encontraban con una pendiente más hermosa o una perspectiva más agradable de los bosques a los que ya se aproximaban; pero transcurrió algún tiempo antes de que Elizabeth pudiera apreciarlo; y, aunque contestaba mecánicamente a las continuas interpelaciones de sus tíos, y parecía dirigir la mirada hacia los lugares que ellos le señalaban, era incapaz de distinguir lo que veía. Sus pensamientos se habían quedado prendidos en un lugar de Pemberley House, cualquiera que fuera, allí donde el señor Darcy se encontrara en ese momento. Se moría por saber lo que estaría pasando por su cabeza en aquel momento, por saber lo que pensaría de ella y si... a pesar de todo... todavía sentía algo por ella. Quizá solo había sido educado porque ya le resultaba indiferente; sin embargo, Elizabeth se había dado cuenta de *aquello* en su voz que no parecía reflejar indiferencia. No podía decidir si el señor Darcy había sentido más placer o disgusto al verla, pero desde luego no había sido capaz de mirarla manteniendo la compostura habitual.

Al final, sin embargo, las observaciones de sus compañeros sobre su falta de atención consiguieron despertarla y creyó que sería más adecuado intentar ser dueña de sí misma.

Se adentraron en los bosques, y diciéndole adiós al río durante un rato, ascendieron algunos de los promontorios más altos; desde allí, en los lugares donde se abrían claros del bosque, la mirada podía extenderse a lo lejos hasta divisar distintas escenas encantadoras del valle, de las colinas del otro lado, con los extensísimos bosques que las cubrían y, de tanto en tanto, el río. El señor Gardiner expresó su deseo de dar un rodeo a toda la propiedad, pero se temía muy mucho que eso fuera algo más que un paseo. Con una sonrisa triunfal, el jardinero les dijo que el perímetro del parque medía diez millas. Dejaron el tema y se conformaron con seguir el itinerario acostumbrado para las visitas, que les trajo de nuevo, después de un rato, a una ladera que descendía entre árboles hasta el río, en una de sus partes más estrechas. Lo cruzaron por un sencillo puente, muy adecuado al carácter general del escenario; era el lugar más agreste de todos los que habían visitado y el valle, convertido allí en desfiladero, apenas dejaba espacio más que para el río y para un estrecho sendero que discurría entre un agreste bosquecillo que crecía en la orilla. Elizabeth deseaba avanzar por aquella retorcida senda, pero cuando hubieron cruzado el puente y se dieron cuenta de la distancia a la que se encontraba la casa, la señora Gardiner, que no era una gran caminante, no quiso ir más allá y pensó únicamente en regresar al carruaje cuanto antes. Su sobrina, por tanto, se vio obligada a ceder y enfilaron hacia la mansión por el otro lado del río y por el camino más corto, pero iban muy despacio, porque el señor Gardiner, aunque pocas veces podía darse el gusto, era muy aficionado a la pesca y estaba tan pendiente de observar la aparición ocasional de alguna trucha en el agua y tan ocupado en hablar de ello con el hombre que los acompañaba que avanzaban muy despacio. Mientras deambulaban por allí poco a poco, de nuevo se vieron sorprendidos por la súbita aparición del señor Darcy y el susto de Elizabeth fue prácticamente igual que la primera vez. Venía hacia ellos y no estaba a mucha distancia. Como el camino era más abierto que el de la otra orilla, pudieron verlo llegar antes de que tuvieran ocasión de encontrarse. Elizabeth, aunque aterrada, al menos pudo prepararse un poco más que antes para una conversación y decidió aparentar tranquilidad y hablar con calma... si es que se acercaba a hablar con ellos. Durante unos instantes, en realidad, pensó que el señor Darcy seguramente cogería

algún otro sendero. Aquella idea fue una esperanza mientras un recodo del camino lo ocultó a su vista; pero cuando la revuelta quedó
atrás, el señor Darcy se presentó delante de ellos. Con una breve
mirada, Elizabeth vio que no había perdido nada de su recién ad-
quirida cordialidad y, para imitar su cortesía, ella empezó a elogiar,
en cuanto se encontraron, la belleza del lugar; pero apenas había
ido más allá de las palabras «precioso» y «encantador» cuando se
le representaron algunos recuerdos desafortunados e imaginó que
aquel elogio de Pemberley, por su parte, podía ser malinterpretado.
Se puso pálida y no dijo nada más.

La señora Gardiner se había quedado un poco atrás, y aprovechando que Elizabeth se había quedado callada, el señor Darcy le
preguntó si podría hacerle el honor de presentarle a sus amigos.
Aquel fue un rasgo de cortesía para el que Elizabeth no estaba preparada y apenas pudo reprimir una sonrisa ante la idea de que aquel
hombre buscara la amistad de algunas de las personas contra las
que su orgullo se había ensañado cuando se le declaró. «Esto sí que
va a ser una sorpresa, ¡cuando sepa quiénes son!», pensó Elizabeth.
«Los ha tomado por gente de alcurnia».

En cualquier caso, se hicieron las presentaciones de inmediato, y
cuando Elizabeth mencionó el parentesco que tenían con ella, lo
miró de soslayo para ver cómo reaccionaba, sospechando que saldría huyendo de allí tan rápido como pudiera, alejándose de tan
funesta compañía. Que estaba sorprendido por la relación, era evidente; sin embargo, mantuvo la compostura y, lejos de marcharse,
dio la vuelta con ellos y entabló conversación con el señor Gardiner. Elizabeth no podía sino estar encantada y maravillada. Era un
consuelo que Darcy supiera que Elizabeth tenía algunos parientes
de los que no tenía que avergonzarse. Escuchó muy atentamente
todo lo que hablaron y dio gracias al Cielo por cada expresión y
cada frase de su tío, que mostraban su inteligencia, su gusto y sus
buenos modales.

La conversación pronto recayó sobre la pesca y Elizabeth oyó
cómo el señor Darcy invitaba a su tío, con la mayor cortesía, a pescar allí siempre que le apeteciera, mientras estuviera por el condado, ofreciéndose al mismo tiempo a proporcionarle el aparejo y
señalándole los lugares del río donde habitualmente había más
pesca. La señora Gardiner, que iba andando del brazo de Elizabeth,

le lanzó una expresiva mirada de asombro. Elizabeth no dijo nada, pero estaba extraordinariamente contenta; aquellos cumplidos debían deberse a ella. Su temor, sin embargo, era absoluto, y continuamente se repetía: «¿Por qué estará tan cambiado? ¿Por qué habrá ocurrido? No puede ser que lo haga por mí, no puede ser que por mí se hayan suavizado tanto sus modales. Mis reproches en Hunsford no pueden haber producido un cambio semejante. Es imposible que todavía siga amándome...».

Después de caminar así durante algún tiempo, las dos mujeres delante y los dos caballeros detrás, al volver a emprender el camino, tras bajar a la orilla del río para observar mejor alguna curiosa planta acuática, se produjo una pequeña alteración. Sucedió que a la señora Gardiner, que estaba cansada por el ejercicio matutino, le pareció que el brazo de Elizabeth no era lo que necesitaba en ese momento, y en consecuencia prefirió el brazo de su marido. El señor Darcy ocupó su lugar junto a su sobrina y ambos caminaron juntos. Después de un corto silencio, la señorita habló primero. Deseaba que supiera que se había asegurado de que no se encontraba en la mansión antes de ir a ver la casa, así que comenzó señalando que su llegada había sido completamente inesperada...

—...porque su ama de llaves —añadió—, nos aseguró que usted con toda seguridad no llegaría hasta mañana; y, además, antes de salir de Bakewell, supimos que a usted no se le esperaba de momento por aquí...

El señor Darcy reconoció que todo eso era muy cierto y dijo que tenía que resolver asuntos con su administrador, y que ello había provocado que llegara unas horas antes que el resto del grupo con el que viajaba.

—Mañana temprano llegarán todos —continuó—, y entre ellos hay algunos que dicen ser amigos suyos... el señor Bingley y sus hermanas.

Elizabeth solo contestó con una leve inclinación de cabeza. Sus pensamientos inmediatamente retrocedieron al momento en el que ambos pronunciaron el nombre del señor Bingley y, si ella podía juzgar por su expresión, el señor Darcy estaba pensando en lo mismo.

—Viene también otra persona en el grupo... —continuó tras una pausa— que tiene un especial interés en saber de usted. ¿Me permitirá... o estoy pidiéndole tal vez demasiado... presentarle a mi hermana durante su estancia en Lambton?

La sorpresa de tal petición fue desde luego enorme; era tan excesivo para ella que apenas supo cómo decir que accedía a complacerla. Inmediatamente pensó que si la señorita Darcy mostraba cualquier deseo de conocerla, semejante interés se debía a lo que le hubiera podido contar su hermano y, sin ir más allá, eso ya resultaba muy halagador; era muy gratificante saber que el dolor del rechazo no le había inducido a pensar mal de ella.

Luego caminaron en silencio, cada cual sumido en sus pensamientos. Elizabeth no estaba cómoda... era imposible, pero se sentía halagada y complacida. El deseo del señor Darcy de presentarle a su hermana era un cumplido excepcional. Pronto dejaron atrás a sus tíos y cuando llegaron al carruaje, el señor y la señora Gardiner todavía estaban a un cuarto de milla de ellos.

Entonces el señor Darcy le preguntó si quería entrar en la casa... pero ella le aseguró que no estaba cansada y que esperaría en la explanada de césped. En aquellos minutos podrían haber hablado de mil cosas y el silencio era muy incómodo. Ella quería hablar, pero todos los temas de conversación le resultaban especialmente comprometidos. Al final se acordó de que había estado viajando y con mucho esfuerzo pudieron hablar de Matlock y de Dove Dale. Tanto el tiempo como su tía avanzaban muy lentamente... y la calma y las ideas de Elizabeth estaban a punto de agotarse antes de que concluyera aquel *tête-à-tête*. Cuando llegaron los señores Gardiner, el señor Darcy insistió en que pasaran a tomar algún refrigerio; pero el ofrecimiento se rechazó y ambas partes se separaron haciendo gala de la mayor cortesía. El señor Darcy ayudó a las damas a subir al carruaje y, cuando este partió, Elizabeth lo vio caminar lentamente hacia la mansión.

Entonces comenzaron los comentarios de sus tíos; y ambos aseguraron que el caballero era infinitamente mejor a todo lo que se podrían haber esperado.

—Es muy educado, amable y sencillo... —dijo su tío.

—Para decirlo todo, hay en él un algo de altivez... —replicó su tía—, pero yo creo que es solo en apariencia y no le sienta mal. Ahora puedo decir con el ama de llaves que, aunque alguna gente lo llame orgulloso, yo no se lo he notado en absoluto.

—Me sorprendió muchísimo su actitud para con nosotros. Fue bastante más que cortés; fue realmente atento y desde luego no había ninguna necesidad de tales atenciones. Su amistad con Elizabeth era de poca cosa...

—Claro, Lizzy... —dijo su tía—, no es tan guapo como Wickham... o, más bien, no es tan atractivo como Wickham, pero sus facciones son muy interesantes. ¿Cómo se te ocurrió decirnos que era tan desagradable?

Elizabeth se excusó lo mejor que pudo. Dijo que cuando estuvo en Kent ya le había resultado bastante aceptable y que nunca le había visto tan agradable como aquella mañana.

—Puede que sea un poco caprichoso —contestó su tío—. Estos grandes nobles son así; de modo que no le tomaré la palabra sobre lo de pescar, porque puede cambiar de opinión de un día para otro y echarme de sus tierras.

Elizabeth pensó que se estaban equivocando totalmente de persona, si creían eso, pero no dijo nada.

—Por lo que hemos visto —añadió la señora Gardiner—, una de verdad no pensaría que pudiera comportarse de un modo tan cruel con nadie, como hizo con el pobre Wickham. No parece un malvado. Por el contrario, hay algo muy agradable en sus labios cuando habla. Y hay un algo de dignidad en su gesto que no le daría a nadie la impresión de que tiene un mal corazón. Pero, a decir verdad, ¡esa buena mujer que nos enseñó la casa exageraba un poco su personalidad! A veces casi no podía evitar reírme a carcajadas. Pero supongo que será un señor generoso y, *eso,* a ojos de un criado, comprende todas las virtudes.

Elizabeth se sintió impelida a decir algo en defensa del comportamiento del señor Darcy con Wickham, y por tanto les dio a entender, de un modo tan discreto como pudo, que por lo que había sabido en Kent de las relaciones entre ambos, sus actos podrían entenderse de un modo bien distinto; y que su carácter de ningún modo era tan malo ni el de Wickham tan bueno como habían considerado en Hertfordshire. Para confirmarlo, detalló los particulares de todas las transacciones pecuniarias en las que ambos habían estado involucrados, sin decir quién se lo había contado, pero afirmando que podía confiarse plenamente en su informador.

La señora Gardiner se quedó sorprendida y preocupada, pero como entonces se estaban acercando a los paisajes de su juventud, todo lo dicho dejó paso a los encantos de sus recuerdos; y estaba demasiado ocupada en señalar a su marido todos los lugares interesantes de los alrededores para pensar en nada más. A pesar de estar muy cansada por el paseo matutino, apenas almorzaron y después obligó a sus compañeros de viaje a ir en busca de sus antiguas amistades, y toda la tarde transcurrió en la encantadora reanudación de unas relaciones interrumpidas durante muchos años.

Los acontecimientos del día habían sido muy intensos como para que Elizabeth prestara mucha atención a aquellos nuevos amigos. No podía hacer más que pensar, y pensar maravillada, en la cortesía del señor Darcy y, sobre todo, en el interés que tenía de que conociera a su hermana.

CAPÍTULO II

Elizabeth había dado por sentado que el señor Darcy llevaría a su hermana a visitarla el día posterior a su llegada a Pemberley; y, por tanto, decidió que no se alejaría mucho de la posada dos días después. Pero su conclusión había sido errónea; porque la misma mañana en que llegaron a Lambton, se presentaron allí. Elizabeth y sus tíos habían estado paseando por el pueblo con algunos de sus nuevos amigos, y estaban a punto de volver a la posada para vestirse para ir a comer con una familia, cuando el ruido de un carruaje los obligó a mirar por la ventana, y vieron a un caballero y a una señorita en un cabriolé, subiendo por la calle. Elizabeth reconoció inmediatamente la librea de los lacayos, imaginó lo que aquello significaba y dejó a sus tíos atónitos cuando les dijo el honor que esperaba. Sus tíos eran todo asombro, y el nerviosismo de Elizabeth mientras hablaba, unido a lo extraordinario de la situación y las abundantes emociones del día anterior, les proporcionaron una nueva perspectiva de lo que estaba aconteciendo. Nada lo había sugerido antes, pero ahora entendieron que no había otro modo de explicar las atenciones que se les habían dispensado que suponiendo un cierto interés sentimental por su sobrina. Mientras aquellas novísimas ideas se formaban en sus cabezas, la perturbación de las emociones de Elizabeth aumentaba a cada instrante. Estaba absolutamente asombrada ante la falta de dominio de sí misma; pero entre otras causas de inquietud no era menor que el afecto del señor Darcy hubiera exagerado los elogios ante su hermana; más deseosa de agradar que nunca, Elizabeth temió —naturalmente— que todos sus encantos iban a fallarle.

Se apartó de la ventana, temerosa de que la vieran, y mientras paseaba arriba y abajo por la habitación, intentando dominarse, observaba tales miradas de inquisitiva sorpresa en sus tíos que solo conseguían empeorarlo todo aún más.

La señorita Darcy y su hermano aparecieron y tuvo lugar aquella impensable presentación. Con enorme asombro, Elizabeth vio que su nueva amistad estaba tan nerviosa como ella misma. Desde que estaba en Lambton había oído que la señorita Darcy era extraordinariamente orgullosa, pero la simple observación de unos poco minutos la convencieron de que solo era extraordinariamente tímida. Le resultaba difícil encontrar siquiera una palabra que fuera más allá de los monosílabos.

La señorita Darcy era alta, aún más que Elizabeth, y aunque tenía poco más de dieciséis años, ya estaba formada y tenía una figura muy femenina y elegante. Era menos agraciada que su hermano, pero había inteligencia y alegría en su rostro, y sus modales eran perfectamente sencillos y amables. Elizabeth, que habría esperado encontrarse con una observadora tan crítica y aguda como el señor Darcy cuando lo conoció, sintió un gran alivio al descubrir en ella unos sentimientos bien distintos.

No llevaban mucho tiempo reunidos cuando Darcy le dijo que Bingley también vendría a visitarla; y Elizabeth apenas había tenido tiempo de expresar su satisfacción y prepararse para recibir a tal visitante cuando los pasos rápidos de Bingley se oyeron en las escaleras y un instante después apareció en la puerta de la estancia. Todo el enojo que Elizabeth hubiera podido albergar contra él hacía mucho que había desaparecido, pero si aún le hubiera quedado algo de resquemor, difícilmente podría haberlo conservado ante aquella cordialidad tan sincera con la que se acercó a ella, al verla de nuevo. Le preguntó, en términos amables y generales, por su familia, y parloteó y habló con la misma alegre sencillez de siempre.

Aquel hombre era un personaje que tenía tanto interés para los señores Gardiner como para la propia Elizabeth. Hacía mucho que deseaban conocerlo. En realidad, todo el grupo que se había reunido allí les resultaba interesantísimo. Las sospechas que acababan de intuir respecto al señor Darcy y su sobrina les indicaron que debían dirigir su atención hacia ellos para estudiar su conducta con gran detenimiento, aunque discretamente. No tardaron, tras sus perspicaces pesquisas, en llegar a la convicción de que uno de ellos al menos sabía perfectamente lo que era estar enamorado. De los sentimientos de la señorita tenían alguna duda; pero que el caballero se desvivía en adoración amorosa... eso era del todo evidente.

Elizabeth, por su parte, tenía mucho que hacer. Quería comprobar los sentimientos de cada uno de sus visitantes, necesitaba mantener el dominio de sí misma y debía resultar agradable a todo el mundo; y en este último objetivo, donde más temía fracasar, era donde debía estar más segura de triunfar, porque a aquellos a los que pretendía agradar estaban muy predispuestos a su favor. Bingley estaba predispuesto, Georgiana estaba deseosa y Darcy estaba decidido a que Elizabeth les resultara encantadora.

Al ver a Bingley, los pensamientos de Elizabeth naturalmente volaron hacia su hermana. Y... ¡oh!, cuán vivamente deseaba saber si alguno de los pensamientos de Bingley volaban en la misma dirección. A veces le parecía que Bingley hablaba menos que en otras ocasiones y en un par de momentos se alegró con la idea de que cuando la miraba, estaba buscando algún parecido... Pero, aunque aquello no fueran más que imaginaciones suyas, no podía engañarse respecto a su conducta con la señorita Darcy, que se había presentado en su momento como la rival de Jane. Ningún gesto y ninguna mirada por ambas partes sugerían un afecto especial entre Bingley y Georgiana. Entre ellos no había nada que pudiera justificar las esperanzas de Caroline Bingley. En este punto todas sus dudas se desvanecieron. Hubo dos o tres detalles antes de despedirse que, en la parcial interpretación de Elizabeth, denotaban que Bingley aún se acordaba de Jane con sincero cariño y que podría haberlo proclamado a gritos, si se hubiera atrevido. Bingley la miró, en un momento en el que los otros estaban hablando, y en un tono que tenía algo de verdadero arrepentimiento, le dijo:

—Hacía mucho tiempo que no tenía el placer de verla... —Y luego, antes de que ella pudiera contestar, añadió—: Más de ocho meses. No nos hemos visto desde el 26 de noviembre, cuando estuvimos bailando todos juntos en Netherfield...

Elizabeth se alegró al comprobar que sus recuerdos eran tan precisos. Después, cuando nadie le escuchaba, aprovechó la ocasión para preguntarle si *todas* sus hermanas se encontraban en Longbourn. Ni en la pregunta ni en la observación anterior había nada especial, pero eran su mirada y sus gestos los que le conferían significado.

Elizabeth no tuvo ocasión de observar mucho al señor Darcy, pero cada vez que pudo mirarlo de reojo, vio una expresión de plena satisfacción, y, en todo lo que decía, Elizabeth descubría que habían desaparecido aquellos antiguos tonos de engreimiento o desdén hacia los demás, y se convencía de que la mejoría de sus modales, de la que había sido testigo el día anterior, aunque al final resultara que solo fuera pasajera, al menos había sobrevivido un día. Cuando lo vio intentando ser sociable con la gente y cultivando la buena opinión de los demás, a quienes solo unos meses antes habría considerado una desgracia; cuando lo vio comportarse tan amablemente, y no solo con ella, sino con todas las personas a quien habría desdeñado abiertamente antes, y recordó su última y violenta conversación en la rectoría de Hunsford, la diferencia era... el cambio era tan enorme, e hizo tanta mella en su espíritu, que apenas pudo impedir que el asombro se reflejara en su rostro. Nunca, ni en compañía de sus queridos amigos en Netherfield, o ante sus altivos familiares de Rosings, le había visto tan deseoso de agradar, tan libre de altanería, tan abierto y locuaz como en ese momento, cuando no iba a sacar ningún provecho de su comportamiento, y cuando incluso la amistad con aquellas personas podría acarrearle el ridículo o la censura de las damas de Netherfield o Rosings.

Las visitas estuvieron con ellos alrededor de una hora y cuando se levantaron para despedirse, el señor Darcy llamó a su hermana para que se uniera a él en el deseo de que el señor y la señora Gardiner, y la señorita Bennet, fueran a cenar a Pemberley antes de que dejaran el condado. La señorita Darcy, aunque con unas dudas que denotaban la poca costumbre que tenía ofreciendo invitaciones, se apresuró a obedecer. La señora Gardiner miró a su sobrina, a quien iba realmente dirigida la invitación, deseosa de saber si aceptaría la invitación, pero Elizabeth se había girado y no podía verla. Presumiendo, de todos modos, que aquella evasiva formal era más una timidez momentánea que un rechazo a la propuesta, y viendo que su marido, siempre enamorado de las relaciones sociales, estaba deseando aceptar la invitación, la señora Gardiner se atrevió a comprometer la asistencia de los tres y se fijó la fecha para dos días después.

Bingley se alegró muchísimo de tener la oportunidad de volver a ver a Elizabeth otra vez, pues tenía aún muchas cosas de las que hablar con ella y muchas preguntas que hacerle a propósito de todos sus amigos de Hertfordshire. Elizabeth, que entendió que todo aquello se reducía a saber algo de su hermana, no pudo sentirse más contenta. Cuando los visitantes se fueron, al pensar en este y otros asuntos, sintió que durante la última media hora había sido feliz, aunque mientras la estaba viviendo no la disfrutara mucho. Deseosa de estar sola, aunque un poco temerosa por las preguntas y maledicencias de sus tíos, se quedó con ellos solo lo suficiente como para oír la favorable opinión que tenían de Bingley, y luego corrió a vestirse.

Pero no tenía ninguna razón para temer la curiosidad del señor y la señora Gardiner; no tenían ninguna intención de obligarla a hablar. Era evidente que tenía mucha más relación con el señor Darcy de lo que ellos habían imaginado; era evidente que él estaba absolutamente enamorado de ella. Todo aquello les resultaba interesantísimo, pero nada justificaba que fueran indiscretos preguntando lo que no debían.

El problema era que ahora tenían buena opinión del señor Darcy; y hasta donde llegaba su conocimiento del caballero, no habían podido encontrar defecto alguno. No podían dejar de agradecer su cordialidad, y si hubieran tenido que describir su carácter a partir del juicio que se habían formado, de la información de la criada, sin tener en cuenta nada de lo que hubieran sabido antes, el círculo de amistades de Hertfordshire que lo había conocido no habría reconocido en su descripción al señor Darcy. En todo caso, ahora tenían mucho interés en creer al ama de llaves, y no tardaron en llegar a la conclusión de que la autoridad de un criado que lo había conocido

desde que tenía cuatro años, y cuyo aspecto indicaba absoluta respetabilidad, no podía desestimarse en absoluto. Tampoco había, en
lo que sus amigos de Lambton les habían contado, nada que pudiera rebajar aquellas opiniones. No tenían nada de lo que acusarlo,
salvo de orgullo; y probablemente era orgulloso, y si no lo era, los
habitantes de aquella pequeña ciudad de mercado se habrían ocupado de decirlo de todos modos, porque la familia de Pemberley
rara vez iba por allí. Sin embargo, todo el mundo decía que era un
hombre generoso y que se portaba muy bien con los pobres.

Respecto a Wickham, los viajeros enseguida llegaron a la conclusión de que no se le tenía en mucho aprecio por allí; pues aunque no se conocían bien los problemas que había tenido con el hijo
de su señor, se sabía de fijo que cuando se fue de Derbyshire había
dejado muchas deudas que el señor Darcy se tuvo que ocupar de
solventar después.

Respecto a Elizabeth, pensó en Pemberley aquella noche más
que la noche anterior; y la noche, mientras transcurría, aunque le
pareció larguísima, no fue lo suficientemente larga como para aclarar sus sentimientos hacia *una persona concreta* de aquella mansión, y permaneció despierta dos horas, intentando decidirlo. Desde
luego, no lo odiaba. No. El odio se había desvanecido hacía mucho
tiempo y durante todo ese tiempo casi se había avergonzado de tener un sentimiento de rechazo hacia él que mereciera ese nombre.
El respeto nacido de la convicción del valor de sus cualidades, aunque admitidas al principio a regañadientes, habían dejado de ser al
final repugnantes a sus sentimientos; y ahora había adquirido una
especie de naturaleza amistosa, gracias a los testimonios que había
oído en su favor y el comportamiento tan agradable que él mismo
había tenido el día anterior. Pero sobre todo, por encima del respeto
y el aprecio, había en su interior una predisposición hacia él que no
podía pasar por alto. Era gratitud. Gratitud no solamente por haberla amado, sino por amarla lo suficiente todavía como para olvidar la petulancia y la acritud con que lo había rechazado, y todas las
injustas acusaciones que habían acompañado a aquella negativa.
Él, que debía haberla evitado y haberla considerado su mayor enemiga —de eso estaba convencida—, parecía ahora mucho más deseoso de conservar su amistad, y sin hacer gala de ninguna muestra
de afecto falsa, ni hacer aspavientos por un asunto que solo les

incumbía a ellos dos, parecía esforzarse en conseguir que sus amigos tuvieran buena opinión de él y se había atrevido a presentarle a su hermana. Un cambio semejante en un hombre tan orgulloso no solo causaba asombro, sino que suscitaba gratitud... pues solo al amor, al amor apasionado podía atribuirse aquella transformación; y tal era la impresión en ella que deseaba alentarla, pues de ningún modo le resultaba desagradable, aunque no pudiera definirla exactamente. Lo respetaba, lo apreciaba, le estaba agradecida, sentía un verdadero interés en que fuera feliz, y solo quería saber hasta qué punto esa felicidad dependía de ella, y hasta qué punto la felicidad de ambos dependería de que ella pudiera conseguir que el señor Darcy renovara sus proposiciones, pues suponía que aún tenía ese poder en sus manos.

La tía y la sobrina habían llegado al acuerdo por la noche de que aquella conmovedora cortesía de la señorita Darcy de ir a visitarlos el mismo día de su llegada a Pemberley, pues había llegado poco después del desayuno, debería devolverse. Debía devolverse, aunque no pudiera igualarse, haciendo algún esfuerzo de cortesía por su parte; y, en consecuencia, concluyeron que sería muy recomendable ir a visitarla a la mañana siguiente. Así que irían. Elizabeth se puso muy contenta, aunque cuando se preguntó por los motivos de semejante alegría, no pudo contestar nada razonable.

El señor Gardiner se fue después de desayunar. La invitación a ir a pescar se había renovado el día anterior y se le había asegurado que algunos de los caballeros de Pemberley le acompañarían a mediodía.

Capítulo III

Convencida como estaba Elizabeth de que el desprecio de la señorita Bingley hacia ella se fundamentaba en los celos, no pudo evitar pensar en lo desagradable que le resultaría verla aparecer por Pemberley, y sentía curiosidad por comprobar cuánta cortesía pondría de su lado la señorita ante la inminente reanudación de la relación.

Al llegar a la mansión, se les mostró el camino por el vestíbulo hasta el salón, cuya orientación al norte lo convertía en un lugar delicioso durante los meses de verano. Las ventanas abiertas al campo ofrecían una refrescante panorámica de las altas colinas boscosas que había en la parte posterior de la mansión y de los bellos robles y castaños españoles que se alzaban dispersos en las laderas herbosas más cercanas.

La señorita Darcy las recibió en ese salón: estaba sentada allí con la señora Hurst y la señorita Bingley, y la señora con la que vivía en Londres. El recibimiento de Georgiana fue muy amable, pero adolecía de aquel embarazo que, aunque procedía de la timidez y del temor de hacerlo mal, algunas personas que se creyeran inferiores podrían interpretar como una consecuencia del orgullo y la reserva. La señora Gardiner y su sobrina, sin embargo, no la entendieron mal y fueron comprensivas.

La señora Hurst y la señorita Bingley las recibieron con una leve reverencia, y cuando se sentaron, se produjo un silencio, desagradable, como la mayoría de los silencios. La primera en romperlo fue la señora Annesley, una mujer amable, de aspecto agradable, que intentó hablar de algún tema, demostrando que estaba bastante mejor educada que cualquiera de las otras; y entre ella y la señora Gardiner, con el apoyo circunstancial de Elizabeth, se mantuvo una especie de conversación. La señorita Darcy miraba como si deseara reunir el valor suficiente para decir algo y a veces se atrevía a pronunciar alguna frasecita corta, cuando no había mucho peligro de que la pudieran escuchar.

Elizabeth no tardó en darse cuenta de que la señorita Bingley la estaba vigilando estrechamente y que no iba a poder decir ni una palabra, sobre todo a la señorita Darcy, sin que ella estuviera al tanto. Aquello no habría impedido que intentara hablar con la señorita Darcy, si no hubiera sido porque estaban sentadas a una considerable distancia; pero no lamentó que se le ahorrara la necesidad de hablar mucho. Sus propios pensamientos le bastaban para estar entretenida. Confiaba en que en cualquier momento algunos de los caballeros entraran en el salón. Deseaba... temía que el señor de la casa pudiera estar entre ellos... aunque era incapaz de decidir si lo deseaba o lo temía. Después de estar allí sentadas así durante más de un cuarto de hora, sin tener el honor de haber oído la voz de la señorita Bingley, Elizabeth se sorprendió al recibir de su parte una gélida pregunta sobre la salud de su familia.

Elizabeth respondió con la misma indiferencia y brevedad, y la otra ya no dijo más.

La siguiente conmoción de aquella visita tuvo lugar cuando entraron los criados con carnes fiambres, pastel y distintas frutas de la temporada; pero eso ocurrió después de muchas miradas conminatorias y sonrisas de la señora Annesley a la señorita Darcy, con el fin de recordarle sus obligaciones de anfitriona. Ahora ya tenían algo que hacer; porque aunque no quisieran hablar, al menos podían comer. Y la hermosa pirámide de uvas, nectarinas y melocotones enseguida consiguió reunirlas en torno a la mesa.

Mientras estaban entretenidas con la fruta, Elizabeth tuvo una buena ocasión para decidir si temía o deseaba la aparición del señor Darcy, gracias a los sentimientos que despertó su entrada en el salón; y entonces, aunque solo un momento antes creía que predominaba su deseo de verlo, enseguida comenzó a lamentar su llegada.

Había estado un rato con el señor Gardiner, que se encontraba pescando en el río con otros dos o tres caballeros, y los había dejado allí cuando supo que las damas tenían intención de visitar a Georgiana esa mañana. Apenas apareció el señor Darcy, Elizabeth decidió que iba a mantener perfectamente la compostura y la naturalidad: una decisión muy útil pero difícil de llevar a cabo, porque vio que todo el grupo de damas se quedaba mirándolos a los dos y que nadie lo perdió de vista desde que entró en la estancia. En ningún rostro se reflejaba con más fuerza la curiosidad que en la señorita Bingley, a pesar de las sonrisas que esparcía su rostro cada vez que hablaba a alguien; porque los celos aún no la habían conducido a la desesperación y sus remilgos con el señor Darcy en absoluto habían remitido. La señorita Darcy, cuando entró su hermano, se esforzó en hablar más; y Elizabeth vio que su hermano estaba deseoso de que la joven hiciera amistad con ella e hizo todo lo posible por forzar una conversación entre las dos. La señorita Bingley también se dio cuenta y, con la imprudencia de la rabia, aprovechó la primera oportunidad para decir con burlona cortesía:

—Y... díganos, señorita Eliza, ¿ya no está la milicia de ***shire en Meryton? Vaya, ha debido de ser una gran pérdida *para su familia*.

En presencia de Darcy, la señorita Bingley no se había atrevido a mencionar el nombre de Wickham, pero Elizabeth inmediatamente comprendió que era la persona en la que estaba pensando. Los recuerdos que inspiró aquel nombre le procuraron algún instante de enojo, pero obligándose con tenacidad a repeler aquel malicioso ataque, inmediatamente respondió a la pregunta con un tono de completa indiferencia. Mientras hablaba, una mirada involuntaria le mostró que Darcy estaba congestionado, mirándola con suma ansiedad, y su hermana completamente aturdida e incapaz de levantar la mirada. Si la señorita Bingley hubiera sabido lo mucho que hería a su adorado amigo, sin duda se habría callado aquella malicia; pero solo había pretendido molestar a Elizabeth, sacando a relucir el nombre de un hombre en quien ella la suponía interesada, para conseguir que delatara unos sentimientos que la pudieran perjudicar a ojos de Darcy y quizá recordarle a este último todas las locuras y las ridiculeces que relacionaban a una parte de la familia Bennet con los militares. No sabía ni una palabra de la pretendida fuga de la señorita Darcy. Su hermano no se lo había contado a nadie, salvo a Elizabeth, y se había mantenido en el más estricto secreto. Y el señor Darcy estaba especialmente interesado en ocultárselo a todos los parientes de Bingley, precisamente, por aquella intención que Elizabeth le había atribuido durante tanto tiempo: que Georgiana acabara siendo la esposa de Bingley. Darcy, efectivamente, había abrigado aquella idea y aunque en principio no hubiera pensado en ello cuando decidió separar a Bingley de Jane, es probable que aquel enlace previsto hubiera podido añadir algo a la viva preocupación que sentía por la felicidad de su amigo.

La calmada actitud de Elizabeth, sin embargo, pronto tranquilizó el nerviosismo del señor Darcy; y como la señorita Bingley, dolida y humillada, no se atrevió a sacar a relucir a Wickham, Georgiana también se fue recobrando, aunque no lo suficiente como para atreverse a volver a hablar. Su hermano, con cuya mirada temía toparse, apenas volvió a prestarle atención al asunto, y la misma circunstancia que se había planeado para desviar sus pensamientos de Elizabeth pareció que los fijaba aún más en ella y con más pasión.

Después de la pregunta y la respuesta arriba mencionadas, la visita ya no duró mucho más; y mientras el señor Darcy iba a acompañarlas al carruaje, la señorita Bingley se desahogó criticando a Elizabeth, su comportamiento y su vestido. Pero Georgiana no participó en aquel juego. El interés de su hermano en aquella joven era suficiente para asegurarse su favor: su hermano no podía equivocarse y le había hablado en tales términos de Elizabeth que Georgiana no tenía más remedio que encontrarla encantadora y adorable. Cuando Darcy regresó al salón, la señorita Bingley no pudo evitar repetirle algunas cosas que le había estado diciendo a su hermana.

—¡Qué desmejorada estaba esta mañana Eliza Bennet, ¿verdad, señor Darcy? —exclamó—. En mi vida he visto cosa igual: está cambiadísima desde que la vimos el pasado invierno. ¡Está como cetrina y arrugada...! Louisa y yo estábamos diciendo precisamente que casi no la reconocíamos...

Por poco que al señor Darcy le hubiera gustado aquel comentario, se contentó con responder gélidamente que no había percibido ninguna otra alteración que la de estar un poco más morena... lo cual no era ningún milagro, sino la consecuencia de viajar en verano.

—Por mi parte —añadió la señorita Bingley—, debo confesar que nunca me pareció una belleza. Tiene la cara demasiado delgada, y no tiene brillo en la piel, y sus facciones no son en absoluto hermosas. Su nariz carece de personalidad; no hay nada remarcable en su perfil. Los dientes son pasables, pero nada del otro mundo, y respecto a sus ojos, que tanto se dice que son muy bonitos, yo nunca he visto nada extraordinario en ellos. Tiene una mirada adusta y desafiante que no me gusta nada de nada, y en sus gestos, en fin, hay una especie de envanecimiento y falta de educación que me resulta intolerable.

Convencida como estaba de que Darcy admiraba a Elizabeth, aquel no era el mejor método para salir favorecida; pero la gente que está enfadada no suele actuar con inteligencia y al ver que al fin parecía un poco irritado, consiguió lo único que ya podía esperar. Sin embargo, Darcy continuó implacablemente silencioso, y, decidida a hacerle hablar, la señorita Bingley añadió:

—Recuerdo cuando la conocimos en Hertfordshire, lo sorprendidos que nos quedamos al saber que tenía fama de ser una belleza... y yo particularmente recuerdo que usted me dijo una noche, después de que cenaran en Netherfield: «¿Esa, una belleza...? Entonces su madre es un prodigio de inteligencia». Pero al parecer ha empezado a gustarle a usted y creo que incluso ha llegado a considerarla bonita en algún momento...

—Sí —replicó Darcy, que ya no pudo contenerse más—, pero eso ocurrió solo la primera vez que la vi, porque hace ya muchos meses que la considero como una de las mujeres más hermosas que conozco.

Y entonces se fue y la señorita Bingley se quedó con toda la satisfacción de haberlo obligado a decir una cosa que solo le dolía a ella.

Mientras regresaban a Lambton, la señora Gardiner y Elizabeth hablaron de todo lo que había ocurrido durante la visita, salvo de lo que les interesaba particularmente a ambas. Comentaron el aspecto y el comportamiento de todas las personas a las que habían visto, salvo el aspecto y el comportamiento de la persona a la que más atención le habían prestado. Hablaron de su hermana, de sus amigas, de su casa, de la fruta, de todo, salvo de *él;* y, sin embargo, Elizabeth estaba deseando saber lo que la señora Gardiner pensaba del señor Darcy y la señora Gardiner habría estado encantada de que su sobrina comenzara a hablarle del tema...

Capítulo IV

Cuando llegaron a Lambton por primera vez, Elizabeth se había disgustado al no recibir allí carta de Jane, y su disgusto se acrecentó cuando la ansiada carta no apareció durante todos los días que habían pasado allí; pero al tercer día cesaron sus lamentos y su hermana quedó perdonada cuando vio que tenía dos cartas de ella a la vez, en una de las cuales aparecía la anotación de que se había extraviado en algún sitio. Elizabeth no se sorprendió, porque Jane había escrito la dirección fatal.

Se estaban preparando para ir a dar un paseo precisamente cuando llegaron las cartas; y sus tíos la dejaron para que las leyera con tranquilidad, y salieron solos. La carta que se había perdido era la primera que había que leer; se había escrito hacía cinco días. El principio contenía un resumen de todas las pequeñas fiestas y compromisos de la familia, con todas las noticias que puede proporcionar un pueblo del campo; pero la segunda mitad de la carta estaba fechada un día después, con letra muy nerviosa, y relataba noticias más importantes. Decía así:

Mi querida Lizzy, desde lo que te escribí más arriba, ha ocurrido algo completamente inesperado y muy grave; pero me temo que te estoy asustando... Puedes estar tranquila, que estamos todos bien. Lo que tengo que decirte guarda relación con nuestra pobre hermana Lydia. Vino un correo urgente a las doce de la noche, ayer, cuando todos nos habíamos ido ya a la cama, del coronel Forster, para informarnos de que Lydia se había ido a Escocia con uno de sus oficiales... para decir toda la verdad, ¡con Wickham! Imagínate nuestra sorpresa. A Kitty, sin embargo, no parece extrañarle demasiado. Lo lamento tanto, tanto... ¡Es una relación tan imprudente por ambas partes...! Pero lo único que deseo es que todo salga bien o que todo lo hayamos entendido mal... que Wickham solo sea un inconsciente y un indiscreto, y que este paso que ha dado (pensemos eso para consolarnos) no signifique que tenga el corazón emponzoñado. Al fin y al cabo, su elección es desinteresada, porque desde luego debe de saber que nuestro padre no puede darle nada. Nuestra pobre madre está destrozada de dolor. Papá lo lleva mejor. Menos mal que nunca les dijimos lo que se cuenta de él; incluso nosotras debemos olvidarlo. Se fugaron el sábado por la noche alrededor de las doce, o eso es lo que se cree, porque no se les ha echado de menos hasta ayer por la mañana a las ocho. Nos enviaron enseguida el correo urgente. Mi querida Lizzy, deben de haber pasado a diez millas de aquí. El coronel Forster nos ha hecho saber que vendrá a darnos explicaciones pronto. Lydia dejó una nota breve para su mujer, informándola de sus intenciones. Tengo que acabar porque no puedo dejar sola a mamá durante mucho tiempo. Me temo que te resultará difícil entender lo que te he dicho, porque yo apenas sé lo que he escrito...

Sin darse tiempo para meditarlo bien, y sin saber exactamente cuáles eran sus sentimientos, Elizabeth, al concluir aquella carta, cogió inmediatamente la otra y, abriéndola con indescriptible impaciencia, leyó lo que sigue; Jane lo había escrito un día después del final de la primera:

A estas horas, mi queridísima hermana, ya habrás recibido la carta que apresuradamente te escribí ayer. Ojalá esta te resulte más inteligible, pero aunque dispongo de más tiempo, tengo la cabeza tan aturdida que no puedo garantizar que sea coherente. Queridísima Lizzy, no sé cómo decírtelo, pero tengo malas noticias y no puedo aplazarlas. Aunque el matrimonio entre el señor Wickham y nuestra pobre Lydia sería un enlace absolutamente imprudente, ahora estamos preocupados porque no sabemos si se ha producido, pues hay muchas razones para temer que no han ido a Escocia. El coronel Forster llegó ayer, habiendo dejado Brighton el día anterior, no muchas horas después de haber despachado el correo urgente. Aunque la breve carta de Lydia a la señora F. les daba a entender que iban a ir a Gretna Green,[22] a Denny se le escapó algo que dejaba traslucir su creencia de que W. nunca tuvo la intención de ir allí, ni de casarse con Lydia en absoluto; eso llegó a conocimiento del coronel Forster, que instantáneamente dio la alarma y salió de B. intentando seguirles los pasos y darles alcance. Les siguió el rastro sin mucha dificultad hasta Clapham, pero no pudo ir más allá, pues entrando en aquel barrio cogieron un coche de alquiler y abandonaron el coche de postas que habían cogido en Epson. Todo lo que se sabe a partir de ahí es que se les vio en el camino de Londres. Yo no sé qué pensar. Después de hacer todas las pesquisas imaginables en esa parte de Londres, el coronel F. vino a Hertfordshire, preguntando en todos los portazgos y en todas las posadas de Barnet y Hatfield, pero sin ningún éxito: nadie los había visto pasar por allí. Con la más sentida consternación vino a Longbourn y nos lo contó todo de una manera que le honra. Estoy sinceramente apenada por él y por la señora F., pero nadie puede culparlos. Nuestra inquietud, mi querida Lizzy, es muy grande. Papá y mamá se temen lo peor, pero yo no puedo pensar tan mal de Wickham. Puede haber muchas circunstancias por las que tal vez hayan considerado más oportuno casarse en secreto en Londres que seguir su plan inicial, y aunque él hubiera pensado no casarse con una joven como Lydia, que tiene familiares y conocidos, lo cual no es probable, ¿cómo voy a pensar que ella es una perdida? Imposible. Lamento comprobar, de todos modos, que el coronel F. no se fía de que se haya celebrado ese matrimonio; niega con la cabeza cuando le expreso mis esperanzas y dice que teme que W. no sea un caballero en el que se pueda confiar. La pobre mamá está realmente enferma y no sale de su alcoba. Si pudiera controlarse, le vendría bien; pero no parece probable, y respecto a papá, nunca en mi vida lo he visto tan afectado. La pobre

---

[22] Gretna Green era una localidad escocesa, en la frontera con Inglaterra, donde acudían a casarse las parejas de jóvenes, pues los requisitos de edad en Escocia eran más flexibles que en la legislación inglesa. Los jóvenes enamorados —y, generalmente, fugados— se casaban en las famosas herrerías de Gretna Green.

Kitty está desesperada por haber ocultado los amores de Lydia, pero como son asuntos tan confidenciales, no puede asombrarnos. Me alegra mucho, mi queridísima Lizzy, que te hayas librado de estas dolorosísimas escenas; pero ahora que la primera conmoción ya ha pasado, ¿puedo decirte que estoy deseando que vuelvas? De todos modos, no soy tan egoísta como para insistir en ello, si te resulta inconveniente. *Adieu.* — Cojo la pluma otra vez para hacer lo que acabo de decirte que no haría, pero las circunstancias son tan graves que no puedo evitar rogaros a los tres que volváis a casa, en cuanto podáis. Conozco bien a mis queridos tíos y sé que responderán a mi petición, aunque al tío aún tengo que pedirle otra cosa. Mi padre va a ir a Londres con el coronel Forster inmediatamente, para intentar averiguar dónde anda Lydia. Lo que piensan hacer, no lo sé seguro; pero su absoluta congoja no le permitirá tomar medidas sensatas y seguras, y el coronel Forster se va a ver obligado a regresar a Brighton de nuevo mañana por la noche. En una situación tan delicada, el consejo y la ayuda del tío serían decisivos; estoy segura de que enseguida comprenderá lo que digo y confío totalmente en su bondad.

—¡Oh...! ¿Dónde... dónde está mi tío? —exclamó Elizabeth, saltando de la silla donde había terminado de leer la carta y decidida a ir en su busca sin perder un instante ni un tiempo tan precioso; pero cuando llegó a la puerta, un criado la abrió desde el otro lado y apareció el señor Darcy. El rostro pálido de Elizabeth y la violencia de sus movimientos le sorprendieron un poco, y antes de que pudiera recobrarse para hablar, ella, que no podía pensar en otra cosa que no fuera la situación de Lydia, exclamó apresuradamente:

—Le ruego que me perdone, pero debo dejarle... Tengo que encontrar al señor Gardiner enseguida, por un asunto que no puede demorarse. No tengo un momento que perder...

—¡Santo Dios! ¿Qué ocurre? —exclamó el señor Darcy, más conmocionado que educado; luego se recobró, y dijo—: No la detendré ni un segundo, pero permítame ir a mí a buscar al señor Gardiner o a un criado. No se encuentra usted bien... no puede ir usted sola...

Elizabeth titubeó, pero le temblaban rodillas y se dio cuenta de lo poco que ganaría yendo a buscar a sus tíos ella sola. Llamó al criado, por tanto, y le hizo el encargo, aunque jadeando de un modo que apenas se le entendía, de que encontrara a su señor y a su señora y los trajera de vuelta, cuanto antes.

Cuando el criado se fue, ella se sentó, incapaz de sostenerse de pie, y con todo el aspecto de estar tan descompuesta que a Darcy le fue imposible dejarla allí sola, y tampoco pudo evitar decir, en un tono de amable compasión:

—Permítame que llame a su doncella. ¿No quiere tomar nada para recobrarse...? ¿Un vaso de vino...? ¿Le sirvo uno...? Está usted muy mal...

—No... gracias... —contestó, intentando recobrarse—. A mí no me pasa nada. Yo estoy bien. Solo estoy un poco conmocionada por una noticia horrible que acabo de recibir de Longbourn...

Estalló entonces en lágrimas cuando iba a hablar de ello y durante unos minuos no pudo decir ni una palabra. Darcy, en una penosa incertidumbre, solo podía decir alguna cosa ininteligible sobre lo preocupado que estaba, y la observaba en un compasivo silencio. Al final, Elizabeth volvió a hablar.

—Acabo de recibir una carta de Jane, con unas noticias espantosas. De nada sirve ocultarlas. Mi hermana pequeña ha abandonado a todos sus amigos... se ha fugado... se ha arrojado en brazos de... del señor Wickham. Han huido de Brighton. Usted lo conoce lo suficientemente bien para saber lo que ocurrirá... Ella no tiene dinero, ni relaciones, nada que pueda servirle a él... ¡Lydia se ha echado a perder para siempre!

Darcy se quedó inmóvil y atónito.

—¡Cuando pienso —añadió Elizabeth con una voz aún más compungida— que *yo* podría haberlo evitado...! Yo, que sabía cómo era ese hombre... Si al menos les hubiera contado aunque solo fuera una parte... una parte de lo que sabía, ¡a mi propia familia! Si hubieran sabido cómo era, esto no habría ocurrido. Pero ya es tarde... demasiado tarde...

—Lo lamento enormemente... de verdad... —murmuró Darcy—. Lo lamento... estoy conmocionado... Pero... ¿es cierto? ¿Absolutamente cierto?

—¡Oh, sí...! Se fueron juntos de Brighton el domingo por la noche y pudieron seguirlos hasta Londres, pero solo hasta allí. Desde luego, no han ido a Escocia.

—¿Y qué se ha hecho? ¿Qué se ha intentado para recuperar a su hermana?

—Mi padre ha ido a Londres y Jane ha escrito para que le ruegue a mi tío que vaya para ayudarlo, y supongo... confío... en que salgamos dentro de media hora. Pero no se puede hacer nada; sé muy bien que ya no se puede hacer nada. ¿Cómo convencer a un hombre así? ¿Cómo van siquiera a saber dónde está?

Darcy asintió en silencio.

—Si cuando se me quitó la venda de los ojos respecto a su verdadero carácter... oh, hubiera sabido lo que debía hacer, lo que tenía que hacer... Pero no supe... temí ir demasiado lejos. ¡Qué error, qué horrible error!

Darcy no contestó. Parecía como si apenas la estuviera escuchando, y se limitaba a ir arriba y abajo por la estancia profundamente concentrado, con el ceño fruncido y el gesto sombrío. Elizabeth lo observó, y enseguida lo comprendió todo. El poder que tenía sobre él se había desvanecido; todo se había desvanecido ante semejante prueba de la debilidad familiar, ante la certeza de la más profunda infamia. Elizabeth no podía ni extrañarse ni condenarlo, pero la creencia de que había perdido a Darcy para siempre no trajo ningún consuelo a su pecho, ni mitigó su amargura. Bien al contrario, sirvió exactamente para que conociera el alcance de sus propias pasiones y comprender que nunca se había percatado hasta entonces y tan sinceramente de lo mucho que lo amaba, aun cuando todo amor fuera ya en vano.

Pero las cuestiones personales, aunque lucharan por aflorar, no podían distraerla. Lydia... la humillación, la desgracia que estaba derramando sobre toda la familia de inmediato volvió a ser su principal preocupación; Elizabeth se cubrió el rostro con el pañuelo y se olvidó de todo; y después de un silencio de varios minutos, solo la voz del caballero que estaba con ella consiguió devolverla a la realidad. Aunque se dirigió a ella con compasión, Darcy habló también con cautela:

—Me temo que hace rato que desea que me vaya y no tengo ninguna razón que alegar para permanecer aquí... salvo una verdadera preocupación, aunque seguramente no muy útil. ¡Ojalá pudiera decir algo que consolara su amargura! Pero ya no la molestaré más con vanos deseos, porque parece que solo lo hago para que me lo agradezca. Este desgraciado asunto, supongo, evitará que mi hermana tenga el placer de verla a usted en Pemberley hoy.

—Ah, sí... ¿Será tan amable de disculparme ante la señorita Darcy? Dígale que un asunto urgente nos obliga a volver a casa inmediatamente. No le diga la funesta verdad todo el tiempo que sea posible. No sé cuánto puede durar todo esto.

El señor Darcy le aseguró que guardaría el secreto... y de nuevo expresó su pena por la angustia que estaba pasando Elizabeth, deseó que el asunto no acabara tan mal como daban a entender las circunstancias, y enviando sus respetos a sus tíos, con un gesto grave, se despidió y se fue.

Cuando ya abandonaba la sala, Elizabeth pensó cuán improbable era que pudiera volver a verlo en un ambiente tan cordial como el que habían mantenido en sus últimos encuentros en Derbyshire; y cuando echó la vista atrás, a la amistad que habían mantenido durante los últimos meses, tan llena de contradicciones y sobresaltos, Elizabeth suspiró ante la extraña persistencia de unos sentimientos que ahora habría deseado que continuaran y que antaño había deseado que no existieran.

Si la gratitud y el afecto son buenas bases para el amor, la transformación de los sentimientos de Elizabeth no resultará ni extraña ni censurable. Pero si no es así, si el cariño que nace de tales fuentes es irrazonable o antinatural, en comparación con lo que tan a menudo se describe como amor a primera vista, e incluso con el amor que nace al parecer antes de que se hayan intercambiado dos palabras, nada puede decirse en defensa de Elizabeth, salvo que ya conocía bien este último método, en su relación con Wickham, y que su fracaso tal vez podía autorizarla a probar otro modo de enamorarse, tal vez menos apasionante. Sea como fuere, Elizabeth vio alejarse a Darcy con pena; y en aquel claro ejemplo de lo que la infamia de Lydia podía desembocar, descubrió una angustia más cuando reflexionó en todo aquel desgraciado asunto. En ningún momento, desde que leyó la segunda carta de Jane, tuvo la esperanza de que Wickham tuviera intención de casarse con Lydia. Nadie, salvo Jane, pensó Elizabeth, podía engañarse con semejantes ilusiones. La sorpresa era la menor de sus emociones en el desarrollo de aquella historia. Fue toda una sorpresa cuando leyó la primera carta de su hermana...

resultaba asombroso que Wickham quisiera casarse con una niña como Lydia, porque era imposible que se casara por dinero, y que Lydia pudiera haberse enamorado de él casi le resultaba incomprensible. Pero ahora lo comprendía todo. Porque una relación como aquella podía tener para Lydia suficientes atractivos, y aunque no quisiera pensar que Lydia había estado perfectamente de acuerdo en aquella fuga, sin intención de casarse, no le costaba mucho creer que ni su virtud ni su inteligencia podían impedir que acabara siendo una presa fácil.

Mientras el regimiento permaneció en Hertfordshire, Elizabeth nunca había notado que Lydia tuviera ninguna inclinación especial hacia él, pero estaba convencida de que Lydia solo habría necesitado un mínimo empujoncito para encandilarse con cualquiera. A veces había escogido a un oficial o a otro como favorito, siempre que le dedicaran sus atenciones. Sus afectos siempre habían sido volubles, pero nunca había dejado de fijarse en alguien. Qué imperdonable desidia y qué indulgencia mal entendida con aquella niña... ¡Oh, qué claro lo veía ahora!

Estaba loca por volver a casa... para saber, para ver, para estar donde debía estar, para compartir con Jane los cuidados que necesitaba aquella desgraciada familia y de la que ahora solo se ocupaba ella: un padre ausente, una madre incapaz de moverse, y que requería continua asistencia; y aunque estaba casi convencida de que no se iba a poder hacer nada por Lydia, la colaboración de su tío resultaba importantísima, y hasta que él no entró en la estancia, Elizabeth creyó morirse de impaciencia. Los señores Gardiner habían regresado rápidamente y asustados, suponiendo, por lo que les contó el criado, que su sobrina se había puesto repentinamente enferma... pero los tranquilizó enseguida a ese respecto y les comunicó sin demora la razón por la que los había llamado, les leyó las dos cartas en voz alta e insistió en los últimos párrafos de la última, con temblorosa emoción. Aunque Lydia nunca había sido una de sus sobrinas favoritas, los señores Gardiner no pudieron sentirse sino profundamente afectados. No solo era una cuestión que concerniera a Lydia, sino a todos; y tras las primeras exclamaciones de sorpresa y horror, el señor Gardiner inmediatamente prometió toda la ayuda que estuviera en su mano. Elizabeth, aunque no esperaba menos, se lo reconoció con lágrimas de gratitud. Y los tres, movidos por un solo deseo, lo dispusieron todo para el viaje rápidamente. Iban a partir cuanto antes.

—¿Pero qué vamos a hacer con lo de Pemberley? —exclamó la señora Gardiner—. John nos dijo que el señor Darcy estaba aquí cuando enviaste a buscarnos... ¿es cierto?

—Sí, y ya le dije que no nos sería posible acudir a nuestro compromiso. *Eso* está todo solucionado.

—«Eso está todo solucionado...» —repitió su tía, mientras iba corriendo a su habitación para prepararse—. ¡Y se conocen lo suficiente como para que Elizabeth se lo haya contado todo...! ¡Ah, me encantaría saber qué pasó...!

Pero sus deseos eran en vano; o, como mucho, solo pudieron servir para que se entretuviera pensándolo en medio de la precipitación y la confusión de la hora siguiente. Si Elizabeth hubiera tenido tiempo para no hacer nada, habría llegado a la conclusión de que una persona tan desgraciada como ella era incapaz de hacer nada; pero tenía tanto que hacer como su tía, entre otras cosas, escribir notas a todos sus amigos en Lambton con falsas excusas para su repentina partida. En una hora, de todos modos, lo tuvo todo preparado; y el señor Gardiner, mientras tanto, había satisfecho la cuenta de la posada, por tanto, ya no quedaba nada por hacer, sino partir, y Elizabeth, después de todo el sufrimiento de por la mañana, se encontró, en menos tiempo del que imaginaba, sentada en el carruaje y de viaje en dirección a Longbourn.

CAPÍTULO V

—He estado pensándolo otra vez, Elizabeth —dijo su tío, cuando salían de la ciudad en el carruaje—, y, realmente, después de meditarlo bien, me siento más inclinado a pensar de todo esto lo mismo que tu hermana mayor. A mí me parece muy improbable que ningún joven pudiera perpetrar esta ignominia contra una niña que en ningún sentido está desprotegida o no tiene amigos, y que en ese momento estaba viviendo con la familia de su coronel... Más bien tiendo a creer que podemos esperar lo mejor. ¿Es que ese joven cree que los parientes de Lydia no van a mover un dedo? ¿Creerá que van a volver a admitirlo a él en el regimiento, después de semejante afrenta al coronel Forster? Demasiado riesgo para lo que podría conseguir.

—¿De verdad lo piensas, tío? —exclamó Elizabeth, animándose por un instante.

—Por mi parte, yo empiezo a pensar lo mismo que tu tío. Es una violación tan enorme de la decencia, del honor, de la respetabilidad que es imposible que se haya atrevido. No puedo pensar tan mal de Wickham. ¿Y tú, Lizzy? ¿Lo crees tan desesperado como para pensar que pueda haber hecho algo así?

—A lo mejor no está pensando en despreciar su respetabilidad. Pero no le importa mucho la respetabilidad de los demás, y de eso sí lo creo capaz. Desde luego, ¡ojalá fuera como decís vosotros! Pero no tengo muchas esperanzas. ¿Por qué no fueron al final a Escocia, si era lo que habían pensado?

—En primer lugar —replicó el señor Gardiner—, no hay ninguna prueba en absoluto de que no hayan ido a Escocia.

—¡Ya, pero dejaron el coche de postas y cogieron un coche de alquiler, y eso ya es sospechoso! Y, además, no hay ni rastro de ellos en los portazgos del camino de Barnet.

—Bueno, entonces... tendremos que suponer que están en Londres. Puede que estén allí, porque puede que solo tengan la intención de esconderse y nada más. No creo que ninguno de los dos tenga mucho dinero; y quizá se les ocurriera que podrían casarse en Londres y que eso les resultaría más barato que en Escocia, aunque menos sencillo.

—Pero, entonces, ¿por qué todo este secreto? ¿Por qué todo ese temor a que los descubran? ¿Por qué tienen que casarse a escondidas? ¡Oh, no, no...! No lo creo. Su mejor amigo, lo dice aquí Jane en su carta, estaba convencido de que nunca tuvo intención de casarse con ella. Wickham nunca se casará con una mujer sin algún dinero. No puede permitírselo. ¿Y qué puede aportar Lydia, qué puede darle, aparte de los atractivos de la juventud, la salud, la risa, para que Wickham renuncie por ella a tener la oportunidad de casarse bien? Y respecto a la mala fama que puede acarrearle en el ejército una deshonrosa fuga con Lydia, eso no lo puedo juzgar, porque ignoro qué efectos puede tener un acto así en la milicia. Respecto a lo demás, me temo que tampoco puedo tener muchas esperanzas. Lydia no tiene hermanos que puedan defender su honor; y seguramente él supone, por el comportamiento de mi padre, por su indolencia y la poca atención que le ha prestado siempre a lo que pudiera ocurrirle a su familia, que no hará nada y que ni se lo tomará en cuenta: todo lo contrario que cualquier padre haría en un caso así.

—¿Pero de verdad crees que Lydia lo ha abandonado todo por amarle y se ha echado a perder hasta el punto de vivir con él en otros términos que no sean el matrimonio?

—Eso es lo que parece, y es horrible, desde luego —contestó Elizabeth, con lágrimas en los ojos—, tener que admitir que una duda del sentido de la decencia y de la virtud de una hermana. Pero, realmente, no sé qué decir. A lo mejor me equivoco con ella. Pero es muy joven; nunca se le ha enseñado a pensar en asuntos serios; y durante el último medio año... no, durante el último año, no se ha dedicado a nada en absoluto salvo a las diversiones y las tonterías. Se le ha permitido holgazanear y coquetear cuanto le ha venido en gana y a hacer cualquier cosa que se le ocurría. Cuando la milicia de ***shire se acuarteló al principio en Meryton, no tenía otra cosa en la cabeza más que el amor, los coqueteos y los soldados. Ha estado haciendo todo lo posible, pensando y hablando continuamente sobre el mismo tema, para... ¿cómo lo diría...?, para excitar sus emociones, que ya están muy excitadas por naturaleza. Y todos sabemos que Wickham goza de todos los encantos en su persona y en su manera de comportarse para cautivar a una mujer.

—Pero ya ves que Jane no piensa tan mal de Wickham —dijo su tía— como para creerle capaz de semejante cosa.

—¿Y de quién piensa mal Jane? ¿Y a quién creería Jane capaz de hacer algo así, por muy nefasta que pudiera haber sido su conducta anterior? Tendrían que demostrárselo. Pero Jane sabe, igual que yo, que Wickham *sí es capaz* de hacerlo. Ambas sabemos que ha sido un libertino, en toda la extensión de la palabra. Que no tiene ni integridad ni honor. Que es tan falso y tan embustero como seductor.

—¿Y todo eso lo sabes con toda certeza? —exclamó la señora Gardiner, cuya curiosidad por conocer la fuente de información de su sobrina era vivísima.

—Lo sé, desde luego —replicó Elizabeth, sonrojándose—. Ya te hablé el otro día, tía, del infame comportamiento de Wickham con el señor Darcy; y tú, tú misma, cuando estuviste la otra vez en Longbourn, oíste cómo hablaba Wickham de ese caballero, que lo había tratado con tanta benevolencia y generosidad. Y hay otras circunstancias que no estoy autorizada a comentar... que no vale la pena comentar. Pero las mentiras que ha ido contando sobre todo lo relacionado con la familia de Pemberley son interminables. Por lo que me contó de la señorita Darcy, yo estaba predispuesta a encontrarme con una niña orgullosa, adusta y desagradable. Aunque él sabía que era todo lo contrario. Él sabía muy bien que, como hemos comprobado nosotros, es amable y encantadora.

—¿Pero entonces Lydia no sabía nada de todo esto? ¿Cómo podía ignorar todo lo que Jane y tú conocéis tan bien al parecer?

—¡Ah, eso...! Eso es lo peor de todo. Hasta que no fui a Kent y no tuve más relación con el señor Darcy y su pariente, el coronel Fitzwilliam, no supe la verdad. Y cuando regresé a casa, la milicia de ***shire iba a abandonar Meryton en el plazo de quince días. Y dada la situación, ni Jane, a quien le conté todo, ni yo, creímos necesario difundir lo que sabíamos. Porque, ¿de qué iba a servir a nadie que echáramos por tierra la buena opinión que todo el mundo tenía de Wickham? E incluso cuando se decidió que Lydia iría con la señora Forster, no se me pasó por la cabeza la idea de contarle cómo era. Nunca creí que pudiera correr el peligro de un engaño así. Podéis estar seguros de que no tenía ni idea de que eso pudiera acarrear *estas* consecuencias.

—Cuando todos se fueron a Brighton, entonces, tú no viste razones, supongo, para creer que pudieran enamorarse...

—Ni la más mínima. Yo no puedo recordar ni el menor indicio de afecto por ninguna de las partes; y si hubiera notado algo de ese tipo, supongo que sois conscientes de que la nuestra no es una de esas familias en las que una cosa semejante habría pasado desapercibida. Cuando Wickham entró en la milicia de Meryton, Lydia estaba encantada con él, pero todas lo estábamos. Todas las niñas de Meryton, o de los alrededores, estaban como locas por él los dos primeros meses; pero Wickham nunca le prestó a Lydia la menor atención, y, por tanto, después de un período de admiración frívola y exaltada, Lydia se olvidó de él y se fijó en otros del regimiento que la trataban con mayor consideración.

Es comprensible que nada pudiera impedir que siguieran hablando de ello durante todo el viaje, por muchas vueltas que le dieran y aunque pocas cosas nuevas pudieran añadirse a sus temores, esperanzas y conjeturas sobre aquel terrible asunto. Elizabeth no podía pensar en otra cosa. Frente a lo acontecido, clavado en su mente con la angustia más punzante —la culpa—, no podía encontrar un momento de sosiego y olvidarlo.

Viajaron tan deprisa como les fue posible y, durmiendo solo un día por el camino, llegaron a Longbourn a la hora de comer del día siguiente. Era un alivio para Elizabeth pensar que Jane no habría sufrido mucho por la tardanza.

Los pequeños Gardiner, atraídos por la presencia de un carruaje, se asomaron a la escalera de la casa, mientras los recién llegados avanzaban por el camino de entrada; y cuando el carruaje se detuvo frente a la puerta, la alegre sorpresa que iluminó sus rostros, y que se reflejó en todos sus cuerpecillos, que empezaron a dar saltos y brincos, fue la primera emoción de aquella cariñosa bienvenida.

Elizabeth saltó fuera del carruaje y, después de darles unos besos apresurados, corrió al vestíbulo, donde se encontró con Jane, que bajaba corriendo las escaleras desde los aposentos de su madre.

Elizabeth, mientras la abrazaba cariñosamente y las lágrimas anegaban sus ojos, no perdió ni un momento en preguntarle si se había sabido algo de los fugitivos.

—Todavía no —contestó Jane—. Pero ahora que mi querido tío ya está aquí, seguro que todo va a salir bien.

—¿Papá está en Londres?

—Sí, se fue el martes, como te dije en la carta.

—¿Y has sabido algo de él?

—Solo una cosa. Me escribió unas letras el miércoles para decirme que había llegado con bien, y para darme su dirección, tal y como yo le había rogado que hiciera en cuanto la supiera. Solo añadió que no escribiría más hasta que tuviera algo importante que contar.

—¿Y mamá? ¿Cómo está? ¿Cómo estáis todos?

—Mamá está bastante bien, supongo; aunque está un poco de los nervios. Está arriba y seguro que se alegra mucho de verte. Todavía no sale de su alcoba y el vestidor. Mary y Kitty, ¡gracias a Dios!, están perfectamente.

—¿Y tú...? ¿Cómo estás tú? —exclamó Elizabeth—. Parece que estás un poco pálida. ¡Lo que debes de haber pasado!

Su hermana, sin embargo, le aseguró que se encontraba perfectamente bien; y dieron por concluida su conversación, que había transcurrido mientras el señor y la señora Gardiner estaban entretenidos con sus niños, cuando todo el grupo entró en la casa. Jane corrió hacia sus tíos y les dio la bienvenida y les agradeció a ambos que hubieran acudido, entre lágrimas y sonrisas.

Cuando todos ellos pasaron al salón, las cuestiones que Elizabeth ya había preguntado volvieron a repetirse para todos y enseguida dedujeron que en realidad Jane no sabía nada de nada. Sin embargo, el vivo deseo de que todo saliera bien sugería que la esperanzada bondad de su corazón no la había abandonado todavía; aún esperaba que todo acabara bien y pensaba que alguna de aquellas mañanas recibiría una carta de Lydia o de su padre explicando qué había ocurrido y, tal vez, anunciando la boda.

La señora Bennet, a cuyos aposentos subieron todos, después de mantener una breve conversación, los recibió tal y como ellos esperaban, con lágrimas y lamentaciones de pesadumbre, invectivas contra la villana conducta de Wickham y quejumbres de sus sufrimientos y lo mal que se habían portado todos con ella; culpaba a todo el mundo menos a la persona que con su poca cabeza había permitido los errores de su hija.

—Si hubiera podido ir yo a Brighton, como era mi intención primera —decía—, con toda mi familia, *esto* no habría ocurrido; pero la pobre Lydia no tenía a nadie que cuidara de ella. ¿Por qué la perdieron de vista los Forster? Estoy segura de que alguien cometió una terrible negligencia, porque ella no es la clase de niña que hace esas cosas, si hubiera estado bien vigilada. Siempre supe que esos Forster no estaban preparados para hacerse cargo de ella; pero a mí no me hizo caso nadie, claro, como siempre. ¡Ay, pobre hija mía! Y ahora, el señor Bennet también se ha ido, y sé que se batirá en duelo con Wickham, donde sea que lo encuentre, y lo matarán, y entonces, ¿qué va a ser de nosotros? Los Collins nos desahuciarán antes de que mi marido esté frío en la tumba; y si tú no eres generoso con nosotras, hermano, no sé qué vamos a hacer...

Todos protestaron contra aquellos pensamientos terroríficos; y el señor Gardiner, después de asegurar en términos generales que efectivamente la quería mucho a ella y a toda su familia, le dijo que tenía pensado ir a Londres al día siguiente y que ayudaría al señor Bennet en todo lo necesario para recuperar a Lydia.

—No os dejéis llevar por temores imaginarios —añadió—; aunque debemos estar preparados para lo peor, tampoco tenemos razones para darlo por cierto ya. Aún no hace ni una semana que salieron de Brighton. Dentro de unos días tendremos noticias suyas, y hasta que no sepamos que no se han casado y que no tienen intención de casarse, no podemos darlo todo por perdido. En cuanto llegue a la ciudad, iré a ver a mi hermano y le diré que se venga a mi casa en Gracechurch Street, y luego hablaremos para ver qué se puede hacer.

—¡Oh, mi querido hermano! —contestó la señora Bennet—, eso era exactamente lo que estaba pensando yo. Y luego, cuando llegues a Londres, encuéntralos, donde quiera que estén, y si todavía no están casados, *oblígalos* a casarse. Y respecto al vestido de novia, que no esperen por eso, pero dile a Lydia que tendrá todo el dinero que quiera para que se compre todos los vestidos que quiera, después de que se hayan casado. Y, sobre todo, que el señor Bennet no se bata en duelo. Cuéntale en el terrible estado en que me hallo... que estoy de los nervios, y que tengo tales temblores, tales desasosiegos por todo el cuerpo mío, y tales espasmos en el costado, y tantos dolores de cabeza, y tales palpitaciones en el corazón que no puedo descansar ni de día ni de noche. Y dile a mi querida Lydia que no encargue nada de los vestidos hasta que no hable conmigo, porque ella no sabe cuáles son las mejores tiendas. Ay, hermano, ¡qué bueno eres! ¡Yo sé que tú lo vas a arreglar todo!

Pero el señor Gardiner, aunque le volvió a asegurar que haría todo lo posible, no pudo sino recomendarle un poco de moderación, tanto en sus esperanzas como en sus temores; y después de hablar con ella en este sentido hasta que la comida estuvo lista en la mesa, la dejaron sola para que se desahogara con el ama de llaves, que la atendía cuando no estaban sus hijas.

Aunque su hermano y su cuñada estaban convencidos de que no había ningún motivo real para semejante confinamiento, no intentaron disuadirla, porque sabían que no tenía cabeza suficiente para tener cerrado el pico delante de los criados mientras servían la mesa, y todos creyeron que sería mejor que solo un miembro del servicio y uno en el que se podía confiar absolutamente, escuchara todos sus temores y esperanzas sobre el tema.

En el comedor se reunieron con ellos también Mary y Kitty, que habían estado muy ocupadas al parecer en sus respectivas habitaciones, para estar presentables. Una acababa de dejar sus libros y la otra acababa de arreglarse. Los rostros de ambas, sin embargo, estaban aceptablemente serenos y no había ningún cambio visible en ninguna de ellas. Salvo en Kitty, a la que la pérdida de su hermana favorita, o la rabia de no haber sido ella la que hubiera protagonizado la aventura, le había conferido un tono más agresivo de lo habitual en su modo de hablar. Respecto a Mary, era tan dueña de sí misma que fue capaz de susurrarle a Elizabeth, poco después de sentarse a la mesa, con gesto de grave reflexión:

—Es un asunto muy desafortunado y probablemente dará mucho que hablar. Pero debemos sobreponernos a la avalancha de malicias de los demás y derramar en nuestros pechos heridos el bálsamo del consuelo fraternal.

Luego, notando que Elizabeth no parecía muy deseosa de contestarle, añadió:

—Aunque este suceso ha debido de ser muy doloroso para Lydia, debemos extraer de él una útil lección: que la pérdida de la virtud en la mujer es irreparable, que un paso en falso acarrea una ruina infinita, que la reputación no es menos frágil que la belleza y que nunca se actúa con la suficiente precaución frente a las indignidades del otro sexo.

Elizabeth levantó la mirada asombrada, pero estaba demasiado angustiada para contestar. Mary, sin embargo, continuó consolándose con aquella clase de lecciones morales extraídas de la desgracia que tenían ante ellos.

Por la tarde, las dos hermanas mayores consiguieron estar media hora a solas; y Elizabeth enseguida aprovechó la oportunidad para hacerle algunas preguntas que Jane a su vez estaba igual de deseosa de contestarlas. Después de lamentarse juntas por las horribles consecuencias del suceso, que Elizabeth daba por seguras y ciertas, y la señorita Bennet no podía asegurar que fueran imposibles, la primera prosiguió con el tema, diciendo:

—Quiero que me lo cuentes todo, absolutamente todo lo que no sepa. Dame detalles. ¿Qué dijo el coronel Forster? ¿No tuvieron ninguna sospecha antes de que se fugaran? Seguro que los vieron antes juntos.

—El coronel Forster admitió que a menudo había sospechado algún interés en ambos, especialmente por parte de Lydia, pero nada que le resultara alarmante. Lo siento mucho por él. Fue extraordinariamente atento y amable con nosotras. Pensaba venir a vernos, con el fin de asegurarnos que se ocuparía de todo, antes de que se enterara de que no pensaban ir a Escocia: cuando tuvo esa sospecha, adelantó el viaje y vino a vernos.

—Pero Denny estaba convencido de que Wickham no se iba a casar. ¿Sabía él que pretendían fugarse? ¿Había hablado el coronel Forster con Denny?

—Sí, pero cuando le preguntaron, Denny negó saber nada del plan de Wickham y Lydia, y no dio su opinión al respecto. No repitió su idea de que no pensaban casarse... y por eso he deducido yo que tal vez pudiera haberlo entendido mal anteriormente.

—Y hasta que no vino el coronel Forster, ninguna de vosotras, supongo, tuvisteis la menor duda de que se habrían casado.

—¿Cómo se nos iba a ocurrir semejante cosa? Yo estaba un poco inquieta... un poco temerosa por la felicidad matrimonial de mi hermana, porque yo sabía que su conducta no siempre había sido la correcta. Papá y mamá no sabían nada de eso: solo pensaron que era un enlace muy imprudente. Entonces Kitty admitió, muy envanecida de saber más que todos nosotros, que en la última carta de Lydia ya le había advertido que iba a dar ese paso. Al parecer, sabía que estaban enamorados desde hacía semanas.

—Pero no antes de que se fueran a Brighton.

—No, creo que no.

—¿Y te dio la impresión de que el coronel no tenía buena opinión de Wickham? ¿Conocía su verdadera personalidad?

—Debo confesar que no hablaba tan bien de Wickham como antes. Creía que era un imprudente y un derrochador. Y desde que se ha conocido este asunto, se dice que ha dejado muchas deudas en Meryton; pero espero que sea falso.

—Oh, Jane, si hubiéramos sido menos discretas, si hubiéramos dicho lo que sabíamos de él, ¡esto no habría ocurrido!

—Tal vez habría sido mejor —contestó su hermana—. Pero hacer públicos los errores antiguos de una persona, sin saber cuáles son sus sentimientos actuales, me parecía injustificable. Nosotras actuamos con las mejores intenciones.

—¿Te pudo decir el coronel Forster cuáles eran los detalles de la nota que Lydia le dejó a su esposa?

—Trajo la nota para que la viéramos.

Jane la sacó de su libreta de bolsillo y se la dio a Elizabeth. Decía esto:

> Mi querida Harriet — Te vas a reír cuando sepas que me he ido, y yo no puedo dejar de reírme con la sorpresa que te vas a llevar mañana por la mañana, en cuanto se me eche de menos. Me voy a Gretna Green y, si no puedes imaginar con quién, es que eres una inocentona, porque no hay más que un hombre en el mundo al que amo, y es un ángel. Jamás sería feliz sin él, así que no pasa nada por irme con él. No tienes que enviar una nota a Longbourn para decírselo, si no te apetece, porque así se llevarán una sorpresa más grande, cuando les escriba yo y firme con el nombre de Lydia Wickham. ¡Qué divertido va a ser! Me estoy riendo tanto que casi no puedo ni escribir. Por favor, preséntale mis excusas a Pratt, por no cumplir mi compromiso de bailar con él esta noche. Dile que espero que me excuse cuando lo sepa todo y dile que bailaré con él en el próximo baile en el que nos encontremos, con mucho gusto. Enviaré a buscar mi ropa cuando esté en Longbourn, pero me gustaría que le dijeras a Sally que me arregle un desgarrón que hay en el vestido de muselina bordado, antes de empaquetarlo. Adiós. Dale recuerdos al coronel Forster. ¡Espero que brindes por nuestro feliz viaje!
>
> Tu amiga que te quiere,
>
> LYDIA BENNET

—¡Oh, Lydia, qué insensata, qué insensata! —exclamó Elizabeth cuando terminó de leerla—. ¡Menuda carta, y en menudo momento que la escribió...! Pero al menos demuestra que se tomaba en serio el objeto de su viaje. Aunque él pueda haberla convencido de lo contrario después, en sus *planes* primeros no estaba este deshonor. ¡Mi pobre padre! ¡Cuánto lo habrá sentido!

—Nunca vi a nadie tan abrumado. No pudo decir ni una palabra en diez minutos. Mamá se puso enferma inmediatamente, ¡y toda la casa fue un tremendo revuelo...!

—Oh, Jane... —exclamó Elizabeth—. ¿Hubo algún criado que no se enterara de la historia antes de que acabara el día?

—No lo sé. Supongo. Pero guardar el secreto en esas circunstancias es muy difícil. Mamá estaba histérica, y aunque intenté proporcionarle todos los cuidados que estaban a mi alcance, me temo que no hice todo lo que podía haber hecho. Pero estaba tan aterrada ante lo que podría ocurrir que casi no estaba en mis cabales...

—Ocuparte de mamá ha sido demasiado para ti. No tienes buen aspecto. Ah, tendría que haber estado contigo: has tenido que hacerte cargo sola de todos los cuidados y preocupaciones.

—Mary y Kitty han sido muy buenas, y habrían colaborado en todo, estoy segura, pero no creo que sea justo para ninguna de las dos. Kitty es débil y delicada, y Mary estudia mucho, así que no se les puede molestar mientras están descansando. La tía Philips vino a Longbourn el martes, después de que se marchara papá, y fue muy buena, porque se quedó hasta el jueves conmigo. Nos ayudó y nos consoló a todas, y lady Lucas ha sido también muy buena; vino andando el miércoles por la mañana para darnos las condolencias y nos ofreció sus servicios, o el de cualquiera de sus hijas, si nos venía bien.

—Mejor habría hecho quedándose en casa —protestó Elizabeth—; *puede* que tuviera buena intención, pero, ante una desgracia como esta, no se tienen ganas de ver a los vecinos. La ayuda es imposible; las condolencias, intolerables. Que se alegre de nuestra desgracia en su casa y que le siente bien.

Luego quiso preguntar por los planes que tenía su padre, mientras estaba en Londres, para recobrar a su hija.

—Creo que pretendía ir a Epson —contestó Jane—, el lugar donde cambiaron de carruaje, hablar con los postillones e intentar sonsacarle algo a alguien. Su principal objetivo es descubrir el número de coche de alquiler que cogieron en Clapham. Había llegado de Londres con un pasajero y como piensa que un caballero y una dama cambiándose de carruaje pueden llamar la atención, tiene intención de preguntar también en Clapham. En fin, si puede averiguar a qué casa llevó el cochero al cliente, está decidido a preguntar allí, y confía en que no será imposible averiguar cuál es la parada y el número del carruaje. Yo no sé si tiene otros planes: pero tenía tanta prisa por irse y estaba tan desconcertado que incluso tuve dificultades para que me contara eso.

Capítulo VI

A la mañana siguiente todos esperaban que el correo trajera carta del señor Bennet, pero el correo vino y no trajo ni un solo renglón suyo. Su familia sabía que, en circunstancias normales, era un corresponsal perezoso y olvidadizo, pero en este caso, confiaban en que hiciera un esfuerzo. Se vieron obligados a concluir que no tenía buenas noticias que enviar, pero incluso aunque así fuera, habrían preferido tener algo que lo confirmara. El señor Gardiner había esperado solo a que llegaran las cartas y, como no llegaron, partió.

Cuando se marchó, al menos tuvieron la seguridad de que recibirían información constante de lo que estaba aconteciendo y su tío prometió, al despedirse, que insistiría en que el señor Bennet regresara a Longbourn tan pronto como pudiera, para gran consuelo de su hermana, que lo consideraba la única opción de que su marido no cayera abatido en un duelo de honor.

La señora Gardiner y los niños iban a permanecer en Hertfordshire unos pocos días más, porque pensaba que su presencia podría ser de alguna utilidad a sus sobrinas. Compartió con ellas las atenciones que precisaba la señora Bennet y fue un gran consuelo para todas en sus horas de asueto. Su otra tía las visitaba con frecuencia, y siempre, como ella decía, con la idea de darles cariño y reconfortarlas, aunque como nunca venía sin anunciar algún nuevo ejemplo de los despilfarros o libertinajes de Wickham, con frecuencia se iba dejándolas más abatidas que cuando llegó.

Todo Meryton parecía ahora empeñado en desacreditar al hombre que, apenas tres meses antes, casi había sido un ángel enviado del Cielo. Se aseguraba que tenía deudas en todos los comercios del lugar, y sus intrigas, todas adornadas con abundantes rasgos de seducción, se extendían a todas las familias de los comerciantes. Todo el mundo aseguraba que era el joven más infame jamás visto y el pueblo entero comenzó a proclamar que siempre habían desconfiado de aquella bondad tan sospechosa. Elizabeth, aunque no se creía ni la mitad de lo que se decía, se creía lo suficiente para confirmar que la deshonra de su hermana sería absoluta; e incluso Jane, que aún se creía menos, comenzó a perder la esperanza, sobre todo cuando llegó el momento en que, si hubieran ido a Escocia, ya deberían haber dado señales de vida.

El señor Gardiner salió de Longbourn el domingo; el martes su esposa recibió carta suya. Les decía que cuando llegó, no tardó nada en dar con su hermano y convencerlo para que fuera con él a su casa de Gracechurch Street. Que el señor Bennet había estado en Epson y en Clapham, antes de que él llegara, pero que no había sacado nada en claro; y que él estaba decidido a preguntar en los principales hoteles de la ciudad, porque el señor Bennet pensaba que era probable que se hubieran hospedado en alguno de ellos, al menos cuando llegaran por vez primera a Londres, antes de que alquilaran una residencia. El propio señor Gardiner no esperaba grandes frutos de esa providencia, pero como su cuñado se había empeñado en ello, estaba decidido a ayudarlo en lo que fuera necesario. Añadía que el señor Bennet parecía absolutamente contrario a abandonar Londres en ese momento y prometía escribir muy pronto. La carta llevaba una postdata que decía:

> He escrito al coronel Forster rogándole que interrogue, si es posible, a algunos jóvenes compañeros del regimiento para saber si Wickham tenía algún conocido o pariente que pudiera saber en qué parte de la ciudad se encontraba escondido. Si hubiera alguien a quien se pudiera recurrir con alguna probabilidad de dar con una pista, sería un avance importantísimo. De momento no hemos tenido nada que nos proporcione una orientación. Me atrevo a decir que el coronel Forster hará todo lo que esté en su mano para ayudarnos en este sentido. Pero, pensándolo bien, quizá Lizzy, mejor que cualquier otra persona, pueda decirnos si tiene algún pariente aquí.

Elizabeth comprendió de inmediato de dónde procedía aquella referencia a sus supuestos conocimientos personales de Wickham, pero no estaba en su mano proporcionar ninguna información relevante.

Nunca había sabido que tuviera ningún pariente, salvo un padre y una madre, los cuales habían muerto ya hacía muchos años. Era posible, sin embargo, que algunos de sus compañeros en la milicia de ***shire pudieran estar en condiciones de ofrecer más información; y, aunque no era muy optimista al respecto, creía que era importante preguntarlo.

Cada nuevo día en Longbourn era un nuevo día de ansiedad; pero la parte más agónica del día era cuando se acercaba el momento del reparto del correo. La llegada de las cartas, cada mañana, se esperaba con gran impaciencia. A través de las cartas se les comunicaría lo bueno o lo malo que tuvieran que decirles, y cada día se esperaba que trajera alguna noticia importante.

Pero antes de que volvieran a saber del señor Gardiner, llegó una carta para el señor Bennet, de un lugar totalmente inesperado: del señor Collins. Como Jane había recibido la orden de abrir todo lo que llegara para él en su ausencia, la abrió y la leyó; y Elizabeth, que conocía lo extravagantes que eran siempre sus cartas, también la leyó. Era como sigue:

> Mi apreciadísimo señor — Me siento impelido, por nuestro parentesco y mi posición en la vida, a enviarle mis condolencias en este dolorosísimo trance que está usted pasando en estos momentos, del cual fuimos informados ayer mismo por una carta procedente de Hertfordshire. Puede estar seguro, mi apreciadísimo señor, de que la señora Collins y un servidor suyo de usted sinceramente les acompañamos en el sentimiento, a usted y a toda su familia, en la presente desazón, que debe de ser extraordinariamente amarga, porque tiene su base y fundamento en una causa que no puede limpiarse con el tiempo. No faltarán argumentos por mi parte que puedan aliviar una desgracia tan desgraciada o que puedan consolarle a usted en unas circunstancias que deben de ser más penosas para el espíritu de un hombre que para cualquier otro. La muerte de su hija habría sido una bendición en comparación con esto. Y tanto más ha de lamentarse porque hay razones para suponer, como mi querida Charlotte me ha comunicado, que ese comportamiento licencioso de su hija tiene su base y fundamento en un deplorable exceso de permisividad, aunque, al mismo tiempo, para consuelo suyo propio y de la señora Bennet, estoy inclinado a pensar que su propia disposición debía de ser naturalmente mala o no podría haber cometido esta enormidad, y a su edad. De cualquier modo y circunstancia que sea, es usted digno de la más lamentable compasión y en eso estoy muy de acuerdo con la señora Collins, pero también con lady Catherine y su hija, a quienes les he contado toda la historia. Están de acuerdo conmigo a la hora de señalar que este paso en falso de una hija será muy perjudicial para el futuro de las otras, pues, como lady Catherine dice con su benevolente condescendencia, ¿quién va a querer relacionarse con una familia como la suya? Y esta consideración me ha conducido a recordar con gran satisfacción cierto suceso del pasado noviembre. Pues, si se

hubiera resuelto de otro modo, me habría visto envuelto en sus penas y desgracias. Permítame aconsejarle, mi querido señor, que se resigne en cuanto pueda, y que aparte a su ingrata hija de su aflicción para siempre, y deje que ella sola recoja los frutos de su hedionda ofensa.

Soy, suyo, apreciadísimo señor, etcétera, etcétera, etcétera.

El señor Gardiner no volvió a escribir hasta que no recibió una respuesta del coronel Forster, y cuando la tuvo, no tuvo nada agradable que decir. No se sabía que Wickham tuviera ni un solo pariente con quien hubiera mantenido alguna relación y era seguro que no tenía a nadie cercano. Sus amistades de antaño habían sido bastante numerosas, pero desde que había ingresado en la milicia, no parecía que hubiera conservado la relación con nadie. Así pues, no había nadie a quien preguntar ni que pudiera dar noticias de él. Y dado el lamentable estado de sus finanzas, había poderosos motivos para mantenerse escondido, además del posible temor de que lo descubrieran los familiares de Lydia. El coronel Forster creía que serían necesarias más de mil libras para satisfacer sus gastos en Brighton. Debía una cantidad importante en la ciudad, pero las deudas de honor eran aún mayores. El señor Gardiner no intentó ocultárselo a la familia de Longbourn; Jane lo escuchó todo espantada.

—¡Un jugador! —exclamó—. Esto es absolutamente increíble. No tenía ni idea de esto...

El señor Gardiner añadía en su carta que podían esperar a su padre en casa al día siguiente, que era sábado. Agotado y desanimado por el fracaso en todas sus indagaciones, había cedido a las instancias de su cuñado para que regresara con su familia y le dejara proseguir a él con las pesquisas, en cualquier sentido que creyera conveniente. Cuando se le dijo esto a la señora Bennet, no expresó tanta alegría como esperaban sus hijas, considerando la preocupación que había tenido por la vida de su marido con anterioridad.

—¿Qué? ¿Ya se viene a casa? ¿Y sin la pobrecita Lydia? —exclamó—. No creo que se le ocurra irse de Londres sin haberlos encontrado. ¿Quién va a batirse en duelo con Wickham y quién va a obligarlo a casarse, si él se va de Londres?

Como la señora Gardiner ya tenía ganas de volver a casa, se acordó que ella y sus hijos regresarían a Londres al mismo tiempo que el señor Bennet venía de allí. Así pues, el carruaje los llevó hasta la primera posta del camino y allí recogió al señor de regreso a Longbourn.

La señora Gardiner se fue sin saber qué pensar de Elizabeth y el amigo de Derbyshire que con tanta devoción la había atendido en esa parte del mundo. La sobrina nunca había mencionado su nombre por gusto delante de ellos y la especie de esperanza cautelosa que la señora Gardiner se había formado de que llegara una carta suya a Longbourn había acabado en nada. Desde que regresaron, Elizabeth no había recibido nada que tuviera aspecto de venir de Pemberley.

El infeliz estado en que se encontraba la familia en esos momentos hacía innecesario ningún otro motivo para abatir aún más los ánimos de Elizabeth; por tanto, pocas conjeturas podían hacerse al respecto, aunque Elizabeth, que para entonces ya sabía bastante bien lo que sentía, era perfectamente consciente de que si no hubiera conocido a Darcy, podría haber sobrellevado un poco mejor las angustias de la infamia de Lydia. Se podría haber ahorrado una o dos noches de insomnio, o eso pensaba.

Cuando el señor Bennet llegó, traía todo el aspecto de su acostumbrado aire filosófico. Dijo tan poca cosa como era habitual en él; no mencionó siquiera el asunto que lo había obligado a viajar y transcurrió algún tiempo antes de que sus hijas tuvieran el valor de hablar de ello.

No fue hasta la tarde, cuando se reunió con ellas a la hora del té, que Elizabeth se arriesgó a plantear el asunto; y entonces, cuando murmuró su pena por lo mucho que su padre debía de haber sufrido, el señor Bennet contestó:

—No digas eso. ¿Quién debería sufrir, sino yo? Ha sido por mi culpa y solo yo debo lamentarlo.

—No debes ser tan cruel contigo mismo, papá... —contestó Elizabeth.

—Haces bien en advertirme contra la autocompasión. ¡La naturaleza humana es tan proclive a tropezar en ese pecado...! No, Lizzy, deja que por una vez en la vida lamente las muchas culpas que tengo. Me temo que estoy abrumado por todo lo que ha ocurrido. Pero se me pasará pronto.

—¿Crees que aún están en Londres?

—Sí: ¿en qué otro lugar podrían esconderse mejor?

—Y Lydia tenía muchas ganas de ir a Londres —añadió Kitty.

—Entonces, estará contenta —dijo su padre—, y probablemente vivirá allí durante bastante tiempo. —Luego, tras un corto silencio, añadió—: Lizzy, no te guardo rencor por los sabios consejos que me diste el pasado mayo, lo cual, considerando todo lo que ha ocurrido, demuestra cierta grandeza de espíritu por mi parte.

Fueron interrumpidos por Jane, que venía a buscar el té para su madre.

—Estas elegancias le hacen sentir bien a uno... —exclamó—; ¡proporciona cierto aire nobiliario a la desgracia! Un día haré yo lo mismo: me quedaré en mi biblioteca, con mi gorrito de dormir y mi camisón, y daré tanta lata como pueda... aunque quizá deba dejarlo para más adelante, cuando se fugue Kitty.

—¡Yo no me voy a fugar, papá! —exclamó Kitty airada—; si yo fuera alguna vez a Brighton, me portaría mejor que Lydia.

—¿Tú? ¿A Brighton...? No confiaría en ti ni en Eastbourne,[23] ¡ni aunque me dieran cincuenta libras!

CAPÍTULO VII

Dos días después del regreso del señor Bennet, mientras Jane y Elizabeth estaban paseando juntas por el jardín de arbustos que había detrás de la casa, vieron al ama de llaves que se dirigía hacia ellas, y, dando por supuesto que venía a solicitar su presencia en la alcoba de su madre, fueron a su encuentro; pero, en vez del aviso que esperaban, cuando las jóvenes se aproximaron a ella, le dijo a Jane:

—Le ruego que me perdone, señorita, por molestarla, pero confiaba en que pudieran tener ya alguna buena noticia de Londres, así que me he permitido la libertad de venirle a preguntar.

—¿Qué dices, Hill? No sabemos nada de Londres.

—Señorita —exclamó la señora Hill, con gran asombro—, ¿no sabe que ha venido un correo urgente para el señor de parte del señor Gardiner? Ha pasado por aquí hace media hora y el señor tiene la carta.

---

[23] Eastbourne, en Sussex, era todo lo contrario que Brighton: una tranquila localidad costera sin ningún entretenimiento que pudiera considerarse *peligroso*.

Las muchachas echaron a correr tan rápidamente que no les dio tiempo a contestar. Atravesaron veloces el vestíbulo y entraron en la salita de los desayunos; desde allí pasaron a la biblioteca... pero su padre no estaba en ninguna de las dos estancias; y estaban a punto de subir las escaleras, hacia la alcoba de su madre, cuando se toparon con el mayordomo, que les dijo:

—Si están buscando al señor, señoritas, ha ido paseando hacia la alameda.

Con aquella información, volvieron a cruzar el vestíbulo una vez más y corrieron por el césped tras su padre, que encaminaba sus pasos hacia un pequeño bosquecillo que había en un lateral del camino de entrada a Longbourn.

Jane, que no era tan ligera y no estaba tan acostumbrada a correr como Elizabeth, no tardó en quedarse atrás, mientras su hermana, jadeando, llegó hasta donde estaba su padre, y exclamó:

—Oh, papá, ¿qué ocurre? ¿Hay noticias? ¿Te ha escrito el tío?

—Sí, he recibido una carta suya por correo urgente.

—Bueno, ¿y qué dice? ¿Son buenas o malas noticias?

—¿Es que deberíamos esperar algo bueno? —contestó su padre, cogiendo la carta de su bolsillo—; pero tal vez te gustaría leerla.

Elizabeth le cogió la carta de la mano con impaciencia. Jane acababa de llegar.

—Léela en voz alta —dijo su padre—, porque aún no sé muy bien qué demonios dice...

Gracechurch Street,
lunes, 2 de agosto

Mi querido hermano — Por fin estoy en condiciones de enviarte alguna noticia de mi sobrina y, en conjunto, confío en que no te desagradarán. Poco después de que te fueras, el pasado sábado, tuve la suerte de averiguar en qué parte de Londres se encontraban. Los detalles me los guardo para cuando te vea. De momento basta con que sepas que los hemos encontrado y que los he visto, a los dos...

—Ya está, lo que yo decía... —exclamó Jane—. ¡Se han casado! —. Elizabeth siguió leyendo.

Los he visto, a los dos. No se han casado, ni me ha parecido que tengan ninguna inención de casarse; pero si estás dispuesto a cumplir los compromisos que me he atrevido a contraer en tu nombre, confío en que no pase mucho tiempo antes de que contraigan matrimonio. Lo único que se necesita de ti es que le asegures a tu hija, con documento firmado, su parte correspondiente de las cinco mil libras que se han reservado para tus hijas tras tu muerte y la de mi hermana; y, además, el compromiso de que le entregarás mientras estés vivo, un total de cien libras anuales. Estas son las condiciones y, bien pensado, no tuve ninguna duda en aceptarlas, pues me sentí autorizado a hacerlo en tu nombre. Te enviaré esta carta por correo urgente, pues no debe perderse ni un momento en que me des una contestación. Como comprenderás por lo que te he comentado, la situación de ese señor Wickham no es tan desesperada como todo el mundo creía. Todo el mundo se ha engañado en ese punto y tengo el placer de comunicarte que aún contará con algún dinero, incluso después de pagar todas las deudas, para instalarse bien con mi sobrina, además de la dote que lleva ella. Si, como supongo que harás, me envías un documento confiándome plenos poderes para actuar en tu nombre en todo lo relacionado con este caso, inmediatamente le ordenaré a Haggeston que prepare los documentos. No hay ninguna necesidad de que vuelvas a Londres: por tanto, quédate tranquilo en Longbourn y confía en mi diligencia y discreción. Envíame tu respuesta cuanto antes y procura dejar bien claras tus condiciones. Hemos considerado que lo mejor sería que mi sobrina salga de mi casa para casarse y confío en que te parezca bien. Se viene con nosotros hoy. Te escribiré de nuevo en cuanto se haya decidido algo más.

Saludos, y etcétera,

EDW. GARDINER

—¿Será posible? —exclamó Elizabeth, cuando hubo terminado de leer—. ¿Será verdad que se va a casar con ella?

—Wickham no es tan miserable, entonces, como habíamos pensado —dijo su hermana—. Querido papá, te felicito...

—¿Y has contestado ya a esta carta? —preguntó Elizabeth.

—No, pero hay que hacerlo enseguida.

Elizabeth le rogó con verdadera vehemencia que no perdiera el tiempo y escribiera a su tío.

—Oh, papá... —exclamó—, vamos, volvamos a casa, y escríbele inmediatamente. Piensa lo importante que es cada instante que pasa en una situación como esta...

—Déjame que escriba por ti —dijo Jane—, si no te apetece tomarte esa molestia...

—Me molesta mucho, desde luego —contestó—, pero hay que hacerlo.

Y diciendo aquello, dio la vuelta con ellas y los tres se encaminaron hacia la casa.

—Y... puedo preguntar... —titubeó Elizabeth—, pero las condiciones, supongo, las aceptarás.

—¡Aceptarlas! ¡Si casi me da vergüenza que exija tan poca cosa!

—¡Y *tienen* que casarse! ¡Aunque él sea un hombre *así*...!

—Sí, sí, tienen que casarse. No puede hacerse otra cosa. Pero hay un par de cosas que me gustaría saber: una es la cantidad que tu tío ha puesto encima de la mesa para resolver todo esto; y la otra, cómo voy a poder pagárselo.

—¿Dinero? ¿Nuestro tío...? —exclamó Jane—. ¿Qué quieres decir, papá?

—Quiero decir que ningún hombre en sus cabales se casaría con Lydia por una cosa tan nimia como cien libras al año mientras dure mi vida, y cincuenta cuando me haya muerto.

—Eso es muy cierto —dijo Elizabeth—, aunque no se me había ocurrido... Ha pagado sus deudas, ¡y todavía le queda algo! Oh... ¡debe de haber sido el tío! Qué generoso, y qué bueno, me temo que se habrá visto apurado, porque con una pequeña suma no se soluciona todo eso.

—No —dijo su padre—. Wickham es un idiota si se queda con ella por menos de diez mil libras. Lamentaría pensar que es tan bobo tan pronto, cuando vamos a ser parientes.

—¡Diez mil libras! ¡Dios no lo quiera! ¿Cuándo vamos a poder pagar ni la mitad de esa cantidad?

El señor Bennet no contestó y los tres, sumidos en sus pensamientos, avanzaron en silencio hasta que llegaron a la casa. Su padre, entonces, se encerró en la biblioteca para escribir y las muchachas permanecieron en el saloncito de los desayunos.

—¡Y se van a casar... de verdad...! —exclamó Elizabeth cuando se quedaron las dos solas—. ¡Qué raro es todo esto! Y aún deberíamos estar agradecidas. Que se casen, con las pocas probabilidades de que sean felices y con lo miserable que es Wickham, ¡y que tengamos que alegrarnos! ¡Ay, Lydia!

—Me consuela pensar que seguramente no se casaría con Lydia si no tuviera un verdadero interés en ella —contestó Jane—. Aunque nuestro generoso tío haya hecho alguna cosa para saldar sus deudas, no me puedo creer que haya tenido que pagar diez mil libras o algo parecido. Tiene hijos y puede que tenga más. ¿Cómo puede prescindir ni siquiera de la mitad de esas diez mil libras?

—Si supiéramos a cuánto habían ascendido las deudas de Wickham —dijo Elizabeth— y cuánto se ha aportado por Lydia, sabríamos exactamente cuánto dinero les ha entregado nuestro tío, porque Wickham, por sí mismo, no tiene ni medio penique. Nunca podremos compensar la generosidad de nuestros tíos. Se la han llevado a casa y le van a dar su protección y amparo personal: es un sacrificio para con Lydia que nunca podremos agradecer lo suficiente, por muchos años que pasen. ¡A estas horas ya estará con ellos! Si tanta bondad no la hace recapacitar ahora, ¡nunca merece ser feliz! ¡Qué vergüenza, cuando viera cara a cara a la tía!

—Tenemos que intentar olvidar todo lo que ha pasado por ambas partes —dijo Jane—. Confío y espero que sean felices. El hecho de que él acceda a casarse es una prueba, creo, de que va a sentar la cabeza a partir de ahora. El cariño mutuo los fortalecerá; y estoy convencida de que tendrán una vida tan tranquila, y vivirán de un modo tan sensato que al final acabaremos olvidando esta imprudencia.

—Se han comportado de un modo que ni tú, ni yo, ni nadie va a olvidar jamás —dijo Elizabeth—. Es inútil hablar de eso.

Entonces recordaron las muchachas que su madre seguramente no sabía absolutamente nada de lo que había ocurrido. Así que fueron a la biblioteca y le preguntaron a su padre si les dejaba que se lo dijeran. Él se encontraba escribiendo y, sin levantar la cabeza, contestó secamente:

—Haced lo que queráis.

—¿Podemos coger la carta del tío para leérsela?

—Coged lo que queráis y largaos de aquí.

Elizabeth cogió la carta del escritorio y las dos subieron a la planta de arriba juntas. Mary y Kitty estaban las dos con la señora

Bennet: así que una sola lectura bastaría para todas. La señora Bennet apenas podía contenerse. En cuanto Jane le leyó que el señor Gardiner creía que Lydia se casaría pronto, estalló en gozos y alegrías, y con cada frase aumentaba su exaltación. En esos momentos tuvo un ataque tan frenético de alegría bastante superior a cualquier frenesí de preocupación y humillación que hubiera sufrido los días anteriores. Saber que su hija se iba a casar era suficiente para ella. No le importaba si iba a ser desgraciada o feliz, ni recordaba la humillación por su deplorable conducta.

—¡Ay, mi querida, mi querida Lydia...! —exclamaba—. ¡Qué maravilla, ya lo creo...! ¡Se va a casar, se va a casar...! ¡Voy a volverla a ver! ¡Y casada a los dieciséis! Mi hermano, el bueno de mi hermano... Ya lo sabía yo, ya sabía yo que él lo podría solucionar todo. ¡Cuántas ganas tengo de verla! ¡Y de ver a nuestro querido Wickham, también! Pero el vestido, ¡el vestido de boda! Le voy a escribir enseguida a mi cuñada para que sepa lo que tiene que hacer. Lizzy, querida, baja adonde tu padre y pregúntale cuánto le va a dar a Lydia. Espera, espera... lo haré yo. Toca la campanilla, Kitty, para que venga Hill. Me pondré las cosas en un momento. Mi querida, ¡mi queridísima Lydia! ¡Qué contentas vamos a estar cuando nos encontremos!

Su hija mayor intentó tranquilizarla para que no sufriera la violencia de aquellos arrebatos, procurando que pensara en las obligaciones que la generosidad del señor Gardiner imponía sobre toda la casa.

—Porque, en gran medida, debemos considerar que todo se ha resuelto felizmente, gracias a su generosidad. Estamos convencidas de que le ha entregado una gran cantidad de dinero a Wickham.

—Bueno... —exclamó la madre—, eso está muy bien; ¿quién mejor que su tío? Si no hubiera tenido hijos, mis hijas y yo habríamos heredado toda su fortuna, ya lo sabéis, y esta es la primera vez que recibimos algo de él, salvo algunos regalitos. ¡Bueno! ¡Qué contenta estoy! En unos días ya tendré a una hija casada. ¡La señora Wickham! ¡Qué bien suena! Y solo cumplió los dieciséis el pasado mes de junio. Mi querida Jane, estoy tan emocionada que no creo que pueda escribir, así que yo te dicto y tú escribes por mí. Luego arreglaremos lo del dinero con tu padre; pero hay que disponerlo todo enseguida...

Comenzó a organizar todos los detalles de las sedas, las muselinas, las batistas y no habría tardado en dar todas las órdenes precisas de la boda, si Jane, aunque con algunas dificultades, no la hubiera convencido de que esperara hasta que se pudiera consultar a su padre. Un día de retraso, le dijo, tampoco tendría mucha importancia; y su madre estaba demasiado feliz como para dejar de ser tan pertinaz como siempre. Se le ocurrían toda suerte de planes.

—Tengo que ir a Meryton enseguida —decía—, en cuanto me vista, y contárselo todo todo a mi hermana Philips. Y luego, cuando vuelva, tengo que ir a casa de lady Lucas y a casa de la señora Long. Kitty, baja corriendo y pide que preparen el carruaje. Un poco de aire fresco me sentará magníficamente, estoy segura. Niñas, ¿necesitáis algo de Meryton? Ah, aquí está Hill. Mi querida Hill, ¿sabes ya la buena noticia? La señorita Lydia se va a casar y van a tener todos ustedes un buen bol de ponche para brindar por los novios.

La señora Hill comenzó a expresar enseguida su alegría. Elizabeth recibió sus felicitaciones como las demás y, entonces, enferma con aquella locura, se fue a refugiar en su propia habitación, donde pensaba que podría pensar con tranquilidad.

La situación de la pobre Lydia debía de ser, en el mejor de los casos, horrible. Pero tenía que dar gracias de que no fuera peor. Eso pensaba Elizabeth; y aunque, al mirar al futuro, no se pudiera esperar que su hermana sentara la cabeza y fuera feliz, ni que consiguiera ninguna prosperidad económica, al mirar atrás y pensar lo que podría haber sido, creyó que efectivamente habían tenido muchísima suerte.

Capítulo VIII

En un período anterior de su vida, el señor Bennet había pensado frecuentemente que, en vez de gastarse todos sus ingresos, ojalá hubiera ido ahorrando una cantidad anual para reunir una provisión mejor para sus hijas, y para su mujer, si ella le sobrevivía. Ahora, más que nunca, pensaba que ojalá lo hubiera hecho. Si hubiera cumplido con su deber en este sentido, Lydia no habría necesitado endeudarse con su tío por todo el dinero que había costado su honor y su reputación. La satisfacción de haber convencido a uno de los jóvenes más miserables de Gran Bretaña para que fuera su marido podría haber quedado circunscrita a la familia.

Estaba seriamente preocupado ante la idea de que un asunto que tan pocas ventajas reportaba a todo el mundo, pudiera resolverse a expensas únicamente del dinero de su cuñado, y estaba decidido, si podía, a averiguar cuál era el importe de su ayuda y a reembolsarle el dinero en cuanto le fuera posible.

Cuando el señor Bennet se casó, al principio, consideraron que el ahorro era una completa inutilidad; porque, claro, iban a tener un hijo. Este hijo iba a adquirir el legado de mayorazgo de Longbourn en cuanto fuera mayor de edad, y por tanto la viuda y los hijos menores podrían subsistir sin estrecheces. Pero vinieron al mundo sucesivamente cinco hijas, y el varón seguía sin venir; y la señora Bennet, durante muchos años después del nacimiento de Lydia, había proclamado su convicción de que vendría. Al final se resignaron a que semejante acontecimiento se produjera, pero entonces ya fue demasiado tarde para ahorrar. La señora Bennet no tenía espíritu económico y solo el deseo de su marido de conservar la independencia impidió que gastaran más de lo que ingresaban.

Por las capitulaciones matrimoniales se había decidido que se destinarían cinco mil libras para la señora Bennet y sus hijas. Pero la cuestión de la proporción que le correspondiera a cada una de las hijas dependía de la voluntad de los padres. Esta era una cuestión que, teniendo en cuenta la situación de Lydia, debería considerarse en ese momento, y el señor Bennet no podía dudar ante lo que se le proponía desde Londres. Tras un agradecido reconocimiento a su cuñado por su generosidad, aunque expresado del modo más conciso, puso sobre el papel su completa aprobación de todo lo que se había hecho y su deseo de cumplir todos los compromisos que el señor Gardiner había hecho en su nombre. Jamás en su vida había imaginado que, si pudieran convencer a Wickham para que se casara con su hija, lo lograrían con tan poco gasto por su parte como quedaba constatado en los documentos. Con el pago de las cien libras anuales para los dos, él apenas incrementaba el gasto común de Lydia en más de diez libras al año; pues entre la comida, el dinero de bolsillo y los constantes regalos que continuamente le hacía su madre, los gastos de Lydia prácticamente alcanzaban esa cantidad.

Además, otra sorpresa muy agradable era que todo iba a realizarse sin que a él lo molestaran mucho; porque su principal objetivo en ese momento era que lo molestaran lo menos posible. Cuando pasaron los primeros arrebatos de rabia que habían generado su actividad en busca de su hija, el señor Bennet regresó naturalmente a su antigua indolencia. Despachó enseguida la carta, porque aunque tendía a diferir todos los asuntos, era rápido cuando decidía resolverlos. Rogaba a su cuñado que le dijera cuánto le debía exactamente, pero estaba demasiado enfadado con Lydia como para enviarle un mensaje a ella.

La buena noticia enseguida recorrió todos los rincones de la casa y con idéntica velocidad se difundió por toda la vecindad. Los vecinos la recibieron con bastante filosofía. A decir verdad, habría dado más motivos de conversación que la señorita Lydia Bennet se hubiera echado a perder en Londres o, una alternativa aún mejor, si se hubiera encerrado, apartada del mundo, en alguna granja solitaria y lejana. Pero de todos modos se podía hablar mucho de la boda, y los generosos deseos de que le fuera bien a Lydia —unas esperanzas que todas las maliciosas viejas de Meryton habían expresado con anterioridad— apenas perdieron vitalidad con aquel leve cambio de circunstancias, porque con semejante marido se daba por segura una vida completamente miserable.

Habían transcurrido quince días desde que la señora Bennet se recluyera en su alcoba, pero aquella feliz jornada volvió a ocupar la cabecera de la mesa, con el ánimo exacerbadamente exultante. Ningún sentimiento de vergüenza enturbiaba su triunfo. El casamiento de una hija, que había sido el principal de sus anhelos desde que Jane cumplió los dieciséis, estaba ahora a punto de hacerse realidad, y sus ideas y sus palabras corrían desbocadas hablando de bodas nobiliarias, delicadas muselinas, carruajes relucientes y muchos criados. Ya había estado ocupada buscando por todo el vecindario una casa apropiada para su hija, y sin saber ni considerar cuáles serían sus ingresos, rechazó muchas porque eran muy pobres, tanto en tamaño como en importancia.

—Haye Park podría valer... —decía—, si los Gouldings la dejaran, o la mansión grande de Stoke, si el salón fuera un poco mayor; ¡pero Ashword está demasiado lejos! No soportaría tener a mi

Lydia a diez millas de mí; y respecto a Purvis Lodge, las habitaciones de arriba son espantosas...

Su marido la dejó hablar sin interrumpirla, mientras los criados estuvieron delante. Pero cuando se fueron, le dijo:

—Señora Bennet, antes de comprometerte con una casa, o todas las casas, para tu yerno y tu hija, dejemos las cosas claras: nunca se les va a permitir que vivan en una casa del vecindario. Y desde luego no los felicitaré por su infamia recibiéndolos en Longbourn.

Tras aquella aseveración se produjo una enorme trifulca; pero el señor Bennet fue inflexible. Luego se habló de otro asunto y la señora Bennet descubrió, con asombro y horror, que su marido no adelantaría ni una guinea para comprar el ajuar para su hija. Aseguró que Lydia no recibiría de él ni una señal de afecto de ningún tipo, en esta ocasión. La señora Bennet no podía comprenderlo. Que la ira de su marido pudiera llegar hasta semejante punto de resentimiento, como para negarle a su hija el capricho del ajuar, sin el cual prácticamente no se podría decir que hubiera boda, era más de lo que ella consideraba posible e imaginable. La señora Bennet era más sensible a la desgracia de que su hija no tuviera ajuar y vestido de novia, pues eran los símbolos de las nupcias de Lydia, que a cualquier sentimiento de vergüenza por su fuga y por vivir con Wickham durante quince días antes de la boda.

Elizabeth lamentaba profundamente haberle dicho al señor Darcy, con la angustia del momento, todo lo que le había pasado a su hermana; porque dado que el matrimonio ponía fin en un breve tiempo a la infamia de la fuga, podrían haber intentado ocultar aquel desafortunado comienzo a todos aquellos que no estaban directamente involucrados o vivían cerca.

No temía que fuera a difundirse, al menos por parte de Darcy. Había poca gente en la que pudiera confiar más plenamente para guardar un secreto; pero, al mismo tiempo, le resultaba muy humillante que esa persona precisamente conociera el desliz de su hermana. Sin embargo, no temía que aquello le acarrease algún perjuicio, al menos personalmente; pues, en todo caso, había un abismo insondable entre ellos. Aunque el matrimonio de Lydia hubiera concluido en unos términos más honrosos, era una locura suponer que el señor Darcy quisiera mantener ninguna relación con una familia donde, aparte de todas las objeciones que se le podían poner, ahora se añadía una alianza y una familiaridad íntima con el hombre a quien tan justamente despreciaba.

A Elizabeth no podía extrañarle que al señor Darcy le repugnara una relación como aquella. Lógicamente, el deseo de contar con la amistad de Elizabeth, del que había tenido pruebas en Derbyshire, no podía sobrevivir a un golpe como aquel. Se sentía humillada y dolida; se arrepentía, aunque casi no sabía de qué. Anhelaba su aprecio, ahora que ya no tenía ninguna esperanza de merecerlo. Necesitaba saber de él, cuando ya no había ni la más mínima posibilidad de tener noticias suyas. Estaba convencida de que habría sido feliz con él... cuando ya no había ninguna posibilidad de que se volvieran a ver.

¡Qué vanagloria para el señor Darcy —pensaba a menudo Elizabeth—, si supiera que las proposiciones que orgullosamente le había rechazado solo cuatro meses antes, ahora las recibiría con alegría y agradecimiento! Era tan generoso, eso no lo dudaba, como el más generoso de los hombres. Pero era un hombre y eso sería un triunfo para él.

Elizabeth empezaba a comprender entonces que el señor Darcy era exactamente el hombre que, tanto en carácter como en ingenio, más le convenía. Su intelecto y su temperamento, aunque distintos a los suyos, habrían correspondido a todos sus deseos. Habría sido una relación que habría beneficiado a los dos; ella era divertida y alegre, así que el carácter del señor Darcy podría haberse suavizado, sus modales habrían mejorado, y de su buen juicio, de su sabiduría y de su conocimiento del mundo, ella podría haberse beneficiado enormemente.

Pero ese feliz matrimonio no podría mostrar jamás a las multitudes admiradas lo que era una verdadera felicidad conyugal. En su familia se iba a celebrar una boda muy diferente y así se arruinaría la posibilidad de otra.

Elizabeth no podía ni imaginarse cómo iban a conseguir mantener Wickham y Lydia una independencia económica aceptable. Lo que sí podía prever era lo poco que iba a durar la felicidad de una pareja que solo se había unido porque sus pasiones eran más fuertes que su virtud.

El señor Gardiner volvió a escribir pronto a su cuñado. Contestó brevemente a los reconocimientos del señor Bennet, asegurándole que su principal intención era conseguir el bienestar de la familia; y concluía con el ruego de que no se le volviera a mencionar aquello. El principal objetivo de su carta era informarle de que el señor Wickham había decidido abandonar la milicia. Y añadía:

> Yo quería que lo hiciera en cuanto se fijara el día para el matrimonio. Y creo que estarás de acuerdo conmigo al considerar que el apartamiento de la milicia es muy aconsejable, tanto para él como para mi sobrina. La intención del señor Wickham es ingresar en los regulares, y entre sus antiguos amigos aún tiene alguno que puede y está deseoso de asistirlo en el ejército. Tiene la promesa de un puesto de alférez en el regimiento del general ***, acuartelado ahora en el norte. Es mejor que se aleje bastante de aquí. Promete firmemente que ambos serán más prudentes y yo confío en que sea cierto cuando se encuentren entre otras gentes, donde tendrán que preservar su dignidad. Le he escrito al coronel Forster para informarle de las resoluciones que hemos tomado y para que asegure a los distintos acreedores del señor Wickham en Brighton y alrededores que se les pagará enseguida, a lo cual me he comprometido. Y te ruego que te tomes la molestia de asegurarles lo mismo a sus acreedores en Meryton, de los que te envío una lista, según la información que el propio Wickham me ha dado. Ha confesado todas sus deudas; espero que no nos haya engañado al menos en esto. Haggerston ya tiene nuestras órdenes y todo quedará finiquitado en el curso de una semana. Luego se unirán al regimiento, a menos que se les invite primero a Longbourn; y por lo que me cuenta mi esposa, creo que mi sobrina está deseando veros a todos antes de irse al norte. Está bien y me ruega que os envíe respetuosos saludos a su madre y a ti.
>
> Saludos, etcétera.
>
> E. GARDINER

El señor Bennet y sus hijas comprendieron enseguida las ventajas de que Wickham dejara la milicia de ***shire, igual que el señor Gardiner. Pero la señora Bennet no estaba tan contenta con aquello. El hecho de que Lydia se fuera a instalar en el norte, precisamente cuando esperaba lucir su orgullo y disfrutar de su compañía, pues de ningún modo había renunciado a su plan de que residieran en Hertfordshire, era una grave decepción; y además, era una verdadera lástima que se apartara a Lydia de aquel regimiento, en el que conocía a tanta gente y donde tenía tantos admiradores.

—¡Quiere tantísimo a la señora Forster —dijo la señora Bennet—, que será terrible tenerse que ir tan lejos...! Y además, hay muchos jóvenes que la quieren mucho. En el regimiento del general *** seguro que los oficiales no son tan encantadores.

La súplica de su hija, pues así podría considerarse, de ser admitida de nuevo en la familia, antes de partir hacia el norte, recibió al principio una negativa absoluta. Pero Jane y Elizabeth, que se habían puesto de acuerdo en esto, le pidieron a su padre, entre razones y carantoñas, que les permitiera notificar su matrimonio personalmente a sus padres en cuanto se casaran, y que la recibiera a ella y a Wickham en Longbourn, por no herir los sentimientos de su hermana y por su honor. Y tanto insistieron que el señor Bennet acabó pensando como ellas y actuando como ellas quisieron. Y su madre tuvo la satisfacción de saber que tendría la posibilidad de ir paseando a su hija casada por todo el vecindario antes de que desapareciera en las brumas del norte. Cuando el señor Bennet volvió a escribir a su cuñado, por tanto, le envió su permiso para que los novios acudieran a Longbourn, y se aceptó que, en cuanto terminara la ceremonia, podrían ir a casa. De todos modos, Elizabeth se sorpendió de que Wickham aceptara semejante plan y, si hubiera consultado a sus propios sentimientos, cualquier encuentro con Wickham se encontraría entre las últimas cosas que deseara.

CAPÍTULO IX

Llegó el día de la boda de su hermana, y Jane y Elizabeth lo sintieron por Lydia más que ella misma, probablemente. Se envió el carruaje a buscarlos a ***, y volvieron en él, a la hora de comer. Las mayores de las Bennet esperaban el momento de su llegada con aprensión, sobre todo Jane, que atribuía a Lydia los sentimientos que la habrían embargado si hubiera sido *ella* la culpable, y que sufría pensando en lo que su hermana podría estar padeciendo.

Llegaron. La familia estaba reunida en el saloncito de los desayunos para recibirlos. Las sonrisas adornaron el rostro de la señora Bennet cuando el carruaje se detuvo a la puerta; su marido tenía un gesto impenetrablemente serio; sus hijas, asustadas, anhelantes, inquietas.

Se oyó la voz de Lydia en el vestíbulo: se abrió la puerta de repente y entró corriendo en la estancia. Su madre se adelantó, la abrazó y le dio la bienvenida con incontenible emoción; luego, con una afectuosa sonrisa, le dio la mano a Wickham, que venía detrás de su dama, y les deseó a ambos mucha felicidad, con una vehemencia que confirmaba que no había duda ninguna sobre su futura felicidad.

El recibimiento del señor Bennet, hacia quien se volvieron luego, no fue tan cordial. Su rostro cada vez era más grave y apenas abrió la boca. La desvergonzada alegría de la joven pareja, en realidad, era suficiente para provocar su ira. Elizabeth estaba asqueada e incluso Jane parecía sobrecogida. Lydia seguía siendo Lydia: rebelde, descarada, insensata, gritona y atrevida. Fue saludando a todas, hermana por hermana, reclamando sus enhorabuenas, y cuando por fin se sentaron todos, miró con interés toda la estancia, advirtió algunos pequeños cambios y observó, con una carcajada, que hacía muchísimo tiempo que no pasaba por allí.

Wickham no estaba más preocupado que Lydia; pero sus modales seguían siendo tan agradables que si su carácter y su matrimonio hubieran sido exactamente como deberían haber sido, sus sonrisas y el modo alegre de dirigirse a los demás, mientras se alegraban por el nuevo parentesco, le habrían encantado a todo el mundo. Elizabeth nunca creyó que fuera capaz de semejante desfachatez; y se sentó a la mesa al tiempo que decidía que nunca fijaría los límites de la desvergüenza en un sinvergüenza. Se ruborizó, y Jane también; pero las mejillas de los dos que habían causado aquel desaguisado no mudaron de color.

No faltaban temas de conversación. La novia y su madre no conseguían hablar todo lo deprisa que querrían; y Wickham, a quien le tocó sentarse al lado de Elizabeth, empezó a preguntar por sus conocidos del vecindario con una alegría tan franca que ella se sintió incapaz de acertar a dar con las respuestas adecuadas. Al parecer, ambos tenían de su aventura los recuerdos más felices del mundo. Nada de lo ocurrido se recordaba con dolor y Lydia comentó voluntariamente unos hechos que sus hermanas, en su situación, no habrían mencionado por nada del mundo.

—Imaginaos cómo han sido estos tres meses —exclamó Lydia— desde que me fui; os aseguro que me han parecido quince días; y sin embargo, la cantidad de cosas que me han pasado en ese tiempo. ¡Dios bendito! Cuando me fui, ¡de verdad que no tenía ni idea de que iba a estar casada cuando volviera...! Aunque sí pensé lo divertidísimo que sería si así fuera.

Su padre miró al cielo. Jane estaba nerviosa. Elizabeth miró a Lydia con un gesto de recriminación; pero ella, que nunca prestaba atención ni entendía nada que prefiriera ignorar, continuó alegremente:

—¡Oh, mamá! ¿Sabe la gente de aquí que me he casado hoy? Me temía que no lo supiera; por eso cuando adelantamos a William Goulding en su calesilla, me ocupé de que se enterara, así que bajé el cristal de su lado, y me quité el guante, y puse así la mano como descansando en el marco de la ventanilla, para que pudiera ver el anillo, y luego le hice una reverencia y le sonreí como si nada.

Elizabeth ya no pudo soportarlo más. Se levantó y se fue a su habitación, y no volvió hasta que oyó que todos pasaban al salón comedor. Se reunió con ellos lo suficientemente pronto para ver cómo Lydia, con un ridículo pavoneo, se colocaba a la derecha de su madre, y para ver cómo le decía a su hermana mayor:

—¡Ah, Jane! ¡Ahora me corresponde tu sitio! Tú ahora pasas a un segundo lugar, porque yo soy una mujer casada.

No cabía suponer que el tiempo concediera a Lydia la vergüenza que nunca jamás había tenido. Su desenfado y su buen humor iban en aumento. Pretendía ver a la señora Philips, a los Lucas, y a todos los vecinos, para oír cómo la llamaban «señora Wickham»; y entretanto, después de comer, fue corriendo a enseñarle el anillo a la señora Hill y a presumir de estar casada ante las dos criadas.

—Bueno, mamá —le dijo cuando todos se reunieron de nuevo en el salón de los desayunos—, ¿y qué te parece mi marido? ¿No es un encanto? Estoy segura de que todas mis hermanas me envidian. Solo espero que tengan la mitad de la suerte que yo. Deberían ir todas a Brighton. Es el mejor lugar para conseguir marido. Es una lástima, mamá, que no fuéramos todas.

—Muy cierto; y si hubiera sido por mí, habríamos ido. Pero mi querida Lydia, no me gusta nada de nada que te vayas tan lejos. ¿Ha de ser así por fuerza?

—¡Ay, Dios! ¡Sí...! Ahí no se puede hacer nada. Pero seguro que me encantará. Papá y tú, y mis hermanas, tenéis que venir a vernos.

Estaremos en Newcastle todo el invierno, y me atrevería a decir que allí habrá algunos bailes y yo me encargaré de conseguir parejas para todas.

—¡Eso me encantaría, más que nada en el mundo! —dijo su madre.

—Y luego, cuando os vayáis, una o dos de mis hermanas se tienen que quedar conmigo; y me atrevo a decir que les conseguiré maridos antes de que acabe el invierno.

—Te agradezco mucho la intención —dijo Elizabeth—, pero no me gusta particularmente tu manera de conseguir marido.

Los invitados no se iban a quedar más de diez días con ellos. El señor Wickham había recibido su comisión antes de salir de Londres y tenía que unirse a su regimiento en el plazo de quince días.

Nadie, salvo la señora Bennet, lamentó que su estancia fuera tan corta; y la mayor parte del tiempo la pasó de visitas con su hija y dando abundantes fiestas en casa. Las fiestas resultaban gratas a todo el mundo: evitar el círculo familiar resultaba bastante deseable para los que tenían sensatez, incluso más que para los que no la tenían.

El afecto que Wickham sentía por Lydia era tal y como Elizabeth lo había imaginado; no era el mismo que Lydia sentía por él. Apenas necesitó de aquella observación para estar segura de que su fuga se había debido más al amor de Lydia que al suyo; y se habría preguntado por qué, sin amarla apasionadamente, había decidido fugarse con ella, si no hubiera sido porque estaba segura de que aquella huida se debía a su situación desesperada, y si la situación era tal y como Elizabeth la sospechaba, Wickham no era el tipo de hombre que podría resistir la tentación de fugarse con una muchacha.

Lydia estaba absolutamente loca por él. A todas horas era su «querido Wickham», nadie podía compararse con él. Todo lo que hacía era perfecto y lo mejor del mundo, y estaba segura de que el primero de septiembre cazaría más aves que nadie.[24]

Una mañana, poco después de su llegada, mientras estaba sentada con sus dos hermanas mayores, le dijo a Elizabeth:

---

[24] La temporada de caza de aves se abría el 1 de septiembre, salvo para algunas especies.

—Lizzy, no te he contado todavía cómo fue mi boda, creo. No estabas cuando se lo conté todo a mamá y a las demás. ¿No tienes curiosidad por saber cómo fue?

—No mucha —contestó Elizabeth—. Creo que nunca se hablará demasiado poco de ese tema.

—¡Ay, qué rara eres! Pero tengo que contártelo. Nos casamos, como sabes, en St Clement, porque la residencia de Wickham estaba en esa parroquia. Y se decidió que estaríamos allí hacia las once en punto. Los tíos y yo íbamos a ir juntos, y los demás se reunirían con nosotros en la iglesia. Bueno, así que llegó el lunes por la mañana, ¡y yo estaba de los nervios! Tenía miedo, ¿sabes?, de que pudiera ocurrir algo que lo echara todo a perder, y entonces me habría vuelto completamente loca. Y allí estaba mi tía, todo el rato, mientras yo me vestía, dándome la lata con sus consejos y hablando como si fuera ella la que tuviera que dar el sermón. En fin, yo no escuché ni una palabra de lo que decía, porque estaba pensando, como puedes suponerte, en mi querido Wickham. Me moría por saber si iría a la boda con su casaca azul.

»Bueno, así que desayunamos a las diez, como siempre; pensé que aquello no acabaría nunca, porque, por cierto, ya entenderás, que los tíos estuvieron de un humor horroroso todo el tiempo que me quedé con ellos. ¿Te querrás creer que no puse un pie en la calle en quince días, mientras estuve allí? Ni a una fiesta, ni a una cita, ni nada. La verdad es que Londres estaba bastante flojo, pero de todos modos el Little Theatre[25] estaba abierto. Bueno, y justo cuando acababa de llegar el carruaje a la puerta, llamaron a mi tío para despachar con ese hombre espantoso, el señor Stone. Y luego, ¿sabes?, cuando se juntan, la cosa es interminable. Bueno, eso, que yo estaba tan nerviosa que ya no sabía qué hacer, porque mi tío iba a ser el padrino; y si no llegábamos a la hora, ya no podríamos casarnos ese día. Pero, por suerte, volvió al final en diez minutos y ya pudimos salir. En fin, luego me acordé

---

[25] La temporada *(the Season)* londinense terminaba a principios del verano, cuando la mayoría de la gente acaudalada abandonaba la ciudad y comenzaba el exilio estival a la campiña; el Little Theatre (1720), después Haymarket Theatre, se encontraba en el West End y contaba con autorización especial para llevar a cabo representaciones durante el verano.

que si el tío no hubiera podido llevarme a la iglesia, la boda no se habría pospuesto, porque el señor Darcy podría haber sido mi padrino igualmente...

—¿El señor Darcy? —repitió Elizabeth absotutamente atónita.

—¡Ah, sí...! Iba acompañando a Wickham, ya sabes. ¡Ay, Dios mío! ¡Se me olvidó...! No tenía que haber dicho nada de eso... ¡Se lo prometí por lo más sagrado! ¿Qué dirá Wickham? ¡Tenía que ser un secreto!

—Si tenía que ser un secreto —dijo Jane—, cállate y no digas nada más. Te aseguro que no tengo ningún interés en saberlo.

—Oh... claro... —dijo Elizabeth, aunque ardía de curiosidad—, no te preguntaremos nada.

—Gracias —dijo Lydia—, porque si lo hicierais, os tendría que contar todo, y entonces Wickham se enfadaría.

Ante aquel cebo para que le preguntaran, Elizabeth se vio obligada a olvidarse de aquello, huyendo de la habitación.

Pero vivir en la ignorancia en un punto tan decisivo era completamente imposible; o, al menos, era imposible no intentar buscar información. ¡El señor Darcy había estado en la boda de su hermana! Era exactamente el lugar donde menos querría estar, y era exactamente la gente con la que seguramente menos querría estar, y donde menos tentado estaría de acudir. Mil suposiciones sobre lo que podría significar aquello, rápidas y enloquecidas, asaltaron sus pensamientos; pero nada la convencía. La que más le agradaba, porque enaltecía al señor Darcy, le parecía completamente improbable. No podía soportar aquella incertidumbre y cogió apresuradamente una hoja de papel, escribió una breve carta a su tía para rogarle una explicación de lo que a Lydia se le había escapado, si era compatible con el secreto que al parecer se había solicitado a todo el mundo.

Comprenderás, tía, cuál puede ser mi curiosidad por saber cómo una persona que no está relacionada con ninguno de nosotros y (relativamente hablando) un extraño para nuestra familia, podría encontrase con vosotros en un momento así. Te ruego que me escribas enseguida y me lo cuentes... a menos que haya poderosas razones que obliguen a mantener el secreto que Lydia piensa que es imprescindible, en cuyo caso tendré que aguantarme y quedarme sin saberlo.

«Aunque eso no va a ocurrir», se dijo, mientras concluía la carta, «y mi querida tía, si tú no me lo cuentas todo y como Dios manda, me veré obligada a utilizar todas las argucias y estratagemas para averiguarlo».

El exquisito sentido del honor de Jane no le permitió hablar con Elizabeth en privado de lo que Lydia había dejado caer; Elizabeth se alegró por ello... hasta que no hubiera alguna respuesta a sus preguntas, prefería no tener confidentes.

Capítulo X

Elizabeth tuvo la satisfacción de recibir una respuesta a su carta casi inmediatamente. Apenas la tuvo en sus manos, corrió a la pequeña alameda, donde era menos probable que la molestaran, se sentó en uno de los bancos y se preparó para ser feliz, porque la carta era muy larga y eso era una señal inequívoca de que no contenía una negativa.

Gracechurch Street, a 6 de septiembre

Mi querida sobrina – Acabo de recibir tu carta, y voy a dedicar toda la mañana a contestarla, porque creo que no bastarán unas breves líneas para contarte todo lo que tengo que contarte. Debo confesar que estoy un poco sorprendida por tu petición; no la esperaba... *de ti*. Pero no creas que estoy enfadada, porque lo único que quiero decirte es que no pensaba que *tú* necesitaras estas explicaciones. Si prefieres no darte por aludida, perdona mi indiscreción. Tu tío está tan sorprendido como yo... y nada, salvo la seguridad de que tú eres parte implicada en el asunto, le habría conducido a actuar como lo ha hecho. Pero si de verdad no sabes nada y no sabes nada de todo este asunto, tendré que ser más explícita. El mismo día que llegué a casa desde Longbourn, tu tío tuvo una visita inesperada. Vino el señor Darcy y estuvo encerrado con él durante varias horas. Todo había concluido cuando yo llegué, así que la curiosidad no me devoró como parece haberte estado devorando a ti. Vino para decirle a tu tío que había averiguado dónde estaban tu hermana y Wickham, y que los había visto y había hablado con ellos; con Wickham varias veces, con Lydia, solo una vez. Por lo que pude deducir, el señor Darcy salió de Derbyshire solo un día después que nosotros y vino a Londres con la decisión clara de dar con ellos. El motivo que alegó era su convicción de que era culpa suya que la desvergüenza de Wickham no fuera conocida por todo el mundo, porque de ese modo habría sido imposible que una joven discreta se enamorara o confiara en él. Generosamente lo imputó todo a su equivocado orgullo y confesó que había considerado indigno difundir las actividades privadas de Wickham. Creía que los actos de Wickham hablarían por sí mismos. Así pues, dijo que era su deber dar un paso adelante e intentar remediar un mal que solo él había ocasionado. Si tenía *otro motivo*, estoy segura de que no era deshonroso. Había estado algunos días en la ciudad, antes de que pudiera descubrirlos; pero contaba con algo que lo guiaba en su búsqueda, y que era más relevante que todo lo que teníamos nosotros; y la conciencia de que era así, fue otra de las razones por las que decidió venir a Londres. Al parecer hay una dama, una tal señora Younge, que fue hace algún tiempo institutriz de la señorita Darcy, y que fue despedida por haber actuado de algún modo censurable, aunque no quiso decir de qué se trataba. Luego esa señora cogió una casa muy grande en Edward Street, y desde entonces se ganaba la vida alquilando los apartamentos. El señor Darcy sabía que esa señora Younge era íntima amiga de Wickham, así que fue a preguntarle si sabía dónde estaba en cuanto llegó a Londres. Pero aún tuvieron que pasar dos o tres días antes de que pudiera sonsacarle la información que necesitaba. Supongo que esa mujer no querría traicionar su confianza sin sobornos y corrupción, porque la verdad es que sí sabía dónde se encontraba su amigo. Wickham, efectivamente, había acudido a ella en cuanto llegó a Londres, y si ella hubiera estado en condiciones de acogerlos en su casa, se habrían quedado allí. Al final, en cualquier caso, nuestro buen amigo consiguió la dirección. Estaban en *** Street. Vio a Wickham y después insistió en ver a Lydia. Su primer objetivo con ella, eso reconoció, había sido convencerla para abandonar aquella deshonrosa situación, y que volviera con sus seres queridos mientras aún quisieran acogerla, y le ofreció su ayuda, en lo que fuera necesario. Pero comprobó que Lydia estaba completamente resuelta a quedarse donde estaba. No le importaba lo que pensaran sus seres queridos, no necesitaba la ayuda del señor Darcy y no quería ni oír hablar de abandonar a Wickham. Estaba segura de que se acabarían casando y no tenía mucha importancia cuándo fuera. Siendo tales sus pensamientos, el señor Darcy calculó que solo quedaba la opción de asegurar y preparar el matrimonio... un matrimonio que no estaba en los planes de Wickham, y así lo supo enseguida el señor Darcy en su primera conversación con ese muchacho. Confesó que se había visto obligado a abandonar el regimiento de milicianos por culpa de algunas deudas de honor que estaban siendo demasiado acuciantes; no tuvo el menor reparo en echar a Lydia, y a sus locuras, todas las culpas de la huida. Tenía pensado abandonar inmediatamente su empleo; y respecto a su situación en el futuro, no tenía ni idea de lo que iba a hacer. Tendría que irse a alguna parte, pero no sabía dónde, y reconoció que no tenía ni dónde ni de qué vivir. El señor Darcy le preguntó por qué no se había casado con tu hermana inmediatamente. Aunque se daba por hecho que el señor Bennet no sería muy rico, algo podría haber hecho por él y así su situación habría mejorado con el matrimonio. Pero, como contestación a estas preguntas, el señor Darcy tuvo que oír que Wickham aún confiaba en hacerse rico por el matrimonio con otra mujer... en otro país. En estas circunstancias, en fin, no era improbable que aceptara una solución fácil y rápida. Se encontraron varias veces, porque había mucho que discutir. Wickham, desde luego, quería más de lo que podía obtener; pero al final se le convenció para que entrara en razón. Todo quedó resuelto y arreglado *entre ellos*. El siguiente paso del señor Darcy fue informar a tu tío, y fue cuando vino por vez primera a Gracechurch Street, la tarde antes de que yo llegara a casa. Pero el señor Gardiner no estaba, y el señor Darcy descubrió, por otras indagaciones, que tu padre todavía estaba con él, pero que se iría de Londres a la mañana siguiente. El señor Darcy pensó que, en vez de hablar con tu padre, sería mejor hablar con tu tío, así que pospuso su idea de consultarlo hasta el día siguiente, cuando tu padre ya se hubiera ido. La primera vez que vino no dejó su nombre y, hasta el día siguiente, no se sabía más que un caballero había acudido para hablar de ciertos asuntos. El sábado volvió. Tu padre ya se había ido y tu tío estaba en casa, y como te dije antes, tenían muchísimo de lo que hablar. Se volvieron a reunir el domingo y luego también lo vi yo. No se arregló todo hasta el domingo; en cuanto estuvo todo dispuesto, se envió un correo urgente a Longbourn. Pero nuestro señor Darcy es muy terco. Me parece, Lizzy, que la terquedad es el verdadero defecto de su carácter, después de todo. Se le han achacado muchos defectos en distintas ocasiones, pero *el verdadero* es el que te digo yo. Se empeñó en que todo había que hacerlo como él dijera; aunque estoy segura (y no lo digo para que me lo agradezcan, así que no hay necesidad de comentarlo) de que tu tío también se hubiera ocupado de todo. Discutieron mucho y durante mucho tiempo, lo cual es más de lo que el caballerete y la damisela en cuestión merecían, pero al final tu tío se vio obligado a ceder, y en vez de permitirle ser de alguna utilidad a su sobrina, tuvo que conformarse con ser la fachada únicamente y llevarse el agradecimiento de todos, por mucho que protestara. Yo creo que tu carta de esta mañana le ha dado una gran alegría, porque todo esto precisaba una explicación que le arrebatará un reconocimiento que no es suyo, y que se le concederá a quien verdaderamente lo merece. Pero, Lizzy, no puedes contar todo esto; como mucho, puedes decírselo a Jane. Sabes muy bien, supongo, lo que se ha hecho por esos dos muchachos. Han tenido que pagarse sus deudas, que creo ascendían a bastante más de mil libras, ha habido que poner otras mil para subir la dote de Lydia y ha habido que comprarle un puesto a Wickham. La razón por la que el señor Darcy ha querido hacer todo esto a sus expensas ya te las he relatado más arriba. Afirma que solo por su culpa, por haberse callado, por su falta de buen juicio, no se conocía el carácter de Wickham, y por lo tanto se le había recibido y tratado como no merecía. A lo mejor esto es verdad; aunque yo dudo que su discreción o la discreción de cualquiera pueda ser responsable de lo que ha ocurrido. Pero a pesar de su elegante discurso, mi querida Lizzy, puedes quedarte absolutamente tranquila de que tu tío jamás habría cedido si no se le hubieran dado pruebas de que había *otro interés* en el asunto. Cuando quedó resuelto todo, el señor Darcy volvió con sus amigos, que todavía permanecían en Pemberley; pero se acordó que estaría presente en Londres cuando tuviera lugar la boda y en ese momento se resolverían todas las cuestiones monetarias que faltaran por finiquitar. Creo que ya te lo he contado todo. Es un relato que, por lo que me dices, te va a sorprender bastante; al menos, confío en que no te dé ningún disgusto. Lydia se vino a vivir con nosotros y Wickham pudo venir a verla cuando quiso. Estaba igual que siempre, como cuando lo conocí en Hertfordshire; pero no puedo decirte lo mucho que me desagradó la conducta de Lydia mientras permaneció aquí, si no hubiera sabido, por la carta de Jane, del pasado miércoles, que su comportamiento cuando regresó a casa fue exactamente igual, de modo que lo que voy a contarte no te extrañará. Hablé con ella varias veces, muy en serio, haciéndole ver cuán horriblemente se había portado y toda la desgracia que había derramado sobre su familia. Si me oyó, fue por casualidad, porque estoy seguro de que no me prestó ninguna atención. A veces me irritaba sobremanera, pero luego me acordaba de mis queridas Elizabeth y Jane, y, solo por ellas, tenía paciencia con Lydia. El señor Darcy volvió puntualmente, cuando prometió, y tal y como os dijo Lydia, asistió a la boda. Comió con nosotros al día siguiente y tenía pensado abandonar Londres el miércoles o el jueves. ¿Te enfadarás conmigo, mi querida Lizzy, si aprovecho esta oportunidad para decirte (lo que nunca me atreví a decirte antes) cuánto me agrada este señor Darcy? Su comportamiento con nosotros ha sido, en todos los aspectos, tan maravilloso como cuando nos vimos en Derbyshire. Su inteligencia y sus opiniones me encantan; no necesita más que un poco de alegría y eso, si tiene cabeza para casarse *con quien debe*, se lo enseñará su esposa. Me pareció muy muy astuto... apenas mencionó siquiera tu nombre. Pero al parecer la astucia es cosa de la gente elegante. Te ruego que me perdones si he estado un poco susceptible, o al menos no seas tan cruel como para no invitarme a P. No quedaré contenta hasta que no haya visto todo ese parque. Un faetón bajo, con un par de bonitos ponis, sería muy apropiado. Pero no debo escribir más. Los niños me llevan reclamando desde hace media hora.

Sinceramente, te quiere, tu tía

M. GARDINER

El contenido de esta carta conmocionó a Elizabeth, aunque era difícil decidir si le había producido más placer o dolor. Las vagas y difusas sospechas, e improbables, que había imaginado respecto a lo que el señor Darcy podría haber estado haciendo en relación con la boda de su hermana, y que prudentemente no había querido alimentar, porque era un ejercicio de bondad demasiado grande como para ser siquiera probable, y al mismo tiempo temía que fueran ciertas, por los compromisos que imponía... ¡resultaron ser, más allá de toda consideración, absolutamente ciertas! El señor Darcy había ido a buscar a Lydia y a Wickham expresamente a la ciudad, y se había encargado personalmente de ir tras su pista; y en esa búsqueda había tenido que tratar con una mujer que le debía repugnar y a la que despreciaba, y se vio obligado a encontrarse, varias veces, con el hombre a quien más deseaba evitar, y cuyo nombre le da asco pronunciar, y a razonar con él, y a convencerlo, y finalmente a sobornarlo. Había hecho todo eso por una cría a la que ni respetaba ni apreciaba. El corazón de Elizabeth le susurraba que lo había hecho por ella. Pero era una esperanza que enseguida sometió a otras consideraciones y no tardó en creer que incluso su vanidad era insuficiente cuando había que valorar que el amor de Darcy por ella, por una mujer que ya lo había rechazado, fuera capaz de superar un sentimiento tan natural como el asco de volver a relacionarse con Wickham. ¡Ser cuñado de Wickham! Hasta el más mínimo orgullo se retorcería ante ese parentesco. Pero había hecho mucho, eso era seguro. Elizabeth se avergonzaba cuando pensaba hasta qué punto se había involucrado. Pero había dado una razón para su injerencia que resultaba bastante verosímil. Era razonable que pudiera sentirse responsable; era un hombre generoso y tenía los medios para serlo; y aunque Elizabeth no quisiera situarse como motivo principal de su comportamiento, tal vez podría pensar que quizá al señor Darcy le quedaba algo de afecto por ella y que eso podría haberle servido como acicate para intervenir en un asunto que preocupaba a su conciencia. Resultaba doloroso, extraordinariamente doloroso, saber que estaban en deuda con una persona a la que nunca podrían devolverle el favor. Le debían la salvación de Lydia, su reputación, todo, a *él*. ¡Oh... cuánto le dolían ahora todos aquellos sentimientos vengativos que había albergado, todos aquellos discursos amargos que le había escupido a la cara! Se sentía avergonzada; pero estaba orgullosa de él. Orgullosa de que, en una causa de honor y compasión, hubiera sido capaz de ofrecer lo mejor de sí mismo. Leyó una y otra vez, una y otra vez, los elogios que su tía le dedicaba. Le parecían escasos, pero le agradaban. Incluso le proporcionaba algún placer, aunque mezclado con tristeza, el hecho de descubrir con cuánta seguridad sus tíos estaban convencidos de que el cariño y la confianza aún latían entre el señor Darcy y ella.

Se levantó y abandonó sus reflexiones cuando vio que alguien se aproximaba; y antes de que pudiera escabullirse por otro camino, se vio abordada por Wickham.

—Me temo que interrumpo su solitario paseo, mi querida hermanita... —dijo, y se acercó a ella.

—Sí, así es —contestó Elizabeth con una sonrisa—, pero eso no significa que la interrupción resulte molesta.

—Lo lamentaría mucho, si así fuera. *Nosotros*... siempre fuimos buenos amigos; y ahora lo seremos más...

—Cierto. ¿Van a venir las demás?

—No lo sé. La señora Bennet y Lydia se han ido en el carruaje a Meryton. Así que... mi querida hermanita, me he enterado por tus tíos de que ya has visto Pemberley...

Elizabeth contestó que sí.

—Casi envidio ese placer, y sin embargo creo que no voy a poder pasar por allí, porque me desviaría de mi camino a Newcastle. Conoció usted a la vieja ama de llaves, supongo. Pobre Reynolds, siempre me quiso mucho. Pero... claro... no le mencionaría mi nombre...

—Sí, lo hizo.

—¿Y qué dijo?

—Que había entrado usted en las milicias, y que se temía... que no saldría bien. Ya sabe, estando tan lejos se tergiversan de mala manera las cosas.

—Desde luego —contestó Wickham, mordiéndose los labios.

Elizabeth esperaba que aquello sirviera para hacerle callar; pero él insistió:

—Me sorprendió ver a Darcy el mes pasado en Londres. Nos cruzamos varias veces. Me pregunto qué andaría haciendo...

—Tal vez preparando su matrimonio con la señorita De Bourgh —dijo Elizabeth—. Debe de ser algo muy especial para que esté en Londres en esta época del año.

—Sin duda. ¿Le vio usted cuando estuvo en Lambton? Creí entender que sí, por lo que me contaron los Gardiner.

—Sí, nos presentó a su hermana.

—¿Y qué le pareció?

—Maravillosa.

—Sí, claro... he oído que ha mejorado mucho estos dos últimos años. La última vez que yo la vi era muy poca cosa y no prometía nada. Me alegro de que le gustara. Espero que le vaya bien.

—Me atrevo a decir que le irá bien. Ya ha pasado la edad más difícil.

—¿Fueron ustedes a la aldea de Kympton?

—No recuerdo que lo hiciéramos.

—Lo digo porque allí está la rectoría del beneficio eclesiástico que debería ser mío. ¡Un lugar encantador...! ¡Una rectoría excelente! Habría sido perfecta para mí...

—¿Cree que le habría gustado componer sermones?

—Muchísimo. Lo habría considerado como una parte de mis obligaciones y no me habría costado nada. Uno no debe quejarse... pero, a decir verdad, ¡habría sido lo mejor para mí! La tranquilidad, la vida retirada, ¡habría colmado todas mis expectativas de felicidad! Pero no pudo ser. Cuando estuvo en Kent, ¿le comentó a usted Darcy lo que ocurrió...?

—Sé, por personas que saben bien lo que ocurrió, y lo doy por cierto, que el beneficio se le cedió con determinadas condiciones solo, y estaba sujeto a la voluntad del propietario actual.

—Ah, lo sabe... Sí, algo había de eso... Ya se lo dije yo en su momento, ¿no se acuerda?

—Y supe, también, que hubo un tiempo en el que componer sermones no le parecía un oficio tan agradable como al parecer le resulta ahora; y que efectivamente declaró que estaba decidido a no tomar las órdenes jamás y que se había llegado a un acuerdo al respecto.

—¡Ah, también sabe eso...! Y no le falta algún fundamento. Ya se lo dije yo en su momento, ¿no se acuerda?

Casi habían llegado a la puerta de casa, porque ella había caminado muy rápido para librarse de él; y, como no deseaba irritarlo, por su hermana, solo le contestó, con una sonrisa pícara:

—Vamos, señor Wickham, somos hermanos... ya sabe. No discutamos por el pasado. En el futuro, confío en que tengamos las mismas opiniones.

Ella le tendió la mano y él se la besó con afectada galantería, aunque apenas se atrevía a mirarla a la cara; luego entraron en casa.

Capítulo XI

El señor Wickham quedó tan perfectamente escarmentado con aquella conversación que nunca más volvió a molestar ni a enojar a su querida hermanita Elizabeth con aquel tema; y ella se alegró al saber que había dicho lo suficiente como para mantenerlo con la boca cerrada.

Pronto llegó el día en que él y Lydia tendrían que partir, y la señora Bennet se vio obligada a asumir una separación que probablemente duraría al menos un año, dado que en los planes de su marido de ningún modo se encontraba la idea de ir a Newcastle.

—¡Ay, mi querida Lydia! —exclamaba—, ¿cuándo nos volveremos a ver?

—¡Ay, Señor, no lo sé...! Tal vez no nos veamos en los próximos dos o tres años.

—Escríbeme mucho, querida.

—Todo lo que pueda. Pero ya sabes que una mujer casada nunca tiene mucho tiempo para escribir. Que me escriban mis hermanas a mí. No tienen otra cosa mejor que hacer.

El adiós del señor Wickham fue mucho más galante que el de su esposa. Sonrió, fue muy amable, y dijo un montón de cosas bonitas.

—Es el muchacho más elegante que he visto en mi vida —dijo el señor Bennet cuando salieron de la casa—, todo sonrisitas, se ríe como un tonto y nos hace la corte a todos. Estoy extraordinariamente orgulloso de él. Desafío al mismísimo sir William Lucas a que presente a un yerno mejor que este.

La pérdida de Lydia consiguió que la señora Bennet estuviera de mal humor durante varios días.

—A menudo pienso —decía— que no hay nada peor que separarnos de nuestros seres queridos. Parece que una se queda como desamparada sin ellos...

—Esa es la consecuencia de casar a una hija, mamá —dijo Elizabeth—. Deberías estar contenta: todavía te quedan cuatro solteras.

—No es eso. Lydia no se va porque se haya casado; sino solo porque da la casualidad de que el regimiento de su marido está por ahí lejos. Si estuviera cerca, no se habría ido tan pronto.

Pero no tardó mucho en sobreponerse al desánimo que aquellas circunstancias le causaron y su imaginación se abrió otra vez al nerviosismo de las esperanzas por una noticia que se empezó a difundir por aquellas fechas. El ama de llaves de Netherfield había recibido órdenes de preparar la casa para la llegada de su señor, que iba a llegar dentro de un par de días, para ir de caza durante varias semanas. La señora Bennet estaba nerviosísima. Miraba a Jane y sonreía, y luego asentía con la cabeza.

—Vaya, vaya... así que el señor Bingley parece que vuelve, hermana... —pues la señora Philips fue la primera en irle con la noticia—. Bueno, pues mucho mejor. No es que a mí me importe, desde luego. No tenemos nada que ver con él, ya sabes, y de verdad te digo que no tengo ganas de volver a verlo. Pero, en fin, es muy libre de venir a Netherfield si es lo que le apetece. ¿Y quién sabe lo que *puede* pasar? Pero a nosotros lo mismo nos da. Ya sabes, hermana, que decidimos hace mucho tiempo no volver a hablar del asunto. Así que eso... ¿es seguro ya que va a venir?

—Puedes contar con ello —le contestó la otra—, porque la señora Nicholls estuvo en Meryton ayer por la noche; la vi pasar y le salí al paso con la idea de saber si era verdad lo que se decía; y me dijo que era verdad verdadera. Viene el jueves a más tardar y muy probablemente el miércoles. Ella iba al carnicero, me dijo, con la idea de encargar alguna carne para el miércoles, y cogió media docena de patos, listos para cocinar.

La señorita Bennet no fue capaz de enterarse de que llegaba el señor Bingley sin palidecer. Hacía muchos meses que no pronunciaba su nombre delante de Elizabeth; pero en ese momento, en cuanto volvieron a estar solas, Jane le dijo:

—Ya vi cómo me mirabas hoy, Lizzy, cuando la tía nos dio esa noticia... Y ya sé que pareció como que me ponía un poco nerviosa. Pero no creas que fue por una tontería. Solo me quedé un poco confusa en ese momento porque pensé que me estaríais mirando. Te aseguro de verdad que esa noticia no me produce ni frío ni calor. Aunque me alegro de una cosa, de que venga solo; porque así lo veré menos. No es que dude de mí, pero temo las observaciones de la gente.

Elizabeth no sabía qué pensar. Si no lo hubiera visto en Derbyshire, podría haber admitido que volvía a Netherfield sin otro plan que el que se decía; pero Elizabeth creía que todavía le gustaba Jane, y consideraba que había muchas probabilidades de que regresara *con* el permiso de su amigo, e incluso sin él.

«De todos modos, es duro que ese pobre hombre no pueda venir a una casa que ha alquilado legalmente sin levantar tantas especulaciones», pensaba a veces Elizabeth. «*Yo* voy a dejarlo tranquilo».

A pesar de lo que decía su hermana, y creía sinceramente que aquellos eran sus verdaderos sentimientos, ante la expectativa de su inminente llegada, Elizabeth pudo detectar que el ánimo de Jane se veía perturbado por la noticia. Estaba más inquieta, más desasosegada de lo que era normal en ella.

El asunto que tan violentamente habían discutido sus padres, aproximadamente un año antes, se puso sobre la mesa de nuevo.

—En cuanto venga el señor Bingley, querido, tienes que ir a visitarlo, desde luego —decía la señora Bennet.

—No, no. Me obligaste a visitarlo el año pasado y me prometiste que si iba a verlo, se casaría con una de mis hijas. Pero todo acabó en nada y no quiero volver a hacer el ridículo otra vez.

Su mujer le explicó que semejante cortesía era absolutamente necesaria y obligatoria para todos los caballeros del vecindario en cuanto el señor Bingley regresara a Netherfield.

—Me revientan esas formalidades —dijo el señor Bennet—. Si quiere estar con nosotros, que venga. Ya sabe dónde vivimos. No voy a gastar mi tiempo corriendo detrás de mis vecinos cada vez que se vayan o vuelvan.

—Bueno, yo lo único que sé es que sería una grosería imperdonable si no fueras a hacerle una visita. Pero, de todos modos, eso no evitará que le invite a cenar aquí, está decidido. Podemos invitar también a la señora Long y a los Goulding. Eso hacen... trece invitados, contando con nosotros, así que queda un sitio en la mesa para él.

Con el consuelo de aquella decisión, estuvo en condiciones más favorables para aguantar el estoicismo de su esposo; aunque resultaba bastante humillante saber que, como consecuencia de la terquedad de su marido, puede que todos los vecinos vieran al señor Bingley antes que ellos.

—Empiezo a lamentar que venga, desde luego —le decía Jane a su hermana a medida que se acercaba el día previsto para la llegada del señor Bingley—. No me importa nada, y puedo encontrarme con él y ser perfectamente indiferente, pero no soporto que aquí se esté constantemente hablando de él. Mamá tiene buena intención, pero no sabe, nadie puede saber, lo mucho que sufro con lo que dice. ¡Qué feliz voy a ser cuando se marche para siempre de Netherfield!

—Ojalá pudiera decirte algo que te consolara... —contestó Elizabeth—, pero no sé qué hacer, ya lo sabes; y no soporto ese consejo habitual que consiste en predicar paciencia a alguien que sufre, porque tú ya has sufrido bastante.

Por fin el señor Bingley llegó. La señora Bennet, con la ayuda de los criados, se las arregló para conseguir las primeras noticias, para que el período de ansiedad y nerviosismo por su parte fuera todo lo largo posible. Contó los días que debían transcurrir antes de formalizar una invitación; no había esperanza de poder verle antes. Pero la tercera mañana después de su advenimiento a Hertfordshire, la señora Bennet lo vio desde la ventana de su vestidor, y observó cómo accedía al camino de la entrada y se dirigía hacia la casa.

Comenzó a dar voces con el fin de que sus hijas compartieran su alegría. Jane, rápidamente, se sentó en su sitio, a la mesa; pero Elizabeth, para conformar a su madre, se acercó a la ventana... miró... y vio al señor Darcy con Bingley, y se volvió a sentar enseguida junto a su hermana.

—Viene un caballero con él, mamá —dijo Kitty—, ¿quién puede ser?

—Algún amigo cualquiera, querida, supongo... La verdad es que no lo sé.

—¡Eh! —replicó Kitty—, parece aquel hombre que solía estar siempre con él... El señor comosellame. Aquel alto, tan engreído.

—¡Dios bendito! ¡El señor Darcy! Por supuesto que es él. Bueno, cualquier amigo del señor Bingley siempre será bien recibido en esta casa, naturalmente; pero, por otra parte, he de decir que a ese hombre no lo puedo ni ver...

Jane miró a Elizabeth con sorpresa y preocupación. Apenas sabía nada de lo que había ocurrido en Derbyshire, y por lo tanto lamentaba la incomodidad que podría sentir su hermana al verlo casi por primera vez después de aquella carta aclaratoria que le dio en la rectoría del señor Collins. Ambas hermanas estaban muy nerviosas. Cada una estaba preocupada por la otra y, por supuesto, por sí mismas; y su madre seguía parloteando de lo poco que le agradaba el señor Darcy y sobre su decisión de ser corteses con él solo porque era amigo del señor Bingley, sin que nadie le prestara atención. Pero Elizabeth tenía razones de inquietud que Jane no podía ni imaginar, porque no había tenido todavía el valor de mostrarle la carta de su tía Gardiner, ni de contarle de propia voz cómo habían cambiado sus sentimientos hacia el señor Darcy. Para Jane, el señor Darcy solo sería un caballero cuyas proposiciones habían sido rechazadas y cuyo valor se había infravalorado; pero para Elizabeth, era la persona con la que toda la familia estaba en deuda por un enorme favor que les había hecho, y a quien apreciaba muy sinceramente, y si no sentía por él un cariño tan tierno como el que Jane sentía por

Bingley, al menos sí era tan razonable y justo. La sorpresa de que se presentara allí... de que fuera a Netherfield... a Longbourn, y que fuera a verla expresamente, era casi igual a la que tuvo cuando lo vio comportarse de aquel modo tan distinto en Derbyshire.

El color que había desaparecido de su rostro regresó durante medio minuto con un rubor añadido, y una sonrisa de alegría añadió brillo a sus ojos cuando pensó, durante ese medio minuto, que el afecto y los deseos del señor Darcy aún debían de ser los mismos. Pero no estaba segura.

«Primero veré cómo se comporta», se dijo, «y luego ya habrá tiempo para hacerse ilusiones».

Se sentó a hacer labor, procurando mantener la atención y la compostura, y sin atreverse a levantar la mirada, hasta que una curiosidad angustiosa la obligó a mirar el rostro de su hermana, mientras la criada iba a abrir la puerta. Jane parecía un poco más pálida de lo normal, pero más calmada de lo que Elizabeth podría haber imaginado. Cuando aparecieron los caballeros, se ruborizó; sin embargo, los recibió con bastante calma, con unos modales perfectos y, al mismo tiempo, sin dar ninguna muestra de resentimiento hacia Bingley y sin aspavientos innecesarios.

Elizabeth les dijo lo mínimo que se puede decir en un educado saludo y se volvió a sentar con la labor, con un nerviosismo que no siempre conseguía dominar. Se había atrevido a mirar de reojo a Darcy. Él parecía tan serio como siempre y Elizabeth pensó que se parecía más al Darcy con el que solía tratar en Herfordshire que al Darcy de Pemberley. Pero a lo mejor es que delante de su madre no podía comportarse como delante de sus tíos. Era una hipótesis dolorosa, aunque no improbable.

También había mirado durante un instante a Bingley y enseguida vio que estaba tan encantado como aterrorizado. La señora Bennet lo había recibido con mucha reverencia, lo cual había avergonzado a sus dos hijas, especialmente cuando se comparaba con las gélidas y ceremoniosas cortesías con que saludó y trató a su amigo.

Elizabeth, especialmente, que sabía que su madre le debía a Darcy el honor de su hija favorita, pues la había salvado de una irremediable ignominia, se sintió profundamente dolida y angustiada hasta el punto de no poder soportar un trato tan injusto.

Darcy, después de preguntarle cómo se encontraban el señor y la señora Gardiner, una pregunta que Elizabeth no pudo contestar sin cierta turbación, apenas dijo nada más. No estaba sentado a su lado; tal vez esa fuera la razón de su silencio, pero no se había portado así en Derbyshire. Allí hablaba con sus amigos, cuando no podía hacerlo con ella. Pero ya habían transcurrido algunos minutos sin que nadie oyera su voz, y cuando al final, incapaz de resistir el impulso de la curiosidad, Elizabeth levantó la mirada hacia él, se lo encontró tantas veces mirando a Jane como a ella, y con más frecuencia aún, al suelo. Se podía decir que estaba más pensativo y menos deseoso de agradar que la última vez que se encontraron. Elizabeth se sintió un poco decepcionada y enfadada con él por ser así.

«¿Acaso podía esperarme otra cosa?», se dijo. «Y, sin embargo, aquí está... ¿por qué ha venido?».

Elizabeth no estaba de humor para hablar con nadie, salvo consigo misma; y difícilmente podría reunir el valor para dirigirle la palabra a Darcy.

Le preguntó por su hermana, pero nada más.

—Hace mucho tiempo, señor Bingley, desde que se fue... —dijo la señora Bennet.

El caballero lo admitió enseguida.

—Empezábamos a pensar que ya nunca volvería. Eso decía la gente, que quería dejar la casa definitivamente para San Miguel; pero, en fin, espero que no sea verdad. Ha habido grandes cambios por aquí, desde que se fue usted. La señorita Lucas se casó y se fue a vivir fuera. Y una de mis hijas también. Supongo que habrá oído usted hablar de ello; claro, lo habrá visto en los periódicos. Salió en *The Times* y en el *Courier*, pero no estaba bien escrito. Solo decía: «El caballero George Wickham contrajo matrimonio con la señorita Lydia Bennet», sin decir ni una palabra sobre su padre, o sobre dónde vivía ni nada. Fue mi hermano el que redactó la nota y me extraña que hiciera una cosa tan ramplona. ¿La vio usted?

Bingley contestó que sí y la felicitó por la boda de su hija. Elizabeth no se atrevía a levantar la mirada. Así que no podía saber el aspecto que tenía el señor Darcy.

—Tener una hija casada es una maravilla, desde luego —continuó su madre—, pero al mismo tiempo, señor Bingley, es muy duro tenerla tan lejos de aquí. Se han tenido que ir a Newcastle, un sitio que está al norte, parece ser, y allí se van a tener que quedar, no sé durante cuánto tiempo. Su regimiento está allí, porque supongo que se habrá enterado usted de que dejó la milicia de ***shire y que ha entrado en el ejército regular. Gracias a Dios tiene *amigos*, aunque no tantos como merece.

Elizabeth, que sabía que aquella indirecta iba dirigida al señor Darcy, estaba tan avergonzada que apenas se pudo quedar allí sentada. Sin embargo, hizo un esfuerzo por hablar, pues hasta ese momento no había conseguido despegar los labios, y le preguntó a Bingley si tenía pensado quedarse algún tiempo en el campo. Unas semanas, creía.

—Cuando haya acabado usted con toda la caza y todos sus pájaros, señor Bingley —dijo la madre—, le ruego que se venga por aquí, a las tierras del señor Bennet, y dispare usted todo lo que quiera. Estoy segura de que estará tremendamente feliz de hacerle ese favor y le reservará las mejores perdices a usted.

El sufrimiento de Elizabeth era cada vez mayor ante aquellas cortesías... ¡tan completamente innecesarias y empalagosas! Elizabeth estaba convencida de que si había alguna mínima posibilidad de que en ese momento se levantaran las mismas expectativas que tanta ilusión habían despertado hace un año, gracias a su madre acabarían del mismo modo humillante que la otra vez. En aquel instante pensó en los años de felicidad que se desvanecían por culpa de aquellas dolorosas insensateces.

«Solo espero no volver a verlos», se decía. «¡El placer de estar con ellos jamás podrá compensar la vergüeza que estamos pasando! ¡Ojalá no vuelva a verlos jamás, ni a uno ni a otro!».

Sin embargo, aquel sufrimiento, que jamás podrían contrarrestar años seguidos de felicidad, menguó un poco cuando al cabo observó que la belleza de su hermana volvía a despertar la generosísima admiración de su antiguo amante. Al principio, cuando entró, se había dirigido a ella, pero le habló muy poco; sin embargo, tras cinco minutos ya solo le prestó atención a ella. La encontraba tan guapa como un año atrás, tan buena y tan sencilla, aunque no tan habladora. Jane estaba preocupada por que no notara en ella ninguna diferencia en absoluto y estaba convencida de que hablaba lo mismo que siempre. Pero su pensamiento permanecía tan atareado que no siempre era capaz de distinguir cuándo estaba en silencio.

Cuando los caballeros se levantaron para irse, la señora Bennet recordó la invitación que había planeado y se les conminó galantemente al compromiso de ir a comer al cabo de pocos días a Longbourn.

—Me debía usted una visita, señor Bingley... —añadió—, porque cuando se fue usted a Londres el invierno pasado, me prometió venir a comer un día en familia, en cuanto regresara. Ya ve que no lo he olvidado; y le aseguro que me disgusté muchísimo cuando supe que no venía y que no mantenía su compromiso...

Bingley pareció un poco desconcertado ante aquella acusación, y dijo algo que parecía una disculpa, y que se lo habían impedido los negocios. Y luego se fueron.

La señora Bennet había estado a punto de pedirles que se quedaran a comer aquel mismo día, pero, aunque siempre había buena mesa en la casa, no creía que una comida de solo dos platos pudiera ser aceptable para un caballero en el que se habían depositado tantas esperanzas, o para satisfacer el apetito y el orgullo de otro que se embolsaba nada menos que diez mil al año.

Capítulo XII

En cuanto se marcharon, Elizabeth se retiró con la intención de procurar recomponerse; o, en otras palabras, para meditar tranquilamente y a solas aquellos detalles que seguramente más la habían perturbado. La conducta del señor Darcy le resultaba asombrosa y dolorosa.

«¿Por qué viene, si va a quedarse callado, y serio, y totalmente indiferente?», se decía.

No podía contestar de ninguna manera que le resultara satisfactoria.

«Cuando estaba en Londres siguió siendo amable y encantador con mis tíos. ¿Por qué conmigo no? Si me tiene miedo, ¿por qué se atreve a venir? Y si ya no tiene ningún interés en mí, ¿por qué se queda callado? ¡Qué hombre tan tan tan irritante! No voy a pensar más en él».

Pudo mantener su decisión algunos instantes, aunque involuntariamente, gracias a su hermana, que se reunió con ella con un gesto
muy alegre, que demostraba que estaba bastante más feliz que Elizabeth tras la visita.

—Ahora que ya nos hemos visto esta primera vez —dijo Jane—,
ya me siento mucho más tranquila. Ahora sé lo fuerte que soy y no
volveré a ponerme nerviosa cuando vuelva. Me alegro de que
venga a comer el martes. Todo el mundo sabrá entonces que, por
ambas partes, podemos reunirnos como amigos normales y perfectamente indiferentes.

—Sí, claro, perfectamente indiferentes... —dijo Elizabeth entre
risas—. Ay, Jane... ten cuidado.

—Mi querida Lizzy, no puedes creerme tan débil como para
pensar que todavía corro peligro.

—Creo que corres el peligro de que Bingley esté tan perdidamente enamorado de ti como siempre.

No volvieron a ver a los caballeros hasta el martes y la señora
Bennet, mientras tanto, se entregó a la planificación de una felicidad que el buen talante y la sencilla cortesía de Bingley había hecho renacer en el curso de una visita de solo media hora.

El martes se reunió un gran grupo en Longbourn y los dos
caballeros a los que se les esperaba con intranquila ansiedad,
para confirmar su fama de cazadores puntuales, llegaron a la
hora indicada. Cuando pasaron al comedor, Elizabeth observó
con ansiedad dónde se colocaba Bingley, el cual, en las fiestas
anteriores, siempre se había sentado al lado de Jane. Su prudente madre, pensando en lo mismo, se cuidó mucho de invitarlo a sentarse a su lado. Al entrar en la estancia, Bingley pareció dudar, pero en ese momento Jane miró a su alrededor, esbozó
una deliciosa sonrisa y todo quedó sentenciado. Bingley se sentó
a su lado.

Elizabeth, con una tremenda sensación de triunfal felicidad,
miró a su amigo. Él mantenía un gesto de noble indiferencia y
Elizabeth habría sospechado que Bingley había recibido el permiso
de su amigo para ser feliz, si no lo hubiera visto volver la mirada
hacia Darcy con una expresión de aterrorizada alegría.

La actitud de Bingley hacia su hermana fue tal, durante toda la comida, y reveló tan a las claras la admiración que sentía por ella, que, aunque más contenido que en otras ocasiones, convenció a Elizabeth de que si dependiera del propio Bingley, la felicidad de Jane y la suya propia, no tardarían ni un segundo en confirmarse. Aunque Elizabeth no se atrevía a fiarse totalmente de la feliz resolución, de todos modos disfrutaba muchísimo observando el comportamiento de Bingley. Aquello le proporcionaba toda la alegría que podría desear, porque no estaba de muy buen humor: Darcy estaba todo lo lejos que podía estar, justo al otro extremo de la mesa, junto a su madre. Ella sabía lo poco que iban a disfrutar los dos en esa situación y lo poco que beneficiaría a su relación. Elizabeth ni siquiera estaba lo suficientemente cerca como para oír nada de lo que decían, pero podía ver que su madre y Darcy apenas se dirigían la palabra, y lo envarados y gélidos que eran sus gestos cuando lo hacían. A ojos de Elizabeth, la grosería de su madre convertía la gratitud debida hacia el señor Darcy en algo aún más penoso; y habría dado cualquier cosa por poder tener la oportunidad de decirle que toda la familia sabía y apreciaba enormemente su generosidad.

Deseaba que la velada les proporcionara alguna ocasión que les permitiera estar juntos, que toda la visita no transcurriera sin poder mantener siquiera una pequeña conversación, algo más que el mero y ceremonioso saludo que le dispensó cuando llegaron. Nerviosa y azorada, el tiempo que transcurrió en el salón,[26] antes de que llegaran los caballeros, consiguió enfadarla y malhumorarla tanto que casi llegó a ponerse maleducada. Solo esperaba que entraran los caballeros porque su única oportunidad de placer aquella noche dependía de ese momento.

«Si ahora no viene a hablar conmigo», se dijo, «lo olvidaré para siempre».

Entraron entonces los caballeros; y pareció que Darcy iba a cumplir con todos sus anhelos cuando, ¡vaya!, las mujeres rodearon la mesa en la que la señorita Bennet estaba preparando el té

---

[26] Aunque la autora no lo cita expresamente, la cena ya ha acabado, las damas han pasado al salón y, conforme al ceremonial social vigente, los hombres se han quedado bebiendo solos mientras las damas esperan en una estancia aneja.

y Elizabeth sirviendo el café, y estaban tan apiñadas que no había ni un solo hueco a su lado en el que pudiera caber una silla.

Y cuando se acercaron los caballeros, una de las muchachas se acercó aún más a ella, y le dijo en un susurro:

—No voy a consentir que los hombres vengan a separarnos. No los necesitamos, ¿a que no?

Darcy se había apartado a otra parte del salón. Ella lo siguió con la mirada, envidiando a cualquiera con quien hablaba, y apenas tuvo suficiente paciencia para servir café a todo el mundo; ¡y entonces se puso furiosa consigo misma por ser tan boba!

«¡Un hombre al que ya he rechazado! ¿Cómo eres tan estúpida de pensar que te va a decir que te sigue queriendo? ¿Es que hay un hombre en el mundo que no se negara en redondo a hacer una segunda proposición a la misma mujer? ¡No hay una indignidad que aborrezcan más!».

De todos modos se sintió un poco más animada cuando él mismo trajo su taza de café; ella aprovechó la oportunidad para decirle:

—¿Está su hermana en Pemberley todavía?

—Sí, se quedará allí hasta Navidad.

—¿Sola? ¿Y sus amigos se van a ir?

—La señora Annesley se queda con ella. Los demás se han ido a Scarborough estas tres semanas.

No se le ocurría qué más decir; pero si él hubiera querido hablar con ella, podría haberlo conseguido. Sin embargo, el señor Darcy se quedó allí a su lado, algunos minutos, en silencio; y al final, cuando la muchacha joven susurradora volvió a dirigirse a Elizabeth, él se alejó.

Cuando se retiró el servicio de té y se montaron las mesas de cartas, todas las damas se levantaron y Elizabeth de nuevo confió en acercarse otra vez a él, pero en ese momento todas sus esperanzas se derrumbaron al ver cómo caía víctima de la rapacidad de su madre, que andaba a la busca de jugadores para una partida de *whist*, y poco después ya se encontraba sentado con el resto del grupo. Elizabeth perdió entonces toda la ilusión de tener alguna alegría. Se vieron confinados durante toda la velada a mantenerse en diferentes mesas, y ya no albergaba ninguna esperanza, salvo que el señor Darcy mirara continuamente hacia la zona donde estaba ella y su juego fuera tan desafortunado como el de la propia Elizabeth.

La señora Bennet había planeado que los dos caballeros de Netherfield se quedaran a cenar; pero por desgracia, pidieron el carruaje antes que nadie, y la mujer ya no tuvo ocasión de detenerlos.

—Bueno, niñas —dijo, en cuanto se fueron—. ¿Qué decís? Creo que todo ha resultado maravillosamente bien, ya lo creo. La comida estuvo aderezada como nunca. La pierna de venado estaba asada en su punto... y todo el mundo lo dijo, que nunca habían visto unos cuartos tan hermosos. La sopa estaba cincuenta veces mejor que la que nos dieron en casa de los Lucas la semana pasada; e incluso el señor Darcy reconoció que las perdices estaban notablemente buenas, y supongo que él tendrá dos o tres cocineros franceses, por lo menos. Y, mi querida Jane, nunca has estado más guapa. La señora Long también me lo dijo, porque le pregunté yo si alguna vez te había visto más guapa y dijo que no. Y qué dirás que me dijo después: «¡Ah, señora Bennet... por fin la veremos en Netherfield...!». Así me lo dijo. Realmente creo que la señora Long es la persona más buena que hay sobre la faz de la tierra... y sus sobrinas son unas niñas muy educadas y bastante feas: me caen maravillosamente.

La señora Bennet, en fin, estaba de un humor excelente; había visto lo suficiente del comportamiento de Bingley hacia Jane para estar convencida de que su hija al final lo cazaría; y sus expectativas de prosperidad para la familia, cuando estaba de buen humor, superaban hasta tal punto lo razonable que se disgustó mucho porque Bingley no fue por allí al día siguiente para hacerle a Jane la proposición de matrimonio.

—Ha sido un día muy agradable —le dijo la señorita Bennet a Elizabeth—. Todo el grupo parecía muy a gusto, todos estaban muy cómodos los unos con los otros. Espero que nos volvamos a ver.

Elizabeth sonrió.

—Lizzy, no te rías. No debes desconfiar de mí. Me duele mucho que lo hagas. Te aseguro que ya he aprendio a disfrutar de su conversación, porque es un joven muy agradable y muy sensato, sin necesidad de tener más aspiraciones. Estoy absolutamente convencida, a juzgar por su manera de conducirse conmigo, de que nunca tuvo ninguna intención de comprometer mis afectos. Solo ocurre que tiene una manera de dirigirse a los demás muy dulce y un enorme deseo de agradar a todo el mundo, más que cualquier otro hombre.

—Eres muy cruel —dijo su hermana—, no me dejas sonreír, y me estás provocando a cada momento.

—¡Qué difícil resulta a veces que la crean a una!

—¡Y qué imposible en otras ocasiones!

—¿Pero por qué quieres convencerme de que siento más de lo que te digo?

—Esa es una pregunta a la que difícilmente sabría contestar. A todos nos gusta dar lecciones, aunque solo podemos enseñar lo que no vale la pena aprender. Perdóname, y si persistes en tu indiferencia, no quiero ser tu confidente.

Capítulo XIII

Algunos días después de aquella visita, el señor Bingley volvió por allí, y solo. Su amigo se había ido aquella mañana a Londres, pero iba a regresar a Netherfield en diez días. Bingley estuvo con ellas alrededor de una hora y estaba de muy buen humor y muy alegre. La señora Bennet lo invitó a quedarse a comer, pero con muchas y abundantes disculpas, confesó que tenía un compromiso previo.

—Espero que la próxima vez que nos visite tengamos más suerte.

Estaría encantado desde luego en cualquier momento, etcétera, etcétera; y si la señora Bennet se lo permitía, aprovecharía la primera oportunidad para visitarlas.

—¿Puede venir mañana?

Sí, no tenía ningún compromiso para el día siguiente; y la invitación de la señora fue aceptada de inmediato.

Y efectivamente, fue, y a tan buena hora que ninguna de las señoritas estaba todavía vestida. La señora Bennet corrió a la habitación de su hija, aún en camisón, y con el pelo a medio arreglar, gritando:

—Ay, mi querida Jane, date prisa, apresúrate. Ha venido... el señor Bingle ha venido. Ya está aquí, en realidad. Date prisa, date prisa... A ver, Sarah, ven aquí enseguida a la señorita Bennet, y ayúdala con el vestido. No te preocupes por el peinado de la señorita Lizzy.

—Bajaremos en cuanto podamos —dijo Jane—, pero creo que Kitty ya debe estar preparada, porque subió a arreglarse hace media hora.

—¡Ah, olvídate de Kitty! ¿Qué tiene que ver esto con ella? Vamos, vamos, date prisa, date prisa... ¿Dónde tienes el fajín, querida?

Pero cuando su madre se fue, Jane se negó a bajar sin alguna de sus hermanas.

El mismo empeño por dejarlos solos se hizo patente otra vez por la tarde. Después del té, el señor Bennet se retiró a su biblioteca, como era su costumbre, y Mary subió arriba a tocar el piano. Ya se habían eliminado dos de los cinco obstáculos; la señora Bennet estuvo haciéndole guiños a Elizabeth y a Catherine durante bastante rato, sin que ellas le hicieran ningún caso. Elizabeth no la miraba, y cuando al final Kitty la vio, dijo con toda la inocencia:

—¿Qué pasa, mamá? ¿Por qué me estás guiñando el ojo? ¿Qué quieres que haga?

—Nada, hija, nada... No te estaba guiñando el ojo. —La señora Bennet permaneció allí sentada cinco minutos más, pero incapaz de dejar escapar aquella preciosa ocasión; de repente se levantó y le dijo a Kitty—: Ven conmigo, amor mío, que quiero hablar contigo. —Y se la llevó del salón. Jane enseguida lanzó una mirada a Elizabeth que hablaba bien a las claras de la angustia ante aquella farsa premeditada y su amenaza de que *ella* no se moviera del salón. Pocos minutos después, la señora Bennet entreabrió la puerta y la llamó:

—¡Lizzy, querida! ¡Quiero hablar contigo!

Elizabeth se vio obligada a salir.

—Tenemos que dejarlos solos, ya sabes —dijo su madre en cuanto Elizabeth salió al vestíbulo—. Kitty y yo vamos a subir y nos vamos a quedar en mi vestidor.

Elizabeth ni siquiera intentó razonar con su madre, pero se quedó callada en el vestíbulo, hasta que la señora Bennet desapareció escaleras arriba con Kitty, y entonces volvió al salón.

Los planes de la señora Bennet para aquel día no salieron bien. Bingley tenía todos los encantos y habilidades, salvo la de ser capaz de declararse a su hija. Su naturalidad y su alegría lo convirtieron en un invitado maravilloso aquel día; y soportó todas las necias impertinencias de la madre y escuchó todas sus ridículas observaciones con una paciencia y un dominio de sí mismo que la hija agradeció particularmente.

Apenas necesitó que insistieran para quedarse a cenar, y antes de irse, se formalizó un compromiso, principalmente entre él y la señora Bennet, para que acudiera a la mañana siguiente a cazar con su marido.

Después de aquel día, Jane no volvió a hablar de indiferencia. Ni una palabra se cruzó entre las hermanas a propósito de Bingley; pero Elizabeth se fue a la cama con la feliz convicción de que todo acabaría enseguida, a menos que el señor Darcy regresara antes de lo previsto. En todo caso, y ahora en serio, estaba bastante persuadida de que todo aquello estaba sucediendo con la aquiescencia de dicho caballero.

Bingley fue puntual a su cita; y él y el señor Bennet pasaron la mañana juntos, como se había acordado. El señor Bennet estuvo mucho más agradable de lo que esperaba su compañero de caza. En Bingley no había nada de esa presunción ni esas tonterías que el señor Bennet pudiera ridiculizar o que le disgustaran tanto como para que se hundiera en el silencio; así que, a juzgar por lo que Bingley comentó, estuvo más comunicativo y menos excéntrico que nunca. Naturalmente, Bingley regresó a Longbourn con él para comer; y por la tarde el ingenio de la señora Bennet se puso otra vez en funcionamiento para conseguir que todo el mundo abandonara el salón y él y su hija se quedaran a solas. Elizabeth, que tenía que escribir una carta, se fue a la salita del desayuno con esa idea después del té, porque como todos los demás iban a sentarse a jugar a las cartas, Jane no la necesitaba para contrarrestar las estratagemas de su madre.

Pero al regresar al salón, cuando terminó la carta, vio, para su infinita sorpresa, que había razones para temer que su madre hubiera sido más ingeniosa de lo que ella creía. Al abrir la puerta, vio a su hermana y a Bingley juntos frente a la chimenea, como si estuvieran absortos en una apasionada conversación; y si esto no hubiera sido suficiente, el hecho de que ambos se volvieran rápidamente a mirarla y se apartaran enseguida habría sido suficientemente elocuente para Elizabeth. Estaban muy azorados, pero el nerviosismo de Jane era aún peor, pensó Elizabeth. Ninguno de los dos pronunció ni una sola palabra; y Elizabeth estaba a punto de irse de nuevo cuando Bingley, que, como Jane, se había sentado, de repente se levantó, y susurrándole unas breves palabras a su hermana, salió corriendo del salón.

Jane no podía tener secretos para Elizabeth, sobre todo si las confidencias procuraban placer y alegría; y enseguida fue a abrazarla, reconociendo, con la más viva emoción, que era la mujer más feliz del mundo.

—¡Es demasiado...! —añadió—, ¡más que demasiado! No me lo merezco. ¡Oh...! ¿Por qué todo el mundo no es tan feliz como yo?

Elizabeth felicitó a su hermana con una sinceridad, un cariño y una alegría que las palabras solo expresarían a medias. Cada una de aquellas dulces frases era una nueva fuente de felicidad para Jane. Pero en ese momento no podía quedarse con su hermana, ni decirle la mitad de lo que quería decirle.

—¡Tengo que ir a decírselo a mamá! —exclamó—. De ninguna manera puedo burlarme de su cariñoso interés, ni permitir que se entere por otra persona que no sea yo misma. Él ya ha ido a hablar con papá. ¡Oh, Lizzy! ¡Saber que lo que tengo que contar hará feliz a toda mi familia! ¡No sé si podré soportar tanta alegría!

Luego se apresuró a ir a buscar a su madre, que había interrumpido adrede la partida de cartas y había subido arriba con Kitty.

Elizabeth, que se había quedado sola, sonrió ahora ante la rapidez y la facilidad con que se había solucionado al final todo aquel asunto que tanta incertidumbre y tristeza les había causado los meses previos.

«¡Y así terminan todas aquellas preocupaciones de su amigo Darcy, y todas las falsedades y argucias de su hermana Caroline!», se dijo. «¡El final más feliz, más inteligente y más razonable!».

A los pocos minutos se reunió con ella Bingley, cuya conversación con el señor Bennet había sido breve y muy efectiva.

—¿Dónde está su hermana? —dijo Bingley, muy nervioso, cuando abrió la puerta.

—Con mi madre, arriba. Me atrevería a decir que bajará enseguida.

Entonces, cerró la puerta y acercándose a ella, solicitó la bendición y el cariño de una hermana. Elizabeth, honestamente y de todo corazón, le comunicó lo mucho que le alegraba la perspectiva del inminente parentesco. Se estrecharon las manos con la mayor cordialidad y luego, hasta que su hermana bajó, Elizabeth tuvo que escuchar todo lo que él le quiso contar, de su propia felicidad, de lo maravillosa que era Jane; y a pesar de estar enamorado, Elizabeth realmente creyó que todas sus esperanzas de felicidad estaban sensatamente fundadas, porque el fundamento de su amor era una perfecta comprensión mutua, el maravilloso corazón de Jane y unos sentimientos y gustos muy parecidos.

Fue una tarde de grandes alegrías para todos; la satisfacción de la señorita Bennet proporcionó un rubor de dulce alegría a su rostro y consiguió que pareciera más guapa que nunca. Kitty se reía y sonreía como un tonta, y confiaba en que pronto le llegara su turno. La señora Bennet no pudo encontrar términos lo suficientemente elogiosos y fervorosos para dar su consentimiento y su aprobación, aunque no le dijo otra cosa a Bingley, durante más de media hora, y cuando el señor Bennet se unió a ellos a la hora de cenar, su voz y sus gestos claramente mostraban lo realmente feliz que era.

Sin embargo, no dijo ni una palabra al respecto, hasta que su visita se despidió aquella noche; pero en cuanto se fue, se volvió hacia su hija, y le dijo:

—Jane, te felicito. Serás una mujer muy feliz.

Jane se acercó a él enseguida, lo besó y le dio las gracias por su bondad.

—Eres una buena muchacha —contestó—. Y me alegra mucho pensar que vas a estar felizmente casada. No tengo ninguna duda de que seréis muy felices juntos. Tenéis unos temperamentos muy parecidos. Los dos sois tan dubitativos que nunca decidiréis nada, y tan ingenuos que todos los criados os tomarán el pelo, y tan generosos que siempre gastaréis más de lo que ganéis.

—¡Espero que no! La imprudencia y la inconsciencia en cuestiones de dinero serían imperdonables para mí.

—¡Gastar de más! Mi querido señor Bennet... —exclamó su esposa—, ¿de qué estás hablando? Vaya, ¡si tiene cuatro o cinco mil al año, y muy probablemente más! —Y luego, dirigiéndose a su hija, añadió—: Oh, mi querida, queridísima Jane, ¡soy tan feliz! Estoy segura de que no voy a pegar ojo en toda la noche. Yo ya sabía que esto ocurriría. Siempre dije que tenía que ser así, al final. ¡Estaba segura de que tu belleza no podía ser en balde! Recuerdo yo que en cuanto lo vi, cuando vino a Hertfordshire el año pasado, pensé que seguramente acabaríais juntos. ¡Oh, es el joven más guapo que he visto jamás!

Wickham, Lydia... cayeron en el olvido. Jane era, más allá de cualquier comparación, su hija favorita. En aquel momento, no le importaba ninguna otra. Sus hermanas pequeñas no tardaron en comunicarle a Jane cuáles eran las cosas que podrían hacerlas muy felices, dado que ella pronto estaría en disposición de proporcionarles tales lujos.

Mary solicitó poder utilizar la biblioteca de Netherfield y Kitty rogó con fervoroso entusiasmo que se celebraran algunos bailes allí todos los inviernos.

Desde entonces, naturalmente, Bingley visitó Longbourn todos los días; con frecuencia llegaba antes del desayuno y siempre se quedaba hasta después de cenar, a no ser que algún vecino inculto, que nunca recibía pocos improperios en Longbourn, se empeñara en invitarlo a comer y él se viera obligado a aceptar.

Elizabeth ahora tenía pocas ocasiones de conversar con su hermana porque cuando Bingley estaba presente, Jane no le prestaba atención a nadie más; pero les resultaba muy útil a los dos en esos momentos en que por casualidad no se encontraban juntos. Cuando no estaba Jane, él siempre se acercaba a Elizabeth por el placer de hablar con ella, y cuando Bingley se iba, Jane constantemente buscaba el mismo consuelo.

—¡Me ha hecho muy feliz cuando me ha dicho que no sabía en absoluto que estuve en Londres la primavera pasada! —le dijo Jane a Elizabeth una noche—. ¡Me parecía imposible!

—Me lo temía —replicó Elizabeth—. ¿Pero cómo te lo ha explicado?

—Debió de ser una argucia de sus hermanas. De ningún modo querían que Bingley tuviera ninguna relación conmigo, lo cual no me extraña, porque podría haber escogido a otra cualquiera, mucho mejor que yo en todos los aspectos. Pero cuando vean, y confío que lo entiendan, que su hermano es feliz conmigo, tendrán que conformarse y volveremos a ser amigas otra vez; aunque nunca podremos volver a ser lo que fuimos.

—Una manera de hablar ciertamente implacable —dijo Elizabeth—; nunca te había oído hablar así. ¡Buena muchacha! Desde luego, me molestaría volver a verte como la marioneta del falso cariño de la señorita Bingley.

—¿Podrás creerte, Lizzy, que cuando fue a Londres el pasado noviembre, me amaba de verdad, y nada excepto la idea de que yo era indiferente le había impedido volver a verme?

—Cometió un pequeño error, desde luego; pero eso dice mucho de su humildad.

Aquello, naturalmente, fue el prólogo a un panegírico sobre la modestia de Bingley y el poco valor que otorgaba a sus muchas virtudes.

Elizabeth se alegró al descubrir que Bingley no había revelado la injerencia de su amigo, pues, aunque Jane tenía el corazón más generoso y bondadoso del mundo, sabía que aquello era una circunstancia que podría levantar algún prejuicio contra Darcy.

—¡De verdad que soy la mujer más feliz del mundo! —exclamaba Jane—. Oh, Lizzy, ¿por qué recibo esta distinción entre todas las de mi familia y tengo tanta suerte? ¡Si al menos pudiera verte a ti tan feliz como yo! ¡Si hubiera otro hombre igual para ti!

—Aunque me dieras cuarenta hombres como Bingley, nunca podría ser tan feliz como tú. Porque no tengo tu carácter, ni tu bondad, así que nunca tendré tu felicidad. No... no... déjame ser como soy; y quizá, si tengo muy buena suerte, pueda toparme con otro señor Collins en mi camino.

La situación de la familia de Longbourn no fue un secreto durante mucho tiempo. La señora Bennet se lo comunicó confidencialmente a la señora Philips, y esta, por su cuenta y sin permiso, se arriesgó a hacer lo mismo con todo el vecindario de Meryton.

Inmediatamente se proclamó en el pueblo que los Bennet eran la familia con más suerte del mundo, aunque solo unas semanas antes, cuando Lydia se fugó, se había considerado, sin duda alguna, que habían quedado marcados por la mala fortuna.

Capítulo XIV

Una mañana, aproximadamente una semana después de que se formalizara el compromiso del señor Bingley con Jane, cuando él y las damas de la familia se encontraban reunidos en el comedor, atrajo la atención de todos el ruido de un carruaje y todos se acercaron a la ventana; vieron desde allí una calesa de cuatro caballos que subía por el camino. Era demasiado pronto por la mañana para visitas y, además, la librea no correspondía a ningún vecino. Los caballos eran de posta y ni el carruaje ni la librea del criado que venía delante les resultaba familiar. De todos modos, como lo cierto era que alguien venía, Bingley inmediatamente convenció a la señorita Bennet de que evitara la molestia de tener que estar encerrada en casa con un intruso y salieron a pasear por el jardín. Se marcharon y las tres que se quedaron se entregaron a las conjeturas, aunque sin dar con ninguna solución, hasta que se fue a abrir la puerta y entró la visita. Era lady Catherine de Bourgh.

Por supuesto, las tres esperaban una sorpresa, pero su asombro fue más allá de sus expectativas; y por parte de la señora Bennet y de Kitty, aunque no la conocían de nada, el pasmo apenas fue menor que el de Elizabeth.

La señora entró en el salón con un aire más displicente de lo habitual, no contestó al saludo de Elizabeth más que con una ligera inclinación de cabeza y se sentó sin decir una palabra. Elizabeth le había mencionado el nombre a su madre, cuando Su Señoría entró en la casa, aunque no se había solicitado que nadie presentara a nadie.

La señora Bennet, toda asombro, aunque halagada por tener una invitada de tan elevada importancia, la recibió con una incontenible cortesía. Después de permanecer un tiempo en silencio, lady Catherine de Bourgh se dirigió con altanería a Elizabeth.

—Espero que esté usted bien, señorita Bennet. Supongo que esta señora es su madre.

Elizabeth contestó concisamente que así era.

—Y *esa* supongo que es una de sus hermanas.

—Sí, señora —dijo la señora Bennet, encantada de hablar con lady Catherine—. Es mi hija pequeña, la penúltima. La menor de todas se acaba de casar, y la mayor anda por ahí, en los jardines, paseando con un joven que pronto será parte de la familia.

—Tienen un parque muy pequeño aquí —contestó lady Catherine después de un breve silencio.

—No es nada en comparación con Rosings, milady, pero le aseguro que es mucho más grande que el de sir William Lucas.

—Este salón es muy incómodo para pasar las tardes de verano: todas las ventanas dan al oeste.

La señora Bennet le aseguró que nadie se quedaba allí después de comer; y luego añadió:

—¿Puedo tomarme la libertad de preguntarle a Su Señoría si el señor y la señora Collins quedaron con bien?

—Sí, sí, muy bien. Estuve con ellos anteanoche.

Elizabeth esperaba que entonces sacara una carta de Charlotte, porque ese era el único motivo que se le ocurría para que aquella señora les visitara. Pero no hubo carta ninguna y Elizabeth estaba completamente perpleja.

La señora Bennet, con mucha educación, le rogó a Su Señoría que tomara algún refrigerio; pero lady Catherine, imperiosamente, y no muy educadamente, declinó comer nada y luego, levantándose de repente, le dijo a Elizabeth:

—Señorita Bennet, parece que tienen ustedes un pequeño bosquecillo bastante agradable ahí fuera, a un lado de la explanada de césped. Me agradaría dar un paseo por allí, si me hace usted el favor de acompañarme.

—Ve, querida —exclamó su madre—, y muéstrale a Su Señoría los diferentes senderos. Creo que le gustará la ermita.[27]

Elizabeth obedeció, fue corriendo a su habitación en busca de una sombrilla y luego esperó a su noble invitada junto a la escalera.

Mientras cruzaban el vestíbulo, lady Catherine abrió las puertas del comedor y del salón, confirmó, tras una breve inspección, que eran unas estancias bastante aceptables, y salió.

El carruaje seguía en la puerta y Elizabeth vio que la doncella seguía dentro. Las dos avanzaron por el sendero de gravilla en silencio hacia el bosquecillo; Elizabeth estaba decidida a no realizar

---

[27] En la tradición del jardín inglés era habitual colocar algún elemento «medieval» o «romántico» en lugares apartados, con el fin de sorprender al visitante ocasional: las rocallas, grutas o falsas ruinas de ermitas eran adornos habituales de dichos jardines.

ningún esfuerzo por favorecer la conversación con una mujer que se estaba portando de un modo más insolente y desagradable de lo habitual.

«Cómo se me ocurriría pensar jamás que se parecía a su sobrino», se dijo mientras la miraba.

En cuanto entraron en la alameda, lady Catherine se dirigió a ella en los siguientes términos:

—Seguramente no ignorará usted, señorita Bennet, cuál es la razón de mi viaje hasta aquí. Su corazón, o su conciencia, deberían decirle por qué he venido.

Elizabeth la miró con verdadero asombro.

—De verdad... está usted equivocada, señora. No soy capaz de explicarme la razón por la que tenemos el honor de verla a usted aquí.

—Señorita Bennet —contestó Su Señoría, con un tono iracundo—, debería usted saber que no me gusta que se juegue conmigo. Pero, en fin, aunque prefiera ser usted una farsante conmigo, yo no lo seré con usted. Tengo fama de ser muy franca y sincera, y en un asunto como el que nos ocupa, desde luego no dejaré de serlo. Hace un par de días me han llegado noticias que me han resultado espeluznantes. Me dijeron que no solo su hermana estaba a punto de contraer un ventajosísimo matrimonio, sino que usted, la señorita Elizabeth Bennet, muy probablemente, pronto se casaría con mi sobrino, con *mi* propio sobrino, el señor Darcy. Aunque *sé* que debe de ser una escandalosa falsedad y aunque jamás ofendería a mi sobrino suponiendo que eso pudiera ser cierto, decidí partir inmediatamente y venir a este lugar para comunicarle a usted lo que pienso.

—Si cree usted que es imposible —dijo Elizabeth, ruborizándose de asombro y desprecio—, me maravilla que se tome usted la molestia de venir desde tan lejos. ¿Qué pretendía viniendo aquí?

—De momento, que se nieguen absolutamente esos rumores.

—El hecho de que usted haya venido a Longbourn para verme a mí y a mi familia —dijo Elizabeth, gélidamente— es más bien una confirmación de esos rumores... si es que existen.

—¿Si existen? ¿Es que va a fingir ahora usted que no los conoce? ¿No han sido ustedes los que han hecho circular esos rumores intencionadamente? ¿No sabe que se está comentando por todas partes?

—Yo no lo he oído.

—¿Y puede usted asegurarme, también, que no hay ningún fundamento en esos rumores?

—Yo no aspiro a ser tan franca y sincera como usted. Puede usted hacer las preguntas que quiera y yo contestaré las que considere oportunas.

—Esto es intolerable. Señorita Bennet, insisto en que se me dé una satisfacción. ¿Le ha hecho... mi sobrino, le ha hecho una proposición de matrimonio?

—Su Señoría acaba de decir que eso es imposible.

—Debería serlo; debe serlo, si es que aún conserva un poco de sensatez. Pero sus artimañas y sus embelecos, en un momento de debilidad, pueden haberle hecho olvidar lo que se debe a sí mismo y a toda su familia. Puede que lo haya obligado a hacerlo.

—Si lo he hecho, sería la última persona en confesarlo.

—¡Señorita Bennet! ¿Es que no sabe quién soy yo? No estoy acostumbrada a un lenguaje tan insolente. Soy prácticamente el familiar más cercano que tiene el señor Darcy en este mundo y tengo derecho a saber todo lo que le afecta.

—Pero no creo que tenga derecho a saber todo lo que me afecta a mí. Y desde luego, con un comportamiento como el suyo, jamás conseguirá que le cuente nada.

—Permítame que se lo explique claramente. Ese enlace, al que tiene usted la presunción de aspirar, no va a tener lugar nunca. No: nunca. El señor Darcy está comprometido con *mi hija*. ¿Qué tiene que decir ahora?

—Solo esto: que si es así, no tiene usted ninguna razón para imaginar que el señor Darcy me pueda hacer una proposición de matrimonio.

Lady Catherine dudó un instante, y luego contestó:

—El compromiso entre ellos es un tanto peculiar... Desde su más tierna infancia han estado destinados el uno para el otro. Era el deseo más ardiente de su madre, y el mío también. Desde que estaban en la cuna, las dos pensamos en esa unión: y ahora, precisamente cuando los deseos de mi hermana y los míos podrían cumplirse, con su matrimonio, ¡aparece una joven de baja estofa, sin categoría social ninguna y ajena por completo a la familia que pretende impedirlo! ¿Es que no tiene usted ningún respeto por los deseos de sus seres queridos? ¿Es que no tiene usted ningún respeto por ese compromiso tácito con la señorita De Bourgh? ¿Es que carece usted de cualquier sentido del decoro y la decencia? ¿Es que no me ha oído cuando le he dicho que, desde que nació, el señor Darcy ha estado destinado a su prima?

—Sí, y ya lo había oído antes. ¿Y a mí qué me importa? Si no hay ningún otro impedimento para que yo me case con su sobrino, desde luego no dejaré de hacerlo por saber que su madre y su tía deseaban casarlo con la señorita De Bourgh. Hicieron ustedes todo cuanto estaba en su mano al planear ese matrimonio. Pero que se cumpla depende de otras personas. Si el señor Darcy no se siente obligado, ni por el honor ni por el cariño, a casarse con su prima, ¿por qué no puede elegir a otra? Y si yo soy la elegida, ¿por qué no puedo aceptarlo?

—Porque el honor, el decoro, la prudencia... ¡el interés!, lo prohíben. Sí, señorita Bennet: el interés; porque no esperará el reconocimiento de su familia o de sus amigos si usted, tercamente, actúa contra los deseos de todo el mundo. La criticarán, la menospreciarán, la despreciarán a usted todas las personas relacionadas con él. Su relación será un fracaso; su nombre jamás se mencionará en nuestros círculos.

—Todo eso es terrible... —contestó Elizabeth—. Pero seguro que la esposa del señor Darcy contará con abundantes fuentes de felicidad, dada su situación, y, a pesar de todo, probablemente no se arrepentirá.

—¡Qué muchacha tan obstinada y cabezota! ¡Vergüenza le debería de dar! ¿Así me agradece las atenciones que le dispensé la pasada primavera? ¿No se siente en deuda por aquello...? Sentémonos... Tiene usted que entender, señorita Bennet, que he venido aquí con la implacable decisión de salirme con la mía: nada me convencerá de lo contrario. No tengo la costumbre de someterme a los caprichos de nadie. No estoy acostumbrada a que me lleven la contraria.

—Entonces creo que su situación ahora será bastante digna de lástima. Pero eso no me afectará *a mí* en absoluto.

—¡No me interrumpa! ¡Escuche y cállese! Mi hija y mi sobrino están hechos el uno para el otro. Son descendientes por línea materna, de la misma rama nobiliaria; y por la línea paterna, de familias respetables, honorables y antiquísimas, aunque sin títulos. La fortuna por ambas partes es espléndida. Han estado destinados el uno para el otro de acuerdo con el deseo de todos los miembros de sus respectivas casas. ¿Y qué va a estropearlo todo? Las insensatas pretensiones de una jovenzuela sin estirpe, sin abolengo y sin fortuna. ¡Esto es lo que tenemos que aguantar! Pero no debe ser así y no lo será. Si fuera usted capaz de darse cuenta de lo que le conviene, no desearía abandonar la esfera social en la que ha nacido y crecido.

—Al casarme con su sobrino, no consideraría que estuviera abandonando mi esfera social. Es un caballero; y yo soy hija de un caballero; así que somos iguales.

—Cierto. Es usted hija de un caballero. ¿Pero quién es su madre? ¿Quiénes son sus tíos? No crea que no sé qué son.

—Sean cuales sean mis relaciones familiares —dijo Elizabeth—, si a su sobrino no le importa, *a usted* le tienen que traer sin cuidado.

—Dígamelo de una vez: ¿está usted comprometida con él?

Aunque Elizabeth, de buena gana, no habría contestado a aquella pregunta, tras pensarlo un poco, no tuvo más remedio que decir:

—No.

Lady Catherine pareció suspirar de alivio.

—Y me promete usted que nunca jamás aceptará ese compromiso.

—No le haré una promesa de ese tipo.

—Señorita Bennet, estoy espantada y asombrada. Esperaba encontrarme a una joven más razonable. Pero no se engañe usted pensando que voy a ceder. No me iré hasta que no me prometa usted lo que le pido.

—Y yo le aseguro que no se lo prometeré. No me voy a sentir intimidada a cumplir semejante insensatez. Su Señoría quiere que el señor Darcy se case con su hija, pero si yo le prometiera lo que usted quiere, ¿cree que ese matrimonio sería más probable? Suponiendo que esté enamorado de mí, ¿mi negativa a aceptar su mano haría que deseara ofrecérsela a su prima? Permítame decirle, lady Catherine, que los argumentos en los que basa esa increíble petición son tan frívolos como ridícula la propia petición. Está usted muy equivocada si piensa que conmigo van a servir unos razonamientos semejantes. No sé hasta qué punto su sobrino aprueba estas injerencias en su vida, pero desde luego no tiene usted ningún derecho a meterse en la mía. Así que le ruego que no me moleste más con este asunto.

—No tenga tanta prisa, si no le importa. De ningún modo he concluido. A todos los impedimentos de los que ya le he hablado, aún debo añadir otro. No ignoro en absoluto los detalles de la infame fuga de su hermana. Lo sé todo: que ese joven se casó con ella gracias a un arreglo pecuniario a expensas de su padre y de sus tíos. ¿Y *esa* muchacha va a ser la cuñada de mi sobrino? ¿Y acaso su marido, el hijo del administrador de su padre, va a ser cuñado del señor Darcy? ¡Por todos los santos del Cielo! ¿En qué está usted pensando! ¿Es que la memoria de los ancestros de Pemberley va a ensuciarse de este modo?[28]

—Ahora sí que ya no tendrá más que decir —contestó fuirosa Elizabeth—. Ya me ha insultado de todos los modos posibles. Le ruego que volvamos a casa.

Y se puso en pie mientras lo decía. Lady Catherine también se levantó y regresaron. Su Señoría iba hecha una furia.

—¡Así que no piensa usted guardar ninguna consideración al honor y a la reputación de mi sobrino! ¡Insensata, egoísta! ¿No ve que si se casa con usted caerá en desgracia a ojos de todo el mundo?

—Lady Catherine, ya no tengo nada más que decir. Ya sabe lo que pienso.

—Entonces, ¿está decidida a casarse con él?

—Yo no he dicho eso. Solo he dicho que estoy decidida a actuar del modo que me procure felicidad, sin tener en cuenta lo que piense usted o cualquier persona que, como usted, no tenga en absoluto ninguna relación conmigo.

---

[28] «*Shades of Pemberley*»: una de las expresiones más famosas de *Orgullo y prejuicio*; obviamente hace referencia a las 'sombras', esto es, a los antepasados del linaje de los Darcy, y no a los terrenos y bosques de la propiedad, como erróneamente se ha sugerido a veces.

—Está bien. Entonces se niega usted a complacerme. Se niega usted a obedecer las exigencias del deber, del honor y la gratitud. Está decidida usted a arruinar la reputación del señor Darcy ante todos sus amigos y a convertirlo en el hazmerreír del mundo.

—¡Ni el deber, ni el honor, ni la gratitud pueden exigirme nada a mí en este caso! —contestó Elizabeth—. Ninguno de esos principios se violarían si me casara con el señor Darcy. Y respecto al desprecio de su familia, o a la indignación del mundo, si el desprecio naciera porque me casara con él, no me preocuparía por eso ni un instante... y respecto al mundo en general... el mundo es demasiado senstato como para unirse a ese desprecio.

—¿Eso es lo que piensa de verdad? ¿Esa es su decisión final? Muy bien. Ahora sabré cómo actuar. No crea, señorita Bennet, que su ambición no será recompensada. He venido a probarla. Esperaba que fuera usted razonable. Pero tenga por seguro que me saldré con la mía.

Lady Catherine le fue diciendo todo aquello hasta que llegaron al carruaje; entonces, al subir, se volvió violentamente y añadió:

—No me despido de usted, señorita Bennet. No le envío saludos a su madre. No se merecen ustedes esas atenciones. Me voy terriblemente disgustada.

Elizabeth no contestó, y sin intentar convencer a Su Señoría para que entrara en casa, se alejó tranquilamente sola. Oyó cómo el carruaje se alejaba mientras subía las escaleras. Su madre salió a su encuentro a la puerta de su vestidor para preguntarle por qué lady Catherine no había querido entrar otra vez y descansar un poco.

—No ha querido —contestó su hija—. Dijo que se tenía que ir.

—¡Es una mujer elegantísima! ¡Y su visita ha sido una extraordinaria cortesía! Porque supongo que solo vino a decirnos que los Collins están bien. Estará de camino a algún sitio, digo yo, y al pasar por Meryton pensaría que podría venir a visitarte. Supongo que no tendría nada especial que decirte a ti, ¿verdad, Lizzy?

Elizabeth se vio obligada a decir una pequeña mentira, porque declarar el verdadero motivo de su conversación resultaba absolutamente imposible.

Capítulo XV

No le resultó fácil a Elizabeth recobrarse del estado de angustia que le había provocado aquella insólita visita; durante muchas horas no pudo pensar en otra cosa. Al parecer, lady Catherine se había tomado la molestia de viajar desde Rosings con el único propósito de romper el supuesto compromiso que Elizabeth tenía con el señor Darcy. ¡Un plan muy sensato, desde luego! Pero era incapaz de imaginar de dónde habían partido los rumores que hablaban de aquel compromiso; hasta que recordó que *él* era íntimo amigo de Bingley y *ella*, la hermana de Jane, y se le ocurrió que tal vez era suficiente la expectativa de una boda para que todo el mundo esperara otra. No se le había pasado por alto que el matrimonio de su hermana naturalmente propiciaría que se vieran más a menudo. Y por tanto, sus vecinos de Lucas Lodge (a través de su correspondencia con los Collins habría llegado el rumor a lady Catherine, pensó Elizabeth) simplemente habrían dado por sentado, como algo prácticamente cierto e inmediato, lo que en realidad ella misma había considerado posible en tiempos venideros.

Al pensar detenidamente en las palabras de lady Catherine, sin embargo, Elizabeth no pudo evitar sentir cierta inquietud ante las posibles consecuencias de su pertinaz intromisión. A partir de lo que dijo la señora sobre su decisión de impedir ese supuesto matrimonio, se le ocurrió a Elizabeth que lady Catherine debía de estar meditando una posible interpelación a su sobrino; y no se atrevía a asegurar cómo se tomaría Darcy una retahíla de desgracias como la que milady le había presentado a ella. No conocía el grado exacto de vinculación que tenía con su tía, ni hasta qué punto dependía de sus opiniones, pero era lógico suponer que él tendría en más alta consideración a Su Señoría que Elizabeth; y era seguro que, al enumerar todas las desgracias resultantes de un matrimonio con *una mujer* cuyos familiares inmediatos eran tan inferiores a él, su tía intentaría atacar su punto débil. Con las ideas que tenía Darcy sobre la dignidad, probablemente acabaría pensando que los argumentos que a Elizabeth le habían parecido débiles y ridículos eran muy sensatos y conformaban un razonamiento sólido.

Así que si anteriormente ya había estado dudando respecto a lo que debería hacer, y eso parecía bastante probable, el consejo y las amenazas de una pariente tan cercana podrían sembrar en él aún más dudas y decidirlo por fin a ser todo lo feliz que una dignidad señorial sin tacha le pudiera proporcionar. En ese caso, Darcy no volvería jamás. Lady Catherine seguramente lo vería en su viaje a Londres y su compromiso para volver con Bingley a Netherfield quedaría aplazado para otro momento.

«Así que si en unos días su amigo se presenta con la excusa de que Darcy no puede cumplir su compromiso de venir... ya sabré cómo entenderlo», se dijo. «Abandonaré entonces cualquier ilusión y cualquier esperanza de que mantenga su constancia. Si se conforma con echarme de menos, cuando podría haber obtenido mi cariño y mi mano, yo no tardaré en dejar de echarle de menos».

La sorpresa del resto de la familia, al saber quién había sido la visita, fue enorme; pero todos se lo explicaron con las mismas suposiciones que habían satisfecho la curiosidad de la señora Bennet; y así Elizabeth se evitó que nadie la incomodara más preguntándole por aquel asunto.

A la mañana siguiente, cuando bajaba las escaleras, se encontró con su padre, que salía de la biblioteca con una carta en la mano.

—Lizzy —le dijo—, te estaba buscando; entra.

Elizabeth entró en la biblioteca, y su curiosidad por saber qué era lo que tenía que decirle aumentó por la suposición de que la conversación que su padre quería mantener con ella de alguna manera debía de estar relacionada con la carta que llevaba en la mano. De repente se le ocurrió que podría ser de lady Catherine, y con cierto abatimiento imaginó todas las explicaciones que tendría que dar.

Siguió a su padre hasta la chimenea y ambos se sentaron. Entonces, el señor Bennet le dijo:

—He recibido esta mañana una carta que me ha dejado extraordinariamente asombrado. Como principalmente trata de ti, deberías conocer su contenido. No sabía que tuviera dos hijas a punto de casarse. Permíteme que te felicite: una conquista extraordinaria.

El rubor encendió entonces las mejillas de Elizabeth con la instantánea convicción de que la carta no era de la tía... sino del sobrino, y dudaba si alegrarse de que por fin Darcy diera alguna señal u ofenderse por que la carta no se la hubiera dirigido a ella directamente. Su padre añadió:

—Parece que sabes de qué se trata. Ah, las jóvenes tenéis una gran intuición para estos asuntos; pero no creo que ni siquiera tu sagacidad te sirva para descubrir el nombre de tu admirador. Esta carta es del señor Collins.

—¿Del señor Collins? ¿Y qué tiene que decir él?

—Algo que viene muy al caso, desde luego. Comienza su carta con las enhorabuenas por la inminente boda de mi hija mayor, de lo cual al parecer le ha hablado alguno de nuestros buenos y chismosos amigos, los Lucas. No jugaré con tu impaciencia leyendo todo lo que dice sobre eso. Lo que tiene que ver contigo dice así:

> Habiéndole, pues, ofrecido las sinceras congratulaciones de la señora Collins y las mías propias por el feliz acontecimiento, permítame añadir ahora un breve apunte sobre otro asunto, del cual hemos sabido por el mismo conducto informativo. Su hija Elizabeth, se da por hecho, no llevará durante mucho tiempo el apellido Bennet, después de que su hermana mayor lo pierda, y el compañero elegido de su destino puede considerarse con mucha razón como uno de los personajes más ilustres de este país.

—¿Tú sabes, Elizabeth, a quién se puede estar refiriendo?

> Este joven ha sido bendecido de un modo especialísimo con todo lo que un corazón humano podría desear: unas espléndidas propiedades, una noble familia y abundantes beneficios eclesiásticos. Sin embargo, a pesar de todas estas tentaciones, permítame advertir a mi prima Elizabeth, y a usted mismo, de los males en los que incurrirían si aceptaran precipitadamente las proposiciones matrimoniales de este caballero, las cuales, por supuesto, cualquiera podría considerar muy ventajosas.

—¿Tú tienes alguna idea, Lizzy, de quién puede ser este caballero? Ahora lo dice.

Las razones para prevenirles son las siguientes a saber: tenemos motivos para imaginar que su tía, lady Catherine de Bourgh, no mira ese casamiento con buenos ojos.

—¡Es el señor Darcy! ¿Lo entiendes? ¡Es él! A ver, Lizzy, ¿a que te has llevado una buena sorpresa? Ni el señor Collins ni los Lucas podían haber escogido a otro hombre, de todos los que conocemos, cuyo nombre hubiera proclamado con más claridad que lo que dicen es un torpe embuste. ¡El señor Darcy, que solo mira a las mujeres para encontrarles defectos y que probablemente no te habrá mirado *a ti* en la vida! ¡Es increíble!

Elizabeth intentó unirse a la diversión de su padre, pero solo pudo forzar una sonrisa a regañadientes. Las burlas de su padre jamás se habían mostrado de un modo que le fuera menos agradable.

—¿No te divierte?

—Oh, sí... Sigue leyendo, por favor.

Tras mencionar la posibilidad de dicho matrimonio a Su Señoría ayer por la noche, ella, inmediatamente, con su habitual condescendencia, dijo lo que le parecía sobre el particular; resultó por lo demás evidente que además de las muchas objeciones que su familia tenía frente a la parte de mi prima, ella jamás daría su consentimiento a lo que denominó «un desafortunadísimo enlace». Pensé yo que era mi obligación informar a la mayor brevedad de todo esto a mi prima, para que ella y su noble admirador puedan estar al tanto de lo que acontece y no se apresuren a contraer un matrimonio que no ha sido oportuna y adecuadamente sancionado.

Más adelante, añadía:

Verdaderamente me congratulo de que el desgraciado asunto de mi prima Lydia se resolviera con bien, y solo lamento que convivieran antes de casarse y eso lo supiera todo el mundo. Sin embargo, no debo renunciar a mis obligaciones, ni abstenerme a la hora de declarar mi asombro al enterarme que se recibió en su casa a la joven pareja en cuanto se casaron. Eso fue impeler al vicio, y si yo hubiera sido rector de Longbourn, me habría opuesto intransigentemente a ello. Desde luego, debía usted perdonarlos como cristiano, pero nunca admitirlos en su presencia, ni permitir que se nombraran sus nombres delante de usted.

—*¡Este* es el concepto de perdón cristiano que tiene el señor Collins! El resto de la carta solo habla de la situación de su querida Charlotte, y sus expectativas de un nuevo brote tierno en el olivo familiar.[29] Pero, Lizzy, parece que no te ha divertido. Espero que no vayas a poner carita de damisela, y finjas que te ofende un rumor tan tonto. ¿Para qué vivimos, si no podemos ser la mofa de nuestros vecinos, y a nuestra vez, reírnos de ellos?

—Oh, sí... —dijo Elizabeth—. Si me divierte muchísimo... pero es un poco raro.

—Sí... eso es precisamente lo gracioso. Si se hubieran fijado en otro hombre, no habría tenido la mayor importancia. Pero la absoluta indiferencia del señor Darcy y tu evidente antipatía hacia él... ¡lo convierte todo en un asunto deliciosamente absurdo! Por mucho que me moleste escribir, no dejaría de mantener la correspondencia con el señor Collins por nada del mundo. No, cuando leo sus cartas, no puedo dejar de considerarlo superior a cualquiera, incluso por encima de Wickham, y eso que creo que mi yerno es un campeón de la desvergüenza y la hipocresía. Y, dime, Lizzy, ¿qué te dijo lady Catherine sobre este rumor? ¿Vino para negarte su consentimiento?

Ante aquella pregunta, su hija contestó únicamente con una risa; y como había sido formulada sin la menor suspicacia, no se molestó cuando se la repitió. Elizabeth nunca se había sentido tan angustiada al intentar que sus sentimientos parecieran lo que no eran. Era obligatorio reírse, cuando habría preferido llorar. Su padre la había torturado de un modo implacable, aludiendo constantemente a la indiferencia del señor Darcy, y ella no podía hacer nada sino maravillarse ante aquella falta de intuición de su padre, o temer que tal vez, mientras su padre era incapaz de ver nada, ella estuviera imaginando demasiado.

Capítulo XVI

En vez de recibir una carta del señor Darcy, excusándose ante su amigo, tal y como Elizabeth suponía que ocurriría, el señor

[29]   Salmo 128 [127], 3: «Tu mujer, como la parra fértil a los flancos de tu casa; tus hijos, como vástagos de olivo en torno de tu mesa».

Bingley se presentó con Darcy en Longbourn pocos días después de la visita de lady Catherine. Los caballeros llegaron pronto y, antes de que la señora Bennet tuviera tiempo de decirle que habían tenido el gusto de ver a su tía, algo que espantó a Elizabeth durante unos instantes, Bingley, que deseaba estar a solas con Jane, propuso que salieran todos a dar un paseo. Así se decidió, pero la señora Bennet no tenía la costumbre de caminar, y Mary nunca estaba dispuesta a perder el tiempo, así que los otros cinco salieron juntos. Bingley y Jane, en todo caso, enseguida dejaron que los otros se adelantaran. Ellos se quedaron atrás, mientras Elizabeth, Kitty y Darcy continuaban juntos. Poca cosa hablaban; Kitty tenía miedo de dirigirle la palabra a Darcy; Elizabeth estaba tomando en su fuero interno una decisión desesperada y él tal vez estaba haciendo lo mismo.

Iban caminando hacia la casa de los Lucas, porque Kitty quería ver a Maria; y como Elizabeth entendió que aquel plan tal vez no les interesara a los demás, cuando Kitty les dejó, tuvo la osadía de seguir caminando sola al lado de Darcy.

Entonces era el momento de llevar a cabo la decisión que había tomado, y, pensando que debía ejecutarla mientras aún tuviera algún valor, inmediatamente le dijo:

—Señor Darcy, soy una egoísta... y, solo por ocuparme de mis propios sentimientos, no me preocupé de lo mucho que podía herir los suyos. Ya no puedo dejar que pase un instante más sin agradecerle su inconcebible generosidad para con mi pobre hermana. Desde que lo supe, he deseado con todas mis fuerzas decirle cuánto se lo agradezco. Si el resto de mi familia lo supiera, no solo se lo agradecería yo.

—Lo lamento, lo lamento enormemente... —contestó Darcy con un tono de sorpresa y emoción—. Lamento que se haya enterado de unos hechos que, si se hubieran malinterpretado, podrían haberle causado gran inquietud. No pensé que se pudiera confiar tan poco en la señora Gardiner.

—No debe culpar a mi tía. La inconsciencia de Lydia fue la que descubrió que usted había estado involucrado en el asunto. Y, por supuesto, no pude descansar hasta conocer todos los detalles. Permítame que le dé las gracias una y otra vez, en nombre de mi familia, por esa generosa compasión que le indujo a tomarse tales molestias y soportar tantos sinsabores con el fin de encontrarlos.

—Si quiere darme las gracias —contestó—, hágalo solo en su nombre. No pretendo negar que el deseo de verla feliz animó todas las razones que me movieron a actuar. Pero su familia no me debe nada. Por mucho que los respete, en realidad solo pensé en usted.

Elizabeth estaba demasiado abrumada como para decir ni una sola palabra. Después de un corto silencio, su compañero de paseo añadió:

—Es usted demasiado generosa como para burlarse de mí. Si sus sentimientos son aún los mismos que en el pasado mes de abril, dígamelo ya. Mis sentimientos y pasiones no han cambiado, pero una palabra suya bastará para que no vuelva a hablar de este aunto nunca jamás.

Elizabeth, comprendiendo la terrible situación y la angustia del señor Darcy, se obligó a decir alguna cosa... E inmediatamente, aunque no con la fluidez habitual, le dio a entender que sus sentimientos habían sufrido un cambio decisivo, lo suficiente como para recibir con gratitud y placer sus proposiciones. La alegría que le proporcionó al caballero aquella contestación fue tal que probablemente nunca había sentido nada igual; y en esos momentos se expresó con toda la emoción y la vehemencia que se supone en un hombre apasionadamente enamorado. Si Elizabeth hubiera sido capaz de mirarlo a los ojos, podría haber visto lo bien que le sentaba aquella felicidad en el rostro. Pero, aunque no pudiera mirarlo, podía escucharlo, y él le habló de sus sentimientos: demostraban bien a las claras la importancia que tenía Elizabeth para él y eso convertía el amor del señor Darcy en algo cada vez más adorable.

Siguieron caminando, sin saber bien hacia dónde. Tenían demasiadas cosas que pensar, que sentir y que decir como para prestar atención a otros asuntos. Elizabeth no tardó en saber que ambos estaban en deuda con lady Catherine, y que le debían aquel feliz encuentro, porque fue a visitarlo cuando regresaba por Londres, y le contó pormenorizadamente su visita a Longbourn, sus motivos y lo esencial de su conversación con Elizabeth; se detuvo con énfasis en cada expresión de la señorita Bennet, las cuales, en opinión de Su Señoría, denotaban sobre todo su perversión y su desvergüenza; y parecía segura de que aquel relato contribuiría a obtener la promesa de su sobrino... la promesa que *ella* se había negado a darle. Pero, desafortunadamente para Su Señoría, el efecto de aquella conversación fue exactamente el contrario.

—Eso me dio esperanzas... —dijo Darcy—, unas esperanzas que apenas me había atrevido a albergar. Conocía suficientemente tu carácter como para estar seguro de que, si estuvieras absoluta e irrevocablemente contra mí, se lo habrías reconocido así a lady Catherine, franca y abiertamente.

Elizabeth se ruborizó y se rio mientras contestaba.

—Sí... conoces demasiado bien mi *sinceridad* como para creerme capaz de eso. Después de haberte insultado de aquel modo tan espantoso en tu propia cara, puede que no hubiera tenido escrúpulos en decirle lo mismo a todos tus parientes.

—¿Qué me dijiste que no me mereciera? Aunque tus acusaciones fueran infundadas, concebidas bajo presupuestos falsos, mi comportamiento contigo en aquellos momentos merecía la reprobación más severa. Fue imperdonable. No puedo pensar en todo aquello sin que me avergüence.

—No vamos a discutir quién tuvo más culpa aquella tarde —dijo Elizabeth—. La conducta de ambos, bien mirada, fue bastante deplorable. Pero desde entonces, confío, hemos mejorado bastante en nuestra educación...

—No me resulta fácil perdonarme aquello. El recuerdo de lo que te dije, de mi comportamiento, de mis modales, mis expresiones durante aquella época, ahora... y ya han pasado muchos meses, me resultan extraordinariamente dolorosos. Nunca olvidaré tu reproche, tan justo: «Si se hubiera comportado usted como un caballero...». Esas fueron tus palabras. No sabes, no te puedes ni imaginar, hasta qué punto me torturaron esas palabras... aunque, lo confieso, eso fue antes de que fuese lo suficientemente razonable como para entender que eran justas.

—Desde luego estaba muy lejos de esperar que te fueran a causar tan profunda impresión. No tenía ni la más ligera idea de que te hubieran hecho sufrir tanto.

—Sí, te creo. En aquel entonces me creías absolutamente ajeno a cualquier sentimiento noble, estoy seguro. Nunca olvidaré tu rostro cuando dijiste que jamás podría dirigirme a ti de un modo que pudiera inducirte a aceptarme...

—Oh, vamos... no repitas lo que te dije entonces. Esos recuerdos ya no sirven de nada. Te aseguro que me han avergonzado durante demasiado tiempo.

Darcy mencionó su carta.

—¿Consiguió... —le preguntó—, consiguió que pensaras mejor de mí? ¿Creíste algo de lo que te contaba cuando la leíste?

Elizabeth le contó el efecto que había tenido en ella y cómo poco a poco sus antiguos prejuicios habían ido desapareciendo.

—Sabía que lo que te decía en esa carta te iba a doler —dijo Darcy—, pero era necesario. Confío en que hayas destruido la carta. Había una parte, sobre todo al principio, que me aterrorizaría que volvieras a leer. Creo recordar algunas expresiones que podrían conseguir que me odiaras, y con razón.

—Si crees que es fundamental para la conservación de mi cariño, quemaremos la carta, sin ninguna duda. Pero aunque ambos tenemos razones para pensar que mis opiniones no son absolutamente inalterables, espero que no sean tan volubles como para dejarme influir por esa carta.

—Cuando la escribí —contestó Darcy—, creía que estaba perfectamente tranquilo y frío, pero ahora estoy convencido de que la escribí con una profunda amargura.

—Tal vez la carta comienza con amargura, pero no concluye así. La despedida era muy cariñosa. Pero no pensemos más en la carta. Los sentimientos de la persona que la escribió y la persona que la recibió son ahora tan completamente distintos de como eran entonces que deberíamos olvidarnos de prestar atención a cualquier circunstancia desagradable. Deberías aprender algo de mi filosofía: piensa en el pasado cuando solo los recuerdos te produzcan placer.

—No puedo creer que necesites ninguna filosofía de ese tipo. Tus recuerdos deben de estar tan libres de cualquier reproche que la alegría que provenga de ellos seguro que no nace de la filosofía, sino de la inocencia. Pero conmigo eso no es así. Me asaltan recuerdos dolorosos que no puedo ni debo alejar de mí. Siempre he sido un egoísta, toda mi vida, en la práctica, aunque no en los principios. Cuando era un niño me enseñaron lo que estaba bien, pero no me enseñaron a corregir mi carácter. Me enseñaron los buenos principios, pero permitieron que los ejecutase con orgullo y altivez. Desgraciadamente, fui el único varón (y durante muchos años, el único niño de la casa), mimado por mis padres, que, aunque eran buenos (mi padre, sobre todo, todo bondad y amabilidad), me permitieron, me consintieron y casi me enseñaron a ser egoísta y autoritario, a no preocuparme por nadie más allá de mi círculo familiar, a despreciar al resto del mundo, a pensar, al menos, que la inteligencia o la valía de los demas no eran nada comparadas con las mías. Así fui yo, desde los ocho hasta los veintiocho, y así seguiría siendo de no ser por ti, mi querida, ¡mi adorada Elizabeth! ¡Te lo debo todo! Me diste una lección, dura al principio, desde luego, pero muy provechosa. Gracias a ti, recibí una buena cura de humildad. Me acerqué a ti sin dudar que me querrías. Tú me mostraste qué ridículas eran mis pretensiones para complacer a una mujer que merecía otro trato.

—¿De verdad estabas convencido de que te iba a aceptar?

—Desde luego que sí. ¿Qué te parece mi vanidad? Creía que tú estarías deseando, anhelando mis proposiciones.

—Puede que mi actitud te confundiera, pero no fue intencionadamente, te lo aseguro. Nunca pretendí engañarte, pero mi estado de ánimo puede a veces resultar equívoco. ¡Como debiste odiarme después de aquella tarde!

—¿Odiarte? Al principio tal vez estaba enfadado, pero mi enojo no tardó en cambiar hacia algo mejor.

—Casi me da miedo preguntarte qué pensaste de mí cuando me viste en Pemberley. ¿Te pareció mal que fuera?

—No, desde luego. No pensé nada, salvo que era una sorpresa.

—Tu sorpresa no pudo ser mayor que la mía al verte. Mi conciencia me decía que no me merecía aquella extraordinaria cortesía, y confieso que no esperaba recibir más que las estrictamente necesarias.

—En ese momento —contestó Darcy—, mi objetivo era mostrarte, con todas las cortesías que tuviera a mano, que no era tan malo como para ser un resentido; y confiaba en que me perdonaras: pretendía que tu opinión acerca de mí no fuera tan mala, haciéndote ver que tus reproches no habían caído en saco roto. No sé cuánto tardaron esas ideas en mezclarse con otros sentimientos... pero yo diría que no tardaron más de media hora después de verte.

Luego le contó cuánto se había alegrado Georgiana de conocerla y del disgusto que se llevó cuando Elizabeth tuvo que partir tan precipitadamente, lo cual condujo inevitablemente a la causa de aquella partida; enseguida supo Elizabeth que Darcy tomó la decisión inmediata de partir con la idea de buscar a su hermana, incluso antes de irse de la posada, y que su seriedad y su gesto pensativo allí no se debían a otra cosa sino a los planes que estaba preparando ya para cumplir con su objetivo.

Elizabeth volvió a darle las gracias, pero era un asunto demasiado doloroso para ambos como para detenerse mucho en él.

Después de caminar varias millas sin detenerse, y demasiado ocupados como para darse cuenta, descubrieron al final, mirando sus relojes, que ya era hora de regresar a casa.

—¿Dónde andarán el señor Bingley y Jane?

Aquella pregunta les condujo directamente a los amores de la señorita Bennet. Darcy estaba encantado con su compromiso; su amigo le había comunicado enseguida la noticia.

—¿Puedo preguntarte si te sorprendió? —le dijo Elizabeth.

—En absoluto, no. Cuando me fui, me pareció que no tardaría en ocurrir.

—Es decir, que le diste permiso al señor Bingley. Me lo imaginaba.

Y aunque Darcy protestó ante semejante afirmación, a ella le pareció que con toda probabilidad las cosas habían sido así.

—La noche anterior a mi partida hacia Londres —dijo Darcy—, le hice una confesión que creo que le debía desde hacía mucho tiempo. Le dije todo lo que había ocurrido para que me pareciera que debía interferir en sus asuntos amorosos y para que mi injerencia fuera absurda e impertinente. Su sorpresa fue enorme. En ningún momento había tenido ni la más ligera sospecha. Le dije, además, que creía que me había equivocado al suponer que tu hermana era indiferente a sus afectos; y como pude notar claramente que su cariño hacia tu hermana aún no había desaparecido, no tuve ninguna duda de que todo se resolvería felizmente.

Elizabeth no pudo sino sonreír ante aquel ingenioso modo de manipular a su amigo.

—¿Le contaste que mi hermana lo amaba porque lo habías estado observando o por la información que te di la primavera pasada? —preguntó Elizabeth.

—Porque lo había observado yo. Estuve observando a tu hermana detenidamente durante las dos visitas que os hicimos recientemente. Y no me cupo la menor duda de que lo amaba.

—Y tu seguridad, supongo, convenció inmediatamente a Bingley.

—Sí... Bingley es muy modesto y humilde. Su timidez le impedía fiarse de su propio juicio en un caso tan delicado e importante, pero su confianza en el mío lo solucionó todo. Me vi obligado a confesar una cosa que, por una vez, y no sin justificación, consiguió enfadarlo. No pude ocultarle que tu hermana había estado en Londres tres meses el pasado invierno, que yo lo había sabido y que se lo oculté premeditadamente. Se puso furioso. Pero estoy convencido de que su enojo no duró más que el tiempo justo, hasta que estuvo convencido de los sentimientos de tu hermana. Me ha perdonado ya de todo corazón.

Elizabeth habría querido observar que el señor Bingley era el mejor de los amigos: dejarse llevar de aquel modo era verdaderamente impagable; pero se contuvo. Recordó que Darcy aún tenía que aprender a reírse de aquellas cosas y aún era demasiado pronto para empezar. Comentando la futura felicidad de Bingley, que desde luego iba a ser muy inferior a la suya, Darcy prosiguió la conversación hasta que llegaron a la casa. En el vestíbulo, se despidieron.

Capítulo XVII

—Mi querida Lizzy, ¿por dónde habéis estado paseando? —Esa fue la pregunta con la que Jane recibió a Elizabeth en cuanto entró en el salón, y lo mismo hicieron los otros cuando se sentaron a la mesa. Ella solo dijo, a modo de contestación, que habían andado por ahí, hasta llegar a lugares que no conocía. Se sonrojó cuando dijo aquello; pero ni eso, ni ninguna otra cosa, levantó la sospecha de lo que había ocurrido en realidad.

La tarde transcurrió tranquilamente, sin que sucediera nada extraordinario. Los novios declarados hablaron y rieron; los novios secretos permanecieron en silencio. Darcy no tenía un carácter en el que la alegría se desbordara; y Elizabeth, nerviosa y aturdida, *sabía* que era feliz, pero apenas podía *sentirlo*; porque, además de las preocupaciones del momento, tenía delante de sí muchos inconvenientes. Se imaginó lo que ocurriría en la familia cuando se diera a conocer su situación; era consciente de que Darcy le caía fatal a todo el mundo, salvo a Jane; e incluso temía que la antipatía fuera tal que ni toda su fortuna y su importancia social pudiera mitigarla.

Por la noche, le abrió su corazón a Jane. Aunque la desconfianza era un recurso que no estaba entre las habilidades generales de la señorita Bennet, se mostró absolutamente incrédula en aquel momento.

—Estás de broma, Lizzy. ¡No puede ser...! ¡Comprometida con el señor Darcy! No, no... me estás tomando el pelo. Yo sé que eso es imposible.

—¡Vaya comienzo...! Solo confiaba en ti; si tú no me crees, ahora sí que estoy segura de que nadie me va a creer. Sin embargo, estoy hablando en serio. No te digo más que la verdad. Todavía me quiere y estamos comprometidos.

Jane la miró con gesto dubitativo.

—Ah, Lizzy... ¡no puede ser! ¡Yo sé lo mucho que te disgusta!

—Tú no sabes nada de nada. Todo eso se olvidó. Tal vez lo que ocurría era que no lo quería tanto como ahora. Pero en casos como este, una buena memoria es una facultad detestable. Que sea la última vez que me lo recuerdas.

La señorita Bennet parecía todo asombro. Elizabeth, de nuevo, y con semblante más serio, le aseguró que era todo verdad.

—¡Santo Cielo! ¿Será verdad? Pero tengo que creerte... —exclamó Jane—. Mi querida, queridísima Lizzy, me gustaría... quiero felicitarte... pero ¿estás segura?, olvida esa pregunta... ¿estás absolutamente segura de que vas a ser feliz con él?

—No tengo la menor duda. Hemos decidido entre nosotros que vamos a ser la pareja más feliz del mundo. Pero... ¿estás contenta, Jane? ¿Te gustará tenerlo como hermano?

—Mucho, muchísimo. A Bingley y a mí nada podría hacernos tanta ilusión. Pero lo pensamos y decíamos que era imposible.

¿Y de verdad lo quieres tanto? ¡Ay, Lizzy! Haz cualquier cosa, menos casarte sin amor. ¿Estás completamente segura de que sientes lo que debes sentir?

—¡Oh, sí! Y pensarás que siento *más* de lo que debo cuando te lo cuente todo.

—¿Qué quieres decir?

—Bueno, tengo que confesar que lo quiero más que a Bingley.[30] Me temo que eso te pondrá furiosa.

—Vamos, hermana, no hagas bromas. Quiero hablar muy en serio. Cuéntame todo lo que tengo que saber, y ahora mismo: ¿me vas a decir desde cuándo estás enamorada de él?

—Todo ha sido tan poco a poco que casi no sé ni cuándo empezó. Pero creo que puedo fijar el momento exacto cuando vi por vez primera las preciosas extensiones de sus propiedades en Pemberley.

Jane volvió a decirle que hablara en serio, hasta que al final, consiguió convencerla, y Elizabeth no tardó en contarle con toda formalidad lo enamorada que estaba. Cuando quedó convencida de ello, la señorita Bennet ya no podía desear más.

—Ahora sí que soy completamente feliz —dijo—, porque sé que serás tan feliz como yo. Yo siempre lo tuve en gran estima. Aunque solo fuera porque te quiere a ti, ya siempre lo apreciaría; pero ahora, como amigo de Bingley y marido tuyo, solo a ti y a Bingley os quiero más que a él. Pero, Lizzy, has sido muy muy taimada y muy reservada conmigo. ¡Qué poco me dijiste de lo que pasó en Pemberley y en Lambton! Todo lo que sé de aquello, se lo debo a otras personas, no a ti.

Elizabeth le contó los motivos de su secretismo. No había querido mencionar que había visto a Bingley; y el confuso estado de sus sentimientos la habían obligado a ocultar del mismo modo el nombre de Darcy. Pero ahora ya no tenía nada que ocultarle y le

---

[30] «*I love him better than I do Bingley*». En algunas ocasiones no se ha comprendido la broma y se ha traducido como «Lo quiero más que tú a Bingley». Sin embargo, la malicia humorística de Austen es que sus protagonistas están hablando de riqueza y dinero (Darcy es más rico que Bingley), como cuando, casi inmediatamente, Elizabeth comenta: «[Lo quiero desde que vi] las preciosas extensiones de sus propiedades en Pemberley». En una novela donde lo que priman son los sentimientos, Jane Austen bromea precisamente con el interés pecuniario.

contó lo que Darcy había hecho en el asunto del matrimonio de Lydia. Todo quedó aclarado y las dos hermanas pasaron media noche en conversación.

—¡Dios bendito! —exclamó la señora Bennet, cuando se asomó a la ventana a la mañana siguiente—. ¡Ese desagradable del señor Darcy se va a presentar aquí otra vez con nuestro querido Bingley! ¡Qué pesado! ¿Qué querrá viniendo a todas horas aquí? No sé, pero podría irse de caza o a hacer cualquier otra cosa, en vez de venir a molestarnos con su compañía. ¿Qué vamos a hacer con él? Lizzy, ¿por qué no te lo llevas a pasear otra vez y que así no ande molestando a Bingley?

Elizabeth estuvo a punto de reírse a carcajadas cuando escuchó aquella sugerencia tan oportuna; sin embargo, era realmente lamentable que su madre siempre lo estuviera insultando.

En cuanto entraron, Bingley la miró con gesto malicioso y le estrechó la mano con tal calidez que a Elizabeth no le quedó la menor duda de que lo sabía todo; y casi enseguida dijo, para que lo oyera todo el mundo:

—Señor Bennet, ¿no tiene por ahí más caminos por los que se pueda perder Lizzy otra vez?

—Yo les recomiendo, al señor Darcy, a Lizzy y a Kitty, que vayan esta mañana hasta el monte Oakham —dijo la señora Bennet—. Es un camino muy agradable y muy largo, y el señor Darcy nunca lo ha visto.

—Estoy seguro que a Darcy y a la señorita Elizabeth les encantará... pero creo que es demasiado para Kitty. ¿A que sí, Kitty? —contestó el señor Bingley.

Kitty admitió que preferiría quedarse en casa. Darcy aseguró que tenía una gran curiosidad por contemplar las vistas desde aquel monte y Elizabeth aceptó la propuesta en silencio. Cuando subió arriba para prepararse, la señora Bennet fue tras ella, y le dijo:

—Ay, Lizzy, siento mucho que te veas obligada a cargar con ese hombre tan desagradable tú sola. Pero espero que no te importe: todo sea por Jane, ya sabes; y no necesitas hablar nada con él, solo de vez en cuando. Así que no hace falta que te molestes mucho.

Durante el paseo decidieron que se le pediría el consentimiento al señor Bennet aquella misma tarde. Elizabeth se reservó el trabajo de decírselo a su madre. No sabía cómo se lo tomaría su madre; a veces dudaba que toda la riqueza y la grandeza de Darcy fuera suficiente para superar la inquina que le tenía. Pero bien se opusiera con virulencia al enlace o bien se mostrara encantada con su futuro yerno, lo cierto y seguro era que se comportaría de todos modos de una forma que su inteligencia quedaría descartada. Elizabeth no podría soportar sus primeros arrebatos de alegía incontenible o sus primeras y vehementes muestras de desaprobación.

Por la tarde, poco después de que el señor Bennet se encerrara en la biblioteca, Elizabeth vio que el señor Darcy se levantaba también e iba detrás de él, y su nerviosismo al ver aquello era extraordinario. No temía la oposición de su padre, pero aquello no lo iba a hacer nada feliz, y que fuera precisamente *ella* la culpable, su hija favorita, la que le causara aquella pena y lo llenara de aprensiones y aflicciones al dar su aprobación, no resultaba una idea muy agradable; y se quedó allí sentada y triste hasta que el señor Darcy volvió a aparecer. Entonces, al mirarlo, su sonrisa alivió un poco su pena. Pocos minutos después se acercó a la mesa donde Elizabeth estaba sentada con Kitty y, mientras fingía admirar su labor, le dijo con un susurro:

—Ve a ver a tu padre, quiere que vayas a la biblioteca.

Elizabeth se levantó enseguida y fue inmediatamente.

Su padre estaba paseando de un lado a otro por la estancia y parecía serio y preocupado.

—Lizzy —le dijo—, ¿qué estás haciendo? ¿Has perdido el juicio? ¿Has aceptado a ese hombre? ¿No lo habías odiado siempre?

¡Cuán vivamente deseó entonces Elizabeth que sus primeras opiniones hubieran sido más razonables y sus expresiones más moderadas! Eso le habría evitado dar tantas explicaciones y asegurar tantas cosas que resultaba incómodo asegurar; pero ahora se hacían necesarias, y tuvo que asegurarle a su padre, con cierto embarazo, que estaba enamorada del señor Darcy.

—O, en otras palabras, estás decidida a casarte con él. Bueno, es rico, eso es cierto, y podrás tener mejores ropas y mejores carruajes que Jane. Pero... ¿te hará feliz?

—¿Tienes alguna otra objeción, aparte de creer que no siento nada por él? —dijo Elizabeth.

—No, ninguna más. Todos sabemos que es un hombre orgulloso y desagradable, pero eso no significaría nada si lo quisieras.

—Sí, lo quiero —contestó, con lágrimas en los ojos—. Lo amo. Y, en realidad, no es nada orgulloso. Es absolutamente encantador. Vosotros no sabéis comó es, así que os ruego que no me hagáis sufrir hablando de él en esos términos.

—Lizzy —dijo su padre—. Le he dado mi consentimiento. Es el tipo de hombre, eso es verdad, a quien uno nunca se atrevería a negarle nada de lo que tuviera la condescendencia de solicitar. Ahora te doy el consentimiento a ti, si estás decidida a casarte con él. Pero déjame advertirte que te lo pienses bien. Yo sé cómo eres, Lizzy. Sé que jamás podrías ser feliz ni respetable si no amaras a tu esposo, si no lo consideraras un hombre muy especial. Tu modo de ser, tan rebelde, te pondría en gravísimo peligro en un matrimonio desigual. Difícilmente podrías huir del descrédito y la lástima. Hija mía, no permitas que yo sufra el dolor de ver que no puedes respetar al compañero de tu vida. No sabes lo que es eso...

Elizabeth, aún más conmovida, fue sincera y solemne en su contestación; y, tras asegurarle repetidas veces que el señor Darcy era realmente el hombre que había escogido, y tras explicarle cómo habían ido cambiando poco a poco sus sentimientos hacia él, declarando su absoluta certeza de que su afecto no era cosa de un día, sino que se había forjado durante muchos meses de incertidumbre, y enumerando con pasión todas sus buenas cualidades, al final venció la incredulidad de su padre y consiguió que aceptara de buen grado el enlace.

—Bueno, querida mía —dijo, cuando ella dejó de hablar—. No tengo más que decir. Si es como dices, desde luego te merece. No podría separarme de ti, mi querida Lizzy, por alguien que valiera menos.

Para completar la favorable impresión de su padre, le contó lo que el señor Darcy había hecho, sin preguntar a nadie, por Lydia. El señor Bennet lo escuchó asombrado.

—¡Desde luego, esta es una tarde de grandes asombros, ya lo creo...! Así que Darcy lo hizo todo... ¡arregló el enlace, puso el dinero, pagó las deudas del amigo y le facilitó el trabajo...! Bueno, mucho mejor. Eso me ahorrará un mundo de problemas y de cuentas. Si todo lo hubiera hecho tu tío, tendría la obligación de devolvérselo; pero estos apasionados amantes lo hacen todo a su modo. Mañana le diré que se lo voy a devolver; él protestará y tronará esgrimiendo que lo hizo todo por tu amor y ahí se acabará el negocio.

Entonces recordó el nerviosismo de Elizabeth pocos días antes, cuando le leyó la carta del señor Collins. Y después de reírse un buen rato con ella, al final le dio permiso para irse... diciéndole, mientras salía de la biblioteca:

—Si hay algún joven que quiere casarse con Mary o con Kitty, dile que entre, porque ya no tengo nada que hacer.

Elizabeth se había quitado un gran peso de encima; y tras una media hora de tranquila reflexión en su propio cuarto, pudo reunirse con los demás en un estado bastante aceptable. Todo estaba demasiado reciente como para que hubiera risas y burlas, pero la velada transcurrió amablemente; ya no había nada importante que se pudiera temer, y la naturalidad y la familiaridad se ganarían con el tiempo.

Cuando su madre subió a vestirse por la noche, Elizabeth fue tras ella y le comunicó la importante noticia. Tuvo un efecto extraordinario: en cuanto lo supo, la señora Bennet se quedó totalmente callada y fue incapaz de proferir ni una sola palabra. No fue hasta mucho, mucho después, que pudo alcanzar a comprender exactamente lo que había oído, a pesar de que, en general, no tenía muchos reparos en dar crédito a lo que representara alguna ventaja para su familia o tuviera alguna relación con algún novio para sus hijas. Al final comenzó a recobrarse y a moverse inquieta en la silla; se levantaba, se sentaba otra vez, se asombraba, y se santiguaba.

—¡Dios bendito! ¡Que el Señor me bendiga! ¡Imagínate! ¡Válgame, válgame Dios! ¡El señor Darcy! ¡Quién lo habría pensado! ¿Y es realmente cierto? ¡Oh, mi dulce Lizzy...! ¡Qué rica y qué importante vas a ser! ¡Qué dineral para tus cosas, qué joyas, qué carruajes vas a tener! Lo de Jane no es nada en comparación... nada en absoluto. Estoy tan contenta... tan feliz... ¡Qué hombre tan encantador! ¡Y qué guapo... y qué alto! ¡Ay, mi queridísima Lizzy! Ay, discúlpame por favor por haberlo detestado tanto antes. Espero que no me lo tenga en cuenta. Querida, queridísima Lizzy... ¡Una casa en Londres...! ¡Todo es tan maravilloso!

¡Tres hijas casadas! ¡Diez mil al año! ¡Ay, Señor! ¿Qué va a ser de mí...? Me volveré loca...

Aquello fue suficiente para confirmar que no había que dudar de su aprobación, y Elizabeth, alegrándose de que solo ella hubiera escuchado aquellas efusiones de felicidad, no tardó en irse. Pero apenas habían transcurrido tres minutos desde que entrara en su propia habitación, cuando su madre entró intempestivamente.

—¡Mi niña querida —exclamó—, no puedo pensar en otra cosa! ¡Diez mil al año, y seguramente más...! ¡Eso es más que un lord! Y una licencia especial. Tú te vas a casar con licencia especial.[31] Pero hija de mi vida, dime qué comida le gusta más al señor Darcy, que se la ponemos mañana...

Aquel fue un triste presagio de cómo se comportaría su madre con Darcy. Y a Elizabeth le pareció que, aunque ya contaba con todo el cariño de su amado, y con el firme consentimiento de su familia, aún le faltaba algo. Pero el día siguiente transcurrió mucho mejor de lo que esperaba; porque la señora Bennet afortunadamente sentía un respeto tan reverencial por su futuro yerno que no se atrevió ni a hablarle, a menos que pudiera decirle algún cumplido o asentir con la mayor deferencia ante sus opiniones.

Elizabeth tuvo la satisfacción de ver a su padre tomándose el trabajo de hacerse amigo del señor Darcy y el señor Bennet no tardó en asegurarle que cada hora que pasaba lo apreciaba más.

—Desde luego, aprecio muchísimo a mis tres yernos —dijo—. Wickham, quizá, es mi favorito; pero creo que tu marido acabará gustándome tanto como el de Jane.

Capítulo XVIII

Elizabeth no tardó en recuperar la alegría de su antiguo buen humor y se empeñó en que el señor Darcy le contara cómo se había enamorado de ella.

---

[31]   La licencia especial de matrimonio la otorgaba la oficina del obispo de Canterbury y permitía que los novios se casaran en la iglesia que quisieran.

—¿Cómo fue al principio? —le preguntó—. Puedo comprender que una vez que te enamoraras, te mostraras encantador... ¿pero qué te llamó la atención al principio?

—No puedo fijar el momento, ni el lugar, ni la mirada, ni las palabras con las que todo empezó. Hace ya mucho tiempo. Ya estaba medio enamorado antes de saber que estaba enamorado.

—Te resististe con pertinacia a mi belleza, y respecto a mis modales... bueno, mi comportamiento hacia ti, como mínimo, siempre estuvo bordeando la descortesía, y nunca me dirigí a ti sin desear molestarte... más bien. Ahora, sé sincero, ¿empezaste a quererme porque era una impertinente?

—Porque eras muy ingeniosa, sí.

—Puedes llamarlo impertinencia si quieres. Era poco menos que eso. El hecho es que estabas harto de cortesías, de deferencias y de obsequiosas alabanzas. Te asqueaban las mujeres que siempre te estaban hablando y mirando, y buscando únicamente tu aprobación. Yo me rebelé, y a ti te interesó, porque yo no me parecía a ninguna de ellas. Si no hubieras sido realmente encantador, me habrías odiado por ello; pero a pesar de todas las molestias que te tomaste para disimularlo, tus sentimientos siempre fueron nobles y justos; y en el fondo de tu corazón, despreciabas a las personas que te estaban cortejando constantemente. En fin... ya te he ahorrado la molestia de contármelo. Y, de verdad, pensándolo bien, empiezo a pensar que es perfectamente razonable. En realidad, no sabías nada bueno de mí... pero, en fin, nadie piensa en eso cuando está enamorado.

—¿No había nada bueno en tu cariñoso comportamiento con Jane, cuando estuvo en Netherfield?

—¡Ah, mi querida Jane! ¿Quién no habría hecho lo mismo por ella? Pero si quieres, puedes considerarlo una virtud. Mis buenas cualidades están a tu disposición y tienes que exagerarlas todo lo que puedas; y, a cambio, me corresponde a mí encontrar ocasiones en las que incordiarte y pelearme contigo tan a menudo como me sea posible; así que comenzaré directamente preguntándote qué hizo que tardaras tanto tiempo en decidirte. ¿Por qué estabas tan cohibido la primera vez que nos visitaste, y luego, cuando viniste a comer? Y, sobre todo, ¿por qué cuando viniste de visita parecía como si yo no te importara nada?

—Porque estabas muy seria y callada, y no me atrevía.

—Pero es que yo estaba avergonzada.

—Y yo.

—Podías haber hablado algo más cuando viniste a comer.

—Un hombre que estuviera menos enamorado, habría hablado más.

—¡Qué mala suerte que siempre tengas una respuesta razonable y yo sea lo suficientemente razonable como para aceptarla! Pero me gustaría saber cuánto tiempo habrías continuado así si todo hubiera dependido de ti. ¡Me pregunto si habrías dicho algo, si yo no te hubiera preguntado! Desde luego, mi decisión de darte las gracias por tu generosidad con Lydia surtió un gran efecto. Demasiado, me temo; pues ¿en qué queda la ética, si nuestra felicidad surge de una promesa rota? Porque no debería haberte mencionado ese asunto. No volverá a pasar.

—No tienes que preocuparte por eso. La ética estará perfectamente a salvo con nosotros. El injustificable comportamiento de lady Catherine y su intención de separarnos fue lo que disipó todas mis dudas. No le debo mi felicidad a tu vehemente deseo de expresar tu gratitud. No estaba dispuesto a esperar a que tú iniciaras una conversación. Lo que me contó mi tía me abrió los ojos y me dio esperanzas, y estaba decidido a saberlo todo de una vez.

—Lady Catherine ha sido infinitamente útil, lo cual debería hacerla feliz, porque le encanta sentirse útil. Pero dime, ¿para qué viniste a Netherfield? ¿Solo para venir a caballo a Longbourn y mostrarte tímido y avergonzado, o tenías que hacer algo más interesante?

—Mi verdadero propósito era verte y, si estaba en mi mano, comprobar si aún podía tener esperanzas de conseguir que me quisieras. Mi propósito expreso, o al menos lo que yo me decía a mí mismo, era ver si tu hermana aún quería a Bingley y, si era así, confesarle humildemente lo que había hecho.

—¿Vas a tener valor para anunciarle a lady Catherine lo que le espera?

—Es probable que necesite más tiempo que valor, Elizabeth. Pero si tengo que hacerlo y, si me dejas una hoja de papel, lo haré enseguida.

—Y si yo no tuviera que escribir también una carta, podría quedarme a tu lado y admirar la pulcritud de tu caligrafía, como hicieron otras damas en otro tiempo. Pero yo también tengo una tía, a la que no puedo desatender ni un instante más.

Elizabeth no había contestado a la larga carta de su tía, la señora Gardiner, porque no le apetecía mucho confesar que había ocultado un poco la relación que tenía con el señor Darcy; pero en esos momentos, teniendo que comunicarle algo que sabía sería maravillosamente recibido, casi estaba avergozada al comprobar que sus tíos se habían perdido tres días de felicidad, e inmediatamente escribió lo siguiente:

> Mi querida tía, debería haberte escrito antes para darte las gracias por tu larga carta en la que me explicabas todos los detalles, generosa y convincentemente, pero, a decir verdad, estaba demasiado enojada para escribir. Dabas por supuesto mucho más de lo que realmente existía. Sin embargo, *ahora* ya puedes suponer todo lo que quieras; puedes dar rienda suelta a tu imaginación, date el lujo de que tu imaginación vuele sin freno en ese tema que tú sabes y, salvo creerme ya casada, no te equivocarás mucho. Tienes que volver a escribirme enseguida y elogiarlo mucho más que en la última carta. Te doy las gracias, una y otra vez, por negarte a ir hasta los Lagos. ¿Cómo pude ser tan tonta de querer ir a los Lagos? Tu idea de recorrer el parque de Pemberley con los ponis es encantadora. Pasearemos por el parque todos los días. Soy la mujer más feliz del mundo. Puede que otras personas lo hayan dicho antes, pero nadie con tanta razón como yo. Soy más feliz incluso que mi hermana Jane; ella solo sonríe, yo me río a carcajadas. El señor Darcy os envía todo el cariño del mundo... todo el que le sobra después de quererme a mí. Tenéis que venir todos a Pemberley en Navidad. Siempre tuya, etcétera.

La carta del señor Darcy a lady Catherine era de otro estilo, y distinta a las dos era la que el señor Bennet envió al señor Collins, en contestación a la última suya.

> QUERIDO SEÑOR — Me veo obligado a molestarle a usted una vez más para solicitarle su enhorabuena. Elizabeth prontó se convertirá en la esposa del señor Darcy. Consuele a lady Catherine lo mejor que pueda. Pero yo en su lugar, me pondría de parte del sobrino. Tiene más que ofrecer.
> Sinceramente suyo, etcétera.

Las enhorabuenas de la señorita Bingley para su hermano por su inminente matrimonio fueron cariñosísimas y falsas. Incluso le escribió a Jane para contarle lo contenta que estaba ante el inminente enlace y para reiterar sus antiguas manifestaciones de aprecio. Jane no se dejó engañar, pero se sintió conmovida; y aunque no confiaba ya en ella, no pudo evitar escribirle una carta mucho más amable de lo que la señorita Bingley se merecía.

La alegría con la que la señorita Darcy recibió esa misma información fue tan sincera como la de su hermano al contárselo todo. Cuatro caras de papel fueron insuficientes para abarcar lo mucho que Georgiana se alegraba y las ganas que tenía de abrazar a su nueva hermana.

Antes de que llegara ninguna carta del señor Collins, o cualquier felicitación para Elizabeth de su esposa, la familia de Longbourn supo que los Collins iban a venir a pasar unos días a Lucas Lodge. La razón de este repentino traslado pronto se hizo evidente. Lady Catherine se había puesto tan furiosa ante el contenido de la carta de su sobrino que Charlotte, alegrándose sinceramente por el enlace, estaba deseando huir de la tormenta que se iba a desatar en Rosings. En su momento, la llegada de su amiga fue un sincero placer para Elizabeth, aunque a veces, cuando se encontraban, no podía evitar lo caro que le salía ese placer, cuando veía al señor Darcy expuesto a las ostentosas y obsequiosas cortesías de su marido. Sin embargo, el señor Darcy lo soportaba todo con admirable sosiego. Incluso escuchaba atentamente a sir William Lucas cuando le alababa el gusto por llevarse a la joya más preciada del vecindario y expresaba sus deseos de encontrarse con frecuencia en St James, con gesto muy conspicuo. Si se encogía de hombros, no lo hacía hasta que sir William no se había ido.

La vulgaridad de la señora Philips fue otro peaje, y quizá el mayor, a su paciencia. Y aunque la señora Philips, igual que su hermana, le tuviera demasiado respeto como para dirigirse a él con la familiaridad que la simpatía de Bingley favorecía, sin embargo, siempre que le decía algo, era una vulgaridad. Aunque solía estar más callada en su presencia, ni siquiera el respeto reverencial que sentía hacia él conseguía que fuera mínimamente elegante. Elizabeth hacía todo lo que podía para evitar que las dos hermanas estuvieran mucho con él y siempre estaba deseosa de tenerlo solo para

ella y para aquellos de su familia con quienes él podía hablar sin
sufrimientos; y aunque las agonías que se derivaban de todas estas
circunstancias menguaron bastante el placer del noviazgo, añadió
más esperanzas al futuro; y Elizabeth miraba los días venideros con
el gozo de saber que se irían de allí y que se alejarían de unas personas que tanto les desagradaban para instalarse en la comodidad
y la elegancia de su círculo familiar en Pemberley.

Capítulo XIX

Felicísimo, para todos sus sentimientos maternales, fue el día en
el que la señora Bennet se libró de sus dos hijas más valiosas. ¡Es
fácil imaginar con qué exaltado orgullo visitaba después a la señora
Bingley y hablaba de la señora Darcy! Me gustaría poder decir,
más que nada por la familia, que el cumplimiento del vehemente
deseo de colocar a buena parte de las hijas tuvo un efecto favorable
en ella y la convirtió en una mujer más sensata, generosa e inteligente para el resto de su vida. Aunque tal vez fuera una suerte para
su marido que siguiera de vez en cuando padeciendo de los nervios
y fuera invariablemente idiota, pues de lo contrario el señor Bennet
no podría haber disfrutado de una forma de felicidad doméstica tan
peculiar.

El señor Bennet echaba muchísimo de menos a su hija segunda;
el cariño que sentía por ella lo sacó de casa más a menudo de lo que
nadie habría imaginado. Le encantaba ir a Pemberley, sobre todo
cuando nadie lo esperaba.

El señor Bingley y Jane se quedaron en Netherfield solo un
año. Una vecindad tan cercana a su madre y a los parientes de
Meryton no era muy recomendable, ni siquiera para su carácter
tan sosegado, ni para su cariñoso corazón. Entonces el gran deseo
de las hermanas del caballero se cumplió: compró una gran propiedad en el vecino condado de Derbyshire, y Jane y Elizabeth,
además de otras muchas fuentes de felicidad, pudieron estar a es-
casas treinta millas la una de la otra.

Kitty se benefició enormemente de la situación y pasaba la mayor parte de su tiempo con sus dos hermanas mayores. En contacto
con una sociedad tan superior a lo que siempre había conocido,

mejoró bastante. No tenía el ingobernable temperamento de Lydia, y, apartada de la influencia de su conducta, se convirtió, con la dirección y la atención adecuadas, en una joven menos irascible, menos ignorante y menos insípida. Se tuvo mucho cuidado de apartarla del trato habitual con Lydia y sus amigos, y aunque la señora Wickham la invitaba con frecuencia a ir y a quedarse con ella, con la promesa de bailes y jóvenes, su padre nunca se lo permitió.

Mary fue la única hija que se quedó en casa, y como la señora Bennet era incapaz de estar sola, tuvo que olvidarse necesariamente de las tareas de perfeccionamiento espiritual. Se le obligó a mezclarse más con la gente, pero aún tenía argumentos para moralizar a todas las visitas matutinas. Y como ya no sufría las comparaciones entre su belleza y la de sus hermanas, el señor Bennet sospechó que había asumido el cambio sin demasiadas reticencias.

Respecto a Wickham y Lydia, sus personalidades no sufrieron ninguna revolución a partir de los matrimonios de sus hermanas. Él asumió con filosofía la convicción de que Elizabeth ahora acabaría conociendo todas las muestras de ingratitud y falsedad que aún ignoraba; y, a pesar de todo, no perdió totalmente la esperanza de poder convencer todavía a Darcy para que lo convirtiera en un caballero con dinero. En la carta de felicitación que Elizabeth recibió de su hermana Lydia a propósito de su boda, la pequeña de las Bennet le explicaba que, si no su marido, al menos ella aún abrigaba esa esperanza. La carta decía lo siguiente:

> MI QUERIDA LIZZY — ¡Felicidades! Si quieres al señor Darcy la mitad de lo que yo quiero a mi querido Wickham, debes de ser muy feliz. Es una gran alegría que seas tan rica, y cuando no tengas nada que hacer, espero que pienses en nosotros. Estoy segura de que a Wickham le encantaría tener un empleo en la corte y no creo que vayamos a tener dinero suficiente para vivir sin un poco de ayuda. Cualquier puesto serviría, de como tres o cuatrocientas al año; pero, en fin, si no quieres decírselo al señor Darcy, no lo hagas.
> Abrazos, etcétera.

Como daba la casualidad de que Elizabeth no quería decírselo, en su respuesta procuró poner fin a cualquier esperanza y expectativa de ese tipo. Sin embargo, de vez en cuando les enviaba lo que estaba en su mano, de lo que podía ahorrar de su propio dinero personal. Para ella siempre fue evidente que unos ingresos como los que tenían, en manos de dos personas tan dadas al derroche y tan inconscientes respecto al futuro, serían insuficientes para que pudieran vivir. Y siempre que cambiaban de acuartelamiento, tanto Jane como Elizabeth sabían que recibirían una carta suya, solicitando una pequeña ayuda con la que pagar las facturas. Su manera de vivir fue siempre desordenada hasta el caos, incluso cuando la restauración de la paz[32] consiguió meterlos en una casa. Siempre estaban yendo de un sitio a otro, buscando un alojamiento más barato, y siempre gastando más de lo que debían. El cariño de Wickham por Lydia pronto se convirtió en indiferencia; el de Lydia duró un poco más; y a pesar de su juventud y su carácter, siguió exigiendo los supuestos derechos que su matrimonio le había conferido.

Aunque Darcy nunca recibió a Wickham en Pemberley, sin embargo, solo por Elizabeth, le ayudó en alguna ocasión en su carrera. Lydia pasó de vez en cuando por allí, cuando su marido andaba de juerga en Londres o en Bath; y con los Bingley se quedaron frecuentemente en estancias tan largas que incluso conseguían agotar el buen humor de Bingley, que llegó a sugerir la necesidad de lanzarles alguna indirecta para que se marcharan.

La señorita Bingley se sintió profundamente dolida con el matrimonio de Darcy, pero como consideró que resultaba muy aconsejable conservar el derecho de visitar Pemberley, se olvidó de cualquier resentimiento; se mostró más devota de Georgiana que nunca, casi tan halagadora con Darcy como antaño y pagó todas las facturas de cortesía que le debía a Elizabeth.

Pemberley se convirtió en el hogar de Georgiana y el cariño que sintieron las dos cuñadas fue tal y como Darcy lo había previsto. Llegaron a quererse tanto como habían deseado. Georgiana tenía de Elizabeth la mejor opinión del mundo, aunque al principio asis-

---

[32] Wickham estuvo en primer lugar en las milicias civiles, como la que estaba asentada en Meryton, que eran los regimientos domésticos que se ocupaban de la defensa del país mientras los ejércitos regulares luchaban contra Napoleón en el continente. Al parecer, Wickham no tuvo que ir a la guerra en Francia o en España a pesar de haberse alistado en el ejército profesional.

tió con un asombro rayano en el terror a aquel modo alegre y divertido con el que le hablaba a su hermano. Él, que siempre le había inspirado un respeto que casi superaba el cariño que le profesaba, se había convertido en el destinatario de las bromas de su esposa. Georgiana aprendió cosas que jamás se le habían pasado por la cabeza. Y en las conversaciones con Elizabeth, comenzó a comprender que una mujer puede tomarse ciertas libertades con su marido que un hermano no siempre permite a una hermana que es más de diez años menor.

Lady Catherine se indignó sobremanera con la boda de su sobrino, y al tiempo que daba rienda suelta a todas las franquezas de su carácter en respuesta a la carta en la que se le anunciaba el matrimonio, le envió una respuesta tan insultante, especialmente con Elizabeth, que durante algún tiempo se interrumpió cualquier relación. Pero al final, convencido por Elizabeth, Darcy consintió en olvidar la ofensa y buscó una reconciliación; y tras una mínima resistencia por parte de su tía, se olvidaron todos los rencores, bien por el afecto que la señora le tenía a Darcy, bien por la curiosidad de ver cómo se conducía su esposa; y condescendió a visitarlos en Pemberley, a pesar de lo deteriorados que estaban sus bosques, y no solo por la presencia de una esposa como aquella, sino también por las visitas de los tíos de la ciudad.

Con los Gardiner siempre mantuvieron una estrecha relación. Darcy, igual que Elizabeth, los quería mucho, y ambos siempre dispensaron la más cálida gratitud hacia las personas que llevaron a Elizabeth a Derbyshire y, de este modo, habían propiciado que se unieran para siempre.

AUSTRAL SINGULAR es una colección de Austral que reúne
las obras más emblemáticas de la literatura universal en una edición única
que conserva la introducción original y presenta un diseño exclusivo.

Otros títulos de la colección:

Las flores del mal, Charles Baudelaire
Don Quijote de la Mancha, Miguel de Cervantes
La metamorfosis y otros relatos de animales, Franz Kafka
Moby Dick, Herman Melville
Romeo y Julieta, William Shakespeare
Frankenstein, Mary Shelley